高等院校计算机教材系列

U0117094

Web网页
设计技术

王柯柯　主编

崔英志　黄丽丰　崔贯勋　刘恒洋　编著

机械工业出版社
China Machine Press

本书从网站基本概念和开发工具 Visual Studio 2008 入手，基于丰富的实例着重介绍 HTML、CSS、JavaScript 等 Web 技术的基本原理和开发方法，深入解析典型综合案例的分析与构建过程，帮助读者由浅入深、循序渐进地掌握开发基于 Web 应用程序的方法和技术，具有很强的实用性。本书重视实践，以一个完整、翔实的实例为主线，在各章中解析知识点，完整再现了网页设计从初步规划，到 HTML 文档创建，再到表现样式设计的全过程。

本书内容全面，深入浅出，实例丰富，既适合作为高等院校学生网页设计或网站开发课程的教材，也可供初学者自学使用。

图书在版编目（CIP）数据

Web 网页设计技术 / 王柯柯主编 . —北京：机械工业出版社，2011.4

（高等院校计算机教材系列）

ISBN 978-7-111-33615-0

Ⅰ. W⋯　Ⅱ. 王⋯　Ⅲ. 主页制作 – 程序设计 – 高等学校 – 教材　Ⅳ. TP393.092

中国版本图书馆 CIP 数据核字（2011）第 034264 号

机械工业出版社（北京市西城区百万庄大街 22 号　邮政编码　100037）

责任编辑：朱　劼

北京诚信伟业印刷有限公司印刷

2011 年 4 月第 1 版第 1 次印刷

185mm×260mm · 17 印张

标准书号：ISBN 978-7-111-33615-0

定价：29.00 元

凡购本书，如有缺页、倒页、脱页，由本社发行部调换

客服热线：（010）88378991；88361066

购书热线：（010）68326294；88376949；68995259

投稿热线：（010）88379604

读者信箱：hzjsj@hzbook.com

前　言

本书从网站基本概念和开发工具 Visual Studio 2008 入手，基于丰富的实例着重介绍 HTML、CSS、JavaScript 等 Web 技术的基本原理和开发方法，深入解析典型综合案例的分析与构建过程，帮助读者由浅入深、循序渐进地掌握开发基于 Web 应用程序的方法和技术，具有很强的实用性。

本书重视实践，以一个完整、翔实的案例为主线，在各章中对知识点进行解析，并在最后对该实例进一步汇总，完整再现网页设计从初步规划，到 HTML 文档创建，再到表现样式设计的过程，适合教师教学和学生自学。本书内容全面，深入浅出，实例丰富，有助于提高学生的实际动手能力，并结合当前最流行的 Visual Studio 2008 工具，详细介绍在 Visual Studio 中有关前台设计的新技术（如主题、母版等），并对利用 Visual Studio 进行网页设计进行了全方位的解析和实例分析，在实践方面具有突出的优势。

主要内容

全书共 10 章，分为四个部分，建议学时为 40 学时，主要内容如下：

第一部分为基础篇，建议学时为 8 学时，包括第 1 章到第 3 章。第 1 章重点介绍网站的基础知识、基本架构，以及网页和标记语言的相关概念；第 2 章重点介绍网站开发平台 Visual Studio 2008 的安装、IIS 的安装和基本设置以及 Framework 的基本构架；第 3 章重点介绍 HTML 与 XHTML 文档的结构、标签的使用及它们的区别。

第二部分为布局篇，这是本书的重点，建议学时为 14 学时，包括第 4 章到第 6 章。第 4 章重点介绍层叠样式表（CSS）的基本概念和用途，以及层叠样式表的规则和常用的编写方法；第 5 章深入讲解样式表的编写规则，以实现更美观的页面效果；第 6 章通过对具体实例的详细剖析来分析表格布局方式及其不足，讲解 DIV+CSS 的网页布局技术及优势。

第三部分为 Visual Studio 篇，建议学时为 12 学时，包括第 7 章到第 9 章。第 7 章重点介绍 VS.NET 中主题的基本概念，以及所涉及的主题文件、外观文件、样式表等内容；第 8 章重点介绍 ASP.NET 母版页的基本概念和工作原理、母版页的创建和应用，以及母版页的嵌套方法；第 9 章重点介绍 JavaScript 语言的基本用法和 JavaScript 的对象的概念。

第四部分为案例篇，建议学时为 6 学时，即第 10 章。该章以"等级考试网上报名系统"为例介绍各页面设计与实现的完整过程。

本书特色

- 内容全面，由浅入深　由网页基本概念开始，逐步介绍 HTML、XHTML、CSS、JavaScript 等网页设计技术。

- 结合标准，易于提高　本着一切从标准出发，紧密结合 W3C 的 Web 标准来控制界面实现，既可帮助读者牢固掌握基础知识，又具有一定的理论高度，有助于读者进一步提高。

- 技术先进，符合潮流　摒弃表格布局技术，采用目前市场主流的网页设计组合 DIV+CSS 进行详细讲解，能帮助读者设计出具有一定水准的网页。基于微软 Visual Studio 2008 开发工具进行设计和开发，更好地贴近技术发展的时代脉搏。

- 教学灵活，强化理解　各章节通过实例详细演示制作过程，并提供大量设计技巧、注意事项和常见问题解答。

· 综合应用，实战演练　提供完整、翔实的综合案例，详细解析各类网站的页面设计技术，予以全程设计跟踪指导，将作者的经验融汇于知识点中，有益于读者更快上手和掌握。

本书作者均为教学第一线的骨干教师，教学实践经验丰富。全书由王柯柯负责整体规划，第1章由王柯柯编写，第2章和第9章由黄丽丰编写，第3章、第4章、第5章、第6章和第10章由崔英志、崔贯勋编写，第7章由刘恒洋编写，第8章由倪伟编写，刘峰负责习题部分和全书的统稿。

由于笔者水平有限，书中难免存在不足、遗漏之处，请广大读者批评指正。同时，为便于教学，本书中引用了一些网站的界面图和一些书籍的封面，在此一并表示感谢。

编　者

2011 年 1 月

目　录

第一部分 基　础　篇

第 1 章　网站概述

【学习目标】

通过本章的学习，了解网站的基础知识，熟悉网站的基本架构，掌握网页和标记语言的相关概念，了解网页设计所涉及的开发工具。

【本章要点】

- Web 概述
- 动态网页技术
- 网页制作步骤
- 网页组成元素

1.1　WWW 概述

1.1.1　WWW 与 Web

WWW（World Wide Web）亦称 3W 或 Web，中文译名为万维网、环球信息网，建立在客户机/服务器模型之上，是一个以 Internet 为基础的计算机网络。它允许用户在一台计算机上通过 Internet 存取另一台计算机上的信息，包括文字、图形、声音、动画、资料库以及各种软件等。WWW 不仅能访问 Web 服务器上的信息，而且还能访问 FTP、Telnet 等网络服务，因此，它已经成为 Internet 上应用最广、最受欢迎的信息检索服务系统，发展至今，它已成为 Internet 的代名词。

众所周知，Internet 上分布着大量计算机，它们各自扮演着不同的角色，但总体上分为两种：客户机和服务器。客户机就是我们通常所使用的计算机；服务器为一种高性能计算机，作为网络的节点，存储、处理网络上大量的数据、信息等，因此被称为网络的灵魂。根据所提供的服务不同，服务器分为 Web 服务器、邮件服务器、文件传输服务器、DNS 服务器等。其中，Web 服务器用于将本地的信息用超文本形式组织起来，方便用户在 Internet 上搜索和浏览，而 Web 或 WWW 实际上是由这些 Web 服务器构成的。换言之，Web 应用可以看成是 Internet 应用的一个子集。

1.1.2　Web 技术基础

谈及 Web 架构的技术，主要包括统一资源定位技术、超文本传输协议、超文本标记语言、浏览器及开发模式等，其中前三项是核心技术部分。这些技术构成了 Web 的基础，有助于 Web 实现其功能。

1. 统一资源定位符

统一资源定位符（Uniform Resource Locator，URL）即通常所说的网站地址，它通过定义资源位置的抽象标识来定位网络资源，可对被定位后的资源进行更新、替换、查看属性等操作，是用于完整地描述 Internet 上网页和其他资源的地址的一种标识方法。

URL 的基本格式如下：

protocol :// hostname[:port] / path / [;parameters][?query]#fragment

各部分含义简介如下：

- protocol：所使用的协议名称，常用的协议有 http、ftp、file 等。
- hostname：主机名，存放资源的服务器的域名系统主机名或 IP 地址。
- port：端口号，是一个整数，省略时使用默认端口。各种传输协议都有默认的端口号，如 http 的默认端口为 80，为可选项。
- path：路径，表示主机上的一个目录或文件地址。
- parameters：参数，用于指定特殊参数，为可选项。
- query：查询，用于给动态网页传递参数，若有多个参数则用 & 符号隔开，每个参数的名和值用 = 符号隔开，为可选项。
- fragment：信息片断、字符串，用于指定网络资源中的片断。一个网页中有多个"网络"，可使用 fragment 直接定位到某一指定的名词解释。

例如：http://cs.cqut.edu.cn/Notice/NoticeContent.aspx?NtcID=152。其中，http 为协议名称；cs.cqut.edu.cn 为主机名；/Notice 为路径，即网页处于名为 Notice 的文件夹中；NoticeContent.aspx 为网页的名称；NtcID=152 表示参数 NtcID 的值为 152。

一般地，由于大多数网页内容是超文本传输协议文件，并不要求用户输入"http://"部分，而"80"也是超文本传输协议文件的常用端口号，也可以不用写明，因此，用户只要输入统一资源定位符的一部分（如 cs.cqut.edu.cn）即可。

2. 超文本传输协议

超文本传输协议（HyperText Transfer Protocol，HTTP）是负责在 Internet 上传输网页的协议，可以从 WWW 服务器传出超文本到本地浏览器，保障计算机正确、快速地在网络上传输超文本文档。

HTTP 协议是基于请求 / 响应方式的，采用的是客户机 / 服务器结构。一个客户机与服务器建立连接后，发送一个请求给服务器，HTTP 规则定义了如何正确解析请求；当服务器接到请求后，给予相应的响应信息，而 HTTP 规则也定义了如何正确解析应答信息，但它并不定义网络如何建立连接、管理及信息如何在网络上发送等。连接情况如图 1-1 所示。

HTTP 请求

HTTP 响应

PC　　　　　　　　　　　　　　　　Web 服务器

图 1-1　HTTP 协议

HTTP 协议的主要特点简述如下。

- 通信简单：当客户端向服务器端请求服务时，只需传送请求方法和路径即可，常用的请求方法包括 GET、HEAD、POST 等。
- 速度快：由于 HTTP 协议简单，使得 HTTP 服务器的程序规模小，因而通信速度较快。
- 无连接协议：其含义是限制每次连接只处理一个请求，即服务器处理完客户的请求，并收到客户的应答后，方断开连接，从而节省传输时间。
- 无状态协议：无状态是指协议对于事务处理没有记忆能力。缺少状态意味着如果后续处理需要前面的信息，则它必须重传，这样可能导致每次连接传送的数据量增大。相反，在服务器不需要先前信息时它的应答就较快。

3. 超文本标记语言

超文本标记语言（HyperText Markup Language，HTML）是一种描述文本结构的标记语言，它是整个 Web 技术的基础，主要功能是在 Web 上发布信息。任何工具开发的 Web 页面最终都要转换为 HTML 语言显示在客户端的浏览器上，网页上的文字、图片、声音、视频等多种媒体均是通过它连接起来的，因此，了解并掌握 HTML 语法对精通基于 Web 的程序设计至关重要。

HTML 的内容将在第 3 章中加以详述。

4. 浏览器

浏览器是显示网页服务器内的文字、图片、视频等多种媒体文件并让用户与这些文件互动的一种软件，它主要通过 HTTP 协议与网页服务器交互并获取网页，这些网页由 URL 指定。目前常用的浏览器有 Microsoft 的 IE（Internet Explorer）浏览器，以及 Firefox、Safari、Opera 等浏览器。

5. Web 开发模式

在当前多元化应用需求的推动下，Web 应用技术与应用程序的开发技术虽各具特色，但日益融合，从最初的单机模式发展到 C/S（Client/Server，客户机 / 服务器）模式，再到流行的 B/S（Browser/Server，浏览器 / 服务器）模式。

在 B/S 架构下，其工作界面通过 IE 或其他浏览器实现，即用户通过浏览器获取信息或提交查询等需求时，主要业务逻辑都在服务器端实现，因此，B/S 架构的系统不需要安装客户端软件，而系统升级或维护时只需更新服务器端软件，从而简化了客户端载荷（通常称为"瘦"客户端），减轻了系统维护与升级的成本和工作量，降低了用户的总体成本。目前，基于 Web 的 B/S 模式已成为主流的 Web 应用解决方案，即 B/S 三层体系结构，它将应用的功能分为表示层、应用层和数据层。表示层就是展现给用户的界面，即用户在使用一个系统的时候实现所见即所得；应用层是针对具体问题的操作，也可以说是对数据层的操作和对数据业务逻辑的处理；数据层直接操作数据库，针对数据完成增加、删除、修改、查找等操作。通常情况下，将表示层配置在客户机中，将应用层和数据层分别置于不同的服务器中，称之为 Web 服务器和数据服务器。该模式灵活性高，能够适应负荷的变化。B/S 三层体系结构如图 1-2 所示。

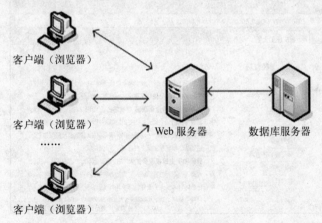

图 1-2　B/S 三层体系结构

国内外一些大型知名网站采用了更先进的结构模式，即多层 B/S 动态模式，其结构是基于图 1-2 所示的传统模式，在 Web 服务器和数据库服务器之间增加了一层应用服务器，将复杂的企业逻辑及数据库的连接服务等封装到该中间层上，以减轻 Web 服务器的负担，并兼具负载平衡与容错功能。

该结构属于典型的分布式 Web 应用模式，如图 1-3 所示。

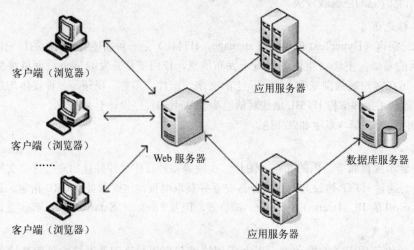

图 1-3　B/S 多层体系结构

1.2　网页技术基础

1.2.1　静态网页技术概述

静态网页是 Web 程序最早的表现形式，是存储于服务器的文件，其内容可包括文字、图像、声音等多种媒体元素，页面间可通过超级链接进行关联，但所有内容在生成该文档后始终保持不变。静态页面只能一个页面对应一个内容，即一对一的关系，用户进行的任何访问操作都仅限于让服务器传送数据给请求者，并不做脚本计算及读取后台数据库的工作，数据库、后台系统与前台是分开的。其优势是访问速度快，安全隐患低。典型的静态页面以 html 为后缀名，如图 1-4 所示。

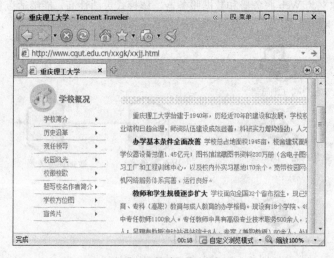

图 1-4　静态页面示例

静态网页的优点是速度快、跨平台、跨服务器；缺点是请求信息资源的用户不能和页面进行交互，页面的内容也不会因用户的种种操作而发生改变，只能人工制作、更新和发布，具有较大的局限性。

1.2.2　动态网页基础

1. 动态网页概述

动态网页的"动态"是指交互性，即网页等根据访问者不同的请求或不同的时间而显示不同的内容，弥补了 HTML 静态网页难以适应信息频繁更新以及交互的不足。

动态网页是最常用的网站表现形式，它是在浏览器访问 Web 服务器时由服务器创建的。根据先前所制定好的程序页面，当用户向服务器发出请求时，Web 服务器创建动态文档，返回给用户，因此不同的用户请求会返回不同的结果，是一对多的关系，可实现资源的最大利用和服务器物理资源的最大节省。若需要改变站点的风格，只需要重新设计前台访问的页面即可。典型的动态页面是以 asp、aspx 等作为后缀名。如图 1-5 所示为一个动态页面的示例。

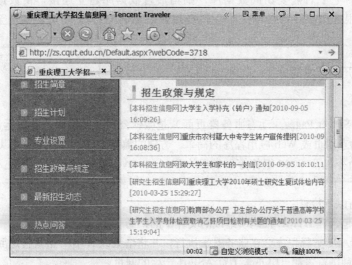

图 1-5　动态页面示例

动态网页的优点是效率高、更新快、移植性强，能够快速达到所见即所得的目的；缺点是由于需要通过与数据库的不断通信才能实现较高的效率，而频繁地读取数据库会导致服务器花大量的时间来计算，当访问量达到一定的数量后，会导致效率成倍下降。如果有人恶意攻击程序，激活了隐藏的 BUG，将会构成一定的安全隐患，甚至导致整个网站瘫痪。

动态网页的一般特点简要归纳如下：

- 动态网页以数据库技术为基础，能够大大降低网站维护的工作量。
- 采用动态网页技术的网站可以实现更多的功能，如用户注册、用户登录、在线调查、用户管理、订单管理等。
- 动态网页实际上并不是独立存在于服务器上的网页文件，只有当用户请求时服务器才返回一个完整的网页。

一般地，动态网页通常分为客户端动态网页和服务器端动态网页，下面将详细介绍。

2. 客户端动态网页

采用客户端动态网页模式时，由附加到浏览器上的模块完成创建动态网页的全部工作。其工作过程是，HTML 代码与含有指令的文件一起传送到浏览器，当用户请求时，浏览器就根据请求通过这些指令动态生成 HTML 页面，然后返回浏览器。

目前客户端动态网页技术基本不被采用，其原因在于：

- 需要下载客户端软件，且比较耗时。

- 各种浏览器以不同的方式解释指令，因此不能保证其他浏览器（如 FireFox）也能够正确理解 IE 浏览器能理解的指令。
- 编写使用服务器资源的客户端代码时会出现安全性问题，若代码是在客户端解释执行的，则客户端脚本代码将会完全公开。

3. 服务器端动态网页

采用服务器端动态网页模式时，HTML 代码与操作指令存储于 Web 服务器中，当用户发出请求时，指令在 Web 服务器中执行处理后返回浏览器。与客户端动态网页模式不同，服务器端动态网页模式仅有 HTML 代码传送至浏览器而不包括被执行的指令。

其工作过程是，用户发出页面请求后，Web 服务器响应 HTTP 请求，并解释或编译被申请的文件，最后执行它；若需要访问数据库，则与后台数据库建立连接，由数据库访问组件执行相应操作；最后根据以上获得的结果生成符合用户需要的 HTML 网页，发送至客户端来响应用户的需求。

1.2.3 动态网页开发技术简介

1. ASP

ASP（Active Server Pages，动态服务器页面）是微软公司开发的服务器端运行的脚本平台，是一种创建和运行动态网页或 Web 应用程序的简单、方便的编程工具。ASP 网页可以包含 HTML 标记、普通文本、脚本命令以及 COM 组件等，常用的 Dreamweaver 软件即可用于开发 ASP 网页，其文件格式为 .asp。

ASP 网页具有以下特点：

- ASP 文件是包含在 HTML 代码所组成的文件中的，易于修改和测试。
- 服务器上的 ASP 解释程序会在服务器端执行，并将结果以 HTML 格式传送到客户端浏览器上，因此使用各种浏览器都可以正常浏览 ASP 所产生的网页。
- ASP 提供了一些内置对象，使用这些对象可以使服务器端脚本功能更强，如 Request、Response、Server、Application、Session 等对象。
- ASP 可以使用服务器端 ActiveX 组件来扩充功能，执行各种用户请求任务，如存取数据库、发送 E-mail 或访问文件系统等。
- 由于服务器是将 ASP 程序执行的结果以 HTML 格式传回客户端浏览器，因此浏览者不会看到 ASP 所编写的源码，这样可以保障 ASP 程序代码的安全。

2. ASP.NET

ASP.NET 并不是 ASP 的简单升级，而是更快速、高效、灵活以及更好地支持交互式 Web 应用程序的新一代技术，它继承了 ASP 的优点，融入了 Java、VB 等特性，建立了一个全新的开发平台，为动态网站的开发开辟了一个新的领域。

ASP.NET 从 1.x 发展到 2.0，再到如今的 3.5，发展如此迅速，应用如此广泛，可见其在开发动态网站方面是极具优势的。ASP.NET 将程序在服务器端首次运行时进行编译，而后直接运行，其执行效率比逐条解释语句要高很多，执行效率大幅提高；ASP.NET 开发的是基于通用语言编译运行的程序，这样程序能够运行在 Web 应用软件研发者的全部平台上，通用语言的基本库、消息机制、数据接口的处理都能无缝整合到 ASP.NET 的 Web 应用中。目前已支持的有 C#、VB、C++、JScript 等多种语言，并且简单易学，能使初学者在短时间内快速上手，开发基于 Web 的应用程序。本书实例就是基于 ASP.NET 3.5，以 Visual Studio 2008 为开发环境加以讲解的，从中可以体会它的优势和便捷。

3. JSP

JSP（Java Server Pages）是一种能用来快速创建动态网页的技术。使用 Java 编程语言编写类 XML 的 tags 和 scriptlets（一种使用 Java 语言编写的脚本代码）来封装产生动态网页的处理逻辑，通过 tags 和 scriptlets 访问存在于服务器端的资源的应用逻辑，将各种格式的标签（HTML 或 XML）直接传递给相应的页面，从而实现页面逻辑与页面显示的分离，并支持可重用的基于组件的设计，使基于 Web 的应用程序的开发变得迅速和容易，其文件格式为 .jsp。

JSP 页面由 HTML 代码和嵌入其中的 Java 代码组成。服务器在页面被客户端请求以后对这些 Java 代码进行处理，然后将生成的 HTML 页面返回给客户端的浏览器。用 JSP 开发的 Web 应用是跨平台的，既能在 Linux 下运行，也能在 Windows 等其他操作系统上运行。

JSP 的主要特点概括如下：

- 良好的移植性。JSP 使用 Java 语言作为生成动态内容的编程语言。由于 Java 语言具有很强的适用性和移植性，故无需改动 JSP 程序即可在各种平台上运行。
- 较强的实用性。JSP 继承了 Servlet（Java 语言编写的 Java 类）的优点，使动态数据处理和输出内容分开，方便 Web 应用的维护和修改。
- 较高的可重用性。大多数 JSP 页面利用可重用的、跨平台的组件（JavaBeans 或者 Enterprise JavaBeans 组件）来执行应用程序所要求的更为复杂的处理，使开发人员能够交换执行普通操作的组件，并与其他使用者共享这些组件。

4. Java

Java 是由 Sun Microsystems 公司于 1995 年 5 月推出的 Java 程序设计语言和 Java 平台的总称，由 Java 虚拟机（Java Virtual Machine）和 Java 应用编程接口（Application Programming Interface，API）构成。Java 平台已经嵌入了几乎所有的操作系统，因此，Java 程序只编译一次，就可以在各种系统中运行。

Java 语言是一种使用广泛的网络编程语言，它简单、面向对象、分布式，具有健壮性、安全性、可移植性等诸多优点，性能优异，并配备了丰富的类库，使编程人员可以方便地建立自己的系统。

Java 的主要特点简述如下：

- 面向对象。Java 语言提供类、接口和继承等，支持类之间的单继承、接口之间的多继承及类与接口之间的实现机制。
- 可移植性。这种可移植性来源于体系结构中立性，另外，Java 还严格规定了各个基本数据类型的长度。Java 系统本身也具有很强的可移植性，Java 编译器是用 Java 实现的，Java 的运行环境是用 ANSI C 实现的。
- 语法简单。Java 语言的语法与 C 语言和 C++ 语言很接近，使得大多数程序员很容易学习和使用。它丢弃了 C++ 中很少使用的、很难理解的部分特性，如操作符重载、多继承、自动的强制类型转换等，并且不使用指针，提供了自动的垃圾收集功能，使程序员不必考虑内存管理。
- 分布式。Java 语言支持 Internet 应用的开发，在基本的 Java 应用编程接口中有一个网络应用编程接口，它提供了用于网络应用编程的类库，包括 URL、URLConnection、Socket、ServerSocket 等。
- 健壮性。Java 的强类型机制、异常处理、垃圾的自动收集等是 Java 程序健壮性的重要保证。
- 安全性。Java 提供了一个安全机制以防恶意代码的攻击。除了 Java 语言具有的许多安全特性以外，它对通过网络下载的类具有一个安全防范机制，如分配不同的名字空间以防替代本地的同名类、字节代码检查，并提供安全管理机制让 Java 应用设置安全哨兵。
- 动态性。Java 程序需要的类能够动态地载入到运行环境，也可以通过网络来载入所需要的类，有利于软件的升级。

5. PHP

PHP（Personal Hypertext Preprocessor，超级文本预处理器）是一种在服务器端执行的嵌入HTML文档的脚本语言，它独特的语法混合了C、Java、Perl以及PHP自创的语法，可以比CGI或者Perl更快速地执行动态网页。PHP非常简单，实用性强，源码开放，完全免费，很适合初学者，故在ASP流行之前PHP的应用十分广泛。

PHP的主要特点简述如下：

- 基于服务器端。由于PHP是运行在服务器端的脚本，可以运行在UNIX、Linux、Windows下。
- 效率高。PHP消耗的系统资源相当少，因此执行效率高。
- 易于掌握。PHP学习过程简单，只需熟悉基本的语法和特点就能上手编码，其语法也与C、Perl等类似，对于熟悉上述语言的人来说能更快掌握。
- 面向对象。在PHP4、PHP5中对面向对象方面进行了很大的改进，提供类和对象，也支持构造器、提取类等。
- 数据库连接。PHP可以通过编译形成连接数据库的函数来建立与数据库的连接。

1.3　Web网页设计概述

1.3.1　网页设计制作流程

网页是构成网站的主体。我们知道，一本书由若干页组成，如果把网站看成一本书，那么网页就是书的每一页，因此，制作网站的核心就是设计和制作每一个网页。网页设计的一般流程简述如下。

1. 明确目标

在接到网站设计任务以后，首先应该确定该网站的类型，然后充分理解客户对网页设计所提出的目标和要求，以满足客户的需求。从网站的形态和规模来看，一般可分为以下三种：

- 综合类。综合类网站通常为门户网站，如新浪、搜狐、人民网等。这类网站具有信息海量、受众群庞大、点击量巨大等诸多特点，因此，该类网站在制作时应具备良好的页面分割、合理的网页结构，且页面打开速度快、具有较强的亲和力。
- 企业类。企业类网站通常为信息与企业形象相结合的网站，如大型企事业单位、公司、学校等的网站。这类网站具有一定的资讯内容，同时要承担传递企业形象的任务，因此，该类网站在网页设计和功能要求上通常较高，以便兼顾传达信息和树立企业形象的任务。
- 其他类。除此以外还有诸如音乐、游戏、论坛等类型的网站，其网页的设计应符合网站主题，风格可根据需要灵活多变。

2. 设计草图

目标确定后即对网站的大致内容有了初步的选择和把握，然后就可理清思路，列出详细的栏目列表，以及各栏目的子目录，接下来就可以设计草图、页面布局等。通常情况下，可通过手绘勾勒出页面的大概轮廓，自由发挥，多绘制几张草图样板，再从中选择较优者进行后期加工完善。

在此基础之上，遵循突出重点、考虑平衡、兼顾协调的原则，将需要放置的功能模块合理安排到页面上，将网站Logo、主菜单等重要的模块放在显眼、突出之处，然后再放置其他次要模块。

3. 实现蓝图

有了经过初步布局后的草案后，接着就可以应用常用的网页设计软件（如Visual Studio 2005 / 2008、Dreamweaver等）实现设计蓝图。虽然在设计草图时大体框架已基本确定，但在制作的过程中还需要不断改进、不断思考，激发灵感和创造力，以获取更优秀的创意。

4. 加工网页

完成的网页蓝图犹如还未装修的毛坯房，需要进一步对其加以精细加工和艺术处理才能成为真正的网页作品。通常，网页的加工有以下几步：

1）确定风格。在诸多页面中，网站的主页体现了整体风格的定位，因此，需首先根据主题内容来确定主页的风格与形式，这主要依赖于主页的版式设计和色调处理，以及图片和文字的巧妙结合。对于不同性质的行业，其主页风格随网站类型、功能的不同也各不相同，如政府部门的主页风格应庄重、严肃，不宜采用动画等媒体形式；与娱乐相关的主页风格应活泼、生动，可采用音乐、动画等增强活力；文化部门的主页风格应高雅、大方，色调以冷色调为宜。

2）编排页面。在编排页面时，应把页面上的每个元素组合成一个统一的整体，视觉焦点放在版面的平衡与空白区域的处理上，根据图像与背景的关系（对比的关系及比例的关系）将整个空间以最有效的方式加以分配和组织，使编排后的页面区域划分趋于合理、主次关系清晰。对于多个页面，编排设计时要把页面之间的有机联系反映出来，处理好页面间和页面内的秩序与内容的关系。应讲究整体布局的合理性，以体现较佳的视觉表现效果，使浏览者具有流畅的视觉体验。

3）修饰线条。页面通常因为文字、图片、标题等组合而需要各种线条，所以为了增强页面的艺术效果，应注意搭配好网页上的各式线条。直线的艺术效果是流畅、整齐，一般应用于较庄重、严肃的主题；弧线的艺术效果是活跃、动感，一般应用于活泼、娱乐性的主题；直线与弧线的综合运用能够丰富页面的表现力，使页面呈现的艺术效果丰富多彩。一般应用的主题较广泛。

4）搭配色彩。色彩的搭配应遵循"总体协调、局部对比"的原则，即主页的整体色彩效果应和谐，局部、小范围的色彩效果应对比强烈。在色彩的运用中，还应考虑受众群的背景，不同的文化、种族、信仰、年龄对色彩的喜恶都存在较大的差异，应尽可能达到页面整体的和谐、悦目。

5. 优化网页

优化网页时应主要考虑页面的浏览速度、页面的适应性以及浏览者对网站的初步印象。对于会影响速度的图片而言，通常可以将其分割成较小的图片进行拼接，以提高网页的下载速度，当然减小网页的尺寸也是提高网页下载速度的一种简易方法。另外，由于在不同的系统、不同的分辨率、不同的浏览器上显示的网页会有所不同，因此，网页的适应性也要考虑。

1.3.2　页面布局

页面布局是网站设计的基础。这时，需把页面当做一张白纸，在其上根据需要划分出大小不同的区域，并把信息填充进去。区域的划分就是对页面进行布局，以便合理安排信息。在保持网站整体风格一致的前提下，网页布局应根据页面放置的信息类型、信息量等内容方面的不同需求而设计。目前常用的页面布局包括：分栏式、区域划分和无规律式。

1. 分栏式

分栏式结构是一种开放式框架结构，是目前最常见的页面布局，适合信息流量较大、更新较快、信息储备巨大的站点，如新浪等门户网站、资讯类网站。在分栏结构中，三分栏最为常见，其次是二分栏、四分栏及比较少见的五分栏等。

（1）三分栏式网站

图 1-6 所示为某网站首页布局，这是典型的三分栏式结构，使用直线划分页面，设计比较简洁。装饰较少的页面能容纳更丰富的内容，整体感觉庄重、整洁而不失活泼。

（2）二分栏式网站

图 1-7 所示为某网站新闻内页布局，是左宽右窄的二分栏式结构，在网络上十分常见。该网页将新闻内容显示于占页面较大面积的左栏，右边副栏放置目录、广告等，机动处理文字信息和图片信息

的关系，使整个页面主次分明，结构清晰。

图1-6　三分栏式网页

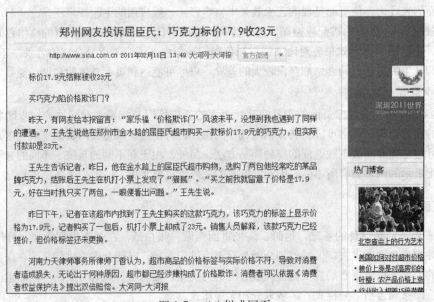

图1-7　二分栏式网页

　　五分栏结构是网络上较为少见的一种网页布局，通常适合信息标题精炼、短小的情况，当要放下更多的条目时才会选择此种结构。

　　2. 区域划分

　　区域划分式页面布局是利用辅助线、图形和色彩把网页平面分为几个区域，这些区域可以是规则的或不规则的，而由区域所形成的网页框架叫做区域排版，它可以看做是分栏式结构的变异。区域划分式的优势在于它比分栏式结构更灵活，能够适应多种信息内容编排的需求，解决分栏式结构无法解决的诸多问题。

　　（1）典型的区域划分式

　　图1-8所示的网页采用典型的区域划分方式进行排版，清晰地将网站内容分类展示给浏览者，通

过不同的区域来分隔不同的功能区，是一种灵活易用、实用性和变化性均较强的骨架设计结构。

图 1-8　区域划分结构

（2）区域划分与分栏式混合排版

从整体上看，图 1-9 所示页面首先被分成两栏，开放式框架使网站看起来大气，并易于操作；从细节来看，页面左边被划分为两大区域，分别放置登录窗口和产品图像列表，页面右边为了解决产品图片较多的问题，采用了区域排版方式划分出多个格子，且圆角的格子使网页在视觉上更具亲和力。

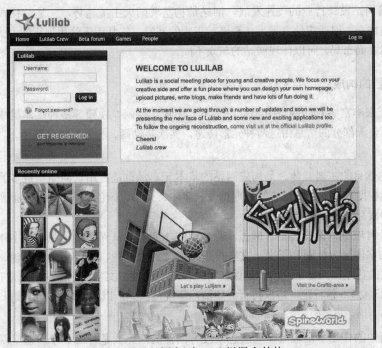

图 1-9　区域划分与二分栏混合结构

3. 无规律式

在分栏式和区域划分编排以外的网页框架可归属于一类,即无规律式页面布局。它个性鲜明,独一无二,其特殊的结构不适合信息流量大的网站,主要以整张图片的网页设计为主,类似大海报,页面漂亮,缺点就是图片下载较慢,会影响网页打开速度。

类似图 1-10 这种展示企业形象和产品宣传兼具的网站,首页可以采用"大海报"的无框架形式,它实际上就是一张完整的图片,通常称之为"形象首页",通过它来突出企业的形象,传递企业的文化,同时文字比较少,这时采用无规律式布局设计首页最为合适。

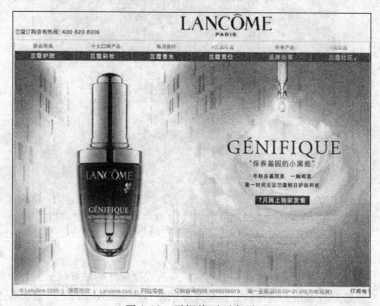

图 1-10　无规律页面布局

总之,随着网站设计行业的飞速发展,网站结构呈现两大主流趋势,一是分栏式结构和区域划分式结构的完美结合,以适应信息量大、严谨、正式的网站;二是因无法用规律的方式总结它们的个性而采用无规律页面布局,可以体现网站的与众不同。

1.3.3　页面文档的构成

网络上看起来丰富多彩的网页主要是由文字、图片、动画、视频等多种媒体组成,其中最常用的是文字和图片,大部分的信息由这两种元素传递,其次是动画、视频等辅助媒体。

1. 文字

文字是传达信息的主要载体,是构成网站的基本元素,也是占用页面面积最多的媒体。网页中文字设置的舒适程度直接影响浏览者的心理感受,字体、大小、颜色、行间距、字间距、段落与段落之间的安排等因素都需要慎重考虑。

文字在设计时应尽量保持其正常形态,避免使字体变形,从而影响美观,且字体宜控制在 3 种以内,以不同的字体区分标题和正文。文字排版时应做到大标题、小正文或粗标题、细正文;文字与背景要有一定的色差以凸显正文内容,保持可见性和易读性。文字大小适中,通常正文选择 12px,行间距通常为 1.3 或 1.5 倍行距,应保持页面整洁,体现层次感,以达到较好的阅读舒适度。

2. 图片

图片在网页中的作用举足轻重,无法想象没有图片的网站会是什么样子。通常网页框架和导航都需要依靠图片来实现，特殊信息也需要通过它进行视觉传达（如产品广告），同时图片还能将枯燥的信息变得灵活、轻松，起到画龙点睛的作用。

图 1-11 为 HUAXU 企业网站的首页。打开该网站首先看到的是展示该企业主要产品类别的三幅图片，而这三幅图片所传递的信息表达清晰、含义明确，使客户不用进一步浏览即可了解该企业的产品及特点。

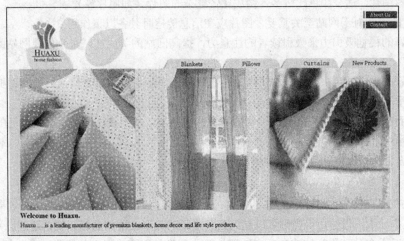

图 1-11　企业网站首页

倘若去掉首页上这三幅图片，或更换为其他与主题无关的图片，网站会变成怎样呢？去掉图片后的效果如图 1-12 所示。

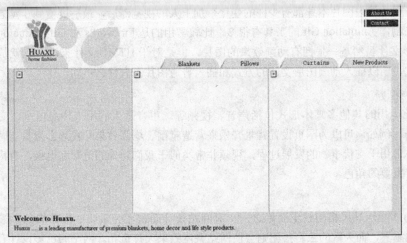

图 1-12　去掉图片的企业网站首页

显而易见，这样的页面缺乏从直观上加深对网站信息理解的视觉元素，无法明确表达出网站的信息。可见，图片不仅能起到美化网页的作用，更重要的是直观、准确地表达网站所传递的信息，并且图片要与页面统一，同时保持画面的清晰。

目前计算机支持的图片格式相当多，但是 HTML 文件常用的图片文件格式主要有两种：GIF 和 JPEG。

- GIF（Graphics Interchange Format）：意为"图像互换格式"，文件后缀名为".gif"，它是 CompuServe 公司制定的图形文件格式，其目的是作为网络上图形文件交换的标准，属于一种

256 色的压缩图形文件格式，但图片本身的显示品质并不会失真，适合颜色比较少、构成比较简单的图片（如 Logo 等）。

- JPEG（Joint Photographic Experts Group）：意为联合图像专家组，文件后缀名为 ".jpg" 或 ".jpeg"，是一种有损压缩格式，能够将图像压缩在很小的存储空间中，图像中重复或不重要的资料会丢失，因此容易造成图像数据的损伤。但它可以依所需的压缩比调整图片品质，支持 24 位的全彩图片，适合颜色比较多、构成比较复杂的图片（如照片等）。

选择合适的图片对于网站至关重要，图片应在信息传达时具备以下作用：

- 通过良好的视觉吸引力来吸引读者的注意力，提高网站的关注度，充分体现网站阅读的"最省力原则"。
- 通过良好的视觉效果来明确地表达网站信息的核心思想，使浏览者快速、准确地抓住网站信息的诉求重心。
- 通过强而有力的诱导作用来造成鲜明的视觉感受效果，从而使浏览者联想到自己的需求，在浏览的过程中产生愿望和需求。
- 与网页设计风格保持一致，达到协调、统一的效果。

3. 动画

除了可以在 HTML 文件中加入静态的图片外，还可以在 HTML 中加入一些动态效果。虽然动画不是网页的必备元素，但运用得当则可以起到画龙点睛的效果。所谓动画，就是通过以每秒 15 ~ 20 帧的速度（接近于全运动视频帧速）顺序地播放静止图像帧以产生运动的错觉，也包括画面的缩放、旋转、变换、淡入 / 淡出等特殊效果。通过动画可以把抽象的内容形象化，使许多难以理解的教学内容变得生动有趣。实现动画效果有很多种方法，最常见的是使用 Animation Gif 动画图形文件。

Animation Gif 动画图形文件就是电视和电影常用的卡通动画，使用的方法是快速地显示一张张静态的图片，因为每张图片本身都有少许的变化，加上人的视觉滞后，最后就看到了动态的图片。目前常见的用来制作 Animation Gif 的工具有很多，比较常用的是 Fireworks 和 Gif Animator。

动画图形文件虽然是一张拥有动画效果的图片，但是对于 HTML 文件来说，它就是一张 GIF 格式的图片形式，所以插入动画图形文件的方式和插入普通图片没有什么不同。

4. 音频和视频

在网页上运用的其他多媒体形式包括声音、视频等。声音是人们用来传递信息、交流感情最直接的方式之一，例如，可以为网页设置背景音乐来营造氛围、增强效果。视频影像具有时序性与丰富的信息内涵，常用于交代事物的发展过程，视频非常类似于我们熟知的电影和电视，有声有色，在多媒体中充当着重要的角色。

5. 色彩

色彩作为体现网站风格的视觉要素之一，对网站设计而言尤为重要。优秀的色彩搭配方式会使网站设计如虎添翼，而失败的色彩搭配则会使网站整体效果大打折扣。网站的色彩设计有其自身的规律，为使页面整体效果良好，要结合网页框架来分配色彩的面积和位置。

在色彩搭配时一般应注意以下几点：

- 根据网站的主题选择合适的颜色，如儿童类网站宜使用鲜艳、对比强烈的颜色；稳健的金融机构网站宜选择冷色系、柔和的颜色。
- 在正文文字部分采用对比色，若颜色过于接近会影响浏览者阅读，白底黑字的阅读效果是最好的。
- 网页中的颜色不宜过多，尽量控制在三种颜色以内，最多不超过四种，以避免网页过于繁杂，没有主色的现象。
- 考虑功能性颜色的选择，如提示、标题、超级链接等关键信息部分使用功能性的颜色以示强调和突出。

- 注意网页中灰色的使用。灰色视觉柔和，易于搭配，是网页设计中的万能色，通常能很好地烘托气氛，将其他颜色衬托得更为出挑，更具视觉冲击力。

6. Logo

Logo 即为网站的标志，它是一种徽标，必须以图片形式展示。较大型的企业或公司都有其标志性的 Logo，例如图 1-13 所示分别为思科和惠普公司的 Logo。

图 1-13　网站 Logo 示例

Logo 设计应简洁明了、令人过目难忘，在外观上既要充分考虑易于识别和记忆，又要注意文字和图形，并且要突出网站的风格，能够迅速识别企业形象，因此，设计一个既能传达特定含义又能让人过目不忘的 Logo 并非易事。Logo 的设计需要注意以下几点：

- Logo 的色彩应用至关重要，颜色数一般不宜超过三种，其冷暖明暗淡亮都应根据相应的需求进行调整，也可加入一些特定的被大众接受的识别元素，如食品行业通常会应用温馨的暖色调等。
- Logo 一旦确定就不要轻易改动，避免影响企业的整体形象。
- Logo 应放在显眼的位置，通常置于页面的左上角，但也并非一成不变，可视情况而定。

1.3.4　标记语言概述

1. SGML

SGML（Standard Generalized Markup Language，标准通用标记语言）是一种定义电子文档结构和描述其内容的国际标准语言，是所有电子文档标记语言的起源。这里的"电子文档结构"是指包括图像、文本、音频、视频、动画在内的一切电子格式的文档。

SGML 从结构和内容两个层次来描述文献，其核心是进行文献类型定义（Document Type Definition，DTD）。通常一个典型的文档被分成三个层次：结构（Structure）、内容（Content）和样式（Style），SGML 主要处理结构和内容之间的关系，把文档的内容与样式分开。SGML 的主要特点包括通用性与独立性，所谓通用性是指 SGML 可支持多种文档结构类型，例如布告、技术手册、章节目录、设计规范、各种报告、信函和备忘录等；独立性是指它与硬件、软件独立，SGML 可以创建与特定的软硬件无关的文档，因此很容易与使用不同计算机系统的用户交换文档。

2. HTML

如 1.1.2 节所述，HTML 是整个 Web 技术的基础，主要功能是在 Web 上发布信息，其详细内容将在本书第 3 章中加以讲解。

3. XML

XML（Extensible Markup Language，可扩展的标记语言）是一种显示数据的标记语言，定义了语义标记的规则。它与 HTML 相似，能使数据通过网络无障碍地进行传输，并显示在用户的浏览器上。

XML 与 HTML 的区别在于：

- 使用有意义的标记（Tag）。HTML 由浏览器读取，不能传达数据的语义；而 XML 具有语义。
- 数据的语义与显示方式分开。HTML 是决定数据显示方式的语言；而 XML 是描述数据内容的语言，本身并不决定数据的显示方式，数据的显示由 XSL（EXtensible Stylesheet Language，可扩展样式表语言）决定。

- 可自定义的标记。HTML 标记由少数权威团体制定，种类有限且不能随意添加；而 XML 可由用户按需要增加标记，如数学标记语言 MATHML、财经标记语言 FPML、电子商务标记语言 EBXML 等。
- 严格的语法控制。HTML 语法规则比较多元，具有较大的灵活性。文件结构比较松散，不能方便地转换为其他类型格式，难用程序来做大量而有效的处理，数据再利用的潜力大为降低；而 XML 对语法有严格的要求，所有 XML 的文件都必须经过严格的"验证"过程才算完成，文件格式容易转换。

XML 的应用主要有内容管理（Content Management）、电子邮件的收发与管理、智能型日历、个性化信息服务、电子商务等。

4. XHTML

XHTML（The Extensible HyperText Markup Language，可扩展超文本标识语言）是一种为适应 XML 而重新改造的 HTML，它结合了部分 XML 的强大功能及大多数 HTML 的简单特性，采用 XML 的 DTD 文件格式定义，并运行在支持 XML 的系统上。

XHTML 的优势在于它的严密性。早期的浏览器接受私有的 HTML 标签，人们在页面设计完毕后必须使用各种浏览器来检测页面，看是否兼容，因此往往会有许多莫名其妙的差异，人们不得不修改设计以便适应不同的浏览器。而用 XML 可以重新建立制度，浏览器制造商联合采用"严格的错误防御标准"，如果 XML 代码不兼容，浏览器拒绝显示页面，这样设计者在发布前必须修正每一个错误。

XHTML 与 HTML 的区别在于：

- 所有的标记都必须要有一个相应的结束标记。在 HTML 中，可以打开许多标签，却不一定要写对应的标签来关闭它们。但在 XHTML 中这是不合法的，因为所有标签必须关闭。
- 所有标签的元素和属性的名字都必须使用小写。XHTML 对大小写是敏感的，如 <title> 和 <TITLE> 是不同的标签。大小写夹杂也是不被认可的。
- 所有的 XHTML 标记都必须合理嵌套。因为 XHTML 要求有严谨的结构，因此所有的嵌套都必须按顺序进行，每层的嵌套必须严格对称。
- 所有的属性必须用双引号 "" 括起来，如 <height="80">。
- 图片必须有说明文字，即必须有 ALT 说明文字，如 <img src="ball.jpg" alt="large red ball" />。
- 所有属性都必须有一个值，没有值的就重复本身。

XHTML 的内容将在本书第 3 章中加以详述。

1.4　本章小结

Web 网页设计技术是开发基于 Web 应用程序的基础。本章首先介绍了关于 WWW 和 Web 的一些基本知识，然后详细分析静态网页和动态网页之间的区别和开发技术，最后简述了网页设计制作步骤和主要设计技术，梳理了后面各章知识点的主要内容，使读者对本书内容有一个整体上的了解，为读者深入掌握 Web 网页设计技术奠定基础。

习题

1. 什么是 Web？它与 WWW 和 Internet 有什么关系？
2. 简述静态网页与动态网页的区别。
3. 网页设计制作一般有哪些步骤？
4. 试着搜集一些 1.3.2 节中提到的各种页面布局类型的实例，思考若自己开发一个网站，首页选择什么类型？

第 2 章　Visual Studio 简介

【学习目标】

通过本章的学习，熟悉网站开发平台 Visual Studio 2008 的安装；掌握 IIS 的安装和基本设置；了解 Framework 的基本构架；学会如何使用 MSDN 工具；初步了解 Visual Studio 2008 的开发过程。

【本章要点】

- IIS 的安装
- Visual Studio 2008 的安装及配置
- Framework 框架
- MSDN 的使用

2.1　开发环境综述

2.1.1　系统环境概述

1. Visual Studio 简介

2002 年微软推出 Visual Studio.NET 开发环境，到日前已经发展到 9.0 版本，它是当下流行的 Windows 平台应用程序以及 Web 应用程序的开发环境，本书将以 9.0 版本（即 Visual Studio 2008）作为开发环境。

Visual Studio 作为一套完整的开发工具集，可用于生成 ASP.NET Web 应用程序、XML Web Services、桌面应用程序和移动应用程序。Visual Basic、Visual C++、Visual C# 和 Visual J# 都使用相同的集成开发环境 (IDE)。同时，它利用了 .NET Framework 的功能，通过此框架可使用简化 ASP Web 应用程序和 XML Web Services 开发的关键技术。

图 2-1 所示为 Visual Studio 2008 的启动页面。

图 2-1　Visual Studio 2008 启动界面

2. Visual Studio 2008 的优点

Visual Studio 2008 作为目前 .NET 开发的主流 IDE，其强大的功能有助于开发人员进行高效的应用程序开发，直观易懂的可视化设计器可以帮助初学者快速构建系统界面。同时，Visual Studio 2008 编译器支持多种编程语言，如 VC++.NET、J#、C#、VB.NET，使得很多初学者可以更快掌握 Visual Studio 2008 的开发。而 Visual Studio 2008 公共语言运行库中的语言 C# 是一个易于使用的、能够开发出功能强大、安全、稳定应用程序的语言。

此外，Visual Studio 2008 还提供了高级开发工具、调试功能、数据库功能和创新功能，帮助用户在各种平台上快速创建所需的应用程序。

2.1.2   Framework 概述

1. .NET Framework 的组成

.NET Framework 是支持生成和运行下一代应用程序和 XML Web Services 的内部 Windows 组件，即开发人员在运行系统的计算机上必须安装与应用程序相匹配的 .NET Framework，由于 .NET Framework 向下兼容，所以安装 .NET Framework 的最新版本就可以支持 .NET 开发的应用程序。

目前 .NET Framework 主要由两个组件组成：公共语言运行库和 .NET Framework 类库。公共语言运行库是 .NET Framework 的基础，可以将运行库看做执行时管理代码的代理，它提供内存管理、线程管理和远程处理等核心服务，并且还强制实施严格的类型安全，提高安全性、可靠性以及其他形式的代码准确性。

.NET Framework 类库是一个综合性的面向对象的可重用类型集合，可以使用它开发多种应用程序，包括传统的命令行或图形用户界面（GUI）应用程序、基于 ASP.NET 的 Web 应用程序。

2. .NET Framework 的功能

.NET Framework 主要有以下功能：

- 提供一个一致的面向对象的编程环境。
- 提供一个将软件部署和版本控制冲突最小化的代码执行环境。
- 提供一个可提高代码（包括由未知的或不完全受信任的第三方创建的代码）执行安全性的代码执行环境。
- 提供一个可消除脚本环境或解释环境的性能问题的代码执行环境。
- 使开发人员的经验在面对不同类型的应用程序（如基于 Windows 的应用程序和基于 Web 的应用程序）时能够保持一致。
- 按照工业标准生成所有通信，以确保基于 .NET Framework 的代码可与任何其他代码集成。

2.2   Visual Studio 的安装与应用

2.2.1   Visual Studio 简介

Visual Studio 2008 的开发环境就像一个容器，集成了多种可视化设计器的功能。它可以创建 Windows 窗体应用程序，也可以构建 Web 站点，同时还可以构建 Windows Communication Foundation（WCF）服务。

在使用 Visual Studio 2008 开发应用程序时，它能够最大程度地方便开发人员，满足个性化开发需求、提供友好的界面环境、集成用户体验功能。特别是下面几点特性可以为开发人员带来诸多便捷。

1. 不依赖于 IIS

用 Visual Studio 2008 进行开发设计时，在 Internet 信息服务（IIS）和 Visual Studio 2008 之间频繁进行切换会有所不便，因此，Visual Studio 在开发网站时可以不使用 IIS。事实上，Visual Studio

2008 搭载本地 Web 服务器，从而使 IIS 成为可选的条件，在开发测试和调试时可以直接用其自带的本地 Web 服务器。图 2-2 为内嵌的 Web 服务器的界面。

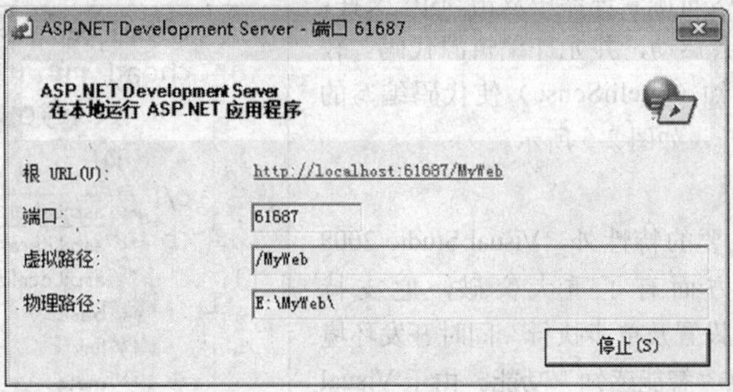

图 2-2　本地 Web 服务器

2. 以多种方式打开网站

Visual Studio 2008 支持多种打开 Web 站点的方式，主要包括：

- 使用 FrontPage 服务器扩展（FPSE）连接 "远程站点"。
- 通过 "FTP 站点" 访问源码文件。
- 直接使用 "文件系统" 路径来访问源码文件。
- 直接访问 "本地 IIS"，浏览现有的虚拟目录结构，访问现有的虚拟根目录，并可以直接在这里创建新的虚拟目录。

图 2-3 所示即为使用 "文件系统" 方式打开 Web 站点。

3. Web 项目的复制

Visual Studio 2008 还有一个非常重要的功能是 "复制网站"，该功能是一种集成的 FTP 工具。在 Visual Studio 2008 之前的版本中，要想将一个网站复制到另外一个地方，并且要让网站内容与本地同步比较麻烦，一般要借助一些 FTP 工具来完成。

图 2-3　以 "文件系统" 方式打开网站

在 Visual Studio 2008 中，仅需要选择一个菜单项，便能够将当前站点复制到本地或远程位置。图 2-4 展示了 Visual Studio 2008 中使用该功能的效果。

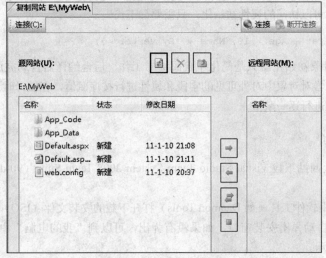

图 2-4　"复制网站" 功能

4. 智能化编辑开发环境

Visual Studio 2008 已经无需再为使用智能感知功能而去创建项目，它可以支持独立的文件编辑。
这样，如果在 Windows 资源管理器中双击 .aspx 文件，
Visual Studio 2008 便会启动，并允许编辑源代码。较
之前的版本，智能感知（IntelliSense）使代码编写的
效率得到了更高的提升，如图 2-5 所示。

5. 其他特性

除了上述比较重要的特性外，Visual Studio 2008
还在 JavaScript 调试方面有了重大突破，它支持
JavaScript 代码的断点设置及单步执行，同时开发环境
对 JavaScript 代码提供"智能感知"功能。由于 Visual
Studio 2008 支持开发界面的拆分，因此 HTML 及
CSS 设计会更加直接而快捷。

在开发语言方面，Visual Studio 2008 支持属性的
自动实现。在以前的 C# 版本中，下面的代码在接口
中是有效的，而在 C# 新的编译器中，下面的代码放
在类中也是合法的。

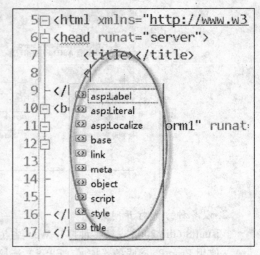

图 2-5　无处不在的智能感知

```
public string MyName
{
get;
set;
}
```

因为在编译过程中，编译器会自动将上述代码编译成如下代码：

```
private string myName;
public string MyName
{
get {    return myName;      }
set {    myName = value;     }
}
```

另外，对象的初始值设定也为代码的编写提供了很多的便利，在 C# 3.0 中，利用对象初始化器
新建一个对象，并对可以访问的属性初始化，只需要如下代码：

```
Cat cat = new Cat { Age = 10, Name = "Sylvester" };
```

从本质上讲，对象初始化器只是简化了代码编写工作，后台编译器自动完成转换。对象初始化
器实际上利用了编译器对对象中对外可见的字段和属性进行按序赋值，在编译时还是隐式调用了构造
函数，对字段或属性进行逐一赋值。

2.2.2　安装步骤简介

首先需要从微软网站下载 Visual Studio Team System 2008 Team Suite（90-day Trial），然后按照
以下步骤进行安装：

1）使用虚拟光驱软件工具（如 Daemon Tools）打开下载的安装文件（ISO）。

2）一般系统会自动弹出安装窗口，如果没有弹出，可以到"我的电脑"中的虚拟光驱中打开，
安装界面如图 2-6 所示。

图 2-6　Visual Studio 2008 安装界面

3）点击"安装 Visual Studio 2008"，之后安装程序将进行一些准备和加载一些安装组件，此时需要等待几分钟。

4）一直点击"下一步"，当出现如图 2-7 所示的界面时，可以选择要安装的功能，包括"默认值"、"完全"、"自定义"。系统自动选择"默认值"，即默认安装方式，建议初学者选择此项。此外，还可以改变产品安装的路径，系统默认安装在 C 盘中。

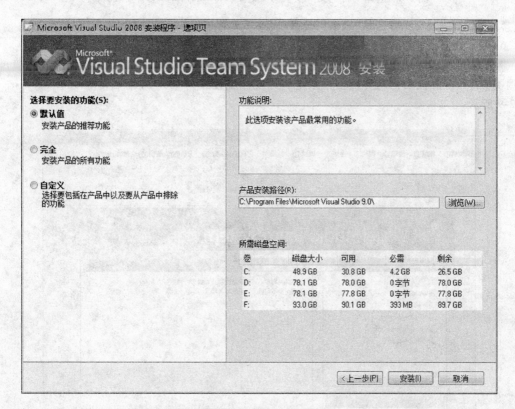

图 2-7　选择安装方式

如果选择"自定义"安装方式，则将出现如图 2-8 所示的界面，在界面左栏可根据需要选择或取消工具的安装。

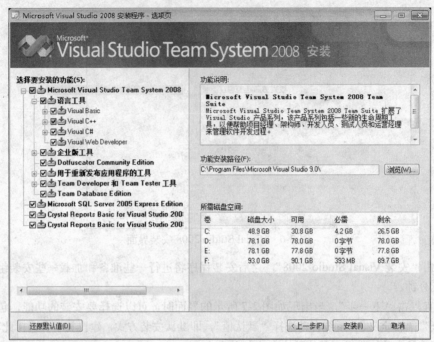

图 2-8   选择"自定义"安装方式时的 Visual Studio 2008 安装界面

5）选择好安装方式后点击"安装"按钮，进入安装程序。

6）在一段时间等待后，Visual Studio 2008 安装成功。

为了验证 Visual Studio 2008 是否安装成功，需要打开 Visual Studio 2008 开发环境，在看到类似 Vista 界面的启动界面后，系统将开发环境设置为 C#，然后启动 Visual Studio，如图 2-9 所示。

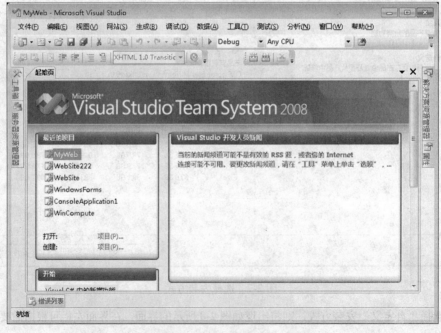

图 2-9   Visual Studio 2008 启动窗口

2.2.3 Visual Studio 配置

成功安装了 Visual Studio 2008 之后，如果要更好地使用 Visual Studio 2008，还需要对 Visual Studio 2008 进行一些必要的环境设置。

在进入到 Visual Studio 2008 开发界面（参见图 2-9）后，选择菜单"工具"－"选项"，打开系统的环境配置窗口，如图 2-10 所示。

不同的开发人员在设计和编写程序时都会有自己的一些习惯，Visual Studio 2008 提供了个性化环境配置功能，以便开发人员设置好自己的开发环境参数并保存下来。在 Visual Studio 2008 的环境配置窗口中，常用的配置有如下几种：

1）可以在 Visual Studio 2008 的环境配置窗口中的"环境"－"常规"内修改窗口布局方式、列出最近访问的文件数以及工具中的动画效果设置。

2）Visual Studio 2008 提供了对启动初始界面的设置，可以将最近的开发项目列出而无需再查找硬盘，也可以设置启动页中新闻频道的 URL 地址，方便关注最新技术，这些可在环境配置窗口中的"环境"－"启动"进行设置。

图 2-10 Visual Studio 2008 环境配置信息

3）Visual Studio 2008 中，注释代码、解除注释、格式化代码、编译代码、删除行等常用操作的快捷键往往是三键的组合，操作起来非常麻烦，可以在"环境"－"键盘"中重新设置符合个人习惯的快捷键组合。不过要注意避免和系统的快捷键冲突，如打开菜单、复制、粘贴、全选等的快捷键组合。

4）在"环境"－"字体和颜色"的设置界面中，可以将 Visual Studio 2008 代码内容的字体调整成自己喜欢的样式，同时也可以修改系统对代码的语法着色样式。

5）代码的行号显示在编译查错时非常有用，一般建议开发人员设置显示行号，在"文本编辑器"－"所有语言"的设置界面中，选中"行号"复选框即可在代码编辑界面出现行号。

6）在 Web 应用程序开发中，编写 HTML 代码是不可避免的。其中在输入属性后属性值默认是没有引号的，按照规范 HTML 的属性值需要用引号括起来，而单独输入引号又影响效率，因此在"文本编辑器"－"HTML"－"格式"的设置界面中，选中"键入时插入属性值引号"选项，这样在编写 HTML 代码时，系统会自动用引号将属性值括起来。

此外，在 Visual Studio 2008 开发工具的菜单位置单击右键，会出现如图 2-11 所示的响应菜单。可以从中选择常用的工具项，以方便在开发应用系统时使用。

以上是一些常用的 Visual Studio 2008 环境配置，如果初次接触 Visual Studio，建议先不修改 Visual Studio 2008 的基本环境设置，从而更好地熟悉 Visual Studio 2008 本身默认的设置。

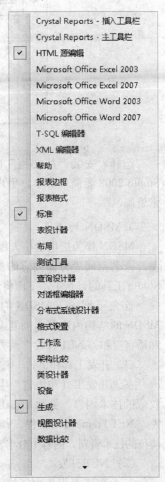

图 2-11 工具栏右键响应菜单

2.2.4 MSDN 的安装与应用

1. 什么是 MSDN

MSDN 是 Microsoft Software Developer Network 的简称，是为使用微软工具、产品和技术的开发人员提供的精华资源。它包含丰富的技术编程信息，包括示例代码、文档、技术文章和参考指南。开发人员可以将它安装在本地计算机上，也可以直接访问 http://msdn.microsoft.com/zh-cn/default.aspx 进行在线查阅。

2. MSDN 的安装

MSDN 的安装界面如图 2-12 所示。

图 2-12　MSDN 的安装界面

选择"安装产品文档"进行安装，MSDN 的安装相对 Visual Studio 2008 要简单得多，用户主要是选择安装路径和所需要的技术资源。

3. MSDN 的使用

MSDN 作为提供给广大程序员的开发大全，介绍了各种控件、类、命名空间等方面内容的概念及实例，是学习和使用好 Visual Studio 工具的好帮手，下面将介绍它的用法。

首先了解一下 MSDN 的结构，如图 2-13 所示。可以看到，MSDN 的结构内容繁多而复杂，在此主要介绍其中的"开发工具和语言"和".NET 开发"两方面。

（1）开发工具和语言

在"开发工具和语言"中能够找到关于 Visual Studio 2008 最

图 2-13　MSDN 的结构

权威的技术内容，例如 Visual Studio 入门、Visual Studio 中应用程序开发、如何访问数据、组件的开发、.NET Framework 编程、Visual C# 的入门以及 C# 参考等，同时里面还有 Visual Studio 2008 一些新特征的技术资料，内容十分丰富，在学习过程中尽可能多查阅里面的内容对掌握这些技术非常有利。

（2）.NET 开发

在".NET 开发"中能够了解 .NET Framework 3.5 以及历史版本的详细资料，对于程序员来说，

".NET Framework 类库"可以说是整个 .NET 的心脏。而在 ASP.NET 开发过程中，.NET Framework 类库中的"System.Web.UI.WebControls"命名空间内的类是初学者应重点学习的内容，其中包括进行 ASP.NET 开发经常用到的 Web 控件，比如命令按钮控件、数据绑定控件、数据访问控件等。

MSDN 中有很多代码示例，这些代码不仅最真实地演绎了 Windows 程序的开发，而且还能从中学习、体会程序编写的技巧和规范。按照示例代码的方式和格式来编写程序，不仅可以养成好的编程习惯，还可以对 MSDN 中的代码进行二次开发，从而生成更加完善的代码程序。

2.2.5   在 Visual Studio 中建立网站

通过前面的准备，下面介绍如何通过 Visual Studio 2008 来建立一个最简单的网站。首先打开 Visual Studio 2008 应用程序，点击"文件"–"新建"–"网站"，可得到如图 2-14 所示的"新建网站"对话框。

图 2-14   "新建网站"对话框

在"新建网站"对话框的"位置"下拉列表中提供了三种不同的位置，即文件系统、HTTP 和 FTP，它们不同于单纯的物理位置，其简述如下：

- 文件系统。它是系统默认选项，该选项把网站创建到当前物理文件系统上任何可以访问的地方，可以是本机或网络上的机器。当选择文件系统时，Visual Studio 2008 将使用内置服务器而不使用 IIS 运行 Web 程序，也不会为 Web 应用创建虚拟目录，即不需要在开发机器上安装 IIS。
- HTTP。该选项指定使用 IIS 处理 Web 页面，这就需要 Web 应用程序位于 IIS 的虚拟目录下。当创建了虚拟目录后，打开浏览器并输入一个 URL，如 http://localhost/ WebSite2/default.aspx，程序便会正常运行。
- FTP。该选项可以通过 FTP 在远程位置开发网站。通过 FTP 方式登录站点，会弹出一个 FTP 登录对话框，其中包含一个是否允许匿名登录的复选框，若有必要，还需输入用户名和密码方可登录。

在图 2-14 中，点击"确定"按钮后，Visual Studio 2008 将在指定位置创建一个新的网站，并创建第一个 Web 页面，默认为 Default.aspx，如图 2-15 所示。

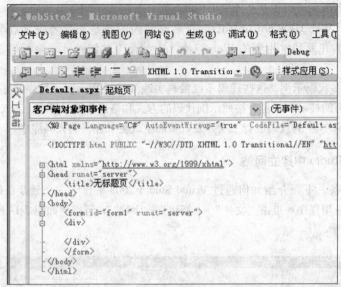

图 2-15   网站框架

在图 2-16 所示的"解决方案资源管理器"中，"WebSite1"为新建的网站名，用户可以根据自己网站的内容进行命名。

以下是"解决方案资源管理器"在建立网站时默认生成的内容。

图 2-16   解决方案资源管理器

- App_Data 文件夹：App_Data 文件夹应该包含应用程序的本地数据存储。它通常以文件（诸如 Microsoft Access 或 Microsoft SQL Server Express 数据库、XML 文件、文本文件以及应用程序支持的任何其他文件）形式包含数据存储。

- Default.aspx 及 Default.aspx.cs 文 件：Default.aspx 是 第 一 个 ASP.NET 默认页面，一般可以直接用来作为网页的首页。作为网页，主要以 HTML 脚本为主，另外还有 JavaScript、CSS 等来辅助界面设计和配合使用，同时还有一些类似如下的代码，这些是服务器控件的代码。

```
<asp:xxxx ID=" " runat="server" ></asp:xxxxx>
```

Default.aspx.cs 为 Default.aspx 的后台代码文件或代码隐藏页，主要编写实现网站互动功能的代码，并与服务器有一定的数据交换。如果使用的后台代码语言为 VB，则 Default.aspx 的后台代码文件为 Default.aspx.vb。

- 配置文件 web.config：web.config 文件是一个 XML 文本文件，它用来存储 ASP.NET Web 应用程序的配置信息（如最常用的设置 ASP.NET Web 应用程序的身份验证方式），它可以出现在应用程序的每一个目录中。当通过 .NET 新建一个 Web 应用程序后，默认情况下会在根目录自动创建一个默认的 web.config 文件，包括默认的配置设置，所有的子目录都继承它的配置设置。如果要修改子目录的配置设置，可以在该子目录下新建一个 web.config 文件。它可以提供除从父目录继承的配置信息以外的配置信息，也可以重写或修改父目录中定义的设置。

- 网站主题 App_Themes：App_Themes 文件夹为 ASP.NET 控件定义主题，主题包含在 App_Themes 文件夹下的一个子文件夹内，该子文件夹的名称就是主题名称。例如，要创建名为 BlueTheme 的全局主题，应创建名为 ...\ App_Themes\BlueTheme 的文件夹。其创建步骤见图 2-17。

图 2-17　主题文件夹

2.2.6　解决方案的作用

为了使集成开发环境（IDE）能够应用它的各种工具、设计器、模板和设置，Visual Studio 实现了概念上的容器（称为解决方案和项目）。另外，Visual Studio 还提供了解决方案文件夹，用于将相关的项目组织成组，然后对这些项目组执行操作。

项目包含一组源文件以及相关的元数据，如组件参考和生成说明。生成项目时通常会生成一个或多个输出文件。解决方案则可以包含一个或多个项目，以及帮助在整体上定义解决方案的文件和元数据，如图 2-18 所示。

创建新项目时，Visual Studio 会自动生成一个解决方案。然后，可以根据需要将其他项目添加到该解决方案中。"解决方案资源管理器"提供整个解决方案的图形视图，这在开发应用程序时有助于管理解决方案中的项目和文件。当然，也可以创建不包含项目的空白解决方案，从而使用 Visual Studio 编辑器和设计器修改独立的文件。

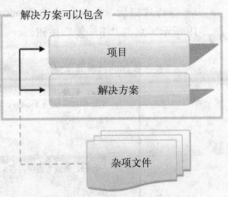

图 2-18　解决方案的作用

"解决方案资源管理器"专门为非项目项提供了文件夹解决方案，使程序员能够集中精力开发和部署项目，而不用考虑项目文件、组件和对象管理的具体细节。每个 Visual Studio 解决方案都可用于：

- 在 IDE 的同一实例中处理多个项目。
- 使用应用于整个项目集的设置和选项来处理项。
- 使用"解决方案资源管理器"帮助开发和部署应用程序。
- 管理在解决方案或项目环境的外部打开的其他文件。

2.3　Internet 信息服务（IIS）

2.3.1　IIS 简介

IIS（Internet Information Services）即 Internet 信息服务，是一种 Web 服务组件，其中包括 Web 服务器、FTP 服务器、NNTP 服务器和 SMTP 服务器，分别用于网页浏览、文件传输、新闻服务和邮件发送等方面，它使得在网络（包括互联网和局域网）上发布信息更加便捷。某台计算机上安装了

IIS 后，该计算机就搭建了服务器环境，即可发布网站、提供 Web 或 FTP 等服务。

IIS 最初是 Windows NT 版本的可选包，随后内置在 Windows 2000、Windows XP Professional 和 Windows Server 2003 中一起发行，但在 Windows XP Home 版本上并没有 IIS，尽管 IIS 内置于 Windows 操作系统中，但默认是不安装的，需要用户自己安装。

2.3.2 IIS 的安装

1. Windows XP 上安装 IIS

常见的 Windows XP 有两个版本：Professional 版和 Home 版。这两个版本大体相同，只是 Professional 版比 Home 版多一些功能，例如，Professional 版的 XP 支持双 CPU、多国语言、加入域、EFS 文件加密以及 IIS 等，但是在 Professional 版中，系统默认并没有安装 IIS，需要系统安装完毕后再另外安装并进行一定的设置。

（1）安装准备

当计算机已经安装完 Windows XP 操作系统后，在光驱中插入系统安装光盘，并从网络上下载 IIS 6.0 完整安装包。

（2）安装步骤

1）插入 Windows XP 安装光盘，打开"控制面板"，然后打开其中的"添加或删除程序"。

2）在"添加或删除程序"窗口左边点击"添加 / 删除 Windows 组件"。

3）等待片刻后，系统会启动 Windows 组件向导，在"Internet 信息服务（IIS）"前面打勾，如图 2-19 所示，点击"下一步"按钮。

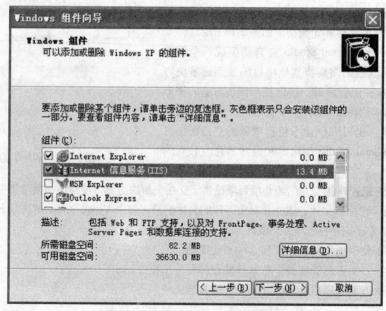

图 2-19 "Windows 组件向导"窗口

4）安装成功后，系统会自动在系统盘新建网站目录，其默认目录为 C:\Inetpub\wwwroot。

（3）IIS 设置

首先，打开"控制面板"－"性能和维护"－"管理工具"，即可看到"Internet 信息服务"，双击打开"Internet 信息服务"，界面如图 2-20 所示。

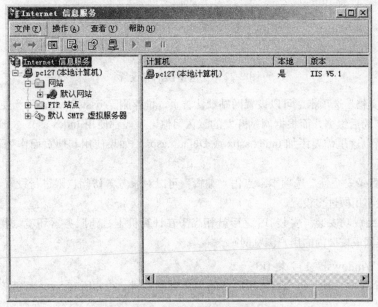

图 2-20 "Internet 信息服务" 窗口

然后，在"默认网站"上点击右键，选择"属性"，打开属性窗口，如图 2-21 所示。

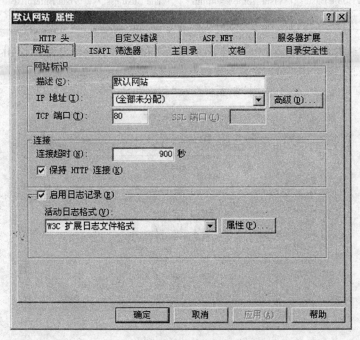

图 2-21 默认网站的属性窗口

接着进行以下设置：

1）点击"主目录"选项卡：在"本地路径"输入框后点击"浏览"可以更改网站所在文件位置，默认目录为 C:\Inetpub\wwwroot。在"执行权限"后面点击"配置"-"调试"-"文本错误信息"，选中"向客户端发送文本错误消息"单选按钮，如图 2-22 所示。如果用户需要查看网站中错误的原因可以不修改这里的设置。

向客户端发送文本错误消息（T）：

处理 URL 时服务器出错。请与系统管理员联系。

图 2-22　发送错误消息设置

2）点击"文档"选项卡：可以设置网站默认首页，推荐删除 iisstart.asp，因为使用 .NET 开发的网站以".aspx"为后缀名，而根据网站开发的默认习惯，一般都使用 Index.aspx 或 Default.aspx 作为网站的首页，所以这里需要添加 Index.aspx 或 Default.aspx。如果使用其他页面作为首页的话，添加此页文件名即可。

3）点击"目录安全性"选项卡：点击"编辑"可以对服务器访问权限进行设置，除非有特殊的安全需求，一般不用做过多设置。

至此 IIS 已经成功安装。安装 IIS 之后就相当于在计算机上搭建服务器环境，并能够发布网站，随时让同一局域网或校园内的用户浏览网站。

2. 在 Vista/Windows 7 上安装 IIS

Vista 有多个版本，针对每个版本所服务的用户对象不同，并非所有 Vista 都能安装 IIS，具体情况如表 2-1 所示。

表 2-1　能安装 IIS 的 Vista 版本

Vista 版本	Vista Home Basic	Vista Home Premium	Vista Business	Vista Enterprise	Vista Ultimate
IIS 服务器	不可以	不可以	可以	可以	可以

在 Vista 上安装的 IIS 版本为 7.0，由于 Windows 7 和 Vista 的操作界面基本相同，所以这里就以 Vista 为例来介绍如何安装 IIS 7.0，安装步骤如下：

1）插入 Vista 安装光盘，打开"控制面板"-"程序和功能"。如图 2-23 所示。

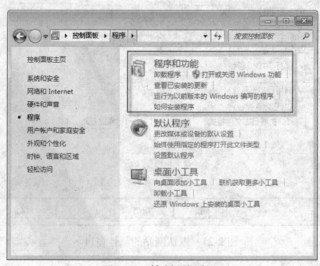

图 2-23　控制面板窗口

2）双击"程序和功能"之后将出现如图 2-24 所示的窗口。

3）在该窗口中，选择左侧的"打开或关闭 Windows 功能"，如图 2-25 所示。

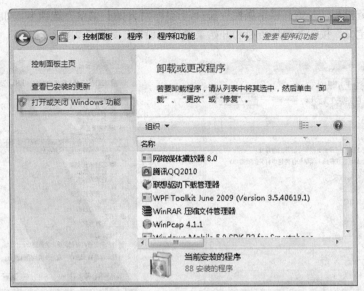

图 2-24　"程序和功能"窗口

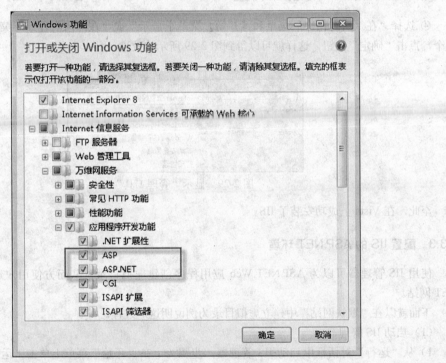

图 2-25　"Windows 功能"窗口

选中"Internet 信息服务"并展开它，注意选择的项目。在图 2-25 中，把需要安装的服务都选中了，因为 Vista 的 IIS 7.0 的默认安装选项中是不支持 ASP 和 ASP.NET 的，因此在安装的时候必须手动选择所需要的功能。点击"确定"按钮，系统将自行安装。

4）为了使用方便，可以通过下面的操作将安装成功的 IIS 添加到"所有程序"－"管理工具"中。

①在"开始"处右击鼠标，在弹出的菜单中选中"属性"，如图 2-26 所示。

图 2-26　打开属性窗口

②打开"任务栏和『开始』菜单属性"窗口，选中"『开始』菜单"选项卡，如图 2-27 所示。

③点击"自定义"按钮，对任务栏和开始菜单进行设置，如图 2-28 所示。

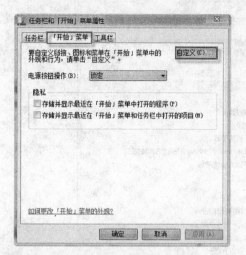 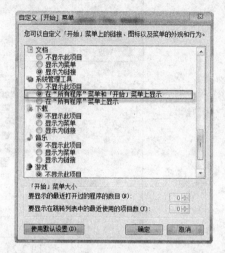

图 2-27 "任务栏和『开始』菜单属性"窗口   图 2-28 "自定义『开始』菜单"窗口

④ 选择"在'所有程序'菜单和『开始』菜单上显示"或"在'所有程序'菜单上显示"中的一个，点击"确定"按钮，这样就可以得到图 2-29 所示的效果。

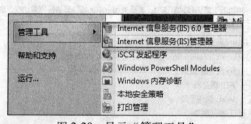

图 2-29 显示"管理工具"

至此，在 Vista 上成功安装了 IIS。

2.3.3 配置 IIS 的 ASP.NET 环境

使用 IIS 管理器可以为 ASP.NET Web 应用程序创建虚拟目录，从而方便用户建立自己的 ASP.NET 网站。

下面就以在"默认网站"中建立虚拟目录为例说明这一过程。

（1）启动 IIS 管理器

1）从"运行"对话框中启动 IIS 管理器。步骤为：在"开始"菜单上单击"运行"，在"打开"文本框中输入 inetmgr，然后单击"确定"按钮。

2）从管理服务控制台启动 IIS 管理器。步骤为：在"开始"菜单上单击"运行"，在"打开"文本框中输入 control panel，然后单击"确定"按钮；在"控制面板"窗口中单击"管理工具"；在"管理工具"窗口中单击"Internet 信息服务"。

（2）创建虚拟目录

启动 IIS 管理器后就可以创建虚拟目录了，步骤如下：

1）在 IIS 管理器中，右击要创建虚拟目录的站点或文件夹，指向"新建"，然后单击"虚拟目录"，如图 2-30 所示。

2）在虚拟目录创建向导中，单击"下一步"按钮。

3）在"别名"文本框中，输入虚拟目录的名称，本例中输入 TestWeb，然后单击"下一步"按钮。选择一个易于输入的简称，因为用户必须输入此名称才能访问网站。

4）在"路径"框中，输入或浏览至包含虚拟目录的物理目录，然后单击"下一步"按钮。注意，可以选择现有的文件夹或者创建一个新文件夹来包含虚拟目录的内容。

5）选中与要分配给用户的访问权限对应的复选框。默认情况下，"读取"和"运行脚本"复选框处于选中状态，使用这些权限，可以在许多常见情况下运行 ASP.NET 页。

6）单击"下一步"按钮，然后单击"完成"按钮。如图 2-31 所示的"TestWeb"就是新创建的虚拟目录。

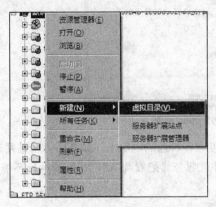

图 2-30　创建"虚拟目录"

图 2-31　成功创建虚拟目录

（3）配置虚拟目录

1）虚拟目录创建成功后，右键单击所创建的虚拟目录，然后单击"属性"按钮，弹出如图 2-32 所示的对话框。

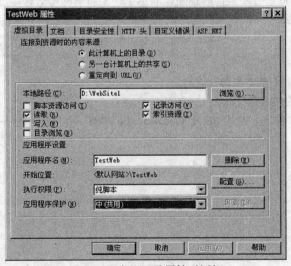

图 2-32　虚拟目录属性对话框

2）单击"文档"选项卡，添加一个新的默认内容文档"Default.aspx"，这个虚拟目录默认访问首页名，若要访问其他文件也可以在此修改。

3）单击"ASP.NET"选项卡，将 ASP.NET 版本设置为 2.0。

2.3.4　访问本地网站

　　了解了如何安装 IIS、创建测试网站用的虚拟目录并进行了简单的配置后，现在将发布的网站内容复制到虚拟目录指向的物理路径。如果虚拟目录本来就直接指向了有网站内容的文件夹，就可以直接访问本地网站。在浏览器的地址栏中输入 http://localhost/TestWeb，如图 2-33 所示。

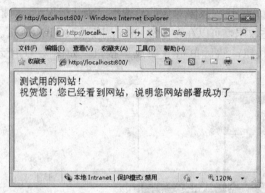

图 2-33　访问本地网站

　　此时，按照以上步骤即可将自己制作的网站发布在自己的电脑上，如果要将网站发布到 Internet 上，还需要一台能够连接到 Internet 的服务器，并且服务器配置为 ASP.NET 的运行环境，当然还需要为网站申请一个简洁、有意义的网站域名。

2.4　本章小结

　　本章首先介绍了 Visual Studio.NET 的开发环境及其发展过程，然后对构建网站所需要的 IIS 进行了比较详细的介绍，包括它在不同操作系统下的安装、配置及使用方法，最后对本书实例所使用的开发工具 Visual Studio 2008 进行了全面的描述，展示了一个简单网站的构建过程，使读者从整体上初步了解其安装及使用方法。

习题

　　1. 了解 Visual Studio 的基本概念及优势。

　　2. 什么是 IIS？它的作用是什么？

　　3. 在 Windows 操作系统上安装 IIS 及 Visual Studio 2008，并试着创建一个简单的网站，为后续章节的练习做好准备。

第3章　HTML 与 XHTML

【学习目标】

通过本章的学习，了解并掌握 HTML 与 XHTML 文档的结构、标签的使用及它们的区别，能阅读 HTML、XHTML 文档，并能够独立编写一些简单而实用的 HTML 文档。

【本章要点】
- HTML 文档结构
- HTML 标签
- XHTML 文档结构
- HTML 向 XHTML 过渡

3.1　HTML 标记语言

标记语言不同于一般的程序语言，它的主要功能是用来定义文档规则和描述文档结构。例如，它可以指示一段文本为段落，一段文本为置顶的标题，而另一段文本为底部的备注信息等，只需通过在文档中放置代码和指定的标记即可指示这些内容。标准通用标记语言（Standard Generalized Markup Language，SGML）是最基础的标记语言，其他标记语言（包括 HTML、XML、XHTML）都是在 SGML 的基础上发展而来的，但是它们又根据不同的使用领域对 SGML 进行了扩展，从而形成了更具针对性的标记语言。

超文本标记语言（Hyper Text Markup Language，HTML）是专门用于编写 Web 应用文档的一种语言。通过相关代码和各种 HTML 标签的使用，可以将数据以网页的模式，在各种浏览器中显示出来。

3.1.1　初识 HTML

HTML 中的"超文本"是指页面内可以包含图片、链接、音频及程序等非文字的元素；"标记"说明它不是程序语言，只是由文字及标记组合而成的语言。

首先通过一个经典的"Hello World"实例来初步认识一下 HTML 标记语言，具体代码如示例 3-1 所示。

示例 3-1

```
<!DOCTYPE html PUBLIC "-//W3C//DTD XHTML 1.0 Transitional//EN"
"http://www.w3.org/TR/xhtml1/DTD/xhtml1-transitional.dtd">
<html xmlns="http://www.w3.org/1999/xhtml">
<head>
<meta http-equiv="Content-Type" content="text/html; charset=utf-8" />
<title>Hello World</title>
</head>
<body>
    <h1>Hello World!</h1>
    <p>
这是第一个 HTML 文件，该页的名字叫做
<span>&quot;hello World&quot;</span>
    </p>
    <p> 一个 HTML 文档主要包括两部分：文档定义（DTD）和文档结构。　其中 DTD 指定了该 HTML 文档必须遵
```

> 循 DTD 中制定的文件结构，简单来说，也就是语法规则。文档结构就是为最终页面中所呈现的内容所建立
> 的 HTML 代码设计……
>   </p>
> </body>
> </html>

注意 DTD（Document Type Definition）文档类型是由 W3C 组织制定的，其概念源于 SGML，每一份 SGML 文件均有对应的 DTD。

上述代码描述了最基本的 Web 文档结构，其中各段代码的具体含义暂且不讨论，首先来看一下该段代码在 IE 浏览器中运行之后的效果，如图 3-1 所示。

图 3-1　Hello World 运行界面

从图 3-1 中可以看出，示例 3-1 定义了一个名称为"Hello World！"的标题，并设置了两段文字，分析代码可知：

- 网页中所呈现的是 HTML 文档中标签 <body> 和标签 </body> 之间的内容。
- 标签 <h1> 和标签 </h1> 定义了一个内容为"Hello World！"的标题。默认情况下，标题的文字比其他的文本字体要大，而且设置了加粗样式。
- 标签 <p> 和标签 </p> 用来定义一个段落。置于该标签之内的内容被认为同属于一个段落。

可见，HTML 就是通过一系列的 HTML 标签规范各种信息数据的显示结构，从而保证最终能被客户端的浏览器解析并正确执行。

事实上，无论一个网页它的表现形式是如何的五花八门、生动活泼，无论它所承载的数据信息是如何的庞大和复杂，最终都要通过 HTML 标记语言定义和生成。然后，浏览器将这些 HTML 语言"翻译"过来，并按照其定义的格式显示出来，转化成最终看到的网页。

与普通的数据文件相同（如文本文件、音频文件等），网页文件同样具有扩展名。常用的网页文件扩展名有 .html（或 .htm），根据网页程序开发环境的不同，网页扩展名还有 .asp、.php、.jsp、.aspx 等。无论开发人员采用什么技术，最终生成的网页文件都具有标准的 HTML 文档结构和代码，因此，超文本标记语言 HTML 是最基本的网页代码语言。

3.1.2　HTML 文件的基本结构

一个内容丰富的网页往往承载了大量的信息，包括文字、图片、音频、动画等，因此，其文档结构也会根据内容的多少和表现形式的不同变得更加复杂。例如，在新浪网（http://www.sina.com.cn）首页的空白处单击鼠标右键选择"查看源文件"，就可以看到形成该页的 HTML 文档竟然有几千行之多。但万变不离其宗，所有的网页都有着固有的文档结构，以 Visual Studio 2008 网页设计软件

为例（其文件扩展名为 .aspx），其页面文件主要包含如图 3-2 所示的三部分：

图 3-2 基本 HTML 文档结构

由于 Visual Studio 2008 软件的特殊性，在编辑其页面文件时，与普通的网页文件会有些不同。图 3-2 所示方框内的内容共同组成了 Visual Studio 2008 中一个基本的 HTML 文档结构，具体说明如下。

- 页面属性设置。该部分由 <%@ Page %> 标识的代码设置，该部分是 Visual Studio 开发环境根据其特殊的网页编译机制专门添加的一段代码，这与其他网页设计软件不同。这段代码的目的是为该 aspx 页面设置相关的属性，如母版、主题、后台代码等。而在最终客户端浏览器解析的网页源文件中，这段代码是不存在的。
- 文档格式定义（Document Type Definition，DTD）声明区。该部分由 <!DOCTYPE > 标识的代码设置，主要是指定当前文档所使用的文档格式。通常来讲，无论是什么开发软件（包括 Visual Studio），其最终传输到客户端浏览器的 HTML 文档代码都以该区域开始。
- HTML 代码区域。该部分由 <html></html> 标签标识的代码设置，主要用于定义页面中的显示内容和其他信息。其中，<head></head> 标签之间的代码定义文档的头部信息，其内容不会显示在浏览器上；<body></body> 标签之间的代码构建页面的显示内容，其内容会显示在浏览器上。而一个完整的 HTML 文档正是根据不同的 HTML 标签来实现网页的设计。

对于图 3-2 中网页属性设置部分（即 <%@ Page %> 标识区域），由于其是 Visual Studio 软件中所特有的，在此不做过多的讲述。下面将重点介绍文档格式定义声明区的编写和形成文件主体的各种 HTML 标签的使用。

3.1.3 文档格式定义的声明

文档格式定义（DTD）是由 W3C 组织制定的，其概念源于 SGML，每个 SGML 文件均有对应的 DTD。它以一个或多个 XML 文件作为模板，定义了 XML 文件（包括 HTML 文件）中可以使用的标签、各个标签所具备的属性和方式、标签的排列方式以及标签中可以包含的内容等，由此来规范文档的结构和格式。

通常，文档格式定义的声明都在 HTML 文档中的第一行来设置，该部分叫做"DTD 声明区"。也就是说，DTD 声明区就是通过一系列已经定义好的标准（或规则）来约束和规范 HTML 文档的结构。但是对于一般的 XML 文件而言，它们可以使用一些自定义标签，没有标准的规范可言，因此 DTD 声明区并非必须。对于已经具有一定的语法结构的 HTML 和 XHTML 而言，则是必须的。

在 HTML 中被制定的 DTD 有以下 3 种：

- Strict DTD。其文件名称为 strict.dtd，是最严格的文档格式定义。使用该 DTD 的文档必须严格按照模板中定义的规范和标签来完成文档结构，否则就被认为是错误的、不可执行的 HTML 文档。目前一般很少用到 Strict DTD。
- Transitional DTD。其文件名称为 loose.dtd，是过渡时期的文档格式定义。目前在很多 HTML 文档中还存在很多不标准的标签和使用规范，所以，W3C 组织制定了 Transitional DTD，专门用于解决这种标准与非标准共存的状况。该 DTD 中定义的标签基本上包含了 Strict DTD 中所有的标签，另外还会有一些过渡标签，即在低版本中曾定义过的以及当前版本所指定的特殊标签等。现在所使用的 XHTML 1.0 标准正是这样一种 DTD。
- Frameset DTD。其文件名称为 frameset.dtd，该 DTD 中定义的元素基本上包含了 Transitional DTD 中所有的标签，另外也包含有关框架设置的 frameset、frame、noframe、iframes 等标签的设置。

在 HTML 文档中不允许引用除上述 3 种 DTD 以外的其他的 DTD，即 HTML 无法像 SGML 一样允许使用者自定义 DTD 来引用。同时，在一个 HTML 文档中不能同时引用多个 DTD，即只能引用上述 3 种 DTD 中的一种，它是 HTML 文档编写规范中的一部分。因此，在 HTML 文档的编写过程中，一定要符合当前所引用的 DTD 的标准。

在 Visual Studio 的 aspx 页面中，文档格式定义的声明并没有作为页面的第一行代码，aspx 页面将 <%@Page %> 代码放到了最前面，这是 Visual Studio 的运行机制决定的，但并不影响对 HTML 的理解和学习。在浏览器中运行当前 aspx 页面，通过查看其源文件就会发现，aspx 页面中的 <%@Page %> 代码消失了，声明文档格式的 <!DOCTYPE> 标签显示在了最前面。由此可见，在最终客户端浏览器解析并显示网页的时候，仍然采用了最基本的 HTML 文档结构。

文档格式定义如下：

```
<!DOCTYPE element-name DTD-type DTD-name DTD-URL>
```

格式说明：

- <!DOCTYPE：表示开始声明 DTD，其中 DOCTYPE 是关键字。
- element-name：是指该 DTD 根元素名称。
- DTD-type：指该 DTD 是标准公用的还是私人制定的，若设为 PUBLIC 则表示该 DTD 是标准公用的，若设为 SYSTEM 则表示是私人制定的。
- DTD-name：是指该 DTD 的文件名称。
- DTD-URL：是指该 DTD 文件所在的 URL 地址。
- >：表示结束 DTD 的声明。

根据上述代码中的文件格式定义如示例 3-2 所示。

示例 3-2

```
<!DOCTYPE html PUBLIC "-//W3C//DTD XHTML 1.0 Transitional//EN"
    "http://www.w3.org/TR/xhtml1/DTD/xhtml1-transitional.dtd">
```

该段代码表明，当前文档引用的 DTD 文件名称为：-//W3C//DTD XHTML 1.0 Transitional//EN；该文件的地址为：http://www.w3.org/TR/xhtml1/DTD/xhtml1-transitional.dtd。

3.1.4　HTML 代码区域

1. <html> 标签

每一个 HTML 文档都有一个根标签，而该根标签必须是 <html>，根标签是成对出现的。其格式定义如下：

```
<html>......</html>
```

根标签是 HTML 文档数据区出现的第一个标签，其他所有的标签都包含在根标签内。

2. <head> 标签

由 <head> 开始至 </head> 结束所构成的区域称为文件头，它用来描述此 HTML 文件的一些基本数据，或设置一些特殊功能，且在文件头内所设置的数据并不会显示在浏览器中。

在 <head> 与 </head> 中的声明标签通常包括 <title>、<meta>、<base>、<style>、<link>、<script> 等，上述几种标签的功能和使用方法简述如下。

（1）<title>

<title> 标签用来设置文件标题。设置成功之后，设置信息就会出现在浏览器左上角的标题区中。如在前面代码中设置了 <title>Hello World</title>，在浏览器中运行该页面的时候，浏览器窗口左上角就会出现 "Hello World" 字样。

（2）<meta>

<meta> 标签控制标记的动态文件转换声明或是其他的数据设置，它是一个辅助性标签。<meta> 标签在一个网页中看似可有可无，但合理和有效地使用该标签，会给网页带来意想不到的效果，如加入关键字被大型搜索网站自动搜集、可以设定页面格式及刷新等。在大部分网页里可以看到如示例 3-3 所示的 HTML 代码。

示例 3-3

```
<meta http-equiv="Content-Type" content="text/html; charset=utf-8" />
```

上述代码定义了该网页将使用的字符集为 utf-8。

（3）<base>

通过设置 <base> 标签，可以为网页中所应用的超链接网址设置一个基准参考点。简言之，就是在该标签中为超链接设置一个基地址，而为页面中的超链接设置一个相对地址，当单击该链接时，浏览器就会自动将 <base> 标签中的基地址和超链接所设置的相对地址组合在一起，形成最终的访问地址。

<base> 标签的主要属性包括：

• href：用来指定基准链接地址。

• target：设置目标文件的显示方法（详见 3.2.4 节中超链接的 target 属性）。

下面通过示例 3-4 来了解 <base> 标签的使用方法（其中，"<a>" 为超级链接标签）。

示例 3-4

在 <head></head> 区域中添加如下代码：

```
<base href="http://www.acui.asia" target="_blank" />
```

<body></body> 区域中添加如下代码：

```
< a href="archive.aspx">归档所有日志文件 </a>
```

在页面运行时，点击超级链接文字 "归档所有日志文件" 后，打开页面的最终路径则为 "http://www.acui.asia/ archive.aspx"，并且是在一个新的窗口中打开该页面。由此可见，最终的路径是由链接中所设定的相对路径（这个概念后面会进一步说明）加上 <base> 标签中所设置的基地址形成的。值得注意的一点是，如果超级链接 <a> 没有设置 target 属性值，就采用 <base> 标签中的 target 属性值；如果 <a> 中已经设置该属性，则使用 <a> 自身设置的 target 属性值。

（4）<style>

在目前的网页设计中，有一种标准叫做"结构和表现相分离"，即 HTML 文档结构的定义和网页的显示样式都会通过不同的代码来分别实现，二者相互依赖，却又相互独立，从而共同完成网页的编排。该标准中的"表现"就是通过独立的代码来定义 HTML 文档中的信息在浏览器中的显示样式。<style> 标签就是专门用来完成此项工作的标签，使用 <style> 标签时，首先需要添加 type 属性，并赋值为 "text/css"。

在起始标签和结束标签之间编写样式代码（即 CSS 代码），代码如下所示：

```
<style type="text/css">
    /* 样式代码编辑区 */
</style>
```

其中的样式代码被称作 CSS（Cascading Style Sheet，层叠样式表）代码。通过定义 CSS 代码，可以控制 HTML 文档的最终显示效果，如背景图片、背景颜色、文字大小、字体颜色、边框以及宽度、高度等。

CSS 的具体内容将在第 4 章中详细讲解。

（5）<link>

虽然现在也不乏将 CSS 代码放到 HTML 文档的 <head></head> 区域的案例，但网页开发者更倾向于将所有的 CSS 代码放到一个扩展名为 .css 的文件中集中管理。而 <link> 标签的功能就是可以将一个 css 文件引入到当前页面中，并作用于当前页面的显示样式，如示例 3-5 所示。

示例 3-5

```
<link href="main.css" rel="stylesheet" type="text/css" />
```

上段代码表示引入了一个名称为 "main.css" 的样式表文件，这样在当前页面中就可以使用 main.css 文件中设置的所有样式了。

（6）<script>

<script> 标签的作用旨在应用其他的脚本代码来实现特殊的功能，最常用的是 JavaScript 脚本。

<script> 标签有两种使用方式：

• 自封闭式

该方式类似于 <link> 标签的使用，通过设置 src 属性引入外部 .js 文件，以便在页面中使用该 .js 文件中所定义的方法、属性等。如示例 3-6 所示。

示例 3-6

```
<script type="text/javascript" src="common.js" />
```

• 标准式

该方式类似于 <style> 标签。所有的 JavaScript 代码在起始标签 <script> 和结束标签 </script> 之间编写。代码如下所示：

```
<script type="text/javascript">
    /* JavaScript 代码编辑区 */
</script>
```

JavaScript 代码的基本语法知识将在第 9 章中详细讲解。

3. <body> 标签

在图 3-2 所示的 HTML 文档中可以看到，<html> 和 </html> 标签内部有两个标签，即 <head> 和

<body>。其中 <head> 和 </head> 定义了文件头信息，而 <body> 和 </body> 之间的内容最终会显示在浏览器窗口中。

<body> 标签的格式如下：

<body> ...... </body>

3.1.5 HTML 标签格式

如前所述，<html>、<head>、<title>、</title>、</head>、<body>、</body>、</html> 都属于 HTML 标签，这些 HTML 标签都是由 <!DOCTYPE> 中引用的 DTD 文件所定义的，因此，必须严格按照定义规范来编写。根据标签的使用方法，除了常见的成对出现的普通标签以外，还包括自封闭标签和空标签，简述如下。

- 普通标签：必须包括起始标签和结束标签，如 <body>、</body>。
- 自封闭标签：没有结束标签，但必须通过 "/>" 来表示结束，如图像标签 <img />。
- 空标签：类似于自封闭标签，但无属性设置，如换行标签
。

标签可以有 "属性"，属性的存在使得标签具有了更强的生命力，它总是添加在 HTML 元素的起始标签中，如 <body id="index_body"></body>，而且不同的标签拥有的属性也有很大的差异。属性的格式为：

name="value"

对于图像标签而言，如果只是简单的 <img/>，在浏览器中浏览到的只能是一个无法识别的图像文件，如果给它设置一个物理存在的图像文件路径，那么就可以将该图像显示在网页中，具体设置代码如示例 3-7 所示。

示例 3-7

```
<img src="../Images/logo.gif" />
```

如果查看历史较为悠久的网页的源文件，会发现其中的 HTML 标签的使用与前面所讲的有所不同，如图像标签 <img /> 并没有实现自封闭，而是直接使用 <img > 标签来完成图像定义，而空标签
 同样也不会自封闭而是以
 标签来实现换行等。这些正是以前非标准的 HTML 文档与当前所提倡标准化的 XHTML 文档的差别，也是为什么目前采用的是过渡文档格式定义（Transitional DTD）的原因。虽然旧的文档格式和 HTML 标签仍然可以在当前的浏览器中使用，但不提倡这种方式。

总结 HTML 标签的基本特征如下。

- 标签由英文尖括号 "<" 和 ">" 括起来，如 "<html>"。
- 大部分的标签都是成对出现的，如 "<title>" 和 "</title>"，第一个标签叫 "起始标签"，第二个叫 "结束标签"，结束标签只比起始标签多了一个 "/"。
- 标签可以嵌套，但是先后顺序必须保持一致，如 <body> 标签嵌套了 <p> 标签，则 </p> 标签必须在 </body> 标签前面。
- 起始标签和结束标签之间的内容就是标签所承载的数据信息，由于 HTML 标签是有语义的，因此，通过 HTML 标签一般就可以确定该部分数据的用途。如 <h1></h1> 标签之间的数据就是一级标题数据。
- HTML 标签不区分大小写，<p> 和 <P> 意义是一样的。但在 XHTML 标准中并不提倡二者同时使用，而是要求开发人员尽可能使用小写字母来完成标签的定义。

3.1.6 HTML 标签分类

根据在页面浏览时产生的效果，HTML 标签通常分为块级标签、内联标签和不可见标签三种，简述如下。

• 块级标签

块级标签一般都是以新行开始，以新行结束，如前面代码中的 <p></p> 标签，该标签的起始标签和结束标签之间的信息组成了一个独立的段落，因此，它是一个段落标签。同样，其中的 <h1></h1> 标签也是一个块级标签。

• 内联标签

内联标签一般不会开启新的一行，它的作用类似于承上启下，相当于在原本的信息元素之间插入了一些信息。如示例 3-1 代码中的 <span></span> 标签就是一个内联标签。

• 不可见标签

不可见标签的内容不会显示在浏览器中。如 <link />、<style></style>、<script />、<meta /> 等都是不可见标签。

表 3-1 概括了 HTML 中大部分的常用标签，并指明了它们的类别等信息。

表 3-1　HTML 的常用标签

标签	名称	类别	视觉效果	结束标记是否可省略	空标签或置换标签
a	anchor	内联标签	链接、突出	否	
block-quote		块级标签	缩进	否	
body		块级标签	主体	是	
br	break	块级标签	换行	是	空标签
dd	definition description	块级标签		是	
dl	definition list	块级标签		否	
div	division	块级标签		否	
dt	definition term	块级标签		是	
em	emphasis	内联标签	斜体	否	
h1、h2……h6	heading levels	块级标签	大字体	否	
hr	horizontal rule	块级标签	水平线	是	空标签
html		块级标签		是	
i	italic	内联标签	斜体	否	
img	image	内联标签	图片	是	空标签、置换标签
li	list item	块级标签	列表项	是	
link		不可见标签		是	空标签
object		块级标签		否	置换标签
ol	ordered list	块级标签	有序列表	否	
p	paragraph	块级标签	段落	是	
pre	preformatted	块级标签	等宽字体	否	
span		内联标签		否	
strong		内联标签	粗体	否	
style		不可见标签		否	
title		不可见标签	显示在标题栏，而不是主体部分	否	
tt	teletype	内联标签	等宽字体	否	
ul	unordered list	块级标签	无序列表	否	

3.2　HTML 常用标签

在浏览网页时，页面所承载的信息包括文字、链接、图片、动画、音频、影像等，这些内容都是来自于 <body> 和 </body> 标签之间的信息，而用于编排这些内容的标签则功不可没。下面就详细介绍一下网页设计过程中常用的一些 HTML 标签。

3.2.1　注释标签

注释信息是任何一种脚本语言都不可或缺的，在 HTML 文档中同样如此。在编写 HTML 代码时，经常需要输入一些说明性的文本，若不想把它们显示出来，就可以将其作为注释。一个好的代码开发人员通常都具备良好的写注释的素质，因为这有助于他人理解代码，也有利于设计者之间进行交流。

注释以 "<!--" 开始，以 "-->" 结束（两边都有两个连接符），如示例 3-8 所示。

示例 3-8

```
<!-- 这是第一个 HTML 代码实例，主要是用来讲解 HTML 基本知识 -->
```

注意：注释标记之间的文本，可以放在一行内，也可以分成多行显示。

3.2.2　标题标签 <h>

标题标签有 6 个级别，从 <h1> 到 <h6>，默认情况下标题文字是粗体。<h1> 为最大的标题，<h2> 其次，以此类推，<h6> 为最小。通过设置不同等级的标题，可以完成多层次结构的设置，如文档的目录结构或者一份写作大纲，如示例 3-9 所示。

示例 3-9

```
<html xmlns="http://www.w3.org/1999/xhtml">
<head runat="server">
    <title> 无标题页 </title>
</head>
<body>
    <form id="form1" runat="server">
    <div>
        <h1>
            这是一级标题 </h1>
        <h2>
            这是二级标题 </h2>
        <h3>
            这是三级标题 </h3>
    </div>
    </form>
</body>
</html>
```

示例 3-9 的效果如图 3-3 所示。

3.2.3　图像标签 <img >

如今的网页设计越来越注重界面，一个具有良好界面效果的网站会更吸引人。适当应用图片既能弥补网页内容的枯燥乏味，又起到画龙点睛的作用。图像是由 <img> 标签定义的，最新的 XHTML 标准中 <img> 也是一个自封闭标签。

定义图像的语法：

```
<img src="url" alt=" " />。
```

图 3-3 示例 3-9 运行效果图

其中，src 属性表示要显示图像的路径，alt 属性定义图像的说明文字。给页面上的 <img/> 标签添加 alt 属性是一个好习惯，当鼠标移动到图像上的时候，会提示说明文字，有助于更好地显示信息。尤其是当图片标签的路径设置有误时，页面在显示图片错误标识的同时，还会显示 alt 所定义的说明文字，如示例 3-10 所示。

示例 3-10

```
<img src="/images/fm.jpg" alt="C#4.0 权威指南 " />
    <p>
    《C# 4.0 权威指南》由国内资深微软技术专家亲自执笔，微软技术开发者社区和技术专家联袂推荐。内容
    新颖，基于最新的 c# 4.0、net framework 4 和 visual studio 2010；写作方式有创新，用图
    解的方式对 c# 进行了完美的演绎；内容全面，不仅重点讲解了 c# 4.0 的所有新特性，而且对 c# 的所
    有知识点的原理、用法和要点都进行了全面的讲解和深度的分析，广度和深度完美结合。本书注重实践，
    包含大量有价值的示例代码，可操作性极强。
    </p>
```

图 3-4 表示在图片路径设置正确的情况下，最终在浏览器中显示的情况。

图 3-4 路径设置正确浏览效果

图 3-5 表示在图片路径设置错误的情况下，最终在浏览器中显示的情况。

如图 3-5 所示，当图像文件路径出错的时候，就会显示 alt 属性的值（即 "C# 4.0 权威指南封面"），以此来提醒用户该图片的名称或功能，有助于提高网站的可读性，尤其是在一些无法显示图像文件或屏蔽了图像显示的客户端，alt 属性的设置尤为重要。

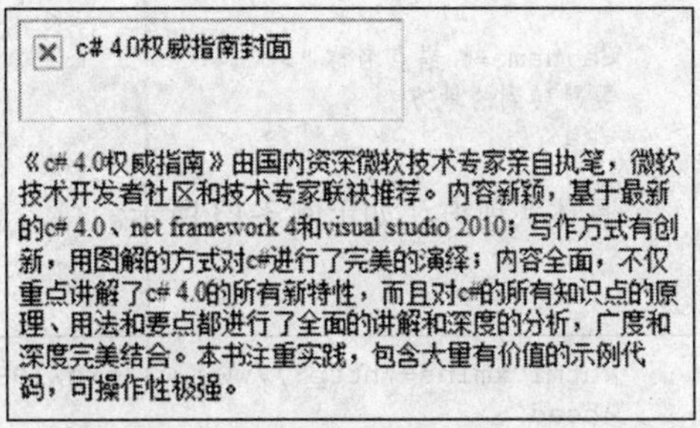

3.2.4　超链接标签 <a>

1. 页面间跳转

超链接的作用就在于通过它可以链接到其指定的页面文件，它永远是网页中的主角，在各大门户网站中表现得尤其突出。超链接包括文字链接和图片链接两种，但它们实现链接的标签都是 <a></a>，代码如示例 3-11 所示。

图 3-5　图像路径出错浏览效果

示例 3-11

```
<a title="Acui's World!" href="http://www.acui.asia" target="_blank">
Acui.asia
</a>
```

标签中间的 "Acui.asia" 表示页面中显示的文字。下面介绍代码中的 3 个关键字：

- title：鼠标移动到文字链接上方时显示的提示信息。
- href：点击文字链接时跳转到的页面。
- target：新页面的打开方式，它的参数值主要有 _blank、_self、_parent、_top，其含义分别是："_blank" 表示在新浏览器窗口中打开链接文件；"_self" 表示在同一框架或窗口中打开所链接的文档（此参数为默认值，通常不用指定）；"_parent" 表示将链接的文件载入含有该链接框架的父框架集或父窗口中，如果含有该链接的框架不是嵌套的，则在浏览器全屏窗口中载入链接的文件，效果与 _self 参数相同；"_top" 表示在当前的整个浏览器窗口中打开所链接的文档，因而会删除所有框架。

图片链接与文字链接类似，不同的地方在于将标签中的文字改成了图片，代码如示例 3-12 所示。

示例 3-12

```
<a title="Acui's World!" href="http://www.acui.asia" target="_blank">
<img src="http://www.acui.asia/logo.gif" alt="Acui's Logo" />
</a>
```

注意　虽然 <a> 标签设置了 title 属性，但由于 <img> 标签中同时设置了 alt 属性，那么默认情况下，当鼠标移动到该图片上方时，会提示 alt 属性所设置的信息而不会显示 title 中所设置的值。

2. 页面内跳转

超链接除了上述作用之外，还具有 "锚点" 的作用。锚点的作用与一般意义上的超链接不同，它可以直接链接到页面中的某一部分信息资源，如一个 HTML 页面其他部分、一张图片、一段声音、一部电影等，在此可以称其为 "目标位置"。

锚标签的定义和实现必须同时通过两部分来共同实现，即链接文字和目标位置（锚点）。

首先，链接文字的定义与普通的链接没有什么不同，其语法规则如下所示：

```
<a href="url"  target=" 新页面的打开方式 ">
显示带链接的文字
</a>
```

然后，目标位置的定义则是通过设置 name 属性来创建，它也叫做"锚点"。其语法规则如下所示：

```
<a name=" 锚点名称 ">
要跳转到的地方
</a>
```

具体实现方法如示例 3-13 所示。

示例 3-13

```
<html xmlns="http://www.w3.org/1999/xhtml">
<head >
    <title> 无标题页 </title>
</head>
<body>
    <a href="#bottom"> 跳转到页面底部 </a>
    <div>
        中间的内容
    </div>
    <a name="bottom"> 页面底部 </a>
</body>
</html>
```

从示例 3-13 中可以看出，超链接的"href"的属性值不再是一个路径，而是以"#"开始后跟目标位置的名称"bottom"。目标位置"bottom"的定义则通过代码 <a name="bottom"> 页面底部 </a> 来实现。这样，当在页面中点击"跳转到页面底部"的链接时，页面就会略过"中间的内容"部分，直接定位到"页面底部"位置。

注意 最好不要用中文来定义锚点的名称，就类似于网页文件的名称也不要用中文来定义一样。因为中文命名可能会在某些服务器上产生错误。

示例 3-14 中包括了各种超链接。

示例 3-14

```
<%@ Page Language="C#" AutoEventWireup="true" CodeFile="Default.aspx.cs"
    Inherits="Chapter03_Default" %>
<!DOCTYPE html PUBLIC "-//W3C//DTD XHTML 1.0
Transitional//EN" "http://www.w3.org/TR/xhtml1/DTD/xhtml1-transitional.dtd">
<html xmlns="http://www.w3.org/1999/xhtml">
<head runat="server">
    <title></title>
</head>
<body>
    <form id="form1" runat="server">
    <p>
        <a href="http://www.acui.asia" target="_blank" title="Acui.asia"> 博 客：
        Acui.asia</a> 该博客集中了与网页设计相关的技术知识，包括 HTML&amp;XHTML、CSS、
        JavaScript 等，并具有一些 ASP.NET 的相关知识。  </p>
    <p>
        <a href="http://togezor.acui.asia" target="_blank" title=" 那些事儿 ">
            <img src="things.png" alt=" 那些事儿 " /></a>
        " 那些事儿 "（http://things.acui.asia）主要分为 3 个栏目，即昨天、今天和明天，为用户提
            供一个记录日常事务的平台。简单实用。</p>
    </form>
</body>
</html>
```

在浏览器中浏览的效果如图 3-6 所示。

图 3-6　超链接在浏览器中的显示情况

3.2.5　空标签
 和 <hr>

空标签是指不会加载数据信息的标签，使用它只是出于页面表现的需要。同时，所有的空标签都是自封闭标签。

 是换行标签，在 HTML 文档中加入
 可以在新的一行中显示内容。

<hr /> 表示在页面中添加一条水平线，它是一个块级标签，因此水平线会单独出现在新的一行中。如示例 3-15 所示。

示例 3-15

```
<%@ Page Language="C#" AutoEventWireup="true" CodeFile="Default.aspx.cs"
    Inherits="Chapter03_Default" %>
<!DOCTYPE html PUBLIC "-//W3C//DTD XHTML 1.0 Transitional//EN"
"http://www.w3.org/TR/xhtml1/DTD/xhtml1-transitional.dtd">
<html xmlns="http://www.w3.org/1999/xhtml">
<head runat="server">
    <title></title>
</head>
<body>
    <form id="form1" runat="server">
    <h1>
        Hello World!</h1>
    <hr />
这是第一个 HTML 文件，该页的名字叫做 <span>&quot;hello World&quot;</span><br />
一个 HTML 文档主要包括两部分：文档定义（DTD）和文档结构。 其中 DTD 指定了该 HTML 文档必须遵循 DTD 中
制定的文件结构，简单来说，也就是语法规则。文档结构就是为最终页面中所呈现的内容所建立的 HTML 代码设
计......
    <hr />
    </form>
</body>
</html>
```

该代码在 <h1> 标签下方和页面结尾处分别添加了 <hr /> 标签，中间还添加了换行标签
。最终显示结果如图 3-7 所示。

图 3-7   空标签
 和 <hr /> 的使用情况

在 HTML 4.0 及以前版本，空标签不会采用 "/>"结束，而是直接通过 ">"完成，如
、<hr> 等。而在以后的版本中，由于出现 Web 开发标准，HTML 代码的编写越来越规范化。

3.2.6   <span> 标签

在网页设计中，经常需要突出显示比较重要的文字、信息，使用 <span> 标签不失为一种简单可行的方法。<span> 标签用来组合文档中的行内元素。它是一个内联标签，因此会直接显示在前面信息之后而不会换行。示例 3-16 将 <span> 标签放在了一句话的内部，并将 "hello World" 用红色字体突出显示。

<div style="text-align:center">示例 3-16</div>

```
<p> 这是第一个 HTML 文件，该页的名字叫做
<span style="color:Red">&quot;hello World&quot; </span>
</p>
```

运行后的效果如图 3-8 所示。

图 3-8   利用 <span> 标签突出显示文字

<span> 没有固定的格式表现，当对它应用 CSS 样式时，它才会产生视觉上的变化。如果不对 <span> 应用样式，那么 <span> 元素中的文本与其他文本不会有任何视觉上的差异。

3.2.7   段落标签 <p>

段落标签 <p> 是处理文字时经常用到的标签。每个 <p> 标签内的元素会在新的一行中显示，并

被置于一个块内。段落标签内可以包含其他的标签，如图片标签 <img />、换行标签
、链接标签 <a> 等，但是不能包含 <div> 标签和 <h1>~<h6> 标签。示例 3-17 给出了段落标签的一个例子。

示例 3-17

```
<%@ Page Language="C#" AutoEventWireup="true" CodeFile="Default.aspx.cs"
    Inherits="Chapter03_Default" %>
<!DOCTYPE html PUBLIC "-//W3C//DTD XHTML 1.0
Transitional//EN" "http://www.w3.org/TR/xhtml1/DTD/xhtml1-transitional.dtd">
<html xmlns="http://www.w3.org/1999/xhtml">
<head runat="server">
    <title></title>
</head>
<body>
    <form id="form1" runat="server">
    <h1>
        Hello World!</h1>
    <p>
        这是第一个 HTML 文件，该页的名字叫做 <span>&quot;hello World&quot;</span></p>
    <p>
        一个 HTML 文档主要包括两部分：文档定义（DTD）和文档结构。 其中 DTD 指定了该 HTML 文档必须遵
        循 DTD 中制定的文件结构，简单来说，也就是语法规则。文档结构就是为最终页面中所呈现的内容所建
        立的 HTML 代码设计......</p>
    </form>
</body>
</html>
```

示例 3-17 在浏览器中显示情况如图 3-9 所示。

3.2.8　层标签 <div>

层标签 <div> 在页面表现上与段落标签 <p> 类似，但本质却不同。它是定位标签，它不像链接或者表格等标签具有实际的意义，而是表示一个内容块。由于早期的浏览器对 CSS 样式表支持不理想，导致层的作用被忽略，而随着网页设计标准逐步统一，浏览器对样式表支持的力度越来越大，层标签在页面布局方面的作用也随之增强，这在后面会详细阐述。

层标签的基本语法如下：

图 3-9　段落标签的使用情况

```
<div>层中的内容</div>
```

若想灵活地使用层来布局页面，就要深刻理解层的含义。它和表格、标题等标签不同，它没有实际的意义，只是一个"容器"，用来放置其他的元素，然后利用 CSS 来布置这个容器的摆放位置。在后续的章节中会进一步谈到它的用法。

3.2.9　表格标签 <table>

<table> 标签用来定义表格。使用 <tr> 标签可将一个表格划分为若干行，然后通过 <td> 标签将每个行划分成若干列（单元格），数据则存放在 td（table data）单元格里面。单元格中不仅可以填写数据信息，还可以加载通过其他 HTML 标签编排之后的 HTML 代码，这些代码标签可以是文字、图像、列表、段落、表单、表格等。另外，标签 <th> 也是表格中常用的标签，顾名思义，它表示标题单元格。

示例 3-18 是利用与 <table> 相关的标签创建了一个数据表。

示例 3-18

```
<table>
    <tr>
        <th> 学号 </th> <th> 姓名 </th> <th> 年龄 </th> <th> 籍贯 </th>
        </tr>
        <tr>
        <td>01</td><td> 王武 </td> <td>20</td> <td> 河北 </td>
        </tr>
        <tr>
        <td>02</td> <td> 田冲 </td> <td>21</td> <td> 山东 </td>
        </tr>
        <tr>
        <td>03</td> <td> 刘可 </td> <td>21</td> <td> 重庆 </td>
        </tr>
        <tr>
        <td>04</td> <td> 李玲 </td> <td>21</td> <td> 贵州 </td>
        </tr>
        <tr>
        <td>05</td> <td> 赵杰 </td> <td>19</td> <td> 湖南 </td>
        </tr>
    </table>
```

其中，第一行为标题行，后面为数据行。在浏览器中运行效果如图 3-10 所示。

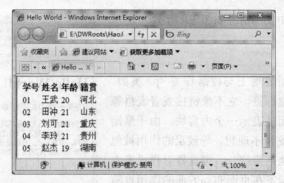

图 3-10　<table> 标签效果

<table> 擅长处理各种数据表单，但它的缺点就在于配套的标签过多，以至于显示简单的几行数据需要编写大量的代码。

> **注意**　表格标签 <table> 的设计本意是用来放置分类的数据，但是以前却多用来排版，而不是用来显示数据，现在这种观念已经被逐渐改变了。

3.2.10　列表标签 <list>

在利用表格排版的时代，列表（list）的作用被忽略了，很多应该用列表的内容也转用表格来表现。随着 DIV+CSS 的布局方式的推广，列表的地位变得重要起来，配合 CSS 样式，列表可以显示成样式复杂的导航、菜单、标题等。

列表通常分为 3 种类型：无序列表（unordered list）、有序列表（ordered list）、释义列表（definition list）。

·无序列表：一个无序列表是用 <ul> 标签开头，每个项目的开始标签为 <li>，在列表项目中可以加入段落、回车符、图像、链接以及另外的列表等。列表项在浏览器显示时，往往默认项目指示标志为黑色的圆点。

- 有序列表：有序列表的每个项目前面都有数字标记，开始标签为 <ol>，每个项目的开始标签也是 <li>。在项目中，同样可以添加段落、回车符、图像、链接以及另外的列表等。
- 释义列表：释义列表是一列事物以及与其相关的解释。释义列表的开始标签为 <dl>，每个被解释的事物的开始标签为 <dt>，每个解释的内容的开始标签是 <dd>。在 <dd> 标签中也可以是其他一些 HTML 标签的集合。

示例 3-19 中的 HTML 代码展示了列表标签的使用方法。

示例 3-19

```
<!-- 无序列表 -->
<ul>
        <li>第 1 章      网站概述 </li>
        <li>第 2 章      Visual Studio 简介 </li>
        <li>第 3 章      HTML&amp;XHTML 文档 </li>
        <li>第 4 章      层叠样式表 CSS</li>
        <li>第 5 章      CSS 样式表进阶 </li>
</ul>
<!-有序列表 -->
<ol>
        <li>第 1 章      网站概述 </li>
        <li>第 2 章      Visual Studio 简介 </li>
        <li>第 3 章      HTML&amp;XHTML 文档 </li>
        <li>第 4 章      层叠样式表 CSS</li>
        <li>第 5 章      CSS 样式表进阶 </li>
        <li>第 6 章      网页布局 </li>
</ol>
<!-释义列表 -->
<dl>
        <dt>第 1 章      网站概述 </dt>
        <dd>通过本章的学习，了解网站的基础知识，熟悉网站的基本架构，掌握网页和标记语言的相关概
            念，了解网页设计所设计到的开发工具。</dd>
        <dt>第 2 章      Visual Studio 简介 </dt>
        <dd>主要讲解 IIS 环境配置、VS 安装以及使用等基础知识。</dd>
        <dt>第 3 章      HTML&amp;XHTML 文档 </dt>
        <dd>详细讲解 HTML&amp;XHTML 标记语言，包括文档结构、标签等内容。</dd>
        <dt>第 4 章      层叠样式表 CSS</dt>
        <dd>CSS 层叠样式表用来控制页面的表现，如背景、颜色、字体等。W3C 的 web 开发标准就是结构、
            内容和表现相分离，在注重界面表现的现在，CSS 的掌握成为了关键的一环。</dd>
        <dt>第 5 章      CSS 样式表进阶 </dt>
        <dd>更深入探讨 CSS 样式表的编写和使用。</dd>
        <dt>第 6 章      网页布局 </dt>
        <dd>从表格（table）布局到 DIV+CSS 布局的转变势在必行，良好的网页布局将会为日后的网站
            重构打下基础。</dd>
</dl>
```

示例 3-19 中浏览器中显示的效果如图 3-11 和图 3-12 所示。

图 3-11　无序列表和有序列表

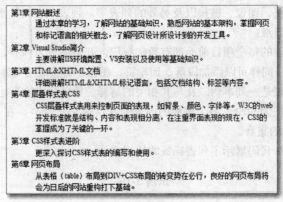

图 3-12　释义列表

3.2.11　表单标签 <form>

表单标签 <form> 是服务器实现与网页访问者交互的一种途径。一般通过 Visual Studio 开发工具建立的页面文件会自动添加 <form> 标签。表单内的标签能够让访问者可以在表单中输入或选择数据信息（如用户名、密码、下拉菜单等），并且能够提交到服务器，不过这种交互操作需要服务器端的程序支持。

3.2.12　框架标签 <frame>

使用框架标签 <frame>，可以在一个浏览器窗口中显示多个页面。目前很多论坛都采用了框架形式，如著名的程序员网站 CSDN 的论坛（http://community.csdn.net/），如图 3-13 所示。

图 3-13　CSDN 论坛首页

分析图 3-13 可以看出，该论坛的首页是由两个页面组合起来的，而用到的组合工具就是 <frame> 标签。该页的代码如示例 3-20 所示。

示例 3-20

```
<html>
<head>
    <title>CSDN 社区中心 </title>
```

```
        <meta name="designer" content="CSDN.NET" />
        <meta http-equiv="Content-Type" content="text/html; charset=UTF-8" />
    </head>
    <frameset id="sidebar_content" cols="225, *" frameborder="1" border="6"
        framespacing="5" bordercolor="#A1C7F9">
        <frame name="NavigetionFrame" src="/WebNavigation/Navigation.aspx"
            scrolling="no" frameborder="1" />
        <frame name="ContentFrame" src="/HomePage.aspx" frameborder="0" />
    </frameset>
</html>
```

在该示例中，所有框架标签 <frame> 都被放在一个 HTML 文件中，其中，<frameset> 用来划分框架，每个框架由一个 <frame> 标签所标示。注意，<frame> 标签必须在 <frameset> 标签内使用。

<frame> 标签的 src 属性指向在此窗口内打开的 HTML 页面；name 属性为框架窗口定义了名称，这个名称可以用在链接的 target 属性内。例如，对于 <a href="frame.html" target="main"> 打开 frame.html 文件 </a>，单击此链接则相应文件将在 main 窗口内打开。

框架虽然让页面的表现形式变得灵活，但是不支持框架的浏览器（例如可上网手机的浏览器）将无法浏览网页内容，要打印一个框架页面也会很麻烦，同时，网页也会变得更加复杂。

目前比较常用的框架标签是 <iframe>，它是 IE 专用的标签，其作用是在一个页面中间插入一个框架以显示另一个文件。虽然大部分非 IE 内核的浏览器也支持 <iframe> 标签，不过 <iframe> 也有同 <frame> 一样的缺点，例如在手持设备上还不被支持等。

3.3　可扩展的超文本标记语言

HTML 语法要求比较松散，这对网页编写者来说比较方便。但对于机器来说，语言的语法越松散，处理起来就越困难。特别是对于计算机之外的设备（比如手机）难度就比较大，因此产生了由 DTD 定义规则、语法要求更加严格的 XHTML。

可扩展的超文本标记语言（Extensible Hyper Text Markup Language，XHTML）以 HTML 4.0 为范本，然后再按照 XML 的语法规则重新对 HTML 规则做了扩展，语法上更加严格。简言之，建立 XHTML 的目的就在于实现 HTML 向 XML 的过渡，这样 XHTML 既包容 HTML 的非标准性应用，又能满足新规则的规范。

3.3.1　HTML 文档结构分析

查看 HTML 4.0 以前版本的文档不难发现，其文档结构是相当松散的，而这种松散的文档结构主要是由于浏览器历史标准的不统一所造成的，这不利于超文本标记语言的发展。因此，W3C 组织极力主张各浏览器统一标准，就形成了可扩展的标记语言（即 XML）。为了延续原来 HTML 的某些定义，创建了一个中间标准，即可扩展的超文本标记语言（XHTML）以避免 HTML 文档结构的过度松散的特性。

由于目前仍然有诸多的网页设计案例仍然沿用 HTML 4.0 的文档设计标准，因此，在学习 XHTML 之前，本节将首先集中介绍 HTML 4.0 以前文档都存在哪些松散特性，以便读者在编写 HTML 文档时避免这些情况。

1. 省略 DTD 声明

早期的 HTML 文件大部分是不指定 DTD 的，因为浏览器都使用自己内定的 DTD 来检查 HTML 文件。如示例 3-21 所示。

示例 3-21

```html
<html>
<head>
    <title> 没有设置 DTD 声明的 HTML 文档 </title>
</head>
<body>
    <p> 该页没有设置 DTD 声明。</p>
<p> 页面中如果不设置 DTD 声明，页面内容仍然可以在浏览中解析并正常显示出来。</p>
</body>
</html>
```

示例 3-21 代码在浏览器中的运行结果与添加了 DTD 声明的 HTML 文档基本上没有区别，如图 3-14 所示。

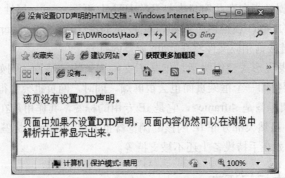

图 3-14　省略 DTD 声明的页面

2. 标签缺少结束标签

在 XHTML 中，大部分 HTML 标签都是由起始标签和结束标签组成的，即使没有结束标签也应该通过 "/>" 来封闭该标签。但在 HTML 标签使用标准中，结束标签若被省略也可以被浏览器接受，如 <p>、<td>、<li> 等，这些标签在 HTML 语法中是被允许省略其结束标签的。这种不规范的编排方式现在仍然存在。

省略示例 3-21 的代码中所有段落标签 <p> 的结束标签，如示例 3-22 所示。

示例 3-22

```html
<html>
<head>
    <title> 没有设置 DTD 声明的 HTML 文档 </title>
</head>
<body>
    <p> 该页没有设置 DTD 声明。
<p> 页面中如果不设置 DTD 声明，页面内容仍然可以在浏览中解析并正常显示出来。
</body>
</html>
```

然后，观察运行结果，会发现页面显示完全正常，如图 3-15 所示。

3. 字符大小写无限制

在 HTML 文档的编排中，英文的大小写是没有限制的，即包括标签名称、标签属性、属性值等代码，即使大小写混合使用，HTML 规则也会正常 "翻译" 并正确运行该文档。如示例 3-23 的代码中 html、body 等关键词是大小写混合书写，但显示结果毫无影响。

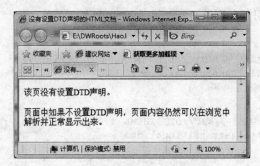

图 3-15 省略结束标签页面

示例 3-23

```
<HTML>
<Head>
    <title>HTML 代码不限大小写 </title>
</head>
<Body>
    <h1 ID="tITLE">C#4.0 权威指南 </H1>
<p>《C# 4.0权威指南》由国内资深微软技术专家亲自执笔，微软技术开发者社区和技术专家联袂推荐。内容新
    颖，基于最新的 C# 4.0,net framework 4和 visual studio 2010；写作方式有创新，用图解的方式
    对 C#进行了完美演绎；内容全面，不仅重点讲解了 C# 4.0 的所有新特性，而且对 C# 的所有知识点的原理、
    用法和重点都进行了全面的讲解和深度的分析，广度和深度的完美结合。
</Body>
</html>
```

显示结果如图 3-16 所示。

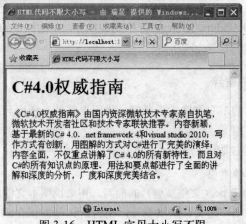

图 3-16 HTML 字母大小写不限

4. 设置属性值省略 " "

在 HTML 文件中为标签设置属性时，若省略掉英文双引号 " "，浏览器照样可以解析并显示网页。

3.3.2 XHTML 文档结构

前面曾经讲述过文档格式定义（DTD）的声明文件，HTML 语言从流行开始，其不同版本的文档都需要引用相应的 DTD。XHTML 作为最新的网页标记语言，其文件本身就是一个 XML 文件，它需要引用经过 XML 重新制定的 DTD，与普通的 HTML 文档定义相似，W3C 也对 XHTML 1.0 版本制订了 3 种 DTD。它们的引用方法如下。

- Strict DTD

```
<!DOCTYPE html PUBLIC "-//W3C//DTD XHTML 1.0 Strict//EN" "http://www.w3.org/TR/
    xhtml1/DTD/xhtml1-transitional.dtd">
```

- Transitional DTD

```
<!DOCTYPE html PUBLIC "-//W3C//DTD XHTML 1.0 Transitional//EN" "http://www.w3.org/
    TR/xhtml1/DTD/xhtml1-transitional.dtd">
```

- Frameset DTD

```
<!DOCTYPE html PUBLIC "-//W3C//DTD XHTML 1.0 Frameset//EN" "http://www.w3.org/TR/
    xhtml1/DTD/xhtml1-transitional.dtd">
```

在 XHTML 文件中能使用 HTML 的所有标签、属性，虽然有些已经不被标准所支持，但在过渡 DTD 的规则定义中，原来的某些标签和属性还是暂时可以使用的，比如，以下代码虽然编写不符合标准，但仍然可以被浏览器"翻译"和执行。

```
< marquee behavior="alternate" height="300" direction="up" scrollamount="3"
    scrolldelay="30" width="300" bgcolor="#3399FF" >
```

在该代码中，marquee 标签并非合法的 HTML 标签，同时，其属性 height、width、bgcolor 等都是非法的标签属性，但在过渡 DTD 规则中，仍然可以被浏览器正确解析。

综上所述，XHTML 文档必须满足以下条件：

- XHTML 文档第一行必须是 XML 文件的声明。
- XHTML 文档的第二行必须是引用外部 DTD 的声明，且只能引用 W3C 所制定的这 3 个 DTD，即 xhtml1-strict.dtd、xhtml1-transtional.dtd 或 xhtml1-frameset.dtd。

XHTML 文件的根标签必须是 <html>，且在 <html> 中需设置命名空间（namespace）：xmlns="http://www.w3.org/1999/xhtml"，这表示该 HTML 文档中的标签的名称都源自于该网址，这种设置是命名空间的内定声明方式。

3.3.3   XHTML 与 HTML 的差异

XHTML 是基于 HTML 的，它的格式更严密、代码更整洁，所以只要注意二者的区别就能很容易地向 XHTML 迈进。

XHTML 和 HTML 之间主要的区别在于以下几个方面。

1. 选择 DTD 定义文档的类型

DOCTYPE 是 Document Type（文档类型）的简写，用来说明本文件用的 XHTML 或者 HTML 是什么版本。在 XHTML 中必须声明文档的类型，以便告诉浏览器正在浏览的文档类型，而且声明部分要加在文档的 head 之前。如示例 3-24 所示。

示例 3-24

```
<!DOCTYPE html PUBLIC "-//W3C//DTD XHTML 1.0 Transitional//EN"
"http://www.w3.org/TR/xhtml1/DTD/xhtml1-transitional.dtd">
<html xmlns="http://www.w3.org/1999/xhtml">
<head runat="server">
    <title> 无标题页 </title>
</head>
<body>
    <form id="form1" runat="server">
    <div>
```

```
        </div>
    </form>
</body>
</html>
```

注意 DOCTYPE 声明不是 XHTML 文档的一部分，也不是文档的一个元素，所以没有必要加上结束标签。

2. 设定命名空间

命名空间是收集元素类型和属性名称的一个详细的 DTD，命名空间声明允许通过一个在线地址指向来识别命名空间，只要直接在 DOCTYPE 声明后面添加如下代码：

```
<html xmlns="http://www.w3.org/1999/xhtml">
```

然而，w3.org 的校验器不会由于这个属性没有出现在被校验的 XHTML 文档中而报告错误。这是因为 "xmlns=http://www.w3.org/1999/xhtml" 是一个固定的值，即使文档里没有包含它，也会自动加上。

3. 定义语言编码

为了被浏览器正确解释和通过标识校验，所有的 XHTML 文档都必须声明它们所使用的编码语言。代码如示例 3-25 所示。

示例 3-25

```
<meta http-equiv="Content-Type" content="text/html; charset=GB2312" />
```

这里声明的编码语言是简体中文 GB2312。

4. XHTML 元素一定要被正确地嵌套使用

在 HTML 里一些元素不正确嵌套也可以正常显示，如：

```
<b><i>This text is bold and italic</b></i>
```

而在 XHTML 中，元素必须要正确嵌套才能正常使用，如：

```
<b><i>This text is bold and italic</i></b>
```

在 HTML 文档代码错综复杂的时候，尤其需要注意这一点。

5. XHTML 文件一定要有正确的组织结构

所有的 XHTML 都应该正确地嵌套在以 <html> 开始、以 </html> 结束的元素里面，其他的元素可以包括子元素，并且子元素也要被正确地嵌套在它们的父元素内。如：

```
<html>
    <head> ... </head>
    <body> ... </body>
</html>
```

注意，html、head 和 body 元素必须出现，并且 title 元素必须在 head 元素里。

6. 标签名字一定要用小写字母

XML 对大小写是敏感的，因此 XHTML 也是对大小写敏感的。如
 和
 是两个不同的标记，如表 3-2 所示：

表 3-2　XHTML 文档中大小写规范

错　误	正　确

`<BODY>`
　`<P>XHTML 大小写敏感。</P>`
`</BODY>`
	`<body>`
	　`<p>XHTML 大小写敏感。</p>`
	`</body>`

7. 所有的 XHTML 标签一定要关闭

在 XHTML 中，有两类标签，一类是成对出现的标签，即需要开始标签和结束标签；一类是空标签，如 `<br />`、`<hr />` 等。无论哪种标签，都要明确表明其完整性。在 XHTML 中不能有没有关闭的空标签。在早期的 HTML 中，空标签可以不加 "/"，但在 XHTML 中是必须关闭的。

8. 属性名字必须小写

属性和标签的要求一样，必须小写。

9. 属性值必须带上英文双引号

属性的值需要用英文双引号 "" 括起来。

10. 属性的简写被禁止

在 HTML 中，某些属性可以简写，但在 XHTML 中禁止使用简写。

11. 用 id 属性代替 name 属性

HTML 4.01 中为 a、applet、frame、iframe、img 和 map 定义了一个 name 属性，在 XHTML 里除了表单（form）外，name 属性不能使用，应该用 id 来替换，如示例 3-26 所示。

示例 3-26

错误：

```
<img src="img/cat.jpg" name="cat" />
```

正确：

```
<img src="img/cat.jpg" id="cat" />
```

为了使早期版本浏览器也能正常地执行该内容，也可以在标签中同时使用 id 和 name 属性，如：

```
<img src="img/cat.jpg" id="cat" name="cat" />
```

12. Lang 属性

Lang 属性可以应用于几乎所有的 XHTML 元素，它指定了元素中内容的语言属性。如果在一个元素中应用 lang 属性，必须加上 xml:lang 属性，如示例 3-27 所示。

示例 3-27

```
<div lang="no" xml:lang="no">Hello World!</div>
```

3.3.4　如何将 HTML 升级为 XHTML

要将一个 HTML 页面升级成 XHTML，一般可以依照以下步骤进行：

- 添加一个 DOCTYPE 定义。应选择什么样的 DOCTYPE 呢？理想情况下应该是严格的 DTD，但对于大多数刚接触 Web 标准的人来说，过渡的 DTD（XHTML 1.0 Transitional）是理想的选择。
- 标签和属性名称都要小写。使用一些编辑软件可以很容易地将大写字母转换成小写字母（如通过 Visual Studio 的 "设置选定内容的格式" 功能来统一规范）。

- 所有属性值需要加上英文引号。
- 关闭空标签。对于 <hr>、
 和 <img> 等空标签，都要在后面加 "/"，如
。
- 到 W3C 官方网站上校验 HTML 文档结构，看其是否符合标准。具体校验地址为 http://validator. w3.org/。

3.4 实例：构建完整的 HTML 文档

3.4.1 文档结构分析

良好的 HTML 文档结构是网页设计的基础，它既会影响客户端浏览器的访问效果，还会对日后网页改版重构产生深远的影响。因此，在编写 HTML 文档之前，首先需要根据设计图的结构来分析规划网页代码的创建，然后再由整体到局部逐步完成整个 HTML 文档。

图 3-17 展示的是贯穿本书实例的课程网站首页，该设计图规划了网页的整体结构，包括抬头、导航栏、侧边栏、内容、页脚等信息区域。诚然，在实际的开发过程中，页面会因相继遇到的各种临时性情况而有所增减，该页体现的只是设计中的一部分，但从图中已经可以确定网页的整体架构，后续的改进也基于该设计图。

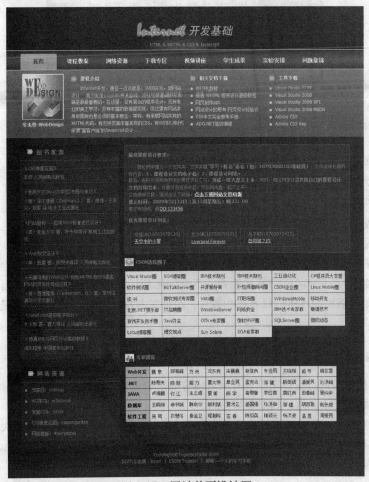

图 3-17 网站首页设计图

具体分析图 3-17 可以看出，该页面从上到下大致可以分为 6 个部分：抬头区域、导航栏、相关信息区、侧边栏区域、主内容区域、页脚，如图 3-18 所示。

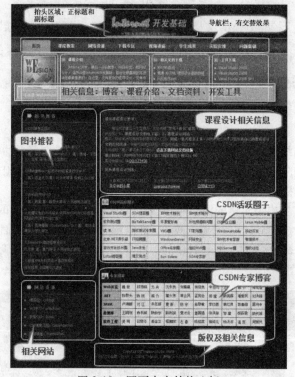

图 3-18   网页内容结构分析

各部分简述如下：

- 抬头区域：显示网页的标题（如 "Internet 开发基础"）。
- 导航栏：呈现整个网站的栏目规划，即网站内容分类。
- 相关信息区：主要展示与该网站紧密相关的信息，包括主讲人博客、课程介绍、相关文档下载、工具下载等。
- 侧边栏区域：以区块的形式展示了图书推荐、网站资源等信息。
- 主内容区域：包括课程设计的相关信息、重要的网络圈子和博客列表。
- 页脚：设置了网站的版权信息以及部分相关链接。

设计图只是给出了一个网页的整体架构，不会细化到局部内容的具体描述。因此，对于其中的某些细节数据，如导航栏的具体栏目名称和数目、网页主内容区域的显示数据等都是根据网页的实际需要逐步完善。

3.4.2   整体架构代码设计

根据图 3-17 所示的网页设计图以及对网页内容的区域分析，按照层次对整个图纸进行结构划分，并为每个部分设置一个 id 名称。如图 3-19 所示。

然后，对图中的每一个区域通过相应的 HTML 标签完成结构规划，如整体层次之间可以用层标签（<div>）来实现，而其中的导航栏的细节部分可以通过列表标签（<ul>）来实现。图 3-20 给出了HTML 文档的简易结构树。

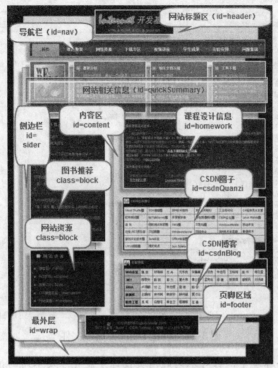

图 3-19　HTML 文档结构规划

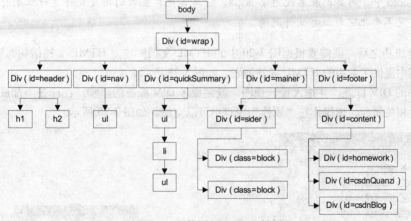

图 3-20　首页 HTML 文档树

其中，在 body 节点下方的 div（id=wrap）标签用来规范整个网页（这在后面的学习中可以进一步体会在此添加该节点的用处）。现在，就可以根据该文档树建立 HTML 文档。

首先，创建名称为 Default.aspx 的页面文件。如图 3-21 所示，选择 Visual Studio 已经安装的文件模板（如 Web 窗体），在"名称"栏中输入需要创建的文件名称（如 Default.aspx），即可添加该文件。

从图 3-21 中可以看出，当前的 Visual Studio 软件中默认安装了很多模板，这些模板的作用就是为每种文件创建标准的结构模式。在创建基于某模板的文件时，软件就会自动完成部分代码，这样既方便了程序员的使用，又保证了文件在创建时采用的是标准的文档结构。每位开发人员都可以根据实际需要为 Visual Studio 安装不同的模板，如 Silverlight、Ajax、MVC 等。此处选择的是 Visual Studio 最基本的模板之一——Web 窗体，即用它来加载网页信息的页面文件。

图 3-21   创建 Default.aspx 文件

注意 在不同的软件环境中，针对不同的网页设计可能会涉及不同的扩展名的文件，如 .asp 文件、.php 文件、.html 文件、.jsp 文件等，这些都是常用的网页文件扩展名。而在 Visual Studio 中，网页扩展名改为了 .aspx，它与其他扩展名的网页文件运行机制有所不同，尤其是不要把它与 .asp 文件混淆。

页面创建成功之后，就需要根据图 3-20 中的 HTML 文档树建立 HTML 文档结构。Visual Studio 软件在工具箱中提供了常用的 HTML 标签列表，如图 3-22 所示。

选择其中的 DIV 标签，并拖入设计视图，就完成了 DIV 标签的添加。在标签添加成功之后，就需要为其设置相关属性，该操作在"属性"窗口中可以完成。如图 3-23 所示。

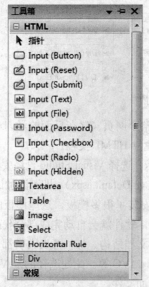

图 3-22   工具箱中的 HTML 标签

图 3-23   层标签 DIV 的属性设置

在"设计"窗口通过工具箱添加的 HTML 标签并不能有效地体现 HTML 文档的树结构。相反，在"源"视图中既可以自由编辑文档代码，又可以方便地查阅文档的结构，因此很多程序员更倾向于在"源视图"中完成文档结构的编写。如图 3-24 所示。

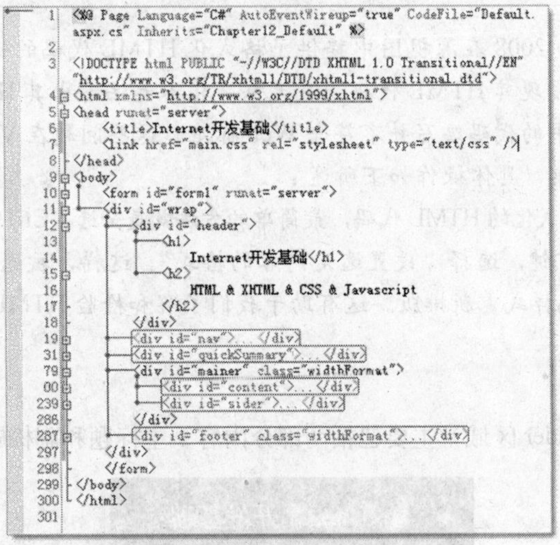

图 3-24　HTML 文档的源视图编辑

完成 HTML 文档树结构的建立后的代码如示例 3-28 所示。

示例 3-28

```
<%@ Page Language="C#" AutoEventWireup="true" CodeFile="Default.aspx.cs"
    Inherits="Chapter12_Default" %>
<!DOCTYPE html PUBLIC "-//W3C//DTD XHTML 1.0 Transitional//EN"
"http://www.w3.org/TR/xhtml1/DTD/xhtml1-transitional.dtd">
<html xmlns="http://www.w3.org/1999/xhtml">
<head runat="server">
    <title>Internet 开发基础 </title>
    <link href="main.css" rel="stylesheet" type="text/css" />
</head>
<body>
    <form id="form1" runat="server">
    <div id="wrap">
        <div id="header"></div>
        <div id="nav"></div>
        <div id="quickSummary">
            <ul>
            <li class="dccBlog"> 课程介绍 </li>
            <li> 相关文档下载 </li>
            <li> 工具下载 </li>
            </ul>
        </div>
        <div id="mainer">
            <div id="content">
                <div id="homework"> 课程设计情况 </div>
                <div id="csdnQuanzi">CSDN 活跃圈子 </div>
                <div id="Blogs"> 专家博客 </div>
            </div>
            <div id="sider">
                <div class="block"> 图书推荐 </div>
                <div class="block"> 网站资源 </div>
            </div>
        </div>
```

```
            <div id="footer"></div>
        </div>
        </form>
    </body>
    </html>
```

小技巧　Visual Studio 2008 在源视图中提供了格式化 HTML 代码的功能⊖。有时，浏览某些网页源文件时发现其 HTML 代码杂乱无章，根本无法看出其 HTML 文档树结构，而且还有很多网页中的代码编写并不符合 Web 标准。这些问题在 Visual Studio 2008 中解决起来就非常简单，具体操作如下所述：

- 选中需要格式化的 HTML 代码，最简单的方法就是全选（Ctrl+A）整个 HTML 文档代码。
- 点击鼠标右键，选择"设置选定内容的格式"。这样，被选中的 HTML 代码就会按照标准的代码样式重新排版。这有助于我们了解和检验 HTML 文档的结构。

3.4.3　抬头区域

页面抬头区域（即 header 区域）主要包括两部分内容：主标题和副标题，如图 3-25 所示。

图 3-25　抬头区域显示情况

相对而言，这部分代码比较简单，如示例 3-29 所示。

示例 3-29

```
<div id="header">
    <h1>
        Internet 开发基础 </h1>
    <h2>
        HTML & XHTML & CSS & JavaScript
    </h2>
</div>
```

示例 3-29 中的代码是严格按照前面所建立的 HTML 文档树完成的 HTML 代码，在构建 HTML 文档结构时（包括整体代码和局部代码）不需要考虑最终页面的显示情况，首先需要建立良好的 HTML 文档结构。

3.4.4　导航栏

大部分网站都设有导航栏，它就像一个网站中的一道道门，很多网站中还会设置二级栏目、三级栏目等。各级栏目组合到一起，就创建了一个网站的内容树，每个栏目都是其中一个分支。通过该网站设计图可以发现，该网站在此方面设计相对简单，因为它只有一级栏目，如图 3-26 所示。

图 3-26　网站导航栏

⊖　在 Visual Studio 2008 以前的版本中并没有该功能。

　　导航栏数据在 HTML 文档结构上通过列表表现出来，因此，可以通过 <ul> 标签来实现该部分的
HTML 代码，如示例 3-30 所示。

示例 3-30

```
<ul>
    <li><a href="../Default.aspx"> 首页 </a></li>
    <li><a href="http://dcc.blog.z.cqut.edu.cn" target="_blank"> 课程教案 </a></li>
    <li><a href="../TechSource/Default.aspx"> 网络资源 </a></li>
    <li><a href="../Download/Default.aspx"> 下载专区 </a></li>
    <li><a href="../Videos/Default.aspx"> 视频讲座 </a></li>
    <li><a href="../Student/Default.aspx"> 学生成果 </a></li>
    <li><a href="../Homework/Default.aspx"> 实验安排 </a></li>
    <li><a href="../Questions/Default.aspx"> 问题集锦 </a></li>
</ul>
```

3.4.5　相关信息

　　参照网页设计图和文档树，相关信息区域可以通过图 3-27 来规划。

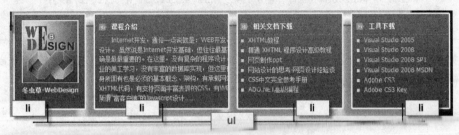

图 3-27　HTML 代码结构分析

　　该区域主要包括博客信息、课程介绍、相关文档下载、工具下载四部分，它们并行排列在该区
域中，可以通过无序列表标签 <ul> 完成对该部分整体区域的代码设计，如示例 3-31 所示。

示例 3-31

```
<div id="quickSummary">
    <ul>
        <li class="dccBlog"> 冬虫草的 Blog</li>
        <li class="courseInfo"> 课程介绍 </li>
        <li> 相关文档下载 </li>
        <li> 工具下载 </li>
    </ul>
</div>
```

　　此处对于无序列表标签 <ul> 的使用，不同的程序员有不同的理解，虽然能够实现设计图中显示
方案的代码设计有多种，但现在的网页设计标准讲求的是尽可能采用语义标签。例如，一篇文章的标
题可以通过 <h> 系列标签（即标题标签）来实现，也可以通过其他标签（如 <div>），然后配合相关
技术（如 CSS）来达到相同的表现效果。虽然两种方法在浏览器中显示效果相同，但从语义角度来
讲，后者并不是网页设计中所提倡的。因此，网页设计中需要根据语义来确定使用哪个标签，而并非
显示效果。因此，在此处采用无序列表标签是较好的方案。

　　对于其中每一个列表项中的内容，四部分内容不尽相同，可以分别来定义。

- 博客信息：包括博客图片和名称，可以通过设置图片链接和文字链接来实现。如示例 3-32
　所示。

示例 3-32

```
<li class="dccBlog">
    <a href="http://dcc.blog.z.cqit.edu.cn" target="_blank" title=" 冬虫草的 Blog"><img
        src="Images/webDesign.png" alt=" 冬虫草的 Blog" /></a>
    <a href="http://dcc.blog.z.cqit.edu.cn" target="_blank" title=" 冬虫草的 Blog"> 冬
        虫草 -WebDesign</a>
</li>
```

• 课程信息：主要包括课程名称和课程简介，可以通过标题标签和段落标签完成。如示例 3-33 所示。

示例 3-33

```
<li class="courseInfo">
    <h3> 课程介绍 </h3>
    <p>
        <a href="http://blog.z.cqit.edu.cn/9000/spacelist-blog-itemtypeid-938"
        target="_blank" title=" 点击查看 Internet 开发教程 ">Internet 开发，通俗一点说就
        是：Web 开发，即网站设计。 虽然说是 Internet 开发基础，但往往最基础的东西确是最最重要
        的。在这里，没有复杂的程序设计，没有专业的美工学习，没有丰富的数据库实现，但这里有网站
        本身所固有也是必须的基本概念、架构，有承载网站实现的 XHTML 代码，有支持页面丰富表现的
        CSS，有 Web2.0 时代所谓 " 富客户端 " 的 JavaScript 设计 ......</a>
    </p>
</li>
```

• 相关文档和工具下载列表：两部分表现形式类似，都包括标题和文件列表，因此，可以通过标
题标签和无序列表标签来实现。如示例 3-34 所示。

示例 3-34

```
<li>
    <h2> 工具下载 </h2>
    <ul>
        <li><a href="./download/tools/vs/VS2005.rar" target="_blank" title="Visual
            Studio 2005">Visual Studio 2005</a></li>
        <li><a href="./download/tools/vs/VS2008.iso" target="_blank" title="Visual
            Studio 2008">Visual Studio 2008</a></li>
        <li><a href="./download/tools/vs/VS2008SP1.iso" target="_blank"
            title="Visual Studio 2008 SP1">Visual Studio 2008 SP1</a></li>
        <li><a href="./download/tools/vs/MSDN.ISO" target="_blank" title="Visual
            Studio 2008 MSDN">Visual Studio 2008 MSDN</a></li>
        <li><a href="./download/tools/adobe/AdobeCS3.rar" target="_blank"
            title="Adobe CS3">
            Adobe CS3</a></li>
        <li><a href="./download/tools/adobe/AdobeCS3key.rar" target="_blank"
            title="Adobe CS3 Key">Adobe CS3 Key</a></li>
    </ul>
</li>
```

3.4.6   图书推荐

图书推荐栏包括栏目标题和图书信息列表，其中，每条图书信息又包括图书名称、作者、出版
社等信息。图 3-20 中的文档树中并没有给出该部分的详细标签应用，这种情况在网页设计的文档设
计环节经常遇到。因为首先规划的应该是整个 HTML 文档的架构代码，不一定能够细化到局部的实
现细节。

由于该区域同样是以数据列表的样式显示，因此我们仍然选择列表标签。其中，每个列表项包

括书名以及对该图书起到备注功能的其他相关信息（如作者、出版社），根据释义列表标签 <dl> 所表达的语义可以确定，在此可以通过 <dl> 标签及 <dt>、<dd> 两个标签来实现 HTML 代码的编写。如图 3-28 所示。

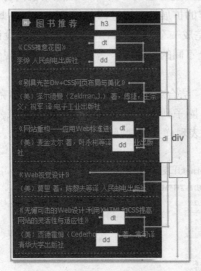

图 3-28　HTML 文档结构分析

从图 3-28 中可以看出，最外层通过一个层标签（div）来表示该栏目区域，其中包含了一个三级标题 <h3> 和一个释义列表标签 <dl>，每个列表项都包含名称标签 <dt> 和释义标签 <dd>。具体实现代码如示例 3-35 所示。

示例 3-35

```
<div class="block">
    <h2><span> 图书推荐 </span></h2>
    <dl>
        <dt>《CSS 禅意花园》</dt>
        <dd> 李烨  人民邮电出版社 </dd>
        <dt>《别具光芒 Div+CSS 网页布局与美化》</dt>
        <dd>（美）泽尔德曼（Zeldman,J.）著，傅捷，王宗义，祝军 译 电子工业出版社 </dd>
        <dt>《网站重构——应用 Web 标准进行设计》</dt>
        <dd>（美）麦金太尔 著，叶永彬等译 机械工业出版社 </dd>
        <dt>《Web 视觉设计》</dt>
        <dd>（美）莫里 著，陈黎夫等译 人民邮电出版社 </dd>
        <dt>《无懈可击的 Web 设计：利用 XHTML 和 CSS 提高网站的灵活性与适应性》</dt>
        <dd>（美）西德霍姆（Cederholm, D.）著，常可译 清华大学出版社 </dd>
        <dt>《JavaScript 高级程序设计》</dt>
        <dd> 扎卡斯 著,曹力等译 人民邮电出版社 </dd>
        <dt>《精通 XML 与网页设计高级教程》</dt>
        <dd> 何东隆等 中国青年出版社 </dd>
    </dl>
</div>
```

3.4.7　整体 HTML 文档代码

通过上述对网页内容区域代码的编写，我们基本了解了网页 HTML 文档的设计是一个从整体到局部逐步完善的过程。因此，构建了网站设计图之后，首先需要对网页形成一个整体的认知，并初步掌握网站整体架构，然后再根据设计图尽可能完善 HTML 文档树，最后再根据该文档树设计 HTML

文档代码结构。

需要注意的是，文档树在创建时要具有一定的扩展性。在网页内容逐步完善的过程中，应为文档在页面中的所在位置规划足够的规范空间。图 3-20 虽然略显简易，但其在规划侧边栏（sider）部分的文档结构是就考虑到了内容的扩展性。通过添加层 Div（class=block）就表明，在该区域可以添加一个 class=block 的层标签来完成一个侧边栏目的创建。虽然该设计图中只给出了两个栏目，但程序员完全可以根据需要添加多个不同的栏目，只需要设置其 class 属性就可以保证所有的侧边栏目具备一致的显示样式。

根据图 3-20 给出的文档树，结合各 HTML 标签的语义，能够完成其他部分内容的 HTML 代码设计，如课程设计信息、CSDN 圈子列表、博客列表、页脚信息等。最终完成的 HTML 文档在浏览器中运行时，是完全不带有任何表现样式的裸网页，如图 3-29 所示。

图 3-29　纯 HTML 网页在浏览器中的显示效果

3.5　本章小结

本章针对标记语言 HTML 做了详细的讲解，主要内容包括 HTML 标记语言的文件结构，并进一步阐述了其文档格式的定义、各标签的作用和使用规则，以及在网页中最常用的部分标签的作用、应用范围、应用效果等。然后，分析了传统 HTML 文档结构松散的缺点，介绍了 XHTML 的相关知识，并强调了 HTML 向 XHTML 转换的必要性和方法。最后，结合贯穿本书的课程实例（Internet 开发基础网站），实现了完整 HTML 文档的构建。

习题

1. 请分别阐述 HTML 语言和 XHTML 语言的含义。
2. HTML 语言和 XHTML 语言有什么差别？
3. 简述 HTML 文档的基本结构。
4. 简述标签 <a></a>、<img />、<div>、<p>、<table>、<ul> 的作用和使用方法。
5. 参考 3.5 节的实例，试完成一个完整的网页文档，网页内容自拟。

第二部分 布 局 篇

第4章 层叠样式表

【学习目标】

通过本章的学习，掌握层叠样式表的基本概念和用途，深入理解层叠样式表的规则和常用的编写方法，并通过实例分析灵活运用。

【本章要点】

- 层叠样式表的概念
- 层叠样式表的规则
- 层叠样式表的编写方法

4.1 层叠样式表简介

前面曾经提及"结构与表现相分离"的网站设计标准，其中，结构就是第3章所述的 HTML 文档，而表现就是本章所涉及的层叠样式表。在"结构与表现相分离"的网页设计标准中，网站内容与界面表现是需要区别对待的，应遵循以下两点：

- "结构"（即 HTML 文档）中不应该有控制界面表现的代码出现，如"align=center"等。
- 完全通过 CSS 来控制界面表现，合理编排样式。

4.1.1 层叠样式表概述

层叠样式表（Cascading Style Sheet, CSS）是由 W3C 定义和维护的标准，用来为结构化文档（如 HTML 文档或 XML 应用）添加样式。目前最新版本是 CSS 3.0，常用版本是 2.1，它是 W3C 的候选推荐标准。CSS 样式可直接存储在 HTML 网页中，也可存储为独立的样式表文件，无论以何种方式保存，样式表都包含将样式应用于特定元素类型的样式规则。在外部使用时，样式表规则放在外部样式表文档中，文件扩展名为 .css。

CSS 中的"层叠"表示样式表规则应用于 HTML 文档元素的方式。具体地说，CSS 中的样式形成一个层次结构，规则的优先级由该层次结构决定，类似于面向对象中的"继承"关系，父亲的特征传递给子女，但子女可以有更特殊的特征；基本样式规则适用于整个样式表，但可被具体的样式规则所覆盖。如下所示：

```
<div style="color:red">
  The text is red.
  <p style=" color:blue">
The text is not red,its blue.
</p>
<p >
The text is still red.
</p>
</div>
```

上述代码中，父标签 `<div>` 定义了样式为红色字体，若其子标签中没有对样式进行修改，则文字颜色一直是红色，因此第二个 `<p>` 标签中的内容 "The text is still red." 仍是红色，但第一个 `<p>` 标签更改了样式，将颜色变为绿色，覆盖了父标签的 color 样式，因此它的文字颜色变为了绿色。

下面展示一个基本样式表的实例，使读者对样式表建立初步认识。

```
Body{

}
```

从网站的整体运行的角度出发，使用 CSS 样式表的目的是为了提高网站运行效率，其次才是控制页面表现。CSS 的优点主要包括：

- 加快网页加载时间，节省用户带宽。
- 减少服务器和带宽的费用，以便节约资金。
- 使网页设计流程更加清晰，有助于缩短设计和开发时间。
- 缩短更新和维护的时间，有助于实现网站重构。
- 遵守 W3C 推荐的 Web 标准以增强交互性。
- 从 HTML 文档中清除那些破坏文档结构的表现元素，以提高访问能力。
- 有助于各页面统一显示风格。
- 避免重复工作，尤其是要删除那些被写入 HTML 文档来控制页面表现的代码。

4.1.2 层叠样式表的初步体验

从事网页设计的人都知道一个著名网站：CSS 禅意花园（CSS Zen Garden，英文网址为 http://www.csszengarden.com，中文网址为 http://www.csszengarden.com/tr/chinese/）。该网站是由设计师 Dave Shea 创建的，它集结了全球所有设计大师的伟大杰作，充分体现了 CSS 之美。

下面就列举其中的几个作品，如图 4-1 ～图 4-6 所示。

图 4-1 默认页面（CSS Zen Garden）

图 4-2 Oceanscape（Justin Gray, Australia）

从页面整体风格上分析，图 4-1 ～图 4-6 展示的网站，无论从主题色调，还是从页面架构来讲，风格完全迥异。这对于不同的网站来讲是正常的，而神奇之处就在于，它们使用的 HTML 文件是一模一样的，而带来如此巨大差异的正是不同的 CSS 样式。正如装修同一户型的房间，不同的人有不同的装修风格，"结构"和"表现"之间的关系也是如此。

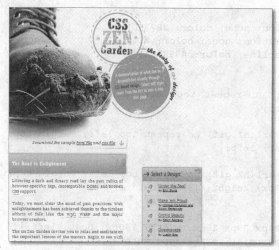

图 4-3　A Walk in the Garden（Simon Van Hauwermeiren, Belgium）

图 4-4　Kyoto Forest（John Politowski, United States）

图 4-5　Make'em Proud!（Michael McAghon and Scotty Reifsnyder, United States）

图 4-6　CSS Co., Ltd.（Benjamin Klemm, Germany）

在"CSS 禅意花园"网站的每个作品中，都有"html file"和"css file"两个链接，这两个链接分别指向构成该页面的两个重要的文件：HTML 文件和 CSS 文件。点击其中的"html file"链接，浏览器将会呈现没有引用任何 CSS 文件的 HTML 页面，如图 4-7 所示。

通过查看页面源文件可以证实，所有不同设计页面的 HTML 文档是完全一致的，但相同的文档内容却有着风格完全不同的表现方式，这就是 CSS 的魅力所在。

下面以图 4-1 所示的页面为例，其部分 CSS 代码为：

```
/* css Zen Garden default style v1.02 */
/* basic elements */
html {margin: 0;padding: 0;}
body { font: 75% georgia, sans-serif;line-height: 1.88889;color: #555753;
    background: #fff url(blossoms.jpg) no-repeat bottom right; margin: 0; padding:
    0;        }
p { margin-top: 0; text-align: justify;}
h3 { font: italic normal 1.4em georgia, sans-serif;letter-spacing: 1px; margin-
```

```
        bottom: 0; color: #7D775C;}
a:link { font-weight: bold; text-decoration: none; color: #B7A5DF;}
a:visited { font-weight: bold; text-decoration: none; color: #D4CDDC;}
a:hover, a:active { text-decoration: underline; color: #9685BA;}
acronym {border-bottom: none;}
/* specific divs */
#container { background: url(zen-bg.jpg) no-repeat top left; padding: 0 175px 0
        110px; margin: 0; position: relative;}
#intro { min-width: 470px;}
#pageHeader h1 { background: transparent url(h1.gif) no-repeat top left; margin-top:
        10px; width: 219px; height: 87px; float: left;}
#pageHeader h1 span {display:none}
#pageHeader h2 { background: transparent url(h2.gif) no-repeat top left; margin-top:
        58px; margin-bottom: 40px; width: 200px; height: 18px; float: right;}
#pageHeader h2 span {display:none}
#pageHeader {padding-top: 20px;}
#quickSummary {clear:both; margin: 20px 20px 20px 10px; width: 160px; float: left;}
#quickSummary p {font: italic 10pt/22pt georgia; text-align:center;}
#preamble {clear: right; padding: 0px 10px 0 10px;}
#supportingText { padding-left: 10px; margin-bottom: 40px;}
#footer { text-align: center; }
#footer a:link, #footer a:visited { margin-right: 20px; }
```

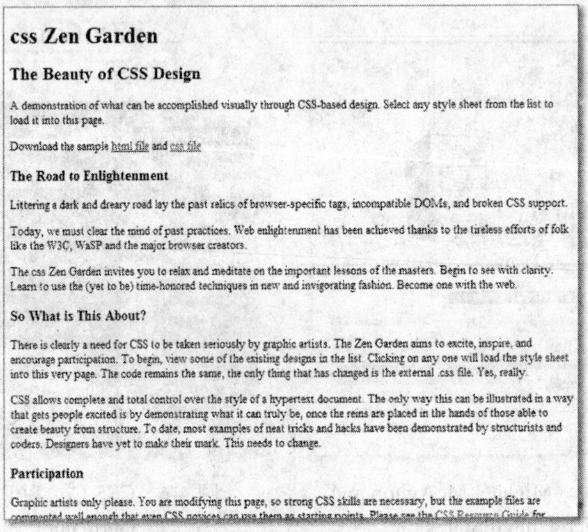

css Zen Garden

The Beauty of CSS Design

A demonstration of what can be accomplished visually through CSS-based design. Select any style sheet from the list to load it into this page.

Download the sample html file and css file

The Road to Enlightenment

Littering a dark and dreary road lay the past relics of browser-specific tags, incompatible DOMs, and broken CSS support.

Today, we must clear the mind of past practices. Web enlightenment has been achieved thanks to the tireless efforts of folk like the W3C, WaSP and the major browser creators.

The css Zen Garden invites you to relax and meditate on the important lessons of the masters. Begin to see with clarity. Learn to use the (yet to be) time-honored techniques in new and invigorating fashion. Become one with the web.

So What is This About?

There is clearly a need for CSS to be taken seriously by graphic artists. The Zen Garden aims to excite, inspire, and encourage participation. To begin, view some of the existing designs in the list. Clicking on any one will load the style sheet into this very page. The code remains the same, the only thing that has changed is the external .css file. Yes, really.

CSS allows complete and total control over the style of a hypertext document. The only way this can be illustrated in a way that gets people excited is by demonstrating what it can truly be, once the reins are placed in the hands of those able to create beauty from structure. To date, most examples of neat tricks and hacks have been demonstrated by structurists and coders. Designers have yet to make their mark. This needs to change.

Participation

Graphic artists only please. You are modifying this page, so strong CSS skills are necessary, but the example files are commented well enough that even CSS novices can use them as starting points. Please see the CSS Resource Guide for

图 4-7　未引用 CSS 的 HTML 显示页面

如果查看其他设计的 CSS 代码，就会发现它们的大致结构也是相似的，只是部分代码有所区别。然而，样式表神奇却不神秘，只要掌握其中各选择符的功能和各属性的作用，同样可以按照自己的意愿改变页面显示效果。

4.1.3　Visual Studio 中层叠样式表的使用方法

大部分网页设计工具都具有 CSS 编辑窗口，用于控制页面内容的显示，通常包括字体、块、背景、边框、方框、定位、布局、列表、表格等方面。Visual Studio（简称 VS）的控制窗口如图 4-8 所示。

前面曾经介绍过两对 HTML 标签 <style></style> 和 <link />，这两对标签分别用于 CSS 的两种不同的引用方法。下面通过 VS 建立一个名为 Default.aspx 的页面，工具自动生成的 HTML 代码如示例 4-1 所示。

图 4-8　CSS 编辑窗口

示例 4-1

```
<%@ Page Language="C#" AutoEventWireup="true"  CodeFile="Default.aspx.cs"
    Inherits="_Default" %>
<!DOCTYPE html PUBLIC "-//W3C//DTD XHTML 1.0 Transitional//EN"
"http://www.w3.org/TR/xhtml1/DTD/xhtml1-transitional.dtd">
<html xmlns="http://www.w3.org/1999/xhtml">
<head runat="server">
    <title> 层叠样式表 CSS</title>
</head>
<body>
    <form id="form1" runat="server">
    <div id="wrapper">
        <p> 该页面用来示范 CSS 样式的使用情况。</p>
        <p> 层叠样式表（CSS, Cascading Style Sheet），是由 W3C 定义和维护的标准，一种用来为结
            构化文档（如 HTML 文档或 XML 应用）添加样式（字体、间距和颜色等）的计算机语言。目前最新
            版本是 CSS 2.1，为 W3C 的候选推荐标准。
        最终网页设计的良好与否，包括很多方面，如：网站架构、界面风格、功能应用、工作效率 ...... 其
            中，友好的界面无疑是最关键的部分。用户打开一个网站最先看到的就是界面，良好的界面效果会
            给他们带来很好的视觉冲击，也就很容易让用户记忆深刻。
</p>
    </div>
    </form>
</body>
</html>
```

下面以该页面为例来讲述 CSS 的三种用法。

1. 页面嵌入式 CSS

可在 .aspx 页面中通过 <style> 标签来为当前页面设置样式。用该方法所编写的 CSS 代码位于页面的头标签 <head></head> 内，如示例 4-2 所示。由于该方法将 CSS 代码和 HTML 语言混合在一起，虽然执行效率较高，但不利于样式的更改，通常不推荐使用该方法。

示例 4-2

```
<head runat="server">
    <title> 层叠样式表 CSS</title>
    <style type="text/css">
        {
            margin:0;
             padding:0;
        }
```

```
body
{
    font-family:Arial Sans-Serif;
    font-size:12px;
    text-align:center;
    background-color:#efefef;
    line-height:200%;
    color:Black;
}
#wrapper
{
    width:400px;
    margin:20px;
    padding:20px;
    background-color:White;
    border-style:solid;
    border-width:1px;
    border-color:#333333;
    text-align:left;
}
    </style>
</head>
```

以上代码中，通过 <style></style> 中间的 CSS 代码来控制页面中内容的显示情况，该页面显示效果如图 4-9 所示。

2. 链接外部 CSS 文件

首先在 VS 中新建一个扩展名为 .css 的样式表文件，步骤为：选中项目名称，单击鼠标右键，选择"添加新项"，在"添加新项"对话框中选择"样式表"，并在"名称"栏中输入样式表名称（main），如图 4-10 所示。

在图 4-10 中，添加样式表成功之后，当前项目下面就会出现一个名称为 main.css 的文件，将示例 4-2 中的 CSS 样式代码粘贴到文件中，如图 4-11 所示。

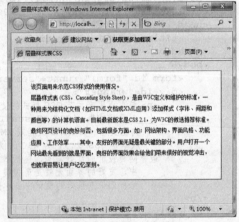

图 4-9 页面嵌入式 CSS

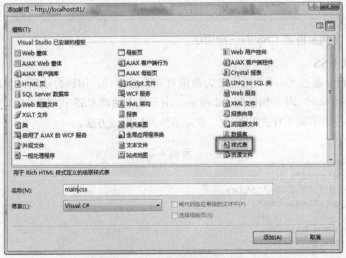

图 4-10 新建 CSS 样式文件

图 4-11　VS 中 CSS 代码编辑窗口

然后在页面中通过 <link> 标签中的 "href" 属性引入该 main.css 文件，并指明为样式表（stylesheet）类型，引用代码如示例 4-3 所示。

示例 4-3

```
<head runat="server">
    <title> 层叠样式表 CSS</title>
    <link href="main.css" rel="stylesheet" type="text/css" />
</head>
```

链接外部 CSS 文件方法的工作原理是当浏览器访问页面时，会自动解析并获取该页面中引用的 CSS 文件，并将其存储到内存中，这样当访问其他引用该 CSS 文件的页面时，就不需要再次下载该文件了。通过 <link> 方法引用样式表后可以得到与图 4-9 同样的显示效果。

链接外部 CSS 文件的方法既对 HTML 文档起到了 "瘦身" 的作用，还提高了访问速度，是当前网站设计中最常用的方法。

3. 导入 CSS 代码

为了达到既提高运行速度，又能使文件内容简洁的目的，可综合上述两种方法，采用导入 CSS 代码的方法，既在页面中编写 <style></style> 样式标签，又建立 .css 文件，使用方法如示例 4-4 所示。

示例 4-4

```
<head runat="server">
    <title> 层叠样式表 CSS</title>
    <style type="text/css">
        @import "main.css";
    </style>
</head>
```

其中，@import "main.css" 的作用就是将 main.css 文件中的代码导入到当前位置，最终形成与方法一（即页面嵌入式 CSS）相同的 HTML 文档结构。该方法虽然通过外部文件来编辑样式，但最终在浏览器中解析页面的时候，是将 CSS 文件与 HTML 文档结合在一起，形成一个最终文档后显示出来。

4.1.4　CSS 编写方法

1. 直接编写代码

CSS 一共定义了大约 120 个属性，在 Visual Studio 2008 中编写样式表时，在选择器的大括号内点击空格键，系统会自动呈现出所能选择的属性列表，并会提示当前选中的属性的作用。如图 4-12 所示。

该方法快捷简单，但要求程序员对各属性的含义非常了解，适用于熟悉 CSS 样式的程序员使用。

2. 样式设计窗口

若对 CSS 样式设置不是很熟悉，设计人员可以通过样式设计窗口来设置 CSS 样式。具体方法是在建立了选择器之后，鼠标闪动置于选择器的花括号内，然后点击右边"属性"窗口中的按钮图标，如图 4-13 所示。

图 4-12   CSS 样式代码编写

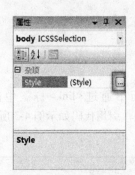

图 4-13   样式表编辑通道

之后，系统会打开一个详细的样式设计窗口，如图 4-14 所示。

图 4-14   样式设置窗口

该窗口将 CSS 样式分成 9 个不同的类别，可以根据需要设置相应的样式属性。窗口下方设有"预览"和"说明"两块区域，分别用来显示样式效果和形成该效果的 CSS 代码，该方法最大的优点是样式设置"所见即所得"。

4.2 样式规则

规则是有关一个或多个标签的显示样式方面的语句，样式表就是应用到 HTML 文档的一个或多个规则的集合。前面的示例中已经给出了部分 CSS 样式的编写代码，如下所示：

```
body
{
    font-family:Arial Sans-Serif;
    font-size:12px;
```

```
    text-align:center;
    background-color:#efefef;
    line-height:200%;
    color:Black;
}
```

以上代码就是针对 HTML 中 <body> 标签的样式规则，其中包括了字体、字体大小、居中设置、背景颜色、行高、字体颜色等样式规则。

一个 CSS 样式表由一组规则组成，每个规则由"选择器"和"声明"两部分组成，编写规则为"选择器｛属性：值｝"。

- 选择器：选择器用来链接 HTML 文档和 CSS 样式表，它规定了哪些标签会受到声明的影响，它可以是 HTML 文件中的各类标签，如 <body>、<p>、<h1>、<div> 等。
- 声明：声明是规定具体显示样式的规则部分。

一个规则的例子如图 4-15 所示。

在图 4-15 所示的代码中，选择器是 body，而声明就是花括号之间的所有代码。

图 4-15　规则的两个主要部分

根据此规则的定义，声明的作用范围是页面中的 <body> 标签，并将该标签所包含内容的字体、字体大小、居中设置、背景颜色、行高、字体颜色等按照代码中的设置来显示。不同的规则之间用分号"；"隔开，换行不会影响规则的定义。

示例中的选择器 body 是基于 HTML 标签的类型，它就是针对 body 标签所做的样式设置。这种选择器称为类型选择器（type selector）。任何 HTML 标签都可以用作类型选择器，如 h1{color:Red;} 用于将页面中所有的 <h1> 标签的文字设置为红色。

声明语句由冒号分割成"属性"和"值"两部分，冒号前面是属性，后面是为该属性所赋的值，如图 4-16 所示。

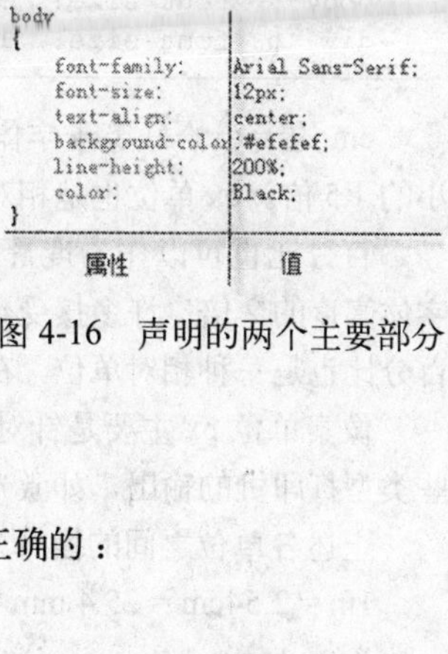

属性是指选择器的某种品质或特性，如 color 代表颜色、font-size 代表字体大小；值是对属性的精确说明，它表示该属性在网页中的具体表现样式。

在样式表中，注释信息是由起始符号 /* 和结束符号 */ 包含起来的，具体规则如下：

图 4-16　声明的两个主要部分

```
/* 注释信息 */
```

其中，注释信息是可以换行的，因此，以下代码的注释方式同样是正确的：

```
/*  页面抬头样式（header）
    主要针对页面中的 logo、导航栏、用户登录、搜索……
*/
```

4.3　CSS 属性

从上述 CSS 规则中可以看出，属性是 CSS 非常重要的部分，熟练掌握 CSS 的各种属性会使读者对页面设计更加得心应手。在 CSS 2.1 版本中定义了大约 120 个属性，并且可以为所有这些属性赋值。本节将介绍常用的部分属性。

4.3.1　字体属性

虽然在 HTML 文档和 CSS 样式表中可以为页面文字指定字体，但是 HTML 和 CSS 文件本身是不会承载任何字体的，即它们所指定的字体都是从客户端获得的。在浏览网页的时候，首先要从客户端系统中搜索是否存在该字体，如果存在即按该字体来显示，否则使用默认字体。

1. font-family

font-family（字体族）用于为选择器选择一组字体，如宋体、黑体。规则允许为其设置多个字体，不同字体之间可以通过空格或"，"来分开，但是由于现在的很多字体名称中都会包含空格，有时会造成混淆，因此，建议用逗号"，"分开。

一般地，在 CSS 中都会设置 2~3 种字体，比如，在 Dreamweaver 中设置字体族时，它就会自动弹出最常用的字体组合以供选择，如图 4-17 所示。

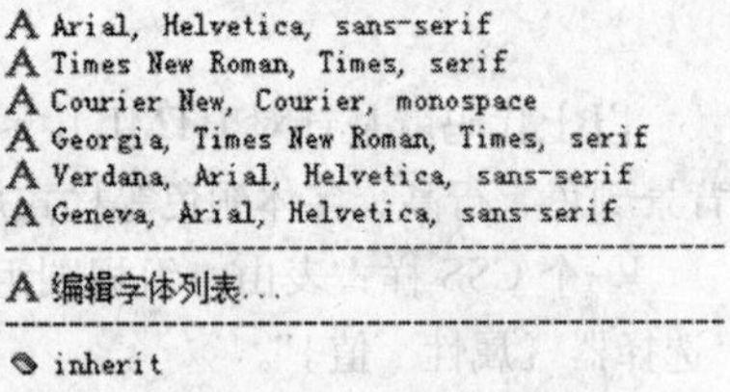

A Arial, Helvetica, sans-serif
A Times New Roman, Times, serif
A Courier New, Courier, monospace
A Georgia, Times New Roman, Times, serif
A Verdana, Arial, Helvetica, sans-serif
A Geneva, Arial, Helvetica, sans-serif
A 编辑字体列表...
⬦ inherit

图 4-17 常用字体

2. font-size

font-size 属性用于设置网页中文字的大小。CSS 中设置字体大小的单位大致分为 3 类：绝对单位、相对单位、像素单位。当然，这些单位不仅仅应用于 font-size 设置，标签边框、距离等也是通过这些度量单位来设置的。

绝对单位是一种固定长度的度量单位，如 pt（磅）、mm（毫米）、cn（厘米）、in（英寸）、pc（派卡，相当于我国新四号铅字的尺寸）等，常用的字体大小设置分别为：9pt（磅）和 10.5pt（磅）。绝对单位的作用有限，因为它们不能够缩放，通常，只有知道了输出媒介的物理特性之后才考虑是否使用绝对单位。

相对单位是指相对于字体尺寸的数值的度量单位，有 em 和 ex 两种。代码如示例 4-5 所示。

示例 4-5

```
body {  font-size:  9pt; }
div  {  font-size:  1.5em; }
```

em 的大小恰好等于字体尺寸的相应倍数，因此，div 标签中字体的大小就是其父标签所设置大小的 1.5 倍。ex 单位也是相对单位，但采用的是相对于字符"x"的高度。

百分比也可以作为度量单位来对某些属性赋值，如图 4-15 中的 line-height:200%; 就表示行高为字体高度的 2 倍。许多接受数字或长度作为值的属性一般也会接受百分比，如 50%、30%、100% 等。百分比也是一种相对单位，在 font-size 属性上，百分比等价于 em 单位。

像素单位 px 主要是针对当代计算机的屏幕，因为像素是显示屏幕上最小的元素。它还适用于某些类型打印机的输出，如激光打印机，也是目前 CSS 字体最常用的度量单位。

上述各单位之间的换算为：

1in = 2.54cm = 25.4 mm = 72pt = 6pc

1em=16px

font-size 属性通过这几种度量单位来控制页面中的字体。下面就分别列举出 CSS 中 font-size 的几种赋值方法，如表 4-1 所示。

3. font-style

font-style 用来设置字体是否为斜体，其值包括 normal（标准）、italic（斜体）、oblique（倾斜）。其中斜体和倾斜显示样式相似，它们的不同之处主要是对某些英文字体而言，而对于普通的中文网页并没有什么差别。

示例 4-6

```
h2 { font-style:  italic }
```

表 4-1 font-size 的赋值方法

值类型	说 明	示 例	备 注
长度值	指定具体的长度值	Body{font-size:12pt} P{font-size:0.4em} H1{font-size:14px}	Web 页面中并不建议使用绝对单位来指定字体尺寸，最好使用一种相对单位取而代之，如 em
百分比	相对百分比	H1{font-size:120%}	等价于 h1{font-size:1.2em}
绝对尺寸值	是由浏览器计算并保存的一个字体尺寸表的索引	H1{font-size:x-large}	关键字包括：xx-small、x-small、small、medium、large、x-large、xx-large
相对尺寸值	它允许按上下文相关的方式指定尺寸	Body{font-size:medium} P{font-size:smaller} H1{font-size:larger}	关键字包括：larger、smaller

4. font-variant

对于英文信息而言会有大小写的区别，通常大写字母会比小写字母大些。而页面中有时需要设置与小写字母大小相同的大写字母，即小型大写字母，这可以通过设置 font-variant 属性来实现。

该属性只有两个值：normal 和 small-caps，normal 表示正常大小，small-caps 表示小型大写字母大小。默认值为 normal。如示例 4-7 所示。

示例 4-7

```
span { font-variant:  small-caps }
```

5. font-weight

在前面的示例中，标签 h1 中的文字信息会被默认加粗显示，这是因为 HTML 中对该标签有默认的加粗设置，但页面中某些信息若需要加粗显示，则需要使用 font-weight 属性。

font-weight 属性用来设置字体的粗细度。其值具有 9 个级别的粗细度，分别为 100~900。因此，可以通过确定的数值来设置。如示例 4-8 所示。

示例 4-8

```
span { font-weight: 700 }
```

另外，font-weight 的值还包括以下几个关键字：normal、bold、bolder、lighter。其中，normal 相当于数值 400，bold 相当于数值 700。bolder 和 lighter 会选择一种与其父标签的粗细度相近的深浅度。如示例 4-9 所示。

示例 4-9

```
p { font-weight: normal }      /*      相当于400     */
h1 { font-weight: 700 }        /*      相当于bold    */
span { font-weight: bolder }   /*      比父标签更粗些  */
```

6. font

font 属性用于一次性指定前面所有的属性值，并且可以加上 line-height 等属性的值。它就像一个字体属性集合，将有关属性在此一次设置完成，其中每个属性值之间用空格隔开。如示例 4-10 所示。

示例 4-10

```
p
{
    font-family:Arial Sans-Serif;
    font-size:12px;
```

```
        font-weight:bold;
        font-style:italic;
        line-height:200%;
        color:Black;
    }
```

上述样式规则可整合成 font 属性：

```
body
{
    font: italic bold 12px/200% Arial Sans-Serif;
    color:Black;
}
```

注意，对于 font 属性来讲，其赋值顺序是有要求的。

- 首先出现的是 font-style、font-weight、font-variant，但这三个值的次序有要求。
- 然后出现的是 font-size，它是必需的。font-size 后面可以跟一个"/"和 line-height 值，但这并不是必需的。
- 最后出现的是 font-family 属性的值，它是必需的。

7. text-decoration

text-decoration 属性虽然并不是字体属性，但是它定义的却是与字体有关的样式，如下划线、上划线、删除线、闪烁效果等。

该属性的值包括：

- None：没有任何修饰。
- Underline：在文本下面添加下划线。
- Overline：在文本上面添加上划线。
- Line-through：为文本添加删除线。
- Blink：是文本闪烁。

text-decoration 属性的值可以是以上可供选择的值中的一个，也可以是几个值的组合。一般来讲，下划线的样式在文字链接中应用最为普遍。

8. text-transform

text-transform 属性同 text-decoration 属性一样，虽然并非字体属性，却是影响字体显示的属性。该属性包含 4 个值：

- capitalize：大写每个单词的第一个字母，如 Cascading Style Sheet。
- uppercase：将所有字母转换成大写字母。
- lowercase：将所有字母转换成小写字母。
- none：无变换。

该属性通常应用于标题样式，很少用于连续的文本。

4.3.2 背景属性

background 属性用来设置标签的背景的各个方面。在网页中内容的背景可以是透明的，也可以使用某种颜色填充，或者使用背景图片。与背景相关的属性共有 5 个，即 background-color、background-image、background-repeat、background-attachment、background-position。

1. background-color

background-color 属性用来设置标签的背景颜色。颜色的值通常有两种赋值方法，一是系统定义的颜色（如 Black、Red 等）；另一种是采用 "#" 加上 6 位十六进制数字（如 #FF0000）。系统定义的颜色最终也是由十六进制数字来完成，它们的存在只是为了方便应用，而且第二种方法所定义的颜色更加丰富，因此应用更为普遍。

2. background-image

background-image 属性可以为标签指定一幅图像作为背景，通过指定 url 路径来链接背景图像，如示例 4-11 所示。

示例 4-11

```
p
{
    background-image: url(images/bg.gif);
    background-color:White;
}
```

通常在指定背景图像的同时，还会设置背景颜色，这样既可以用颜色来填充图像的透明区域，又可以在无法加载图像时不影响用户浏览。

默认情况下，若只设置 background-image 属性，则指定的背景图像就会重复填充标签区域。background-image 的默认值为 none，即无背景图像。

3. background-repeat

background-repeat 属性用来控制背景图像如何重复填充标签区域。默认情况下，图像会被置于标签的左上角，并在横向和纵向两个方向同时填充。该属性可选择的值有 4 个：

- repeat：在两个方向同时重复填充，即平铺显示。这是默认值，如图 4-18a 所示。
- repeat-x：只在水平方向（沿着 x 轴）重复填充图像，即从初始位置开始从左到右填充，如图 4-18b 所示。
- repeat-y：只在垂直方向（沿着 y 轴）重复填充图像，即从初始位置开始从上到下填充，如图 4-18c 所示。
- no-repeat：图像不重复，即图像只出现一次，位置就是标签的左上角或者 background-position 属性指定的位置，如图 4-18d 所示。

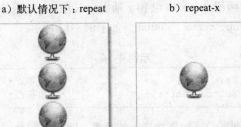

a）默认情况下：repeat   b）repeat-x

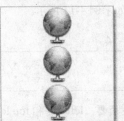

c）repeat-y   d）no-repeat

图 4-18 background-repeat 属性

4. background-attachment

background-attachment 属性用来决定背景图像在屏幕上是固定的还是移动的，它有两个值可供选择：

- scroll：图像随内容滚动，默认值。
- fixed：图像相对于屏幕而言是固定的。

通常情况下，用户更倾向于接受图像随内容滚动，即背景图像与内容的位置是相对固定的。而 fixed 值则会给人页面内容在图像上面滚动的感觉，如果背景图片过于复杂，会影响用户阅读网页内容。但 fixed 却有助于应用固定大小的背景图像，而设为 scroll 时，如果背景图像设计不合理，就会有断层现象出现。

5. background-position

background-position 属性可以定义背景图像的起始位置，包括横纵两坐标（即 x 轴和 y 轴坐标）。通过 background-position 设置背景图像的位置有 3 种方式：

- 百分比

通过设置百分比来确定背景图像在标签中的相对位置，百分比数值是相对于标签的实际宽度和高度来计算的。如示例 4-12 所示。

示例 4-12

```
/*背景图像距离左边框10% 宽的距离，距离上边框50% 高的距离（居中） */
background-position : 10% 50%;
background-position : 50% ; /*整体居中*/
background-position : 100% 0% ; /* 居右居顶*/
```

- 绝对位置

通过设置长度值来定义背景图像的位置，同样是第一个值代表到左边框的距离，第二个值代表到上边框的距离。如示例 4-13 所示。

示例 4-13

```
background-position : 10px 20px ;          /* 距离左边框10px，距离上边框20px */
```

其中的长度值可以设置为负数。

```
background-position : -45px -100px ;        /* 即从图像坐标（-45，-100）位置开始显示 */
```

绝对位置和百分比两种定位方式，可以结合起来使用，如：

```
background-position: 10px 100% ;  /* 距离左边框10px，纵向居中 */
```

- 关键字

该属性中的关键字分为两组——x 轴组和 y 轴组。其中，x 轴组的关键字包括：left、center、right；y 轴组的关键字包括：top、center、bottom。如示例 4-14 所示。

示例 4-14

```
background-position : left top ;            /* 居左居顶*/
background-position : bottom center ;       /* 居中居底*/
```

使用关键字时，x 轴和 y 轴的位置设置次序无关紧要，left top 和 top left 效果是一样的。

目前有很多网站会将不同的背景图像放到一张图像文件里面，然后通过设置具体的 background-position 的值来显示。但更多的还是针对不同的标签，根据需要设置不同的图像文件，因此，background-position 值通常用关键词或百分比的方式来设置。下面就将其关键词的组合通过列表来综合了解，如表 4-2 所示。

表 4-2 关键词的组合列表

组合	百分比	组合	百分比	组合	百分比
top left left top	（0% 0%）	top center center top	（50% 0%）	top right right top	（100% 0%）
left center center left	（0% 50%）	center center center	（50% 50%） （50%）	right center center right	（100% 50%）
left bottom bottom left	（0% 100%）	bottom center center bottom	（50% 100%）	right bottom bottom right	（100% 100%） （100%）

6. background

与 font 属性类似，background 属性是上述背景样式的合集，它的值是上述 5 种属性的所有可能值，可以按照任意次序排放这 5 个属性值，但并不需要将 5 个属性值全部赋给它。示例 4-15 所示代码均是正确的。

示例 4-15

```
background : red ;
background : url ( images/bg.gif ) white no-repeat ;
background : url ( images/bg.gif ) left center ;
```

4.3.3 块级标签属性

块级标签 <p> 所包含的内容是一段连续的文本，若不对该段落的格式进行设置，其原始状态如图 4-19 所示。

若希望一段文本信息易于被用户浏览，就必须设置良好的字间距、行间距，甚至包括空白设置、居中设置等。在 CSS 中，可以利用 6 个属性来影响块级标签内部的空白：

- text-align：文本对齐。
- text-indent：文本缩进。
- line-height：行高。
- word-spacing：单词间隔。
- letter-spacing：字母间距。
- ertical-align：垂直对齐。

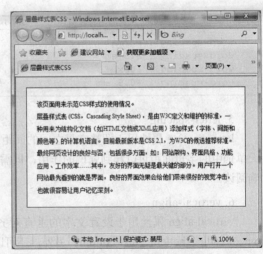

图 4-19 区块内的文本信息

在以上 6 个属性中，只有 text-align、text-indent 和 line-height 最为常用，其他 3 个主要在希望获得特殊的局部效果时使用。

1. text-align

text-align 属性有 4 个可选值：left（居左）、right（居右）、center（居中）、justify（左右对齐）。

注意 文本对齐是相对于标签的宽度，而并非整个浏览器屏幕的宽度。

2. text-indent

网页中通常每段文本信息都需要设置首行缩进，text-indent 属性就用来设定首行缩进的值，其值有两种设置方式：

- length：绝对或相对数字，如 30px、2em 等。
- percentage：段落宽度的百分比，如 10% 表明缩进首行 10% 的段落宽度。

text-indent 属性允许设置首行负缩进效果，如示例 4-16 所示两段 CSS 样式都是合法的。

<div align="center">示例 4-16</div>

```
Text-indent : 2 em
Text-indent : -2 em
```

3. line-height

line-height 属性有 3 种赋值方式：

- 数字：数字主要是针对字体大小的比例，如果字体大小为 10pt，行高 1.2 就意味着把每行的高度设置为 12pt。
- 长度：长度值可以是绝对值（如 14px、10.5pt），也可以是相对值（如 1.2em），其中相对值也是针对字体大小来计算的。
- 百分比：意义与数字、相对长度相似，如 200% 就意味着将每行的高度设置为字体大小的 2 倍。

4. word-spacing

word-spacing 属性控制单词之间的间距，其值可以为绝对值也可以为相对值，或者为负值。如示例 4-17 所示代码均为合法设置。

<div align="center">示例 4-17</div>

```
word-spacing : normal       /* 默认值*/
word-spacing : 0.5 em
word-spacing : 10px
word-spacing : -0.5 em
```

5. letter-spacing

letter-spacing 属性用于调整字母之间的间距，它的赋值范围和方法与 word-spacing 相同。通常加大单词中的字母间距可以起到强调的作用，但需要特别注意负值的使用，避免字母间隔过于紧密而影响阅读。

6. vertical-align

vertical-align 属性用于设置文字的垂直对齐方式。其可选值有 baseline、sub、super、top、text-top、middle、bottom、text-bottom。另外，还可以为其设置百分比值和数值。

大部分网页设计人员并没有真正理解 vertical-align 属性的应用范围，它适用于内联标签（如 <span> 标签），而对块级标签是无法起作用的，因为它的垂直对齐基于一条不可见的基线。

4.3.4　边框属性

在页面中经常会使用边框（border），图片、文字等都需要通过边框来分隔和点缀，如图 4-20 所示。CSS 中一共有 20 个边框属性，其中不乏与 background 类似的集合属性。

通常标签有上、下、左、右 4 个边框，可以对每个边框的粗细（width）、颜色（color）、样式（style）等部分进行整体或单独设置。下面分别介绍粗细（width）、颜色（color）、样式（style）属性的设置。

1. width

width 属性用于设置边框的粗细值，可以是关键字或长度值：

- thin：细
- medium：默认值
- thick：粗
- 长度值：绝对值或相对值

其中，使用关键字 thin、medium 或 thick 时，不同的浏览器可能会解析出不同的粗细度，而设置长度值则会使风格统一，因此，使用长度值是最普遍的赋值方法。

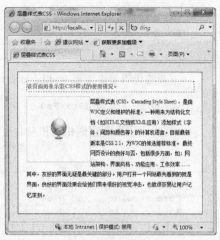

2. color

color 属性用于设置边框的颜色，颜色的选择与前述的背景颜色的设置方法相同。

3. style

style 属性用于设置边框的显示样式，如实线、虚线、点线、双线等，该属性值可以从 10 个关键字中选择一个，如下所示：

图 4-20　边框的使用

- none：无边框。无论边框宽度设置多大，只要 style 设置为 none，就不会显示边框，而设置边框宽度也没有任何作用。
- dotted：点线。
- dashed：虚线。
- solid：实线。
- double：双线。其中，两条线和它们之间的间距之和等于 width 值。
- groove：3 维凹槽。阴影效果是比 color 所设置的颜色稍浓和稍浅形成的。
- ridge：3 维凸槽。
- inset：3 维凹边。
- outset：3 维凸边。
- hidden：外部表现类似于属性 none，但不同之处在于 hidden 属性会使边框不可见，但该对象在网页中边框所占的空间不会改变，而 none 属性不会保留边框空间。

图 4-21 给出了 style 可设置的每种边框的样式示例。

图 4-21　边框样式示例

标签中每一条边框都是由 width、color 和 style 三种属性组成的，但其组合方法却有很多种，可以同时设置 4 条边的所有样式属性，也可以只同时设置 4 条边的一种属性（如宽度）。另外，设置值的个数也有所区别。

- 单独设置某条边框（以上边框为例），如示例 4-18 所示。

示例 4-18

```
Border-top-width : 12px ;          /*上边框宽度*/
Border-top-color : Red ;           /*上边框颜色*/
Border-top-style : solid;          /*上边框样式*/
```

下面代码集中设置 width、color、style 三个属性，三者的赋值顺序可以任意调整。

```
Border-top : solid 12px Red ;        /*与 Border-top : 12px solid Red ; 效果相同*/
```

• 统一设置 4 条边，如示例 4-19 所示。

示例 4-19

```
Border-width : 12px ;          /* 边框宽度 */
Border-color : Red ;           /* 边框颜色 */
Border-style : solid;          /* 边框样式 */
```

下面的代码集中设置 width、color、style 属性，三者的赋值顺序可以任意调整。

```
Border : solid 12px Red ;   /* 与 Border : 12px solid Red ; 效果相同 */
```

• 统一设置上下边框相同和左右边框相同，但上下边框和左右边框样式不同，如示例 4-20 所示。

示例 4-20

```
Border-width : 12px 5px ;      /* 上下边框宽度12px，左右边框宽度 5px */
Border-color : Red Blue ;      /* 上下边框颜色 Red，左右边框颜色 Blue */
Border-style : solid dashed;   /* 上下边框实线，左右边框虚线 */
```

• 单独设置上边框和下边框，统一设置左右边框，如示例 4-21 所示。

示例 4-21

```
/* 上边框宽10px，左右边框分别宽 5px，下边框宽12px */
Border-width : 10px 5px 12px ;
/* 上边框红色，左右边框分别蓝色，下边框绿色 */
Border-color : Red Blue Green ;
/* 上边框实线，左右边框分别虚线，下边框双线 */
Border-style : solid dashed double ;
```

• 集中设置 4 条不同样式的边框。

在 CSS 中，可以通过一条语句分别设置上、下、左、右 4 条边为不同的样式，4 个值的影响顺序为：从第一个值开始，按顺时针方向分别影响上、右、下、左 4 条边，如示例 4-22 所示。

示例 4-22

```
/* 上、右、下、左边框宽度分别为：5px、6px、7px、8px */
Border-width : 5px 6px 7px 8px ;
/* 上、右、下、左边框颜色分别为：红色、蓝色、绿色、黄色 */
Border-color : Red Blue Green Yellow ;
/* 上、右、下、左边框样式分别为：实线、虚线、双线、实线 */
Border-style : solid dashed double solid ;
```

4.3.5 盒模型

排版布局中经常都需要设置空白区域来增强阅读性，图 4-20 中的内容块之间因为没有设置空白区域，以至于页面显示效果大打折扣。图 4-22 就是改进后的显示情况。

相比之下，图 4-22 的可阅读性更强，因为它的标题、图片、内容都具有更好的显示效果，而这都得益于边框空白间距所带来的好处。

HTML 标签的空白设置有两种：

• 标签边框与标签外内容的距离（外边距）。

• 标签边框与标签内内容的距离（内边距）。

CSS 中针对这两种空白设置所指定的相关属性分别为 margin 和 padding。这两种属性加上边框宽度（width）就是盒模型（box model）的主要组成部分。由于 W3C 组织建议把网页上的段落、列表、标题、图片及层等对象都放在一个盒 (box) 中，在标签的嵌套使用时就好像在一个盒子里面装载内容，因此称为盒模型。盒模型结构如图 4-23 所示。

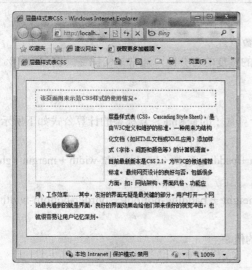

图 4-22　设置空白间距后的显示页面　　　　图 4-23　盒模型示意图

形成图 4-23 所示页面效果的 HTML 文档如下所示：

```
<div>
      层叠样式表 (CSS, Cascading Style Sheet) ，是由 W3C 定义和维护的标准，一种用来为结构化文档
         （如 HTML 文档或 XML 应用）添加样式（字体，间距和颜色等）的计算机语言。
  </div>
```

CSS 样式表代码如示例 4-23 所示。

示例 4-23

```
div{
margin: 50px;
padding: 50px;
border: 10px solid Gray;
width: 150px;
height: 200px;
}
```

在以上 CSS 代码中，分别定义了 div 标签的外边距 margin 和内边距 padding，其赋值方式与边框宽度属性 border-width 赋值相似，但 margin 和 padding 属性赋值范围更宽广。虽然 margin 的值并没有被包含在盒子内，但是它会影响和盒子有关的其他内容，因此 margin 是盒模型的一个重要的组成部分。

同时，可以分别对内边距和外边距的四个边框分别设置，如示例 4-24 所示。

示例 4-24

```
Margin-top : 10px ;              /* 外边距（上）:10px */
Margin-right : 2em ;            /* 外边距（右）:2 倍字符宽度 */
Padding-bottom : 10% ;          /* 内边距（下）:10% 父标签高度 */
Padding-left : 20pt ;           /* 内边距（左）:20pt */
Margin : 10px ;                 /* 4 个外边距:10px */
```

```
/* 上、右、下、左 4 个外边距分别为：10px、20px、30px、40px */
Padding : 10px 20px 30px 40px ;
/* 外边距（上）:5px；外边距（左、右）:20px；外边距（下）:10px */
Margin : 5px 20px 10px ;
```

示例 4-24 中各属性的值有以下三种表示方式：

- length（长度）：绝对值或相对值，可以接受负数值。
- percentage（百分比）：包含此标签的块级标签的宽度的百分比，通常是父标签。例如，10% 表明保留父标签宽度的 10% 大小的空白。
- auto（自动）：自动调节。

为了在网页中更好地布局，网页设计者应精确计算盒子的宽和高。盒模型的计算公式如下所示：

- 宽（width）：

margin-left + border-left-width + padding-left + width + padding-right + border-right-width + margin-right

- 高（height）：

margin-top + border-top-width + padding-top + height + padding-bottom + border-bottom-width + margin-bottom

结合图 4-22 的盒模型实例，可以计算其盒模型的值：

宽：50 + 10 + 50 + 150 + 50 + 10 + 50 = 370px

高：50 + 10 + 50 + 200 + 50 + 10 + 50 = 420px

4.3.6　列表属性

在第 3 章中，介绍了 HTML 标签中包括 3 种列表标签：无序列表（ul）、有序列表（ol）、释义列表（dl），其 HTML 结构如示例 4-25 所示。

示例 4-25

```
<ul>        <!-- 无序列表 -->
    <li> 列表项一 </li>
    <li> 列表项二 </li>
    <li> 列表项三 </li>
</ul>
<ol>        <!-- 有序列表 -->
    <li> 列表项一 </li>
    <li> 列表项二 </li>
    <li> 列表项三 </li>
</ol>
<dl>        <!-- 释义列表 -->
    <dt> 列表项一 </dt>
    <dd> 列表项一简介 </dd>
    <dt> 列表项二 </dt>
    <dd> 列表项二简介 </dd>
    <dt> 列表项三 </dt>
    <dd> 列表项三简介 </dd>
</dl>
```

CSS 可以对列表标签中各项的属性进行设置，下述各列表属性主要针对 <ul> 和 <ol> 中的 <li> 标签。

（1）list-style-type

list-style-type 属性设置列表项是否有标签，并且在有标签的时候设置它的外观。该属性有 9 个值是关键字，如下所示：

- Disc（●）：点。这是默认的设置。
- Circle（○）：空心圆。
- Square（■）：实心正方形。
- Decimal（1，2，3，…）：数字编码。
- Decimal-leading-zero（01，02，03，…）：有 0 组合的数字编码。
- Lower-roman（ⅰ，ⅱ，ⅲ，…）：小写罗马数字。
- Upper-roman（Ⅰ，Ⅱ，Ⅲ，…）：大写罗马数字。
- Lower-alpha/lower-latin（a，b，c，…）：小写拉丁字母。
- Upper-alpha/upper-latin（A，B，C，…）：大写拉丁字母。
- Lower-greek（α，β，γ，…）：经典希腊编号。
- Armenian/Georgian：分别指使用亚美尼亚和乔治亚文字的传统编号体系。
- None：不采用任何符号。

（2）list-style-image

除了编号和预定义的符号之外，还可以使用小图标来作为列表项引导符号。list-style-image 属性就可以实现这个功能，实现方法就是给属性设置一个 url 值，如示例 4-26 所示。

示例 4-26

```
list-style-image : url ( "images/arrow.gif") ;
```

（3）list-style-position

该属性用于指定列表项引导符的位置是在列表框外面还是里面，有两个值：

- Inside：引导符在列表框里面。
- Outside：引导符在列表框外面。

（4）list-style

与 background 属性相似，集合属性 list-style 可以将 list-style-type、list-style-image、list-style-position 属性集合在一起来赋值。如示例 4-27 所示。

示例 4-27

```
list-style : disc inside ;
list-style : circle outside ;
```

如果希望在每个列表项前面使用自定义图标而非默认符号作为引导符，通常情况下还要设置一个预定义的符号，因为某些浏览器可能无法正常显示该图标。如示例 4-28 所示。

示例 4-28

```
list-style : url ( "images/arrow.gif")  circle ;
```

4.3.7　定位属性

position（定位）属性可以通过三种方式来为标签定位：绝对定位（absolute）、相对定位（ralative）和固定定位（fixed）。通常还可以结合其他位置属性来完成定位，如 left、top 等。

1. 绝对定位（absolute）

将标签放到文档的某个绝对位置，如要把一个 img 标签放到 HTML 文档右上角，并距离边框 10px 宽，则样式代码如示例 4-29 所示。

示例 4-29

```
img
{
    Position : absolute ;
    Top : 10px ;
    Right :10px;
}
```

2. 相对定位（ralative）

相对定位表示相对父标签而言所处的位置。通常会与绝对定位联合使用，设置方法和其他两种定位方法相同。

注意，用来辅助定位的位置属性 top、left、right、bottom 的值可以为绝对值、相对值和百分比。

3. 固定定位（fixed）

在访问网页的时候，有时在页面的角落固定一块区域来显示信息，并且不会随着屏幕的滚动而改变位置，即为固定定位。如图 4-24 所示。

图 4-24 固定定位实例

要实现图 4-24 所示的固定定位，可以使用以下 CSS 代码（假设目标标签为 div），如示例 4-30 所示。

示例 4-30

```
div
{
    Position : fixed ;
    Right : 0 ;
    Bottom : 0 ;
}
```

4. z-index 属性

定位标签经常会导致标签内容重叠，虽然通常的规则是 HTML 文档中后出现的标签放置在先出现的标签的上面。但有时还是需要通过代码来控制这种重叠现象，z-index 属性就可以实现这个功能。

如示例 4-31 所示。

```
z-index :1;
z-index :3;
z-index :-1;
```

页面重叠效果是根据 z-index 的值来设定的，值大的位于值小的标签上面。

关于定位技术的使用，在 5.4.4 节中有更详细的介绍。

4.3.8　style 属性

style 属性是 HTML 标签中一个共有的属性，它不同于其他属性，因为设计人员可以为其设置不同的 CSS 样式代码来控制标签的显示效果。代码示例 4-32 所示。

```
<div id="box" style="margin: 20px; width: 350px; clear: both; float: left; border:
    solid 1px #333; background: #efefef;">
<div style="margin: 50px; padding: 40px; border: 10px solid Gray;">
层叠样式表（CSS, Cascading Style Sheet），是由 W3C 定义和维护的标准，一种用来为结构化文档（如
    HTML 文档或 XML 应用）添加样式（字体、间距和颜色等）的计算机语言。
</div>
</div>
```

style 属性的值实际上是一个或多个 CSS 样式声明。这种用法是合法的，而且经常会看到网页的源文件中存在 style 属性的应用，但一般情况下是不建议使用 style 属性的，原因如下：

• 通过 style 设置样式花费时间较长，同时还会使 HTML 文档规模变大。

• 有时 style 和样式表所设置的样式有所冲突，不符合"结构与表现相分离"的设计标准。

4.4　CSS 选择器

CSS 样式规则的定义包含两个部分：选择器和声明。其中声明被花括号括起来，其声明内容即为 3.4 节的 CSS 样式代码。第一个花括号前面的内容称作选择器，在前面的代码中，选择器一般都为 body、p、h1、div 等，它们叫做类型选择器，此外还有 class 选择器、ID 选择器等。

4.4.1　类型选择器

类型选择器是 CSS 中最简单的一种选择器，它的特点是以 HTML 标签名称作为选择器名。使用这种选择器，可以统一设置页面中所有该标签的显示样式。如下面的 CSS 代码，就将页面中所有的 h1 标签的文本颜色设置为红色，如示例 4-33 所示。

```
h1 { color : Red }
```

使用类型选择器时，选择器的名称不区分大小写，即以下 3 条样式规则都是合法的：

```
Div { color : #333333 ; }
dIV { color : #333333 ; }
DIV { color : #333333 ; }
```

4.4.2 类选择器

几乎所有的 HTML 标签都包含 class 属性，类（class）选择器定义的样式规则会应用到页面中所有 class 属性值为类名称的标签上。

如示例 4-34 所示，CSS 文件中有如下样式规则的定义。

示例 4-34

```
.title
{
    Color : Red ;
    Font-weight : bold ;
    Font-size : 14px ;
    Padding : 5px 20px ;
    Border-bottom : solid 1px #333333;
}
```

在选择器名称前面添加点 "."，就表示该选择器为 class 选择器，主要针对页面中 class 属性值等于该选择器名称的标签。如以上代码就定义了一个名称为 "title" 的 class 选择器。有如下一段 HTML 代码，如示例 4-35 所示。

示例 4-35

```
<div class="title">PC World：Gmail 宕机阴云笼罩云计算 </div>
<p>
    美国知名 IT 杂志《PC World》今天撰文称，Gmail 宕机事件再次凸显了云计算的可靠性不足，因此，尽
    管各大厂商都在极力推广云计算技术，用户仍然应当在本地硬盘上备份重要信息，以防万一。
</p>
<div class="title">IBM 推出基于云计算技术的虚拟桌面服务平台 </div>
<p>
    美国 IT 杂志《PC Magazine》专栏作家萨沙·希甘 (Sascha Segan) 昨天撰文称，苹果虽然在美国消费
    电子市场一家独大，但在韩国却极少有人使用苹果的产品，不过，韩国市场并未因此而缺乏创新。这种
    现象反而引发了一种有趣的遐想：假如没有苹果，世界将会怎样。
</p>
```

运行示例 4-35 的 HTML 文件，运行结果如图 4-25 所示。

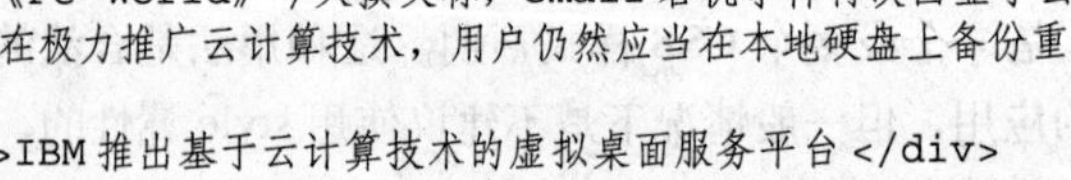

图 4-25 class 选择器的使用

从图中可以看到，HTML 文档中两个 class 属性为 "title" 的标签 div，其文本内容都具有相同的显示样式：红色字体、粗体、大小为 14px，且下边框相同等，这就是 class 选择器特点，一旦定义为 class 选择器，则允许它在 HTML 文档中重复使用。

另外，允许将相同的 class 值赋到不同类型的标签上去。如示例 4-36 所示的 HTML 代码同样是合法的，其中有一个 <div> 标签和一个 <h1> 标签同时设置了 class="title"。

示例 4-36

```
<div class="title">PC World：Gmail 宕机阴云笼罩云计算 </div>
<p>
    美国知名 IT 杂志《PC World》今天撰文称，Gmail 宕机事件再次凸显了云计算的可靠性不足，因此，尽管
        各大厂商都在极力推广云计算技术，用户仍然应当在本地硬盘上备份重要信息，以防万一。
</p>
<h1 class="title">IBM 推出基于云计算技术的虚拟桌面服务平台 </h1>
<p>
    美国 IT 杂志《PC Magazine》专栏作家萨沙·希甘 (Sascha Segan) 昨天撰文称，苹果虽然在美国消费
        电子市场一家独大，但在韩国却极少有人使用苹果的产品，不过，韩国市场并未因此而缺乏创新。这种
        现象反而引发了一种有趣的遐想：假如没有苹果，世界将会怎样。
</p>
```

与类型选择器名称不同，类选择器是区分大小写的。它可以是个单词，也可以是字母、数字、下划线的组合，如 TITLE、title_2、title-3、first-title 等类名都是合法的。但类名不能包含特殊符号，如空格、加号等，The title（包含空格）、title+5（包含 + 号）、title!（包含感叹号）等类名是非法的。

4.4.3 ID 选择器

Web 设计标准要求为 HTML 文档中的每个标签都设置 ID 属性，然后通过 ID 值来操作标签，因此每个标签的 ID 值在当前文档中必须是惟一的，若选择器的名称是 ID 值，则称为 ID 选择器。

ID 选择器的声明与前两种选择器的声明内容没有什么区别，不过选择器的标志却不相同。在选择器名称前面添加 "#" 来表明该选择器为 ID 选择器，如示例 4-37 所示。

示例 4-37

```
#wrapper
{
    width:400px;
    margin:20px;
    padding:20px;
    background-color:White;
    border:solid 1px #333333;
    text-align:left;
}
```

如果页面中有 ID 值为 "wrapper" 的标签，则该标签的显示样式就是上面代码中所定义的样式，如以下 HTML 代码所示：

```
<div id="wrapper">
    <div class="title">PC World：Gmail 宕机阴云笼罩云计算 </div>
    <p>
    美国知名 IT 杂志《PC World》今天撰文称，Gmail 宕机事件再次凸显了云计算的可靠性不足，因此，尽
        管各大厂商都在极力推广云计算技术，用户仍然应当在本地硬盘上备份重要信息，以防万一。
    </p>
</div>
```

由于 ID 的唯一性，因此切忌在 HTML 文档中为标签设置相同的 ID 来达到相同的显示效果。因此，要根据 class 和 ID 两个属性的特点，合理设计和应用它们，以便对页面进行更好地表现控制。

ID 名称同样区分大小写，在命名规则方面与 class 要求相同。

注意 标签可以同时设置 ID 和 class 属性，最终的显示效果会将两者设置的样式综合显示。

4.5 选择器的编写

前面说过，选择器包括类型选择器、类（class）选择器、ID 选择器。通过选择器的定义，可以控制 HTML 文档中所有标签的显示样式，但有时只使用某一种选择器无法准确地定位所需要设置样式的对象，因此，除直接定义单个选择器之外，还可以通过其他编写方式使选择器更具针对性。

4.5.1 组合选择器类型

前面的代码示例表明，类（class）选择器定义之后可以应用于任意的页面标签。同样，ID 选择器也是一样，为了让它们能精确定位到一种标签，就需要和类型选择器组合使用，如示例 4-38 所示。

示例 4-38

```
div.title
{
    Color : Red ;
    Font-weight : bold ;
    Font-size : 14px ;
    Padding : 5px 20px ;
    Border-bottom : solid 1px #333333;
}
div#wrapper
{
    width:400px;
    margin:20px;
    padding:20px;
    background-color:White;
    border:solid 1px #333333;
    text-align:left;
}
```

这样就精确指明了两个选择器都只能应用到 div 标签上面，应用到其他标签上面是不会起作用的，如 <h1 class="title" ></h1> 就不会应用 title 中设置的样式。

4.5.2 上下文选择器

上下文选择器是基于文档结构的，它就像设置文件路径一样，将某个文件放置到某个路径下面的某个文件夹中。因此，上下文选择器就是通过指定这个"路径"来表示最终定义的选择器必须在某个"路径"下使用。如示例 4-39 中定义了一个 id 为 wrapper 的层，层内嵌套一个 id 为 book 的段落，段落内再嵌套一个类名为 pic 的图片。

示例 4-39

```
<body>
    <div id="wrapper">
        <p id="book">
        <img class="pic" src="http://img30.acui.com/23/12/9293450-1_b1.jpg" alt="CSS
            禅意花园封面 " />
            <div>
                Amzon网站五星级图书，全球一致好评热销中，通过结合使用少量的标记，级联样式表（CSS）可提
                    供引人注目的视觉设计。与 HTMI 驱动的老式布局相比，使用的代码更少，而效率和灵活性却高
                    得多。受这种 web 设计方法的创意启发，Dave Shea 创建了 "CSS 禅意花园 "。
            </div>
        </p>
    </div>
</body>
```

如果我们要给示例 4-39 中的图像标签 <img /> 定义样式，下面的 CSS 定义方式能起到相同的作用：

```
Img { border : solid 1px #cccccc ; }
.pic { border : solid 1px #cccccc ; }
Img.pic { border : solid 1px #cccccc ; }
```

这 3 种定义方式都是正确的，HTML 文档中凡是符合选择器应用范围的标签都能应用。为了进一步精确定位图像标签，示例 4-39 中的图片属性还可以通过以下方式来指定：

```
/* 针对符合路径 div-->p-->img 的 img 标签 */
Div p img { border : solid 1px #cccccc ; }
/* 若文档中存在一个 ID 值为 "wrapper" 的 div 标签，则该标签下的 p 标签中的 img 标签应用一下样式 */
div#wrapper p img { border : solid 1px #cccccc ; }
/* 其他的编写方式 */
#wrapper p img { border : solid 1px #cccccc ; }
#wrapper p img.pic { border : solid 1px #cccccc ; }
```

4.5.3　选择器的分组定义

在 CSS 中，有时需要为不同的选择器设置相同的样式，这时可以将相同样式的选择器进行分组，不同的选择器之间通过逗号（","）来分隔，这样就相当于同时定义了 3 个选择器的样式，而且这 3 个选择器的样式是一样的。如示例 4-40 所示。

示例 4-40

```
H1, div.title, .warning { color : red ; font-size : 12px ; font-weight : bold ; }
```

4.6　伪类

伪类和伪标签是通过在 CSS 中的定义来描述相同 HTML 标签在不同的状态下的表现效果，但它们并不会在页面中显示出来。它们可以扩展 CSS 的表现能力。使用最多的是超链接以及首字母和首行的样式设置。

4.6.1　锚伪类

在 HTML 中，锚伪类用作超链接标签 <a></a>。超链接信息共有 4 种状态：

- link：默认的链接文本样式。
- visited：某个链接地址曾经访问过，而链接文字又指向该地址时，链接文本的显示样式。
- hover：鼠标移动到链接文本上方时文本的显示样式。
- actived：链接文本被激活瞬间的显示样式。

示例 4-41 给出了一个锚伪类的样式定义示例，这表示超链接在不同状态时呈现不同显示结果。

示例 4-41

```
a:link { color : blue ; }
a:visited { color : gray ; }
a:hover { color : red ; text-decoration : underline ; }
a:active { color : green ; }
```

需要注意以下几点：

- 伪类和伪标签的名称是不区分大小写的。
- 标识符是冒号。

- 文档中所有的链接会自动解析链接状态。

4.6.2 首字母和首行伪标签

伪标签允许对标签内容的一部分设置样式，最常用的是首字母和首行伪标签。它总是和其他选择器组合使用，如示例 4-42 所示。

示例 4-42

```
p:first-line { text-transform : uppercase }  // 首行大写
p:first-letter { font-size : 2em }      // 首字母放大
div.title:first-letter { font-size : 200% }
```

4.7 实例：基本 CSS 样式设计

4.7.1 CSS 常用操作三部曲

通常来讲，在编写页面的 CSS 样式表时，有经验的设计人员首先会依次设置页面中必要的样式，如字体、背景、页面宽度、链接属性等。

1. 设置字体

字体的预定义一般都放在 body 类型选择器内，包括字体族、字体大小、颜色、行高等。如示例 4-43 所示。

示例 4-43

```
body
{
    font-family:Arial Sans-Serif;
    font-size:12px;
    text-align:center;
    background-color:#efefef;
    line-height:200%;
    color:Black;
}
```

body 中设置的字体可以应用到它所包含的所有标签中，但是系统自定义的标签样式除外，如 <h1>、<h2> 等，系统为这些标签定义了默认样式。因此，有必要在设定 body 样式之后重定义它们的样式，示例 4-44 就对标题标签 h1 的样式进行了重新设置。

示例 4-44

```
h1
{
    font-size:2em;
    color:Red;
    margin:0;
    padding:5px 10px;
}
```

字体样式虽然包括很多方面，但其中的字体族、大小、行高却是影响整个页面排版效果的三个最基本的要素。尤其是网页作为一个全球通用的媒介，不同的语言之间差异自然也会造成字体样式标准的不同。

- 字体族（font-family）：选择字体族的主要依据首先就是网页中所使用的语言，其次就是要选择计算机中的通用字体，因为某些非通用字体不一定存在于所有的计算机中，如"黑体"在中文的操作系统中存在却不一定存在于英文的操作系统中。因此，字体族的选择对于网页布局来讲尤为重要。图 4-26 就给出了一些常用的字体族。

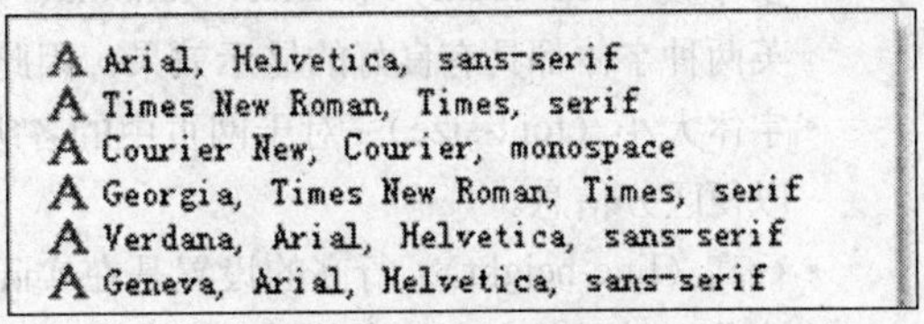

- 字体大小（font-size）：字体大小的设计与所应用的文字有密切的关系。以像素单位为例，英文字体的大小可以选择任意像素大小，如 6px、11px 等，因为它的大小控制比较简单，任意大

A Arial, Helvetica, sans-serif
A Times New Roman, Times, serif
A Courier New, Courier, monospace
A Georgia, Times New Roman, Times, serif
A Verdana, Arial, Helvetica, sans-serif
A Geneva, Arial, Helvetica, sans-serif

图 4-26　网页中常用字体

小的字体在网页中都是温和的。但如果使用汉字，那么就需要慎重选择字体大小了，因为不合理的字体大小会使汉字变形。如果使用像素（px）单位，则在网页中通常应用 12px 和 14px。

- 行高（line-height）：行高的选择对于页面布局有着重要的影响，不同的行高会产生不同的视觉效果。选择合适的行高，可以提高网页的可阅读性。行高值越小，网页内容越密集；行高值越大，内容越稀疏。行高的设置采用百分比较多，以前的网页行高一般都设置在 130%，但是对于现在的显示器屏幕来讲，通常设置为 150% ～ 200% 更便于阅读。

2. 设置宽度及盒模型

网站架构是由图像设计师事先设计好的，因此，它的整体结构，包括页面宽度、栏间距离、段落文本的样式等都要有所规划。同样，对于示例 4-39 中的 HTML 代码，要先设置最外层 ID 为 "wrapper" 的 div 标签，设置样式，然后其他标签（如 p、img 等）才能够根据父标签的样式做出调整。

3. 设置链接

超链接的文本信息在网页中是绝对的主角，而事先定义好它们的显示样式就成为了必要的一步。虽然页面的各个区域可能显示样式有所不同，但不妨碍先定义好统一的超链接样式。

由于大部分网页崇尚简洁明快，不需要对页面中的文本定义过于复杂的显示样式。因此，示例 4-41 中的代码对标签 <a> 的样式定义就太复杂了，有必要进行改进，改进后的代码如示例 4-45 所示。

示例 4-45

```
a:link,
a:visited,
a:active { color : blue ; text-decoration : none ; }
a:hover { color : red ; text-decoration : underline ; }
```

上面的 CSS 代码分组定义了标签 <a> 的三种状态 link、visited、active 具有相同的显示样式。但上面的代码仍然可以继续缩减，如下所示：

```
a { color : blue ; text-decoration : none ; }
a:hover { color : red ; text-decoration : underline ; }
```

其中，a 类型选择器的样式设置，面向了超链接文本的所有 4 种状态，它统一设置了超链接的 4 种状态具有相同的显示样式：字体颜色为蓝色，没有任何修饰符。下面一句则重新定义了标签的 hover 状态，字体颜色为红色，显示下划线，这样就覆盖了前面对 hover 的默认定义。

4.7.2　CSS 实例解析

1. CSS 设计三部曲

根据前面总结的网页 CSS 样式表设计三部曲，首先需要实现的部分主要包括：字体、整体背景、页面宽度、链接样式等。根据设计图中的显示效果可以初步确定以下几个方面的样式。

（1）设置字体

- 字体族（font-family）：Arial、Tahoma、宋体。一般的客户端都安装了 Arial 字体，而且其对中英两种字体都具有良好的显示效果，因此该字体是首要的选择。
- 字体大小（font-size）：对于网页中的各级标题和内容文字，根据需要分别设置为 14px 和 12px 以便区分信息。
- 行高（line-height）：行高的设置是在实际显示过程中通过逐步调试完成的，最终得到一个最佳选择。对于以文字为主的网页来讲，网页内容信息量大，就需要设置使网页可阅读性更强的行高，必要时，还需要对不同的内容设置不同的行高。通常采用的行高值为 150%。
- 颜色：颜色选择方案包括字体颜色、背景颜色。这些都可以通过专用的绘图工具（如 Photoshop）来获取，在这里我们设置字体通用颜色为浅灰色（RGB 值为 #8f8f8f），页面背景颜色为深蓝色（RGB 值为 #1b2830）。

通过对以上几方面的分析，就可以完成对 body 标签的基本样式设置：

```
body
{
    font-size: 12px;
    line-height:150%;
    background-color:#1b2830;
    color:#8f8f8f;
    font-family: Arial, Tahoma, 宋体 ;
}
```

（2）宽度及盒模型设置

宽度和盒模型的样式属性涉及 width、margin、padding 等，在 HTML 文档中设置一个单独的层（div id=wrap）来控制整个页面内容的宽度大小。从设计图中可以看到，网页的整体内容居中显示，其中导航栏、课程相关信息区域两部分的宽度都是 100%，即整个浏览器的宽度，但是主题内容部分居中且宽度有限（900px）。

```
body
{
    font-size: 12px;
    line-height:150%;
    background-color:#1b2830;
    color:#8f8f8f;
    font-family: Arial, Tahoma, 宋体 ;
    text-align: center;
    margin:0;
    padding:0;
}
#wrap
{
    width: 100%;
    text-align:left;
}
#header
{
    width: 100%;
    text-align: center;
}
#nav
{
    width: 100%;
    text-align: center;
```

```
}
#quickSummary
{
    width: 100%;
}
#mainer
{
    margin: 10px auto; /* 内容居中 */
}
#footer
{
    margin: 10px auto; /* 内容居中 */
    text-align: center;
}
```

注意　通过样式代码 "margin: 10px auto" 实现居中，是一种代码技巧。

同时，需要设置一个类选择器（.widthFormat）来控制网页中间内容部分的宽度。例如，虽然导航条和课程相关信息部分从外观上来看宽度为 100%，但是其中的数据内容却仍然居中，并显示在一个固定的宽度内。主体部分的内容（包括侧边栏、主内容区）也同样在该宽度内。下面就是类选择器 widthFormat 的宽度设置，这样网页中任何需要将宽度设置为 900px 的标签都可以通过该选择器实现。

```
.widthFormat{width:900px;clear:both;}
```

（3）链接文本样式

链接文本样式包括 4 种状态：link、hover、visited、active。虽然设计图中不同页面区域的链接文本显示样式不尽相同，但大部分链接文本的样式却是相同的。例如，为使导航栏部分的链接文字区别于正文文字，可以在字体颜色、大小等方面进行特殊设置，以起到突出作用。这里所说的链接文本是指整体网页中链接文本的基本样式，对于某些特殊区域则可在后续的编写过程中根据实际需要重新设置。

在该网页中，链接文本的 link、visited、active 三种状态的显示样式相同，只有 hover 状态有所区分，这样就可以通过以下样式代码完成：

```
a{ color:#888; text-decoration:none;}
a:hover{ color:white; text-decoration:underline;}
```

注意：其中样式代码 a{ color:#888; text-decoration:none;} 表示对链接文本标签 <a> 所有四种状态都设置为该样式，后面的 a:hover{ color:white; text-decoration:underline;} 则表示重写 <a> 标签的 hover 状态。

2. 实例首页 CSS 设计

（1）抬头区域

页面抬头区域（即 header 区域）主要包括两部分内容：主标题和副标题。如图 4-27 所示。

图 4-27　抬头区域设计图

根据图 4-27，可以从以下几个方面来分析该部分的样式设计：

· 主标题：即文字 "Internet 开发基础"。字体样式是经过加工之后的艺术字，这在一般的客户端浏览器中无法通过本地字体解析实现，因此，有必要将其切割成图片。

- 副标题：即文字 "HTML & XHTML & CSS & JavaScript"，它可以采用普通的 Arial 字体，不需要专门做成图片。
- 背景图片：从图中可以看出，该区域的背景中间有一个半圆的高亮区域，被覆盖显示在主标题和副标题后面，并位于该区域的底部。对此，可以通过将其与主标题合并成一个图片（logo.png）来完成。

该部分的 HTML 代码结构主要由一个层标签（<div>）和两个标题标签（<h1> 和 <h2>）组成，如以下代码所示：

```
<div id="header">
    <h1>
        Internet 开发基础 </h1>
    <h2>
        HTML & XHTML & CSS & JavaScript
    </h2>
</div>
```

通过对该区域设计图中主标题、副标题、背景图片的分析，结合其具体的 HTML 代码结构，就可以通过以下代码来完成该部分的样式表现：

```
#header
{
    background-image: url(Images/logo.png);      /* 设置背景图像 */
    background-repeat: no-repeat;                /* 设置背景图像不重复填充 */
    background-position: center 5px;             /* 设置背景图像位置水平居中，上下距离 5px */
    height: 107px;
    width: 100%;
    text-align: center;
}
```

通过为 #header 设置背景图像的方式完成了网站主标题的显示，则原本 HTML 文档中的主标题文字就必须隐藏起来，同时需要设置其副标题的颜色和位置，如以下代码所示：

```
#header h1
{
    visibility: hidden; /* 隐藏主标题 */
}
#header h2
{
    color: #afafaf;
    margin: 0px;
    padding: 0px;
    margin-top: 65px;
    font-weight: normal;
    font-size: 12px;
}
```

注意，在这里使用了上下文选择器 #header h1 和 #header h2，主要是考虑到可能其他的显示区域也存在 <h1> 和 <h2> 标签。通过使用上下文选择器，使样式的定义更具针对性。

（2）导航栏

导航栏是大部分网站都设有的部分，其作用是便于站内各栏目的分类和排列。本节实例导航栏如图 4-28 所示。

图 4-28　导航栏设计图

从图 4-28 可以分析出，导航栏的栏目水平显示在一个带状区域中，并且无论字体颜色、大小，还是背景的设计，都明显区别于其他数据。具体分析如下：

- 背景设计：整个导航栏的背景是由一个径向渐变图片（nav_bg.png）水平填充完成，此导航栏的上下边框都为 1px 宽的白色实线。
- 栏目名称：默认字体颜色为白色，大小为 14px。当前选中的栏目或鼠标移至某栏目上方时，该栏目字体颜色变为灰色，背景通过一个图片（nav_bg_hover.png）高亮显示。

通过前面的 HTML 文档可知，该部分的 HTML 代码由一个层标签（<div>）和一个无序列表标签（<ul>）组成，具体代码如下所示：

```
<div id="navigater">
    <ul class="widthFormart">
        <li><a href="../Default.aspx">首页 </a></li>
        <li><a href="http://dcc.blog.z.cqut.edu.cn" target="_blank">课程教案 </a></li>
        <li><a href="../TechSource/Default.aspx">网络资源 </a></li>
        <li><a href="../Download/Default.aspx">下载专区 </a></li>
        <li><a href="../Videos/Default.aspx">视频讲座 </a></li>
        <li><a href="../Student/Default.aspx">学生成果 </a></li>
        <li><a href="../Homework/Default.aspx">实验安排 </a></li>
        <li><a href="../Questions/Default.aspx">问题集锦 </a></li>
</ul>
</div>
```

通过以上对该部分显示样式的分析，结合其 HTML 文档结构，可以通过以下代码完成该部分的 CSS 样式编写：

```
#navigater
{
    margin: 0px;
    padding: 0px;
    height: 51px;          /* 设置导航栏的高度 */
    background-image: url(Images/nav_bg.png);      /* 导航栏背景图片 */
    background-repeat: repeat-x;      /* 背景图片水平重复填充 */
    width: 100%;          /* 宽度100% */
    border-top: solid 1px white;      /* 设置上边框样式 */
    border-bottom: solid 1px white;      /* 设置下边框样式 */
    font-size: 14px;      /* 字体大小 */
    font-weight: bold;    /* 栏目名称加粗显示 */
    text-align: center;    /* 内容居中 */
}
#navigater ul
{
    margin: 0 auto;      /* 栏目列表居中显示 */
    margin-top: 7px;
    padding: 0px;
}
#navigater li
{
    text-align: center;      /* 列表项文字居中 */
    list-style: none;        /* 列表项不使用引导符 */
    width: 102px;          /* 设置列表项宽度 */
    height: 44px;          /* 设置列表项高度 */
    padding-top: 13px;     /* 盒模型设置 */
    margin-left: 5px;      /* 盒模型设置 */
}
#navigater li a
{
    color: white;          /* 字体颜色为白色 */
}
#navigater li a:hover
{
    color: #333333;
```

```
    text-decoration: none;
}
#navigater li:hover        /* 鼠标移至某栏目上方时的样式 */
{
    background-image: url(Images/nav_bg_hover.png);     /* 列表项高亮背景图片 */
    background-repeat: no-repeat;       /* 背景图片不重复 */
    cursor: hand;       /* 鼠标指针变为手形 */
    background-position: left top;       /* 背景图片水平居左，垂直居顶 */
}
#navigater li.on        /* 当前选中的栏目样式与 #navigater li:hover 相同 */
{
    background-image: url(Images/nav_bg_hover.png);
    background-repeat: no-repeat;
    cursor: hand;
    background-position: left top;
}
#navigater li.on a
{
    color: #333333;
    text-decoration: none;
}
```

> **注意** 默认情况下，列表标签的列表项是垂直排列的，虽然通过以上 CSS 样式代码已经完成了基本的样式设置，但并不能使列表项按照设计图中所示实现水平排列。因为这涉及布局样式（如 float、display）的使用，下一章将详细的讲述该内容。

（3）相关信息

相关信息部分横向并排显示了博客信息、课程介绍、相关文档下载、工具下载四部分，如图 4-29 所示。

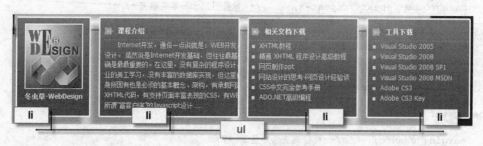

图 4-29　相关信息区域设计图

下面根据图 4-29 的显示情况，对该部分的详细分析如下所述：

- **整体背景**：该部分的背景是一幅从上到下线性渐变的背景图，因此，可以通过绘图工具制作宽度为 1 个像素，高度为该区域高度的背景图片（summary_bg.png），然后在样式代码中设置其横向填充。这样，无论该区域有多宽，都可以通过无限填充背景图片达到需要的显示效果。
- **博客信息**：该部分主要包括一个 Logo 图片和博客名称。其中 Logo 图片边框为 1 个像素的白色边框，博客名称加粗显示，并且二者都是超链接。纵观 4 个列表项，只有该部分显示与其他部分显示样式有较大差异，因此，有必要为其设置一个单独的选择器来完成样式代码（如类选择器 ".dccBlog"）。
- **列表项标题**：从图中可以看到，除"博客信息"外，其余 3 个列表项的结构大致类似，都是标题和内容的组合。其中列表项标题，如"课程介绍"、"相关文档下载"、"工具下载"等，都包含以下样式：引导图片（hi.gif）、字体颜色为白色、字体加粗、下边框为浅橙色虚线。因此，可以统一完成样式设置。

- **课程介绍内容**：课程介绍内容是一个由一整段超链接文本组成的段落，段首空两格。
- **相关文档和工具列表**：这两部分的具体内容都是通过信息列表形式显示的，每个列表项的引导符为一个浅橙色的实正方形。

在其 HTML 文档中，通过一个无序列表标签包含四个列表项标签可完成大致布局，如以下代码所示：

```
<div id="quickSummary">
    <ul>
        <li class="dccBlog">冬虫草的 Blog</li>
        <li class="courseInfo">课程介绍 </li>
        <li> 相关文档下载 </li>
        <li> 工具下载 </li>
    </ul>
</div>
```

结合以上对该区域显示信息的样式分析，以及总体的 HTML 文档结构，可以首先完成以下样式定义：

```
#quickSummary
{
    width: 100%;
    background-image: url(Images/summary_bg.png);            /* 背景图片 */
    height: 180px;         /* 高度 */
    background-repeat: repeat-x;          /* 背景图片横向填充 */
    background-position: left bottom;              /* 背景图片位置：水平居左、垂直居底对齐 */
}
#quickSummary ul        /* 无序列表标签样式 */
{
    margin: 10px auto;
    padding: 0px;
}
#quickSummary ul li        /* 列表项样式 */
{
    width: 200px;
    list-style: none;
    margin-left: 15px;
}
#quickSummary ul li h3         /* 列表项子标题样式 */
{
    font-size: 12px;
    color: White;        /* 字体颜色为白色 */
    margin: 0px;
    border-bottom: dashed 1px #d19456;          /* 下边框为 1 个像素的浅橙色虚线 */
    background-image: url(Images/hi.gif);          /* 通过背景图片设置引导图片 */
    background-repeat: no-repeat;         /* 背景图片不重复 */
    background-position: center left;          /* 背景图片位置：水平居左对齐、垂直居中 */
    padding: 5px;
    padding-left: 25px;          /* 标题文字距左边框空白设置 25 像素 */
}
#quickSummary a
{
    color: #ffe6a5;
}
```

同时，由于每个列表项中的内容都有特殊的显示效果，这在 HTML 代码的设计中也有所体现，因此可以通过为 HTML 标签设置 class 属性来区分。各列表项的 HTML 文档结构代码如下所示：

```
<li class="dccBlog">
    <a href="http://dcc.blog.z.cqit.edu.cn" target="_blank" title=" 冬虫草的 Blog">
```

```
        <img src="App_Themes/Default/Images/webDesign.png" alt=" 冬虫草的 Blog" /></a>
        <h3 class="blogLink">
            <a href="http://dcc.blog.z.cqit.edu.cn" target="_blank" title=" 冬虫草的 Blog">
            冬虫草 -WebDesign</a></h3>
</li>
<li class="courseInfo">
        <h1> 课程介绍 </h1>
        <p>
            <a href="http://blog.z.cqit.edu.cn/9000/spacelist-blog-itemtypeid-938"
            target="_blank" title=" 点击查看 Internet 开发教程 ">Internet 开发，通俗一点说就
            是：Web 开发，即网站设计。  虽然说是 Internet 开发基础，但往往最基础的东西确是最最重要
            的。在这里，没有复杂的程序设计，没有专业的美工学习，没有丰富的数据库实现，但这里有网站
            本身所固有也是必须的基本概念、架构，有承载网站实现的 XHTML 代码，有支持页面丰富表现的
            CSS，有 Web 2.0 时代所谓 " 富客户端 " 的 JavaScript 设计 ......</a></p>
</li>
<li>
        <h3> 相关文档下载 </h3>
        <ul>
            <li><a href="./download/files/XHTML 教程 .doc" target="_blank" title="XHTML 教程
                ">XHTML 教程 </a></li>
            <li><a href="./download/files/ 精通 XHTML  程序设计高级教程 .pdf" target="_blank"
                title=" 精通 XHTML  程序设计高级教程 ">
                精通 XHTML  程序设计高级教程 </a></li>
            <li><a href="./download/files/ 网页制作 ppt.rar" target="_blank" title=" 网页制作
                ppt"> 网页制作 ppt</a></li>
            <li><a href="./download/files/ 网站设计的思考 - 网页设计经验谈 2004.rar" target="_
                blank" title=" 网站设计的思考 - 网页设计经验谈  2004">
                网站设计的思考 - 网页设计经验谈 </a></li>
            <li><a href="./download/files/CSS 中文完全参考手册 .chm" target="_blank" title="CSS
                中文完全参考手册 ">CSS 中文完全参考手册 </a></li>
            <li><a href="./download/files/ADO.NET 高级编程 .pdf" target="_blank" title="ADO.
                NET 高级编程 ">ADO.NET 高级编程 </a></li>
        </ul>
</li>
<li >
        <h3> 工具下载 </h3>
        <ul>
            <li><a href="./download/tools/vs/VS2005.rar" target="_blank" title="Visual
                Studio 2005">
                Visual Studio 2005</a></li>
            <li><a href="./download/tools/vs/VS2008.iso" target="_blank" title="Visual
                Studio 2008">
                Visual Studio 2008</a></li>
            <li><a href="./download/tools/vs/VS2008SP1.iso" target="_blank"
                title="Visual Studio 2008 SP1">
                Visual Studio 2008 SP1</a></li>
            <li><a href="./download/tools/vs/MSDN.ISO" target="_blank" title="Visual
                Studio 2008 MSDN"> Visual Studio 2008 MSDN</a></li>
            <li><a href="./download/tools/adobe/AdobeCS3.rar" target="_blank"
                title="Adobe CS3">
                Adobe CS3</a></li>
            <li><a href="./download/tools/adobe/AdobeCS3key.rar" target="_blank"
                title="Adobe CS3 Key">
                Adobe CS3 Key</a></li>
        </ul>
</li>
```

分别对各列表项中的内容标签设置样式的代码如下所示：

```
#quickSummary ul li h3.blogLink /* 博客名称样式设置 */
{
    border-width: 0px;
```

```
    margin: 5px;
    background-image: none;
    padding: 0px;
}
#quickSummary ul li p
{
    color: #ffe6a5;
    margin: 0px;
}
#quickSummary ul li.dccBlog /* 列表项样式 - 博客信息 */
{
    width: 125px;
    margin-left: 0px;
    text-align: center;
}
#quickSummary ul li.courseInfo /* 列表项样式 - 课程介绍 */
{
    width: 310px;
}
#quickSummary ul li ul /* 子列表标签样式 */
{
    margin: 0px;
    padding: 0px;
}
#quickSummary ul li ul li /* 子列表项样式 */
{
    list-style-type: square;
}
#quickSummary ul li ul li a /* 子列表项超链接样式 */
{
    color: #ffe6a5;
}
#quickSummary ul li ul li a:hover
{
    margin-left: 5px;
    color: #f5e7aa;
}
```

事实上，运行以上的样式代码，最终显示的页面仍然是杂乱无章的。因为有以下问题存在并有
待解决：

- 样式代码中对 ul 和 li 标签选择器的样式定义，除了对最外层的相应标签实现样式设置，同时还会对子标签 <ul> 和 <li> 实施相同的样式策略。例如，相关文档下载和工具下载就包含子标签 <ul> 和若干 <li> 标签。这被称作样式的继承性，第 5 章将会有详细的讲述。
- 与导航栏相同，列表项默认情况下是纵向排列的，无法横向显示，这必须通过设置相关样式属性来完成排版布局（如 float、display），这部分内容将在第 5 章加以详述。

（4）图书推荐

图书推荐部分主要由标题和图书列表组成，其中图书列表又包括书名、作者以及出版社三部分。如图 4-30 所示。

下面就分别对这几方面的表现样式做出具体分析：

- 背景样式：该区域的整体背景是通过颜色填充（RGB 为 #24323b），栏目标题部分通过背景图片填充（sider_title_

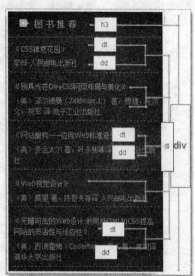

图 4-30 "图书推荐"栏目显示情况

bg.png）。

- 栏目标题：栏目标题（即"图书推荐"）通过背景图片填充（sider_title_bg.png），同时文字前方又设置了引导图片（hi.gif）。文字大小为 14px，加粗显示，橙色。整个栏目标题的下边框为 2px 宽度的灰色实线。

- 书目内容：每本图书分为上下两部分，书名在上，作者、出版社在下。书名颜色为橙色，作者与出版社放在一起，颜色为灰色，下边框为 1px 的灰色虚线。

为了便于实现设计图中的显示效果，在设计 HTML 文档的时候，可以适当使用一些辅助标签（如 <span>）。由于该栏目标题部分样式包含了两个图片（sider_title_bg.png 和 hi.gif），因此在使用 <h3> 标签的同时，添加了辅助标签 <span>。具体文档结构如下代码所示：

```
<div class="block">
    <h3>
        <span> 图书推荐 </span></h3>
    <dl>
        <dt>《CSS 禅意花园》</dt>
        <dd>
            李烨  人民邮电出版社
        </dd>
        <dt>《别具光芒 Div+CSS 网页布局与美化》</dt>
        <dd>
            （美）泽尔德曼（Zeldman,J.）著，傅捷，王宗义，祝军 译 电子工业出版社
        </dd>
        <dt>《网站重构——应用 Web 标准进行设计》</dt>
        <dd>
            （美）麦金太尔 著，叶永彬等译 机械工业出版社
        </dd>
        <dt>《Web 视觉设计》</dt>
        <dd>
            （美）莫里 著，陈黎夫等译 人民邮电出版社
        </dd>
        <dt>《无懈可击的 Web 设计：利用 XHTML 和 CSS 提高网站的灵活性与适应性》</dt>
        <dd>
            （美）西德霍姆（Cederholm, D.）著，常可译 清华大学出版社
        </dd>
        <dt>《JavaScript 高级程序设计》</dt>
        <dd>
            扎卡斯 著，曹力等译 人民邮电出版社
        </dd>
        <dt>《精通 XML 与网页设计高级教程》</dt>
        <dd>
            何东隆等 中国青年出版社
        </dd>
    </dl>
</div>
```

结合以上对该部分表现样式的分析，以及具体的 HTML 代码结构，通过以下样式代码来完成最终的表现效果：

```
#sider
{
    width: 270px;
    margin-top: 10px;
    color: #8f8f8f;
}
#sider .block
{
    margin-bottom: 10px;
    width: 100%;
```

```
}
#sider .block h3
{
    font-size: 14px;
    letter-spacing: 5px;
    color: #d96700;
    margin-bottom: 0px;
    padding-left: 20px;
    padding-top: 10px;
    background-image: url(Images/sider_title_bg.png); /* 栏目标题背景图片填充 */
    height: 30px; /* 栏目标题高度 */
    background-repeat: repeat-x; /* 背景图片水平填充 */
    border-bottom: solid 2px #414d56; /* 下边框设置 */
}
#sider .block h3 span /* 辅助标签样式 */
{
    background-image: url(Images/hi.gif); /* 背景图片填充 */
    background-repeat: no-repeat; /* 背景图片不重复填充 */
    background-position: center left; /* 背景图片水平居左、垂直居中 */
    padding-left: 25px;
}
#sider .block dl /* 释义标签样式 */
{
    background-color: #24323b;
    margin: 0px;
    padding: 5px;
}
#sider .block dl dt
{
    color: #c48915;
    padding: 5px;
}
#sider .block dl dd
{
    margin-bottom: 10px;
    border-bottom: dashed 1px gray; /* 下边框设置 */
    margin-left: 0px;
    padding: 0px 0px 5px 5px;
}
```

（5）其他部分的 CSS 设计

上述几节仅仅给出了设计图中部分区域的 CSS 样式设计，实际上，网页中还包含更多的数据信息，如网站资源列表、CSDN 圈子、专家博客、页脚信息等。在后续的网页设计中，还会增加更多的数据，因此，读者可以参考前面的介绍自行实现其他部分的 CSS 样式设计。

需要注意的是，本章介绍的只是最基本的 CSS 样式，这些样式属性的使用只是应用于 HTML 标签本身基本的页面表现而非整个布局，如高度宽度、背景、边框、字体颜色大小等。读者利用本章的知识设置 HTML 文档样式之后，并不能真正实现设计图中的效果，比如导航栏的数据水平排列、侧边栏居左显示、内容区域居右显示等，这些都属于布局样式。

4.8　本章小结

本章结合 Visual Studio 2008 详细介绍了层叠样式表（CSS）的基本应用，如样式规则、编写方法等。在 4.3 节中，将网页中的表现样式具体分解为字体、背景、区块、边框、盒模型、列表、定位 7 部分，分别讲解了各种表现样式的属性，以及赋值方法。然后介绍了 CSS 选择器的相关知识，并进一步讲述了选择器在样式表中不同的编写方式。最后总结了网页设计中 CSS 常用操作的三部曲，并通过实例完成了第三章中最后 HTML 文档实例的样式设计。

习题

1. 什么是 CSS？ CSS 的作用有哪些？
2. 简述 CSS 的样式规则。
3. 请列举出几种 CSS 可以设置的样式，以及这些样式的设置方法。
4. 请列举出 CSS 中可以设置的选择器，以及它们的使用方法。
5. 在网页中编写 CSS 有哪几种方法？
6. 参考 4.9 节实例，完成对第 3 章课后习题第 5 题的表现样式设置。

第 5 章　CSS 样式表进阶

【学习目标】

　　第 4 章详细介绍了 CSS 样式表的基本编写方法，以及基本样式属性和应用，但在最后的实例编写过程中，我们发现这些基本样式不足以完成整个网页的表现控制，尤其是在页面的排版布局方面。实际上，在网页设计过程中，根据网页的特殊运行机制，CSS 样式表还包括如何缩减文件大小，以及通过样式表实现页面布局等更加深层次的要求。因此，本章将在第 4 章的基础之上，深入讲解样式表的编写规则，从而实现更美观的页面效果。

【本章要点】
- 属性的继承性以及赋值技巧
- 不同选择器的使用策略
- 页面布局属性的使用

5.1　属性继承

5.1.1　树结构和继承

　　任何一个 HTML 文档都具有一定的结构。如示例 5-1 所示的 HTML 文档是由诸多父标签和子标签组合而成的类似树结构的文档。对于 CSS 样式表而言，合理利用树结构是非常重要的，因为了标签可以继承父标签的某些属性。

示例 5-1

```
<!DOCTYPE html PUBLIC "-//W3C//DTD XHTML 1.0 Transitional//EN" "http://www.w3.org/
    TR/xhtml1/DTD/xhtml1-transitional.dtd">
<html xmlns="http://www.w3.org/1999/xhtml">
<head>
    <title>HTML 树结构和 CSS 属性继承 </title>
    <link href="StyleSheet.css" rel="stylesheet" type="text/css" />
</head>
<body>
    <div id="wrapper">
        <img src="/images/fm.jpg" alt=" C# 4.0 权威指南 " style="height: 188px; width:
            171px" />
        <div id="bookInfo">
            <h1>
                C# 4.0 权威指南 </h1>
            <ul>
                <li> 出 版 社：机械工业出版社 </li>
                <li> 出版时间：2010-12-9</li>
                <li>I S B N：9787111321873</li>
                <li> 所属分类：图书 >> 计算机 / 网络 >> 程序设计 >> 网站开发 </li>
            </ul>
        </div>
        <p id="introduce">
            《c# 4.0权威指南》由国内资深微软技术专家亲自执笔，微软技术开发者社区和技术专家联袂推
                荐。内容新颖，基于最新的 c# 4.0、net framework 4 和 visual studio 2010；写
                作方式有创新，用图解的方式对 c# 进行了完美的演绎；内容全面，不仅重点讲解了 c# 4.0
                的所有新特性，而且对 c# 的所有知识点的原理、用法和要点都进行了全面的讲解和深度的分
```

析，广度和深度完美结合。本书注重实践，包含大量有价值的示例代码，可操作性极强。

```
            </p>
        </div>
    </body>
</html>
```

图 5-1 所示即为该 HTML 文档的树结构。

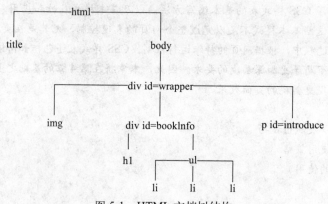

图 5-1   HTML 文档树结构

通常，一旦为某一标签设置了样式，那么它的子标签一般也会具有相关的显示样式。如图 5-1 所示，一旦为 <body> 标签设置了字体样式（font-size:12px;），那么它的所有的子孙标签（如 <div>、<li>、<p> 等）都会继承该样式，这就是样式的可继承性。在样式编写过程中充分利用继承，设置在一个标签上的 CSS 样式会沿着结构树传给它的子孙，从而大大提高编程效率。示例 5-2 设置了 body 标签的样式。

示例 5-2

```
body
{
    font-family: Arial Sans-Serif;
    font-size: 12px;
    text-align: center;
    background-color: #efefef;
    line-height: 200%;
    color: Black;
}
```

示例 5-2 中所有的子标签都会具有相同的字体族（font-family）、字体大小（font-size）（h1 除外）、文本对齐方式（text-align）、行高（line-height）、字体颜色（color）。其中，背景颜色（background-color）并非继承使用，实际上若子标签没有设置背景颜色，则表示该标签的背景为空，而直接共享父标签的背景设置。

如图 5-2 为最终的页面显示效果。

5.1.2 重写继承

从图 5-2 可以分析出，在 HTML 文档的树结构中，body 标签的所有子标签（包括 h1）都继承了它所定义的样式，包括字体信息、对齐方式等，但也不尽然，如页面中的标题信息显示为橙色，并非 body 标签中所设置的黑色，这是因为在样式表中重新定义了 h1 标签的样式，如示例 5-3 所示。

图 5-2　样式继承后的页面效果

示例 5-3

```
#wrapper #bookInfo h1
{
    color: #cc3300;
    font-size: 14px;
    margin: 5px 0;
}
```

在示例 5-3 中，对 h1 标签重新设置了字体颜色、大小以及外边距，这种情况称为"重写继承"，这一点在网页中的应用极为广泛。通过它为子标签设置更具体的样式，来达到区别于其他信息的作用。

页面解析 CSS 样式时，根据样式表的代码顺序从第一行到最后一行逐行解析，以至于后面代码中设置的样式有可能会覆盖前面代码中的样式。那么，如果示例 5-2 和示例 5-3 的两段 CSS 样式代码更改前后顺序（如示例 5-4 所示），是否会起到不同的效果呢？

示例 5-4

```
#wrapper #bookInfo h1
{
    color: #cc3300;
    font-size: 14px;
    margin: 5px 0;
}
body
{
    font-family: Arial Sans-Serif;
    font-size: 12px;
    text-align: center;
    background-color: #efefef;
    line-height: 200%;
    color: Black;
}
```

按照浏览器对样式表的阅读顺序，如果后面与前面的样式产生冲突，则会采用后设置的样式，因此，标签 h1 中的内容就会在颜色方面有所改变。但实验表明，示例 5-4 中的 CSS 代码顺序并不能影响最终的显示效果。这是因为代码中对标签 h1 的样式设置更具确切性。当 body 中的通用样式与 h1 标签的确切样式发生冲突的时候，则采用确切样式。

5.1.3 不能继承的属性

前面提到的字体、行高、文本对齐、颜色等一般属性可以从父标签继承，但有些属性是不能继承的，如前面提到的 background 属性。背景属性经常会给人一种能被继承的假象，因为若父标签设置了背景颜色，那么其子孙都会使用该背景，好像继承了父辈的属性一样。实际上并非如此，最有效的检验方法是为父标签设置一幅图像作为背景，如果子标签会继承父标签的背景图像，则会在该标签区域内重新加载该图像。但实验结果表明，子标签只是共享了父标签的背景，并非继承。

下面来详细阅读图 5-2 所对应的样式表，如示例 5-5 所示。

示例 5-5

```
body
{
    font-family: Arial Sans-Serif;
    font-size: 12px;
    text-align: center;
    background-color: #efefef;
    line-height: 200%;
    color: Black;
}
#wrapper
{
    width: 500px;
    background-color: #ffffff;
    border: solid 2px #cccccc;
    text-align: left;
    float: left;
    margin: 10px auto;
}
#wrapper img
{
    float: left;
    margin: 10px;
    padding: 1px;
    border: solid 1px #cccccc;
    width: 170px;
}
#wrapper #bookInfo
{
    float: left;
    margin: 10px 5px;
    width: 280px;
}
#wrapper #bookInfo h1
{
    color: #c30;
    font-size: 14px;
    margin: 5px 0;
}
 #wrapper #bookInfo ul
{
    margin: 0;
    float: left;
    list-style-type: square;
    clear: both;
    width: 100%;
    list-style-position: inside;
    padding: 0;
}
```

```
#wrapper #bookInfo ul li
{
}
#wrapper p#introduce
{
    text-indent: 2em;
    clear: both;
    float: left;
    margin: 0 10px 10px;
}
```

从示例 5-5 中可分析出，在 #wrapper 中设置了宽度为 2px 的实线边框，同时在图 5-2 所示的网页浏览中也显示出来了，但其子孙标签（如 h1、ul、p 等）却并没有继承它的边框样式，由此可见，边框样式是一个非继承属性。

5.1.4　压缩属性的方法

如何尽可能地减小 CSS 样式表文件的大小，是设计样式表时首先要考虑的因素之一。客户端浏览器向服务器发送访问请求，然后就会从服务器获取与该网页相关的众多文件，包括：网页文件、图片文件、CSS 样式表文件、脚本文件等。在网络访问速度一定的情况下，这些文件的大小就决定了网页访问的速度，网页体积越小，所占带宽就越少，自然访问速度就越高。因此，在网页中为文件"瘦身"是有必要的，尽可能减小这些文件的体积便成为提高网页访问速度的一个重要因素。

对于 CSS 样式表文件来说，同样需要减少不必要的代码以减少网络开销。样式表的"瘦身"工作可从以下几个方面来实施：

· 合理使用选择器定义方式，如通用定义、分组定义等。

· 压缩属性赋值方式。

· 压缩属性值数据。

本节主要就压缩属性赋值方式和压缩属性值数据两方面来讨论。

1. 压缩属性赋值方式

在 CSS 样式表中，有些属性属于集合属性，即它们的值可以是一组样式数据，如 background、border、margin、padding 等。为了提高效率，有必要合理使用集合属性，如示例 5-6 所示。

示例 5-6

样式表改造前：
```
#wrapper
{
Background-color: #ffffff ;
Border-color : #cccccc ;
Border-width : 2px ;
Border-style : solid ;
Margin-top : 10px;
Margin-bottom : 10px;
Margin-left : auto ;
Margin-right : auto ;
Width : 500 px;
Text-align : left ;
}
```

样式表改造后：
```
#wrapper
{
Background: #ffffff ;
```

```
Border : solid 1px #cccccc ;
Margin : 10px auto;
Width : 500 px;
Text-align : left ;
}
```

可见，样式表改造后减少了 5 行代码，而且每行代码皆有所减少。在 CSS 样式表中，可以压缩的属性包括 margin、padding、border、background 等，表 5-1 列出了所有可压缩属性及其应用示例。

表 5-1　CSS 样式属性压缩表

CSS 样式属性	示例	压缩属性	示例
Margin-top	Margin-top:5px		Margin:5px 10px 4px 8px
Margin-right	Margin-right:10px	margin	Margin:5px 10px
Margin-bottom	Margin-bottom:4px		Margin:5px
Margin-left	Margin-left:8px		Margin:5px 10px 6px
Padding 同 margin			
Border-top-width	Border-top-width:1px		
Border-top-color	Border-top-color:Red	Border-top	Border-top:solid 1px Red
Border-top-style	Border-top-style:solid		
Border-right、Border-bottom、Border-left 同 border-top			
Border-top-width	Border-top-width:1px		Border-width:1px 2px
Border-right-width	Border-right-width:2px	Border-width	Border-width:1px 2px 3px 4px
Border-bottom-width	Border-bottom-width:1px		Border-width:1px
Border-left-width	Border-left-width:2px		Border-width:1px 2px 3px
Border-color、border-style 同 border-width			
Background-color	Background-color:Gray		Background:Gray
Background-image	Background-image:url(bg.png)	Background	Background:gray url(bg.png) no-repeat left center
Background-repeat	Background-repeat:no-repeat		Background:gray url(bg.png)
Background-position	Background-position:left center		Background:url(bg.png) 5px center
Font-family	Font-family:Arial		
Font-size	Font-size:12px		Font: 12px Arial
Font-weight	Font-weight:bold	font	Font:italic bold normal 12px/2em Arial
Font-style	Font-style:italic		Font:normal small-caps 100%/150% Times, serif
Font-variant	Font-variant:small-caps		
Line-height	Line-height:2em		
List-style-image	List-style-image:url(arrow.gif)		List-style:none
List-style-position	List-style-position:inside	List-style	List-style:circle inside
List-style-type	List-style-type:none		List-style:url(arrow.gif) square
Outline-color	Outline-color:#3c3c3c		
Outline-style	Outline-style:dashed	Outline	Outline:dashed 1p #3c3c3c
Outline-width	Outline-width:1px		

2. 压缩属性值数据

压缩属性值数据方法以背景颜色最为典型，除了设置颜色关键字（如 red）之外，大部分设计师都善于使用 6 位十六进制的数字来表示颜色，如白色为 #ffffff。而上述 CSS 样式也多次使用该方式表示颜色，这些表示颜色的数字组合也是可以压缩的。

常用的压缩方法是通过 3 位十六进制数字来代替 6 位十六进制，表 5-2 列出了几种可以压缩的颜色。

表 5-2　可压缩的颜色

颜色名称	十六进制数字	压缩后的值
白色	#ffffff	#FFF
黑色	#000000	#000
红色	#FF0000	#F00
蓝色	#336699	#369

从表 5-2 可以看出，可压缩的颜色数据在数字排列上是有规则的，并非所有的值都可以压缩。如果将颜色数据按顺序平均分为 3 组，每组的两位数值如果都两两相同，就可以压缩，如 #336699，第 1、2 位数字均为 3，第 3、4 位数字均为 6，第 5、6 位数字均为 9，就可以压缩为 #369。

这样，示例 5-6 中 #wrapper 设置代码可压缩为示例 5-7 所示的代码。

示例 5-7

```
#wrapper
{
Background: #fff ;
Border : solid 1px #ccc ;
Margin : 10px auto;
Width : 500 px;
Text-align : left ;
}
```

5.1.5　浏览器与 CSS

现在使用的大多数浏览器都支持 CSS，包括微软的 IE 浏览器、火狐浏览器（Firefox，FF）、Opera（O）、Safari（S）等。其中，以微软的 IE 浏览器的市场份额最高，因为内核不同，IE 浏览器与其他浏览器在页面解读方式上有所不同。但在统一标准的大趋势下，IE 浏览器也在进行逐步调整，这样就造成了不同版本的 IE 浏览器解读同一 CSS 会产生不一样的效果的情况。

在有些网页的布局中，不同的 IE 浏览器版本有可能差异更大。由于当今的主流浏览器是 IE 浏览器，而页面在不同版本的 IE 浏览器中的显示效果是有区别的，接下来主要比较 IE 浏览器版本间的样式差异，并提出解决方案。

页面的表现效果是由 CSS 来控制的，因此只需要编写针对不同 IE 浏览器版本的 CSS 代码即可，而不同版本之间最大的差异莫过于对盒模型的解析，因为在不同的版本中对度量的测评标准是不同的。好在微软充分考虑到了这一点，示例 5-8 代码就针对 IE6、IE7 和 IE8 分别做了样式设置，而且三者之间的样式不会冲突。

示例 5-8

```
#wrapper
{
   Width: 500px ;         /* 针对 IE8、FF */
   _Width: 480px ;        /* 针对 IE6 */
   *Width: 500px ;        /* 针对 IE7 */
}
```

由示例 5-8 代码可知，正常的属性设置是针对 IE8 和 FF 标准的，属性前面加下划线 "_" 专门应用于 IE6，前面加 "*" 专门应用于 IE7。

5.2　选择器的使用策略

第 4 章介绍了选择器的相关知识，但在网页设计过程中，选择器的使用并非只为某个 HTML 标签添加一个属性这么简单。尽可能充分利用选择器的特性，可以完成高质量的 CSS 样式表，包括选择器的命名规则、使用权重以及定义顺序等。

5.2.1　选择器的命名规则

在选择器中，类型选择器最简单，只需要使用标签名称作为选择器名称即可，ID 选择器和 class 选择器的名称相对复杂一些，它们需要考虑用代表特定意义的标识符来命名。

对于以下这段 HTML 代码：

```
<div> 提示：用户名和密码输入不能为空！</div>
```

如果需要将其突出显示，则需要为其设置相应的属性（如 ID 或 class），而此类信息可能会在页面中出现多次，使用 class 选择器更合适。但是，class 选择器如何命名呢？示例 5-9 所示的两个选择器的定义都是合法的。

示例 5-9

```
.red { color : red ; font-weight : bold ; }
.warning { color : red ; font-weight : bold ;}
```

示例 5-9 所示的两个 class 选择器名字不同，但都定义了相同的样式规则，应用到页面中也可以起到相同的效果。但就名称而言，"red" 这个名字是不提倡的。如果在页面中需要将提示信息显示改为蓝色，那么 "red" 就无法正常表明其选择器的意义了。因此，在给选择器命名时，不提倡使用单纯的样式单词，最好使用功能性的词语，如将标签中的 class 属性设置为 "warning"，这样很容易让人明白这些文本信息是提示信息。

5.2.2　class 属性的多值应用

class 选择器名称可能会在 HTML 文档中被重复使用，如果没有指定路径和标签类型，甚至可以在任何位置任何标签上使用。无论是 class 选择器还是 ID 选择器，一般都是使用属性和值一一对应的策略。但实际上对于标签的 class 属性，有时可以同时设置多个值，每个值之间通过空格隔开。

示例 5-10 通过 class 选择器定义了 3 种 CSS 样式。

示例 5-10

```
.title
{
    color: Red;
    font-weight: bold;
}
.user
{
    background: url(../Images/user.gif) left center no-repeat;
    padding-left: 30px;
}
.leading
```

```
{
    clear:both;
    border-bottom: solid 1px #ddd;
    color:Blue;
    margin:20px;
}
```

页面中应用该样式的 HTML 代码部分如下所示：

```
<div class="leading title user"> 陈黎夫 --CSS 禅意花园（CSS Zen Garden）作者 </div>
```

在 HTML 文档中，为显示作者陈黎夫姓名的层（div）先后设置了三个 class 值：leading、title、user，该标签就应用了这三个选择器所定义的全部样式，最终显示效果如图 5-3 所示。

c# 4.0权威指南简介

图 5-3　同时设置多个 class 值后的显示效果

为一个标签设置多个 class 值，就难免会遇到冲突的样式设置。如 title 选择器和 leading 选择器都定义了文字的颜色（color），其中 title 中设置为红色，而 leading 中设置为蓝色，在最终效果图中可以看到页面中显示的是蓝色。下面通过 IE8 自带的页面调试工具分析 CSS 样式的应用情况，如图 5-4 所示。

分析图 5-4 可看出该标签究竟继承和应用了哪些样式。图 5-4 中前两个样式分别是从 body 和 div #wrapper 中继承的样式，后面三个 class 选择器中显示了产生冲突的字体颜色的最终选择方案，那就是 leading 中所设置的蓝色。

图 5-4　样式冲突分析

由此可见，一个标签具有多个 class 属性值时，如果这些 class 选择器在定义的时候，在某些样式上产生了冲突，则最终按照在样式表代码中位置居后的代码来设置。如在 title、user 和 leading 这三个 class 选择器中，leading 的位置最靠后，因此，无论在 HTML 中标签 class 的值的赋值顺序如何（如 title 在 leading 后面），都会按照样式表中位置更靠后的样式设置。

5.2.3　ID 与 class 选择器的权重

ID 和 class 选择器是最灵活的两种属性选择器，它们分别可以通过标签的 ID 属性和 class 属性来引入样式表的样式，因此，应用起来更具针对性。

有时在一个标签中有可能同时设置 ID 和 class 两个属性，HTML 代码如示例 5-1 所示。设置其对应的 CSS 文件，如示例 5-11 所示。

示例 5-11

```
.title
{
    font-size:14px;
    color:Blue;
    font-weight:bold;
    border-bottom:solid 1px #ddd;
}
#userName
```

```
{
    color:Red;
    background: url(../Images/user.gif) left center no-repeat;
    padding-left: 30px;
    margin:5px 10px;
}
.highlight
{
    color:Red;
    font-weight:bold;
}
```

示例 5-11 最终在页面中的显示效果如图 5-5 所示。图 5-5 中所标出的两处在选择器的应用中有 ID 和 class 样式冲突。

在图 5-5 的编号（1）处，层标签（div）的 ID 值为 "userName"，class 值为 "title"，二者在字体颜色设置时产生冲突。此种情况发生时，以 ID 选择器所定义的样式为准，所以页面中的作者姓名显示为红色。图 5-6 显示了二者样式的具体使用情况。

在编号（2）处，标签 <span> 位于 id 为 "introduce" 的段落标签 p 中，span 使用了名称为 "warning" 的 class 选择器样式，将文字颜色设置为红色加粗，而 ID 选择器 introduce 所定义的字体颜色为黑色。此类冲突发生时，按就近原则，以类选择器定义的样式为准，即采用 HTML 树结构中离当前文本信息最近的标签样式。具体样式分析情况如图 5-7 所示。

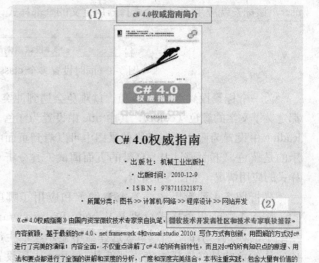

图 5-5　同时设置 ID 与 class 属性

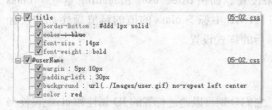

图 5-6　ID 与 class 样式使用分析

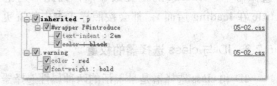

图 5-7　就近原则的使用

5.2.4　锚伪类的定义顺序

锚标签 <a> 用来实现页面中的超链接，共有 link、visited、active、hover 4 种伪类（状态），由于浏览器解读 CSS 样式规则是按样式代码逐行完成的，因此，这四种伪类的先后顺序必须加以考虑。

下面通过示例 5-12 和示例 5-13 来具体分析伪类定义顺序可能得到的不同效果。

示例 5-12

伪类顺序为：link、hover、active、visited

```
a:link { color : blue ; }
a:hover { color : red ; text-decoration : underline ; }
a:active { color : green ; }
a:visited { color : gray ; }
```

　　页面中的超链接在默认情况下显示为蓝色，鼠标移动到链接文本上方时变为红色，点击瞬间变为绿色。当该链接访问之后，链接文本的颜色就会自动变为灰色。这时，再次将鼠标移动到该链接文本上方，文本是不会变为红色的。因为根据对 CSS 代码的解读顺序，最后浏览器发现该链接的状态为 visited，而对其 hover 状态的定义是在该状态之前。一个超链接同时具有了 hover 和 visited 两种状态，就会应用后设置的样式。上面代码中 visited 伪类的设置居后，自然就采用该样式了。

　　但这种显示效果显然不是我们想要的结果。通常，希望当鼠标移动到该超链接文本上方时，与其他超链接（包括 link 和 visited）会有明显的区别，这就需要重新设置伪类的顺序。

示例 5-13

```
伪类顺序为：link、visited、hover、active
a:link { color : blue ; }
a:visited { color : gray ; }
a:hover { color : red ; text-decoration : underline ; }
a:active { color : green ; }
```

　　在这种情况下，访问过的链接会变为灰色。若要再次访问该链接，鼠标移动到文本上方时，仍然会变为红色；点击瞬间，链接文本同时拥有 4 种状态，但仍然会根据伪类 active 的样式设置而显示为绿色。事实证明，该顺序是最合理的。

5.3　高级样式属性

　　当前主流浏览器对 CSS 支持的最高版本是 2.0，而在高版本的 CSS 中包含了更多的样式属性。

5.3.1　高级属性选择器

1. 根据存在的属性进行选择

通过将属性名置于方括号中，可以根据标签是否具有该属性来匹配标签的选择器。如示例 5-14 所示。

示例 5-14

```
[src] { padding : 1px ;}
Table[border] { border : solid 1px #ccc ; }
```

　　第一条规则匹配具有 src 属性的所有标签；第二条规则匹配具有 border 属性的 table 标签。只要该标签具有该属性，就可以通过此方法来设置样式。同样，此方法也可以应用前面所讲过的定义方式，如组合类型选择器、上下文选择器等。如示例 5-15 所示。

示例 5-15

```
Table[border] th { font-weight : bold ; color : #fff ; background : #369 ; }
```

　　在 HTML 文档中，属性的名称是不区分大小写的，因此，在 CSS 中定义时，BORDER 和 border 都是合法的。但原则上，HTML 文档标准是不提倡使用大写字母的。

2. 根据属性的值进行选择

可以根据属性的值进行匹配，如示例 5-16 所示。

示例 5-16

```
[border="1"] { border-color : Red ; }
```

这条规则匹配 border 属性值为 1 的所有标签。

3. 根据属性值中的单个词进行选择

属性 class 可以赋多个值，每个值之间通过空格来分隔。类似的属性还有 title、alt 等，它们都可以通过空格分隔多个值。如果一个词包含于属性值中，则可以通过该单词来设置标签样式。如示例 5-17 所示。

示例 5-17

```
[alt~="logo"] { border-width: 0 ;}
```

该选择器匹配诸如 <img alt="logo" /> 或 <img alt="weblogo" /> 这样的标签。事实上，可以通过该方法来定义类选择器。如以下两条规则是等价的：

```
.title { color : red ; font-weight : bold ;}
[class~="title"] { color : red ; font-weight : bold ;}
```

虽然该方法可以应用到具有类似于 alt 的标签中，但部分情况需要注意，如选择器 [alt~="logo"] 匹配 <img alt="the web's logo" /> 这样的标签，却不匹配 <img alt="the web's logo." />，因为英文句号被附加到该词上造成了不匹配。

4. 根据标签的语言进行选择

所有的 HTML 标签都有一个 lang 属性，用来指定语言。在 CSS 样式规则中，可以通过标签的语言来定义样式。如示例 5-18 所示。

示例 5-18

```
[lang |= "en-uk"] { color : black ; }
[lang |= "en-us"] { color : red ; }
[lang |= "en"] { color : green ; }
```

第一条规则适用于具有属性 lang="en-uk" 或 lang 属性值中包含 "en-uk" 的标签，第三条规则适用于前两条规则所适用的任何标签再加上 lang="en"。

5.3.2 高级上下文选择器

可根据 HTML 文档的树结构来定义上下文选择器，更加精确地定位到需要设置样式的标签。除了上下文选择器，还可以应用子选择器和兄弟选择器，使 CSS 更加丰富灵活。

1. 子选择器

子选择器与普通的上下文选择器有所不同。子选择器仅是指该选择器所对应标签的直接后代，换句话说，就是作用于选择器所对应标签的第一个子标签，而普通的上下文选择器是作用于所有子标签。上下文选择器通过空格来进行选择，而子选择器是通过 ">" 进行选择。如示例 5-19 所示。

示例 5-19

CSS 代码：

```
#links a { color:red; } /*      上下文选择器，应用于 ID 为 links 的标签的所有子锚标签   */
#links > a { color:blue; } /*    子选择器，应用于 ID 为 links 的标签的第一个子锚标签     */
```

HTML 文档：

```
<div id="links">
    <a href="05-01.htm"> 实例 05-01：HTML 树结构和 CSS 属性继承 </a>
    <a href="05-02.htm"> 实例 05-02：ID 与 Class 属性孰重孰轻 </a>
    <a href="05-03.htm"> 实例 05-03：高级样式属性 </a>
</div>
```

应用上面的 CSS 代码之后，HTML 文档中的第一个超链接文本"实例 05-01：HTML 树结构和 CSS 属性继承"会显示成蓝色，而其他两个超链接文本会显示成红色。

2. 兄弟选择器

前面选择器的定义要么是单独定义，要么通过指定父辈标签结构路径来定义。有时，我们需要设置与当前标签相邻的后一个标签的样式，这个标签就称为兄弟标签，而对应在 CSS 代码中就称为兄弟选择器。如果想定义标签 h1 后面第一个段落标签 p 的显示样式，如示例 5-20 所示。

示例 5-20

CSS 代码：

```
P { color : black ; }
h1 + p { color: blue ; }
```

HTML 文档：

```
<h1> C#4.0 权威指南 </h1>
<p>
```
本书由国内资深微软技术专家亲自执笔，微软技术开发者社区和技术专家联袂推荐。内容新颖，基于最新的 C# 4.0、net framework 4 和 visual studio 2010；写作方式有创新，用图解的方式对 C# 进行了完美的演绎；内容全面，不仅重点讲解了 C# 4.0 的所有新特性，而且对 C# 的所有知识点的原理、用法和要点都进行了全面的讲解和深度的分析，广度和深度完美结合。《C#4.0权威指南》注重实践，包含大量有价值的示例代码，可操作性极强。
```
</p>
<p>
```
全书分为三个部分：准备篇首先对 .net 体系结构进行了全面的介绍，能帮助所有 .net 相关技术的读者建立 .net 的大局观，对初学者尤为重要，接着用简单但完整的示例演示了 C# 应用程序开发的全过程；语法篇对 C# 的语法进行了系统而全面的讲解，以便于没有经验的初学者能快速搭建开发环境。
```
</p>
```

应用兄弟选择器的样式之后，h1 第一个 p 标签的文本颜色为红色，第二个 p 标签的文本颜色为黑色。

5.4　布局属性

设计网页时，良好的布局对提高网页的整体性能以及用户体验具有极大的促进作用。在以 DIV+CSS 布局为标准的网页设计中，CSS 的作用较之以往更加重要，它不仅仅是单纯的样式设置，更对布局有着举足轻重的意义。第 4 章只是完成了对 CSS 样式的简单学习，如果要通过 CSS 来完成页面结构的布局，就需要进一步了解和学习它在布局方面的属性。

在规划好网页的整体框架布局之后，需要通过分析数据的显示样式和排版来实现。在控制页面布局方面，有两个重要的属性需要了解，即 display 和 float。

5.4.1　显示属性：display

display 属性决定将标签内容显示为块级标签、内联标签、列表项目或其他类型的标签。它的属性值是由诸多关键字组成的，如 none、block、inline、inline-block、list-item、run-in、compat、marker、table、inline-table、table-row-group、table-header-group、table-footer-group、table-row、table-column-group、table-column、table-cell、table-caption 等。其中最常用的值是 block 和 inline。

- none：此元素不会被显示。
- block：此元素将显示为块级元素，此元素前后会带有换行符。
- inline：默认。此元素会被显示为内联元素，元素前后没有换行符。
- inline-block：行内块元素（CSS 2.1 新增的值）。
- list-item：此元素会作为列表显示。
- run-in：此元素会根据上下文作为块级元素或内联元素显示。
- compact：CSS 中曾经有值 compact，不过由于缺乏广泛支持，已经从 CSS 2.1 中删除。
- marker：CSS 中曾经有值 marker，不过由于缺乏广泛支持，已经从 CSS 2.1 中删除。
- table：此元素会作为块级表格显示（类似 <table>），表格前后带有换行符。
- inline-table：此元素会作为内联表格来显示，表格前后没有换行符。
- table-row-group：此元素会作为一个或多个行的分组来显示（类似 <tbody>）。
- table-header-group：此元素会作为一个或多个行的分组来显示（类似 <thead>）。
- table-footer-group：此元素会作为一个或多个行的分组来显示（类似 <tfoot>）。
- table-row：此元素会作为一个表格行显示（类似 <tr>）。
- table-column-group：此元素会作为一个或多个列的分组来显示（类似 <colgroup>）。
- table-column：此元素会作为一个单元格列显示（类似 <col>）。
- table-cell：此元素会作为一个表格单元格显示（类似 <td> 和 <th>）。
- table-caption：此元素会作为一个表格标题显示（类似 <caption>）。

1. block

使用值 block 可以将非块级标签转换为块级标签，如 <div>、<p>、<h1>、<form>、<ul> 和 <li> 等都是块级标签。块级标签具有以下特点：

- 总是从新行开始。
- 高度、行高以及顶和底边距都可控制。
- 宽度可为默认值，也可设定一个具体值。

锚标签 <a> 是一个内联标签，有时候需要将其转换为块级标签才能达到要求的显示效果，如图 5-8 所示。

图 5-8　将 <a> 转换为块级标签

将内联标签转换为块级标签之后，它就可以自动充满其父标签的空间。如图 5-8 所示，即使不在链接文字上方点击，只要在其父标签 <li> 所包含的任何一个空间点击，都可以达到相同的效果。图 5-9 给出了定义图 5-8 显示效果的 CSS 代码应用情况。

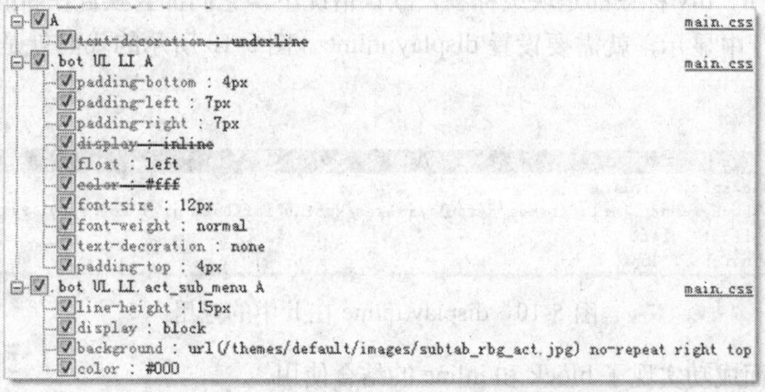

图 5-9　display:block 的 <a> 标签样式解析

2. inline

inline 可以将块级标签转换为内联标签，如 <a>、<span> 标签就是典型的内联标签。内联标签具有以下特点：

- 和其他元素在一行上。
- 高、行高、顶和底边距不可改变。
- 宽度就是它的文字或图片的宽度，不可改变。

图 5-8 所示的页面导航信息的 HTML 文档如下：

```
<ul>
    <li id="web-design_nav" class=" active">
        <div>
            <a href="/"><span>Web Templates</span></a>
        </div>
    </li>
    <li class="">
        <div>
            <a href="/ecommerce-templates.php"><span>E-commerce Templates</span></a>
        </div>
    </li>
    <li class="">
        <div>
            <a href="/cms-blog-templates.php"><span>CMS &amp; Blog Templates</span></a>
        </div>
    </li>
    <li id="corporate_nav" class="">
        <div>
            <a href="/corporate-design.php"><span>Corporate Design</span></a>
        </div>
    </li>
    <li class="">
        <div>
            <a href="/turnkey-websites-presentation.php"><span>Turnkey Websites</span></a>
        </div>
    </li>
    <li id="music_nav" class="">
        <div>
            <a href="/stock-music.php"><span>Music</span></a>
        </div>
    </li>
</ul>
```

众所周知，ul、li、div 标签都是块级标签，默认情况下，它们都会独自在新的一行显示。如果想要把它们放到同一行中显示，就需要设置 display:inline。图 5-10 所示的代码就是网站针对 li 设置的样式。

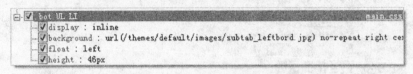

图 5-10   display:inline 在 li 中的应用

图 5-10 中的页面成功实现了 block 和 inline 的结合使用。

3. none

将 display 值设置为 none，可以将一个标签隐藏起来。但该标签及其内容在 HTML 文档中是真实存在的。将一个标签隐藏后，在浏览器中显示时，该标签就不会再占用任何页面空间。

4. list-item

将 display 值设置为 list-item，则被设置标签就会与 li 标签类似，具有 list-style、list-style-type、list-style-image、list-style-position 属性。

5.4.2   浮动策略：float

以前网页通过 table 标签来实现布局，table 布局方式通过设置单元格格式，可以精确控制页面内容的位置。但现在在新的 Web 设计标准的指导下，通常使用 DIV+CSS 来进行页面布局。层（div）没有严格的位置结构，需要借助 CSS 来实现位置布局，这就必须使用浮动（float）技术来完成。

float 属性的值可以设置为 left 或者 right，从而使标签位于父标签的左边或右边。原则上，任何标签都可以被浮动。段落、div、list、table 以及图像都可以浮动，事实上即使是像 span 和 strong 这样的内联标签也可以很好地进行浮动。

现在，回顾一下示例 5-5 的部分样式设置：

```
#wrapper img
{
    float: left;
    margin: 10px;
    padding: 1px;
    border: solid 1px #cccccc;
    width: 170px;
}
#wrapper #bookInfo
{
    float: left;
    margin: 10px 5px;
    width: 280px;
}
#wrapper #bookInfo h1
{
    color: #c30;
    font-size: 14px;
    margin: 5px 0;
}
 #wrapper #bookInfo ul
{
    margin: 0;
```

```
    float: left;
    list-style-type: square;
    clear: both;
    width: 100%;
    list-style-position: inside;
    padding: 0;
}
```

正是由于其中的图像标签 <img /> 和列表标签 <ul> 设置了浮动（float:left），才使得这两个块级标签出现在同一行中。如图 5-11 所示。

浏览器在解读 HTML 代码时，同样是逐行解析，这样，就会按照标签的先后顺序完成其浮动效果。如果两个标签都设置为居左浮动，则首先将第一个标签浮动到父标签的左边缘，然后将第二个标签浮动到第一个标签的右边显示。同样，如果两个标签都设置为居右浮动，则第一个标签浮动到父标签右边缘后，第二个标签就浮动到第一个标签的左边。如果一左一右浮动，则更简单一些。

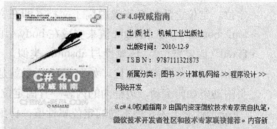

图 5-11　浮动（float:left）之后的效果

在处理浮动标签的时候需要注意以下几点：

- 如果浮动标签的宽度和大于父标签的宽度，则超过宽度的标签会在第二行实现浮动。因此，有必要处理好子标签和父标签之间盒模型的问题。在不同的 IE 浏览器版本中更需要注意这个问题。
- 如果父标签没有设置浮动，子标签同样可以按照规则来实现浮动效果。但同时也会使子标签浮出父标签外面，以至于在页面中浏览时，父标签像是一个空标签。如果想要子标签包含在父标签内，就必须对父标签设置浮动效果。

5.4.3　清除浮动：clear

浮动效果通常会结合 clear 属性来使用。clear 可以指出在标签的哪边不允许有浮动标签。它的值有：

- none：表明标签允许在它的两边存在浮动标签。
- left：表明标签不允许在它左边存在浮动标签。
- right：表明标签不允许在它右边存在浮动标签。
- both：表明标签不允许在它的任何一边存在浮动标签。

在 DIV+CSS 布局中，float 和 clear 的作用巨大，本书在第 6 章中将详细讲解。

5.4.4　定位技术：position

网页设计中的布局技术除了前面介绍的浮动技术（float）外，还有一种就是定位技术：position。通过 position 属性，可以将 HTML 标签精准定位到页面中的指定位置。甚至可以定位标签在浏览器窗口中的位置，而不受网页内容的影响，如图 5-12 中黑色边框内的部分。

图 5-12　position 定位效果

定位属性 position 共有 4 个属性值：

- static（默认值）。一般不设置 position 值时，HTML 文档在浏览器中的显示会按照默认的文档流进行排列。
- relative（相对定位）。可以通过为位置属性 top、bottom、left 和 right 赋值，相对于标签在文档中的默认位置来移动这个标签。
- absolute（绝对定位）。同样可以通过为位置属性 top、bottom、left 和 right 赋值来完成标签的定位。定位之后的标签就脱离了文档（即在文档中已经不占据位置了），从而严格按照设置的 top、bottom、left 和 right 值来完成在 body 中的定位。
- fixed（固定定位）。该属性与 absolute 类似，不同的是 absolute 是相对于 body 的定位，而 fixed 是相对于浏览器窗口定位。如图 5-12 所示就是为标签设置了固定定位之后的显示效果，无论网页滚动条如何滚动，边框内的内容一直固定位居浏览器窗口的右下角。

以下分别针对上述几种不同的定位属性值，详细讲述各自的作用和在网页中的实现效果。

1. static 正常定位

没有设置 position 属性或者 position 属性值为 static 时，HTML 文档中的标签在浏览器中的显示顺序是按照正常的文档流来显示的。如下面的 HTML 文档代码：

```
<div id="wrapper">
    <div id="header">
        <h1>
            C#4.0 权威指南 </h1>
    </div>
    <div id="content">
        <p class="info"><img src="../Images/user.gif "alt="C#4.0 权威指南 " />《C#4.0
        权威指南》由国内资深微软技术专家亲自执笔，微软技术开发者社区和技术专家联袂推荐。内容新
        颖，基于最新的 C# 4.0、net framework 4 和 visual studio 2010；写作方式有创新，用
        图解的方式对 C# 进行了完美的演绎；内容全面，不仅重点讲解了 C# 4.0 的所有新特性，而且
        对 C# 的所有知识点的原理、用法和要点都进行了全面的讲解和深度的分析，广度和深度完美结合。
        《C#4.0 权威指南》注重实践，包含大量有价值的示例代码，可操作性极强。</p>
        <p class="memo">
            全书分为三个部分：准备篇首先对 .net 体系结构进行了全面的介绍，能帮助所有 .net 相关技术
            的读者建立 .net 的大局观，对初学者尤为重要，接着用简单但完整的示例演示了 C# 应用程序开发
            的全过程；语法篇对 C# 的语法进行了系统而全面的讲解，以便于没有经验的初学者能快速搭建开发
            环境。</p>
    </div>
    <div id="sider">
        <p>
            本书是所有希望掌握 .NET 平台开发技术的读者的理想学习资料，而且也是所有 .NET（C#）程序员
            不可多得的参考书，适合各层次的微软技术开发者和高校的师生阅读。</p>
    </div>
    <div id="footer">
        <p>
            机械工业出版社 </p>
    </div>
</div>
```

其中介绍图书内容的部分（即 \<div id="content"\> …… \</div\> 之间的部分）包括一张图片（\<img /\>）、内容（\<p class="info"\>\</p\>）、备注（\<p class="memo"\>\</p\>）三部分。而在其引用的 CSS 文件中，并没有做任何的 position 定位设置，即默认采用 position:static 的定位设置，如示例 5-21 所示。

示例 5-21

```
body
{
    font-family: Arial Sans-Serif;
    font-size: 12px;
    line-height: 150%;
    color: Black;
    margin:0;padding:0;
}
img{margin:5px;width:150px;float:left;padding:1px;border:solid 1px gray;}
h1,h2{margin:5px 10px;font-size:14px;}
p{margin:5px 10px; text-indent:2em;padding:5px;}
#wrap{max-width: 1000px;background: url(images/bg.png) repeat-y 70% 0;}
#header{background:#369; color:#fff;float:left; width:100%;clear:both;}
#content{width:70%;float:left;}
#sider{width:30%;float:right; background:#efefef;}
#footer{background:#cc9;clear:both;}
#footer p{padding:10px;}

/**** --------  定位样式演示代码 开始  ---------- ****/
img{}
.info{background:#dce8f4;border:dashed 1px gray;}
.memo{background:#e8edf3;color:gray;border:dashed 1px gray;}
/**** --------  定位样式演示代码 结束  ---------- ****/

.hightlight{font-weight:bold;color:Red;}
```

引入上述 CSS 代码之后，因为没有进行任何的定位设置，所以，网页内容会按照文档流的正常顺序显示在浏览器中。示例 5-21 在浏览器中的显示结果如图 5-13 所示。

图 5-13　按文档流顺序显示网页内容效果图

2. relative

相对位置的设置是通过 "position:relative;" 来实现的，通常配合 top、bottom、left 和 right 四种属性中的一种或者几种来共同完成定位。相对位置主要是针对标签的正常显示位置而言，然后根据设置的 top、bottom、left 或 right 值来移动标签。实际上，设置相对位置后的标签依然会占据在文档中的原有位置，只是相对于它在文档中的原有位置根据设置而移动了。下面修改一下示例 5-21 中 CSS 代码的部分内容，如示例 5-22 所示。

示例 5-22

```
/**** -------- 定位样式演示代码 开始 ---------- ****/
img{}
.info{background:#dce8f4;border:dashed 1px gray; position:relative; bottom:30px;}
.memo{background:#e8edf3;color:gray;border:dashed 1px gray;}
/**** -------- 定位样式演示代码 结束 ---------- ****/
```

从示例 5-22 的 CSS 代码可知，文档中 <p class="info"></p> 部分的内容进行了相对位置的定位设置，同时设置距底 30px。最终显示效果如图 5-14 所示。

图 5-14　设置相对定位之后的显示效果

由图 5-12 可以看出，设置相对定位之后，图书内容部分位置向上移动了 30 个像素的距离，但下面备注的部分并没有紧随其后填充这 30 个像素的空白，这说明了虽然相对定位后视觉上标签的位置移动了，但它仍然占据了其在 HTML 文档中的位置。

3. absolute

绝对定位的设置通过 "position: absolute; " 来实现，它是相对于 body 标签的一种定位方式，它同样需要位置属性 top、bottom、left 和 right 来共同完成。如示例 5-23 所示。

示例 5-23

```
/**** -------- 定位样式演示代码 开始 ---------- ****/
img{position:absolute; top:5px; right:5px;}
```

```
.info{background:#dce8f4;border:dashed 1px gray;}
.memo{background:#e8edf3;color:gray;border:dashed 1px gray;}
/**** -------- 定位样式演示代码 结束 ---------- ****/
```

示例 5-23 中的 CSS 代码完成了对文档中 <img /> 标签的绝对定位，距顶 5px，距右 5px，即图片将位于页面的右上角。应用之后，最终显示效果如图 5-15 所示。

由图 5-15 可以看出，标签一旦设置绝对定位之后，就会移出其原来所在的位置，并不再占据任何空间，HTML 文档中位于其后面的标签内容就会占据它空出来的位置。

4. fixed

固定定位的设置通过 "position:fixed;" 来实现，它与绝对定位相似，只是定位的参考对象不同，固定定位主要是针对浏览器窗口。因此，通过固定定位就较容易实现当前网页中大部分类似图 5-14 的显示效果，即无论浏览器的滚动条如何滚动，实施固定定位的部分总是显示在浏览器窗口的固定位置。如示例 5-24 的 CSS 代码所示，就对 <img /> 标签进行了重新定位。

图 5-15　为图像标签设置绝对定位后的显示效果

示例 5-24

```
/**** -------- 定位样式演示代码 开始 ---------- ****/
img{position:fixed; top:5px; right:5px;}
.info{background:#dce8f4;border:dashed 1px gray;}
.memo{background:#e8edf3;color:gray;border:dashed 1px gray;}
/**** -------- 定位样式演示代码 结束 ---------- ****/
```

实施固定定位设置之后的图像文件在浏览器中的显示效果如图 5-16 所示。

图 5-16　为图像标签设置固定定位后的显示效果

由图 5-16 看以看出，无论滚动条处于哪个位置，设置固定定位之后的图像文件一直居于浏览器窗口的右上角的位置。同样，标签一旦设置固定定位之后，就会移出其原来所在的位置，并不再占据任何空间，HTML 文档中位于其后面的标签内容就会占据它空出来的位置。

5. relative 和 absolute 同时使用

绝对定位（position：absolute）可以将标签固定在 body 区域的指定位置，而固定定位（position：fixed）可以将标签固定在浏览器窗口的指定位置，但在网页设计中，有时需要将标签固定在其父标签的某个位置。例如，现在需要将文档中的 <img /> 标签固定显示在其父标签（<p class="info"></p>）的右上角位置，这时就需要相对定位（relative）和绝对定位（absolute）共同来完成。示例 5-25 即为修改之后的 CSS 代码。

示例 5-25

```
/**** --------   定位样式演示代码 开始  ---------- ****/
img{position:absolute; top:5px; right:5px;}
.info{background:#dce8f4;border:dashed 1px gray; position:relative;}
.memo{background:#e8edf3;color:gray;border:dashed 1px gray;}
/**** --------   定位样式演示代码 结束  ---------- ****/
```

在示例 5-25 的 CSS 代码中，为 <img /> 标签进行了绝对定位设置，为 <p class="info"></p> 标签进行了相对定位设置，这样，图像文件就会显示在其父标签的右上角位置，如图 5-17 所示。

图 5-17   相对定位和绝对定位共同完成的显示效果

5.5   表格

虽然列表标签（ul、ol、dl）可以有序地显示数据信息，但是表格标签在数据显示方面更加丰富，这也是在以前的网页设计中大量使用表格标签的原因之一。通常来讲，表格是由行和列组成的，行和列又包含单元格。但实际上，表格的应用可能会更复杂些。与表格标签配套使用的标签有 caption、tr、th、td 等，通过这些标签的使用，使得表格标签可以表现远比列表标签复杂得多的数据关系。

5.5.1　标题：caption

caption 标签定义表格的标题，默认情况下，标题位于表格上方。th 标签与 td 标签都是单元格标签，只是 th 作为表头单元格，默认情况下是有属性的。若代码中并没有对 th 设置字体样式，则默认情况下在浏览器中 th 标签中的文本为加粗显示。如图 5-18 所示。

图 5-18　简单表格示例

图 5-18 对应的 HTML 代码如示例 5-26 所示。

示例 5-26

```
<table>
            <caption>
                C#4.0 权威指南 </caption>
            <tr>
                <th> 作 者 </th>
                <td > 姜晓东 </td>
            </tr>
            <tr>
                <th> 出版社 </th>
                <td > 机械工业出版社 </td>
            </tr>
            <tr>
                <th> 出版时间 </th>
                <td >2011-1-1</td>
            </tr>
            <tr>
                <th> I S B N</th>
                <td >9787111321873</td>
            </tr>
            <tr>
                <th > 所属分类 </th>
                <td > 图书 >> 计算机 / 网络 >> 程序设计 >> 网站开发 </td>
            </tr>
</table>
```

示例 5-26 中 caption 部分对应的样式如下：

```
caption
{
    background: #369;
    color: #fff;
    font-weight: bold;
    padding: 5px;
}
```

caption 的另一个属性 caption-side 用来控制 caption 的位置。它有 top 和 bottom 两个值。如果在 caption 的样式代码中添加 "caption-side: bottom ;"，若浏览器不支持该属性，则可以在 <caption> 标签中增加 align="bottom" 来实现，其显示结果如图 5-19 所示。

图 5-19　caption 显示在下方

5.5.2　单元格的合并

表格的表现方式是非常丰富的，单元格合并是应用最普遍的一种。常见的有多列合并和多行合并。

- 多列合并：在需要合并多列的某行对应的 <tr> 标签中使用 "colspan" 属性来实现，该属性表示跨越列的数量，如需要合并三列则 colspan=3。
- 多行合并：在需要合并多行的某列对应的 <td> 标签中使用 "rowspan" 属性来实现，该属性表示跨越行的数量，如需要合并三行则 rowspan =3。

列合并实例如图 5-20 所示。

实现图 5-20 合并列效果的 HTML 文档与图 5-18 的文档的不同之处在于添加了一行，且该行将两列合并在一起组成了一个单元格。代码如示例 5-27 所示。

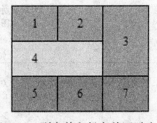

图 5-20　列合并效果实例

示例 5-27

```
<table>
            <!- 此处省略了部分代码 -->
            <tr>
                  <th> 所属分类 </th>
                  <td> 图书 >> 计算机 / 网络 >> 程序设计 >> 网站开发 </td>
            </tr>
            <tr>
                  <td colspan="2">
                  本书由国内资深微软技术专家亲自执笔，微软技术开发者社区和技术专家联袂推荐。内容新
                  颖，基于最新的 C# 4.0、net framework 4 和 visual studio 2010；写作方式有创
                  新，用图解的方式对 C# 进行了完美的演绎；内容全面，不仅重点讲解了 C# 4.0 的所有新
                  特性，而且对 C# 的所有知识点的原理、用法和要点都进行了全面的讲解和深度的分析，广度
                  和深度完美结合。
                  </td>
            </tr>
</table>
```

列合并和行合并示例如图 5-21 所示，示例中编号 "4" 处合并了相邻的两列，因此设置合并列的属性 colspan= "2"，编号 "3" 处合并了相邻的两行，因此设置合并行的属性 rowspan= "2"，二者可以同时使用。

图 5-21 中对应的 HTML 文档为：

图 5-21　列合并和行合并同时应用

```
<table id="spanTable">
            <tr class="tr1">
                  <td>1</td>
                  <td>2</td>
                  <td rowspan="2">3</td>
            </tr>
            <tr class="tr2">
                  <td colspan="2">4</td>
            </tr>
            <tr class="tr3">
                  <td>5</td>
                  <td>6</td>
                  <td>7</td>
            </tr>
</table>
```

其相应的 CSS 样式为：

```
#spanTable{border-spacing:0;border-collapse:collapse;}
#spanTable td{border:solid 1px #000;background:none;padding:5px 20px;}
#spanTable .tr1{background:#f99;}
#spanTable .tr2{background:#9f9;}
#spanTable .tr3{background:#99f;}
```

5.5.3　行组的使用

在 HTML 文档中可以对表格的行进行分组，有三种类型的行分组。

• tbody：普通行组，行数根据需要确定。

• thead：表头行组，每个表最多只能有一个。

• tfoot：表尾行组，每个表最多只能有一个。

下面通过 tbody 标签，将表格中的多行分成几组，以便分别为不同的组设置不同的样式，如示例 5-28 所示。

示例 5-28

HTML 代码：

```
<table id="tbodyStyle">
    <caption>
        C#4.0 权威指南 </caption>
    <tbody class="tbody1">
        <tr><th>作 者 </th><td> 姜晓东 </td></tr>
        <tr><th> 出 版 社 </th><td> 机械工业出版社 </td></tr>
        <tr><th> 出版时间 </th><td>2011-1-1</td></tr>
    </tbody>
    <tbody class="tbody2">
        <tr><th> 字 数 </th><td>533000</td></tr>
        <tr><th> 版 次 </th><td>1</td></tr>
        <tr><th> 页 数 </th><td>600</td></tr>
        <tr><th> 印刷时间 </th><td>2011-1-1</td></tr>
        <tr> <th> 开 本 </th><td></td></tr>
        <tr><th> 印 次 </th><td></td></tr>
        <tr><th> 纸 张 </th><td> 胶版纸 </td></tr>
    </tbody>
    <tbody class="tbody3">
        <tr><th> I S B N</th><td>9787111321873</td></tr>
        <tr><th> 包 装 </th><td> 平装 </td></tr>
        <tr><th> 所属分类 </th><td> 图书 >> 计算机 / 网络 >> 程序设计 >> 网站开发 </td></tr>
    </tbody>
    <tbody class="tbody4">
        <tr><th> 定价 </th><td> ￥79</td></tr>
    </tbody>
</table>
```

其对应 CSS 样式代码如下：

```
#tbodyStyle{border-spacing:0;border-collapse:collapse;}
#tbodyStyle th,
#tbodyStyle td{border:none; background:none; padding:0 5px;}
#tbodyStyle tbody{border-top:solid 1px #000; border-bottom:solid 1px #000;}
#tbodyStyle .tbody1{font-size:smaller;}
#tbodyStyle .tbody2{font-size:small;}
#tbodyStyle .tbody3{font-size:medium;}
#tbodyStyle .tbody4{font-size:large;}
```

最终，浏览器中的显示效果如图 5-22 所示。

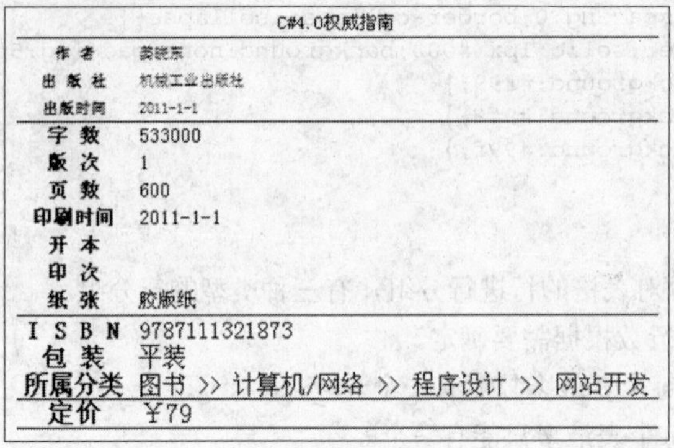

C#4.0权威指南	
作　者	裴德东
出 版 社	机械工业出版社
出版时间	2011-1-1
字　数	533000
版　次	1
页　数	600
印刷时间	2011-1-1
开　本	
印　次	
纸　张	胶版纸
I S B N	9787111321873
包　装	平装
所属分类	图书 >> 计算机/网络 >> 程序设计 >> 网站开发
定　价	￥79

图 5-22　tbody 分组的使用

5.5.4　列组的使用

与行组的功能相似，列组 colgroup 标签可以将表格中的列进行分组。只不过 colgroup 标签并不会像行组标签那样，将同一组的行用起始标签和结束标签包含起来。colgroup 需要事先定义。图 5-23 就是应用了 colgroup 标签之后的表格效果。

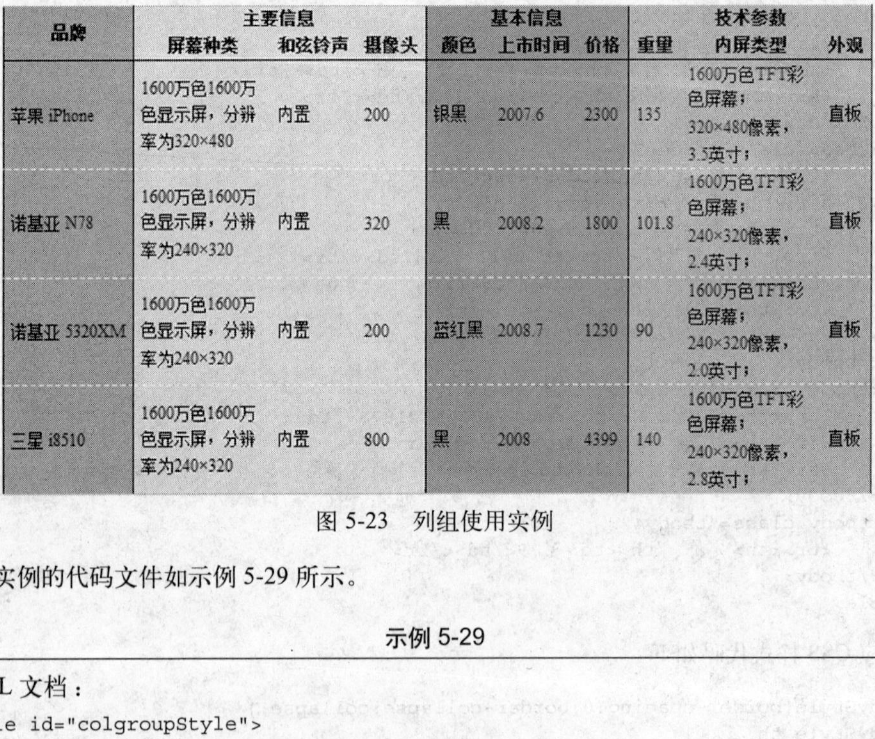

品牌	主要信息			基本信息				技术参数	
	屏幕种类	和弦铃声	摄像头	颜色	上市时间	价格	重量	内屏类型	外观
苹果 iPhone	1600万色1600万色显示屏，分辨率为320×480	内置	200	银黑	2007.6	2300	135	1600万色TFT彩色屏幕；320×480像素，3.5英寸;	直板
诺基亚 N78	1600万色1600万色显示屏，分辨率为240×320	内置	320	黑	2008.2	1800	101.8	1600万色TFT彩色屏幕；240×320像素，2.4英寸;	直板
诺基亚 5320XM	1600万色1600万色显示屏，分辨率为240×320	内置	200	蓝红黑	2008.7	1230	90	1600万色TFT彩色屏幕；240×320像素，2.0英寸;	直板
三星 i8510	1600万色1600万色显示屏，分辨率为240×320	内置	800	黑	2008	4399	140	1600万色TFT彩色屏幕；240×320像素，2.8英寸;	直板

图 5-23　列组使用实例

上述实例的代码文件如示例 5-29 所示。

示例 5-29

HTML 文档：

```
<table id="colgroupStyle">
    <colgroup class="phoneBrand">
    </colgroup>
    <colgroup class="parameter1" span="3">
        <col class="parameter1_col1" />
        <col />
        <col />
    </colgroup>
    <colgroup class="parameter2" span="3">
```

```
    </colgroup>
    <colgroup class="parameter3" span="3">
        <col />
        <col class="parameter3_col2" />
        <col />
    </colgroup>
    <thead>
        <tr>
            <th rowspan="2"> 品牌 </th><th colspan="3"> 主要信息 </th><th colspan="3"> 基
                本信息 </th><th colspan="3"> 技术参数 </th>
        </tr>
        <tr>
            <th> 屏幕种类 </th><th> 和弦铃声 </th><th> 摄像头 </th><th> 颜色 </th><th> 上市时
                间 </th><th> 价格 </th><th> 重量 </th><th> 内屏类型 </th><th> 外观 </th>
        </tr>
    </thead>
    <tbody>
        <tr>
            <td> 苹果  iPhone</td><td>1600 万色 1600 万色显示屏，分辨率为 320×480  </td><td>
                内置 </td><td>200</td><td>
            银黑 </td><td>2007.6</td><td>2300</td><td>135</td><td>
            1600 万色 TFT 彩色屏幕；320×480 像素，3.5 英寸；</td><td> 直板 </td>
        </tr>
        <tr>
            <td> 诺基亚 N78</td><td>1600 万色 1600 万色显示屏，分辨率为 240×320 </td><td> 内
                置 </td><td>320</td><td>
            黑 </td><td>2008.2</td><td>1800</td><td>101.8</td><td>
            1600 万色 TFT 彩色屏幕；240×320 像素，2.4 英寸；</td><td> 直板 </td>
        </tr>
        <tr>
            <td> 诺 基 亚  5320XM</td><td>1600 万 色 1600 万色 显 示 屏，分 辨 率 为 240×320 </
                td><td> 内置 </td><td>200</td><td>
            蓝红黑 </td><td>2008.7</td><td>1230</td><td>90</td><td>
            1600 万色 TFT 彩色屏幕；240×320 像素，2.0 英寸；</td><td> 直板 </td>
        </tr>
        <tr>
            <td> 三星  i8510</td><td>1600 万色 1600 万色显示屏，分辨率为 240×320</td><td> 内
                置 </td><td>800</td><td>
            黑 </td><td>2008</td><td>4399</td><td>140</td><td>1600 万 色 TFT 彩 色 屏 幕；
                240×320 像素，2.8 英寸；</td><td>
            直板 </td>
        </tr>
    </tbody>
</table>
```

对应的 CSS 代码如下所示：

```
#colgroupStyle{border-spacing:0; border-collapse:collapse;}
#colgroupStyle th,
#colgroupStyle td{border:none; background:none; padding:0 5px; line-height:150%;}
#colgroupStyle th{text-align:center;}
#colgroupStyle tbody tr{border-bottom:dashed 1px #fff;}
#colgroupStyle thead{border-bottom:solid 1px #000;}
#colgroupStyle colgroup{border-left:solid 1px #000; border-right:solid 1px #000;}
#colgroupStyle .phoneBrand{background:#f99;}
#colgroupStyle .parameter1{background:#9f9;}
#colgroupStyle .parameter1 .parameter1_col1{width:100px;}
#colgroupStyle .parameter2{background:#99f;}
#colgroupStyle .parameter3{background:#f9f;}
#colgroupStyle .parameter3 .parameter3_col2{width:100px;}
```

5.5.5 其他属性

1. border-spacing

border-spacing 属性用来控制单元格边框之间的距离。在前面的 CSS 代码中曾多次用到该属性。如示例 5-30 所示。

示例 5-30

```
table
{
    margin: 5px 10px;
    border: solid 1px #ccc;
    background: #ccc;
    border-spacing: 1px;
}
```

但在不同的浏览器版本中，相同的 border-spacing 样式其显示效果可能有所差别。

2. border-collapse

border-collapse 属性主要是针对表格边框而设置的，它有两个值：

• separate：默认值。表格边框独立存在。

• collapse：合并相邻边框，使得相邻单元格共同使用同一边框。

5.6 打印样式设置

在计算机屏幕上浏览网页与打印输出的效果往往相差很大，因此 CSS2 增加了新特性以改善打印质量，这些新特性包括分页符、页边距和页面方向。

5.6.1 分页符

CSS2 中有 5 个用于控制分页符的属性：page-break-before、page-break-after、page-break-inside、windows 和 orphans。

1. page-break-before

该属性表示在标签之前是否要使用分页符。它的值包括以下几个关键字：

• auto：根据需要自动在标签之前插入页分割符。

• always：始终在标签之前插入页分割符。

• avoid：避免在标签前面插入页分割符。

• left：在标签前面插入页分割符，直到它到达一个空白的左页边。

• right：在标签前面插入页分割符，直到它到达一个空白的右页边。

此属性在打印文档时起作用，它不作用于 br 或 hr 标签。

2. page-break-after

该属性表示在标签之后是否要使用分页符。它的值与用法与 page-break-before 相同。

3. page-break-inside

该属性表示分页符是否允许出现在标签内部。它的值包括两个关键字：

• auto：默认值，允许在对象容器中插入页分割符。

• avoid：使当前对象容器中禁止插入页分割符。

4. windows

windows 是指页面顶部上的孤立行的印刷术语。例如，如果分页符出现时，当前段落还未完成，此属性值就表示能够出现在一起的未完成的行的最小数量。其默认值为 2。

5. orphans

orphans 是指页面底部的孤立行的印刷术语。与 windows 相反，它针对段落中的前几行。此属性值用来设置必须一起出现的前几行的最小数量。

5.6.2　页面选择器和页边距

在将浏览器内容打印到纸张上之前，需要了解能够在其上打印的区域的维度。该区域取决于正在使用的纸张大小和纸张四周的页边距。此外，浏览器还需要知道是以纵向还是横向的方式来打印页面。在确定了这些设置之后就可以开始打印了。

CSS 专门提供了一种特殊的选择器来定义页面区域：@page。使用方法如下：

```
@page { margin : 1cm ; }
```

@page 选择器用于选择页面。花括号内的声明应用于打印在文档上的页面。只有一组有限的 CSS 属性可以和 @page 结合使用，即 margin 和 size。

当打印双面的文档时，通常左页面和右页面需要采用不同的页边距。在 CSS 中可以使用伪类 left 和 right 来实现：

```
@page { margin : 1cm }
@page :left { margin-left : 2cm }
@page :right { margin-right : 2cm }
```

文档的首页通常使用不同于其他页面的页边距，这种情况可以通过伪类 first 来实现：

```
@page :first { margin-top : 5cm }
```

5.7　CSS 扩展：滤镜

5.7.1　滤镜概述

滤镜是 IE 浏览器为丰富页面效果专门定义的 CSS 样式规则，因此它只能在 IE 浏览器中使用。其他版本的浏览器不支持这些属性。

语法：

```
style=" filter: filtername ( fparameter1, fparameter2...) "
```

其中，filtername 为滤镜的名称，fparameter1、fparameter2 等是滤镜的参数。

常用滤镜有以下几种：

• Alpha：设置透明层次。

• Blur：创建高速度移动效果，即模糊效果。

• Chroma：制作颜色透明。

• DropShadow：创建对象的固定影子。

• FlipH：创建水平镜像图片。

• FlipV：创建垂直镜像图片。

• Glow：为对象增加光辉。

• Gray：把图片灰度化。

- Invert：反色。
- Light：模拟光源效果。
- Mask：在对象上创建透明掩膜。
- Shadow：创建影子。
- Wave：波纹效果。
- Xray：使对象变得像被 X 光照射一样。

5.7.2　常用滤镜

1. 滤镜：Alpha

Alpha 滤镜用于设置透明层次。其语法为：

```
STYLE="filter:Alpha(Opacity=opacity, FinishOpacity=finishopacity, Style=style,
    StartX=startX, StartY=startY, FinishX=finishX, FinishY=finishY)"
```

说明：

- Opacity：起始值，取值为 0 ~ 100，0 为透明，100 为原图。
- FinishOpacity：目标值。
- Style：取值为 1 或 2 或 3。
- StartX：任意值。
- StartY：任意值。

如 filter:Alpha(Opacity="0",FinishOpacity="75",Style="2")，效果如图 5-24 所示。

图 5-24　Alpha 滤镜的使用效果

2. 滤镜：Blur

Blur 滤镜用于创建高速度移动效果，即模糊效果。其语法为：

```
STYLE="filter:Blur(Add = add, Direction = direction, Strength = strength)"
```

说明：

- Add：一般为 1 或 0。
- Direction：角度，0 ~ 315º，步长为 45º。
- Strength：效果增长的数值，一般设为 5 即可。

如 filter:Blur(Add="1",Direction="45",Strength="5")，效果如图 5-25 所示。

图 5-25　Blur 滤镜的使用效果

3. 滤镜：Chroma

Chroma 滤镜用于制作指定颜色透明。其语法为：

```
STYLE="filter:Chroma(Color = color)"
```

说明：

color：#rrggbb 格式，任意。

例子：filter:Chroma(Color="#FFFFFF")

4. 滤镜：DropShadow

DropShadow 滤镜用于创建对象的固定影子。其语法为：

```
STYLE="filter:DropShadow(Color=color, ffX=offX, ffY=offY, Positive=positive)"
```

说明：

• Color:#rrggbb 格式，任意。

• Offx：X 轴偏离值。

• Offy：Y 轴偏离值。

• Positive：1 或 0。

如 filter:DropShadow(Color="#6699CC",OffX="5",OffY="5",Positive="1")，效果如图 5-26 所示。

图 5-26　DropShadow 滤镜的使用效果

5. 滤镜：FlipH

FlipH 滤镜用于创建水平镜像图片。其语法为：

```
STYLE="filter:FlipH"
```

如 filter:FlipH，效果如图 5-27 所示。

图 5-27　FlipH 滤镜的使用效果

6. 滤镜：FlipV

FlipV 滤镜用于创建垂直镜像图片。其语法为：

```
STYLE="filter:FlipV"
```

如 filter:FlipV，效果如图 5-28 所示。

图 5-28　FlipV 滤镜的使用效果

7. 滤镜：Glow

Glow 滤镜用于在附近对象的边外加光辉。其语法为：

```
STYLE="filter:Glow(Color=color, Strength=strength)"
```

说明：

• Color：发光颜色。

• Strength：强度 (0 ~ 100)。

如 filter:Glow(Color="#6699CC",Strength="5")，效果如图 5-29 所示。

图 5-29　Glow 滤镜的使用效果

8. 滤镜：Gray

Gray 滤镜用于把图片灰度化。其语法为：

```
style="filter:Gray"
```

如 filter:Gray，效果如图 5-30 所示。

图 5-30　Gray 滤镜的使用效果

9. 滤镜：Light

Light 滤镜用于模拟光源的投射效果。其语法为：

```
filter:light
```

说明：一旦为对象定义了"Light"滤镜属性，那么就可以调用它的"方法（Method）"来设置或者改变属性。"Light"可用的方法有：

- AddAmbien：加入包围的光源。
- AddCone：加入锥形光源。
- AddPoint：加入点光源。
- Changcolor：改变光的颜色。
- Changstrength：改变光源的强度。
- Clear：清除所有的光源。
- MoveLight：移动光源。

例如：

```
<img style="filter:light" onload="javascript:this.filters.light.addAmbient(10,250,100,55)"
onmousemove="javascript:this.filters.light.changeColor(0,150,100,50,0)" alt=" 小孩儿读书 "
src="../Images/reading.jpg" />
```

效果如图 5-31 所示。

图 5-31　Light 滤镜的使用效果

10. 滤镜：Invert

Invent 滤镜用于反色。其语法为：

```
STYLE="filter:Invert"
```

如 filter:Invert，效果如图 5-32 所示。

图 5-32   Invert 滤镜的使用效果

11. 滤镜：Mask

Mask 滤镜用于在对象上创建透明掩膜。其语法为：

```
STYLE="filter:Mask(Color=color)"
```

如 filter:Mask (Color="#FFFFE0")

12. 滤镜：Shadow

Shadow 滤镜用于创建偏移固定影子。其语法为：

```
filter:Shadow(Color=color, Direction=direction)
```

说明：

• Color：#rrggbb 格式。

• Direction：角度，0 ～ 315°，步长为 45°。

如 filter:Shadow (Color="#6699CC", Direction="135")，效果如图 5-33 所示。

图 5-33   Shadow 滤镜的使用效果

13. 滤镜：Wave

Wave 滤镜用于创建波纹效果。其语法为：

```
filter: Wave(Add=add, Freq=freq, LightStrength=strength, Phase=phase, Strength=strength)
```

说明：

• Add：一般为 1，或 0。

• Freq：变形值。

- LightStrength：变形百分比。
- Phase：角度变形百分比。
- Strength：变形强度。

如 filter: wave(Add="0", Phase="4", Freq="5", LightStrength="20", Strength="10")，效果如图 5-34 所示。

图 5-34　Wave 滤镜的使用效果

14. 滤镜：Xray

Xray 滤镜的作用是使对象变得像被 X 光照射一样。其语法为：

```
STYLE="filter:Xray"
```

如 filter:Xray，效果如图 5-35 所示。

图 5-35　Xray 滤镜的使用效果

5.8　实例：CSS 样式优化与进阶

第 4 章详细介绍了 CSS 样式的基本属性和应用，但经过实践会发现这些基本的样式还不足以完成整个网页的表现控制，尤其是在页面的排版布局方面。因此，本章对 CSS 样式优化做了进一步的讲解，并通过实例对 CSS 样式做进一步优化。

5.8.1　浓缩 CSS 样式属性和值

减小 CSS 样式表文件大小的一个方法就是浓缩 CSS 样式属性和值。如针对前面的抬头区域的 CSS 样式代码：

```
#header
{
    background-image: url(Images/logo.png); /* 设置背景图像 */
    background-repeat: no-repeat; /* 设置背景图像不重复填充 */
    background-position: center 5px; /* 设置背景图像位置水平居中，上下距离5px */
```

```
    height: 107px;
    width: 100%;
    text-align: center;
}
```

可以将其中的背景图片浓缩成一条语句：

```
#header
{
    background-image: url(Images/logo.png);      /* 设置背景图像 */
    background-repeat: no-repeat;  → background:url(Images/logo.png) no-repeat center 5px;
    background-position: center 5px;
    height: 107px;
    width: 100%;
    text-align: center;
}
```

具体的浓缩 CSS 样式属性操作请参照表 5-1 完成。

5.8.2 合并选择器的 CSS 样式

对于具有相同样式的选择器，可以在合并的同时赋值。图 5-36 所示为导航栏的设计图。

图 5-36   导航栏设计图

在导航栏中，当前选中的栏目和鼠标移至上方的栏目的表现样式都是相同的，即如图 5-36 中的"首页"一样高亮显示。在前面的 CSS 样式编写中通过如下样式代码来实现：

```
#navigater li:hover/* 鼠标移至某栏目上方时的样式 */
{
    background-image: url(Images/nav_bg_hover.png); /* 列表项高亮显示背景图片 */
    background-repeat: no-repeat; /* 背景图片不重复 */
    cursor: hand; /* 鼠标指针变为手形 */
    background-position: left top; /* 背景图片水平居左，垂直居顶 */
}
#navigater li.on   /* 当前选中的栏目样式与 #navigater li:hover 相同 */
{
    background-image: url(Images/nav_bg_hover.png);
    background-repeat: no-repeat;
    cursor: hand;
    background-position: left top;
}
```

代码中两个选择器的样式是完全相同的，为了减小样式表文件的大小，有必要将二者合并设置，如下所示：

```
#navigater li:hover, /* 鼠标移至某栏目上方时的样式 */
#navigater li.on   /* 当前选中的栏目样式 */
{
    background-image: url(Images/nav_bg_hover.png); /* 列表项高亮显示背景图片 */
    background-repeat: no-repeat; /* 背景图片不重复 */
    cursor: hand; /* 鼠标指针变为手形 */
    background-position: left top; /* 背景图片水平居左，垂直居顶 */
}
```

合并选择器样式代码的时候，需要注意以下两点：
• 选择器之间用英文的逗号","分开。

- 如果是上下文选择器，每个选择器都必须是完整的。比如上面代码中的两个选择器，虽然都位于 #navigater 选择器下，但仍然需要完整的上下文信息。如果写成 "#navigater li:hover,li.on"，意义就完全不同了。

实际上，在网页设计过程中，经常会出现具有相同的显示样式的信息，这些信息并非是单一的 class 选择器就能够实现的，因此，有必要通过合并选择器的方式来完成样式设计。

5.8.3　布局 CSS 样式的使用

排版布局是任何一种媒介都必须掌握的技术，网页中的布局技术将在第 6 章中详细介绍，在此，只是通过本章所涉及的样式属性完成一些基本布局设置。排版布局中最重要的莫过于内容模块在页面中的位置，对此，CSS 样式中还有更加复杂的技术来实现，本节旨在结合网页中的常用布局，通过基本的布局技巧完成样式设置。

下面就通过两个实例来简单介绍，一个是导航栏的数据显示，另一个是侧边栏和内容栏的位置布局。

1. 导航栏

经过第 4 章的 CSS 样式设置之后，导航栏的栏目名称已经完成了状态样式的设置，但是对于栏目的水平排列仍然是一个大问题。实际上，通过一个简单的布局属性就可以完成：display。在 5.4.1 节中对 display 有详细介绍，display 属性的常用值中有一个是"inline"，即该列表项会被显示为内联标签，标签前后没有换行符。

```
#navigater li
{
    text-align: center;
    list-style: none;
    width: 102px;
    height: 44px;
    padding-top: 13px;
    margin-left: 5px;
    display: inline;
}
```

设置完成之后，导航栏在页面中的显示如图 5-37 所示。

首页　课程教案　网络资源　下载专区　视频讲座　学生成果　实验安排　问题集锦

图 5-37　应用"display:inline"之后的导航栏

从图 5-37 中可以看出，虽然栏目列表已经完成了水平排列，但仍然没有达到设计图中的要求。这时候，就需要配合标签之间的样式达到最终的显示效果。display 的值"inline-block"是在 IE8 中才能正确解析的样式值，下面试着通过将 display 赋值为"inline-block"，并为其中的锚标签 <a> 设置 display 属性，来完成该部分的显示效果。

```
#navigater li
{
    text-align: center;
    list-style: none;
    width: 102px;
    height: 44px;
    padding-top: 13px;
    margin-left: 5px;
    display: inline-block;            /* 将该列表项显示为内联块级标签 */
```

```
}
#navigater li a
{
    color: white;
    display:block;                      /* 将超链接显示为块级标签 */
}
```

设置完毕之后，打开 IE8 浏览器，就可以查看最终的显示效果了，如图 5-38 所示。

图 5-38   导航栏正确的显示效果

对于低版本的 IE 浏览器，还需要配合其他的样式属性（如 float），通过浮动也可以将列表项显示到相应位置。只不过浮动所涉及的范围较窄，只有左右浮动，但也对网页的布局起到了至关重要的作用，如下面所讲的对侧边栏和内容栏的位置定位问题。

2. 侧边栏和内容栏

在该网页的设计图中，侧边栏居左，内容栏居右，二者平行定位，共同显示在"相关信息区域"的下方。而在第 4 章完成实例的样式编写后，二者仍然是上下定位，利用浮动技术（float）就可以实现左右边栏平行显示的效果。具体实施代码如下所示：

```
#sider
{
    width: 270px;
    float: left;  /* 侧边栏居左浮动 */
    margin-top: 10px;
    color: #8f8f8f;
}
#content
{
    float: right;  /* 内容栏居右浮动 */
    margin-top: 10px;
    padding-left: 0px;
    width: 615px;
}
```

浮动技术是网页布局中的关键技术之一，尤其是在采用 DIV+CSS 布局的时候。上面的样式代码虽然完成了侧边栏和内容栏的基本布局，但仍然不足以达到设计图中的要求。

5.9   本章小结

本章在第 4 章的基础上，深入探讨了 CSS 样式表的工作细节。主要包括样式属性的继承性和可浓缩性，并结合实例讲解了不同类型的选择器的使用方法和权重分析。然后详细介绍了用来实现网页布局的样式属性（如 display、float、position），以及表格标签的特殊功能。结合微软的 IE 浏览器，介绍了 CSS 的扩展功能——滤镜。最后，通过将以上知识应用到前面章节的实例中，进一步完善了本书课程实例的 CSS 代码优化。

习题

1. 试分析 CSS 有哪些样式属性是可以继承的？
2. 通过实例试分析 CSS 有哪些样式属性是可浓缩的？
3. 简述 ID 选择器和 Class 选择器的权重情况。
4. 结合第 4 章习题 6，通过布局属性（display、float、position）完成页面内容的布局设计。

第 6 章　网页布局技术

【学习目标】

通过本章的学习，读者应初步掌握网页的布局技术。首先分析使用 Table 控件布局方式及其不足，然后以 DIV+CSS 为重点着重分析 DIV+CSS 布局方式的优势，并通过对具体实例的剖析来加深对该布局方法的理解。

【本章要点】

- 布局技术概述
- 表格（Table）布局
- DIV+CSS 布局

6.1　布局技术概述

6.1.1　何谓布局技术

与报纸版面编排相似，网页设计中同样需要对其表现内容进行"编排"，即网页布局。通常情况下，网页布局会被简单地认为是页面内容的显示方式和位置编排。实际上，网页布局主要包括文档结构和页面表现两种技术，前面的观点只是其中的"页面表现"技术而已；文档结构则是指具有良好结构的 HTML 文档。本章将分别从文档结构和页面表现两部分来详细阐述网页中的布局技术。

通常，在编写网站代码之前，都会由网页设计师事先设计好界面效果图，包括用色、内容规划、布局编排等，然后，由程序员根据效果图来编写网站。然而，对于采用何种布局技术更能有效地实现设计图中的效果，便成了自互联网和 Web 技术诞生以来程序员们一直在讨论的热点问题之一。在 HTML 4.0 以前，由于在网页设计中没有统一的标准，程序员更倾向于采用表格标签（table）完成布局。如今，在 W3CWeb 标准组织的推动下，网页设计代码和编写标准逐步实现规范化和统一，使得新一代的网页设计更倾向于使用 DIV+CSS 布局技术。

文档结构是实现网页布局的基础，因此，在网页设计时，首先需要建立具有良好结构的 HTML 文档。下面将以第 5 章中图 5-2 的页面效果为例，针对两种不同的布局技术来分别分析和创建相应的 HTML 文档。具体实现代码如示例 6-1 和示例 6-2 所示。

示例 6-1　采用表格标签布局的 HTML 文档结构

```
<table>
    <tr>
        <td>
            <table>
                <tr>
                    <td rowspan="2">
                        <img src="../Images/user.gif"alt="C# 4.0 权威指南 " />
                    </td>
                    <td class="title">
                        C # 4.0 权威指南
                    </td>
                </tr>
```

```
                    <tr>
                        <td>
                            <table>
                                <colgroup>
                                    <col class="left" />
                                    <col />
                                </colgroup>
                                <tr>
                                    <td>作 者：</td>
                                    <td>姜晓东</td>
                                </tr>
                                <tr>
                                    <td>出 版 社：</td>
                                    <td>机械工业出版社</td>
                                </tr>
                                <tr>
                                    <td>出版时间：</td>
                                    <td>2011-1-1</td>
                                </tr>
                                <tr>
                                    <td> I S B N：</td>
                                    <td>9787111321873</td>
                                </tr>
                                <tr>
                                    <td>所属分类：</td>
                                    <td>图书 >> 计算机 / 网络 >> 程序设计 >> 网站开发</td>
                                </tr>
                            </table>
                        </td>
                    </tr>
                </table>
            </td>
    </tr>
    <tr>
        <td class="introduce">
            《C#4.0 权威指南》由国内资深微软技术专家亲自执笔，微软技术开发者社区和技术专家联袂推
            荐。内容新颖，基于最新的 C# 4.0、net framework 4 和 visual studio 2010；写作方式
            有创新，用图解的方式对 C# 进行了完美的演绎；内容全面，不仅重点讲解了 C# 4.0 的所有新特
            性，而且对 C# 的所有知识点的原理、用法和要点都进行了全面的讲解和深度的分析，广度和深度
            完美结合。《C#4.0 权威指南》注重实践，包含大量有价值的示例代码，可操作性极强。
        </td>
    </tr>
</table>
```

示例 6-2　采用 DIV+CSS 布局技术的 HTML 文档结构

```
<img src="../Images/user.gif"alt="C#4.0 权威指南 " />
<div id="bookInfo">
    <h1>
        C # 4.0 权威指南 </h1>
    <ul>
        <li>作 者：姜晓东 </li>
        <li>出 版 社：机械工业出版社 </li>
        <li>出版时间：2011-1-1</li>
        <li>I S B N：9787111321873</li>
        <li>所属分类：图书 >> 计算机 / 网络 >> 程序设计 >> 网站开发 </li>
    </ul>
</div>
<p id="introduce">
```

《C#4.0 权威指南》由国内资深微软技术专家亲自执笔，微软技术开发者社区和技术专家联袂推荐。内容
新颖，基于最新的 C# 4.0、net framework 4 和 visual studio 2010；写作方式有创新，用图
解的方式对 C# 进行了完美的演绎；内容全面，不仅重点讲解了 C# 4.0 的所有新特性，而且对 C# 的所
有知识点的原理、用法和要点都进行了全面的讲解和深度的分析，广度和深度完美结合。《C#4.0 权威指
南》注重实践，包含大量有价值的示例代码，可操作性极强

```
</p>
```

示例 6-1 和示例 6-2 只是部分 HTML 文档，要实现图 5-2 中的浏览效果，必须要配合相应的 CSS
样式代码来共同实现。

根据网页布局的实现过程，可以将页面布局大致分为整体布局和局部布局两方面。

- 整体布局要求网页设计人员从整体上把握页面架构，分层次划分工作区域，如上 - 中 - 下、
  上 - 中（左 - 右）- 下、上 - 中（左 - 中 - 右）- 下等。
- 局部布局主要是针对部分内容的实现过程。图 5-2 也只是整个页面中的一个局部效果，因此，
  实现页面整体布局还是相当复杂的。

观察示例 6-1 和示例 6-2 可知，虽然两种不同布局技术的 HTML 文档结构完全不同，但却可以
实现相同的运行效果。在网页设计技术的发展历程中，它们都起到了非常大的推动作用，本章将通过
实例来详细讲述这两种布局技术的实现方法和各自的优缺点。

6.1.2　网页布局标准概述

实现网页布局有三方面要求：结构、表现和行为，而网页布局标准则是这三者的有效结合和使
用。其中，结构和表现是最基本的网页布局技术。结构是指具有良好结构的 HTML 文档；表现是
指合理高效的 CSS 代码；行为是指通过脚本语言程序来有效实现用户操作。本章将主要针对其中的
“结构”和“表现”两部分来详细讲述网页布局的实现过程。

在开始使用 CSS 布局（即布局要素中的“表现”）之前，首先要保证网页的 HTML 文档
是以标准的结构化 HTML 语言编写的。而“具有良好结构的 HTML 文档”就是指 HTML 语言
编写的标准化。其中，HTML 标签的语义应用就是最为典型的案例。长期以来，程序员在编辑
HTML 文档时通常是基于它们的显示样式。如果需要一个带有缩进的段落，很多人可能会选择用
<blockquote> 标签将文本包围起来，让段落两端显示出一些空白。顾名思义，blockquote 标签表
示其中所包含的内容引自其他数据源。如果在文档设计中只是为了使页面中的文本采用缩进样式
显示而使用 <blockquote> 标签，这段文字却并非引自其他数据源的话，那么就意味着因为违背了
<blockquote> 标签的语义而错误地使用了 HTML 标签。因为 HTML 标签只用来表示文档结构，
不能通过它来左右网页在运行时的表现效果。如果需要一定的显示样式，则必须通过 CSS 样式表
来实现。

因此，良好的 HTML 文档结构主要体现在对 HTML 标签正确、合理地使用。HTML 标签的选择
取决于其语义，而并非显示样式。后面将会通过实例来详细讲述 Web 开发标准。

6.2　表格布局技术

在早期的网页设计中，如何实现网页布局并没有统一的标准，甚至不同的浏览器为了丰富页面
显示各自推出过不同的 HTML 标签和属性，如网景和微软就曾经为了竞争浏览器市场，推出了只能
应用于本浏览器的 HTML 标签和属性。它们在丰富页面效果的同时也极大地限制了网页设计的发展，
因为一个网站设计出来之后，有可能只能应用在有限的浏览器中，这样无疑就丢失了一大部分用户。
例如，微软的滤镜样式就无法在其他非 IE 浏览器内核的浏览器中正常显示。

　　<table> 标签具有严谨的表现格式，并能精确地对内容区域进行划分和定位，这对于急需完善的页面布局来讲，自然是最佳选择。表格布局技术的出现对网页布局技术的发展起到了重要的推动作用。

　　下面就通过几个示例来进一步分析如何利用表格标签进行布局。

6.2.1　表格布局示例一：导航栏

　　前面曾经讲过，网页布局可以大致分为整体布局和局部布局两种，下面将以"模版怪兽（TemplateMonster.com）"网站（http://www.templatemonster.com）为例，从局部布局的角度来说明表格布局技术。从图 6-1 中可以看出，该网站的导航栏是由父栏目和子栏目共同组成的。

图 6-1　TemplateMonster.com 导航栏

　　通过分析图 6-1 的页面结构可以得出，该导航栏由两行组成，每行又各自分成了不同的列。如果使用 <table> 标签来布局，则可以根据图 6-2 来设计 HTML 文档。

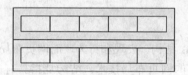

图 6-2　导航栏结构分析

　　其中，最外层是一个两行一列的表格，上下两行分别嵌入一个一行 N 列的表格，最后在每个表格中填入数据即可。HTML 实现代码如示例 6-3 所示。

示例 6-3

```
<table class="tableNav"> --------> 最外层的表格
    <tr> --------> 第一行
        <td>
            <table class="tableNav1"> --------> 一级栏目
                <tr>
                    <td class="active">
                    <a href="http://www.templatemonster.com/"><span>Web Templates</
                    span></a>
                    </td>
                    <td>
                     <a
href="http://www.templatemonster.com/ecommerce-templates.php"><span>E-commerce
  Templates</span></a>
                    </td>
                    <td>
                     <a
href="http://www.templatemonster.com/cms-blog-templates.php"><span>CMS &amp; Blog
  Templates</span></a>
                    </td>
                    <td>
                     <a
href="http://www.templatemonster.com/corporate-design.php"><span>Corporate
  Design</span></a>
                    </td>
```

```
        <td>
            <a href="http://www.templatemonster.com/turnkey-websites-
                presentation.php"><span>Turnkey
                Websites</span></a>
        </td>
        <td class="last">
            <a href="http://www.templatemonster.com/silverlight.
                php"><span>Silverlight</span></a>
        </td>
    </tr>
</table>
            </td>
        </tr>
    <tr>
        <td>
            <table class="tableNav2"> --------> 二级栏目表格
                <tr>
                    <td>
                        <a title="Website Templates" href="http://www.
                            templatemonster.com/website-templates.php">
                            <span>Website Templates</span></a>
                    </td>
                    <td>
                        <a title="Flash Templates" href="http://www.templatemonster.
                            com/flash-templates.php">
                            <span>Flash Templates</span></a>
                    </td>
                    <td>
                        <a title="Flash CMS Templates" href="http://www.
                            templatemonster.com/flash-cms-templates.php">
                            <span>Flash CMS Templates</span></a>
                    </td>
                    <td>
                        <a title="Flash Intro Templates" href="http://www.
                            templatemonster.com/flash-intro.php">
                            <span>Flash Intro Templates</span></a>
                    </td>
                    <td>
                        <a title="Flash Photo Gallery Templates" href="http://www.
                            templatemonster.com/dynamic-flash-photo-galleries.php">
                            <span>Flash Photo Gallery Templates</span></a>
                    </td>
                    <td class="last">
                        <a title="SWiSH Templates" href="http://www.templatemonster.
                            com/swish-templates.php">
                            <span>SWiSH Templates</span></a>
                    </td>
                </tr>
            </table>
        </td>
    </tr>
</table>
```

如果要实现图 6-1 中最终的显示效果，还需要 CSS 样式表的配合。

```
.tableNav
{
    border-collapse:collapse;
}
td
```

```
{
    text-align:center;
}
.tableNav td a{color:#fff; font-size:12px;display:block; text-decoration:none;}
.tableNav td a:hover{ text-decoration:underline;}
.tableNav td a span{margin:auto 10px;}
.tableNav1
{
    background:url(images/tab_bg_tal.jpg) left bottom repeat-x;
    height:34px;
    width:100%;
    margin:0;
}
.tableNav1 td
{
    background:url(images/tab_rbg.jpg) right center no-repeat;
    font-weight:bold;
}
.tableNav1 td.active
{
    background:#d90f0f url(images/tab_act_lbg_first.jpg) left top no-repeat;
    width:165px;
}
.tableNav2
{
    background:#d90f0f url(images/subtab_act_lbg_first.jpg) left bottom no-repeat;
    height:46px;
    width:100%;
    margin:0;
}
.tableNav2 td
{
    background:url(images/subtab_leftbord.jpg) right center no-repeat;
    font-weight:bold;
}
td.last{ background:none;}
```

表格布局方式实际上是利用了 HTML 中表格标签（<table>）的表现结构严密和无边框的特性，即利用表格标签的单元格格局明确倾斜，同时通过设置单元格的边框和间距为 0（即不显示边框），从而将网页中的各种元素按版式划分放入其中，最终实现复杂的排版组合。

6.2.2 表格布局示例二：包括导航条的网站页面

网页的整体布局是通过多个局部布局来共同完成的，而程序员在分析页面设计图的时候，通常首先需要分析设计图的整体结构，然后从整体上将页面分为几个不同的区域，最后再开始编写 HTML 文档。而表格布局的使用，使这项工作变得简单明确。

同样以模版怪兽（TemplateMonster.com）的首页为例，其页面效果图如图 6-3 所示。

整体来讲，图 6-3 采用的是"上－中（左－右）－下"架构，因此，在使用表格布局时，首先需要建立一个三行一列的表格标签。如果再仔细划分，就可以将表格标签改为七行一列，如图 6-4 所示。

这样做的目的是进一步明确页面结构，并减少不必要的表格嵌套。示例 6-4 通过表格布局实现了 TemplateMonster 首页的大部分内容，下面就是完整的 HTML 文档。

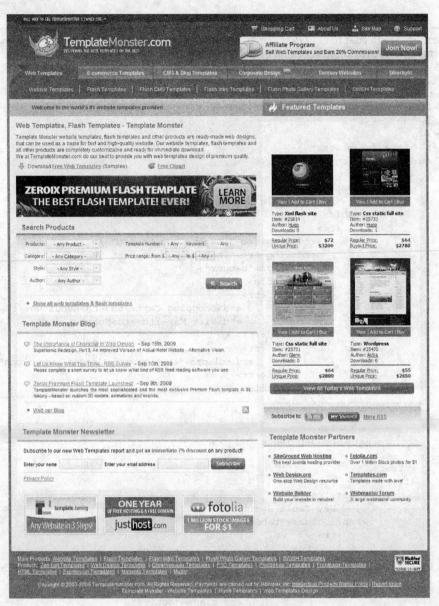

图 6-3　TemplateMonster.com 首页

| 顶部隐藏信息 |
| header信息 |
| 导航栏 |
| 欢迎信息 |
| 主体内容 |

| 左边内容 | 右边内容 |

| footer链接列表 |
| footer声明信息 |

图 6-4　页面结构分析

示例 6-4

```html
<!DOCTYPE html PUBLIC "-//W3C//DTD XHTML 1.0 Transitional//EN" "http://www.w3.org/
    TR/xhtml1/DTD/xhtml1-transitional.dtd">
<html xmlns="http://www.w3.org/1999/xhtml">
<head>
    <title></title>
    <link href="06-02.css" rel="stylesheet" type="text/css" />
</head>
<body>
    <!-- Page Table Start -->
    <table class="page">
        <tr>
            <td class="header">
                <!-- header Table Start -->
                <table>
                    <tr>
                        <td><img src="images/logo_tm.jpg" /></td>
                        <td><img src="images/logo_tm_text.jpg" /></td>
                        <td class="banner">
                            <table>
                                <tr>
                                    <td>Shopping Cart</td><td>About Us</td>
                                    <td>Site Map</td><td>Support</td>
                                </tr>
                                <tr>
                                    <td colspan="4"><img src="images/banner.png" /> </td>
                                </tr>
                            </table>
                        </td>
                    </tr>
                </table>
                <!-- header Table End -->
            </td>
        </tr>
        <tr>
            <td class="nav">
                <!-- Nav Table Start -->
                <table class="tableNav">
                    <tr>
                        <td>
                            <!-- upNav Table Start -->
                            <table class="tableNav1">
                                <tr>
                                    <td class="active">
                                        <a href="http://www.templatemonster.
                                            com/"><span>Web Templates</span></a>
                                    </td>
                                    <td>
                                        <a href="http://www.templatemonster.com/
                                            ecommerce-templates.php"><span>E-
                                            commerce Templates</span></a>
                                    </td>
                                    <td>
                                        <a href="http://www.templatemonster.com/cms-
                                            blog-templates.php"><span>CMS &amp;
                                            Blog
                                            Templates</span></a>
                                    </td>
                                    <td>
                                        <a href="http://www.templatemonster.com/
                                            corporate-design.php"><span>Corporate
```

```
                                        Design</span></a>
                    </td>
                    <td>
                        <a href="http://www.templatemonster.
                            com/turnkey-websites-presentation.
                            php"><span>Turnkey
                            Websites</span></a>
                    </td>
                    <td class="last">
                        <a href="http://www.templatemonster.com/
                            silverlight.php"><span>Silverlight</
                            span></a>
                    </td>
                </tr>
            </table>
            <!-- upNav Table End -->
        </td>
    </tr>
    <tr>
        <td>
            <!-- subNav Table Start -->
            <table class="tableNav2">
                <tr>
                    <td class="active">
                        <a title="Website Templates" href="http://
                            www.templatemonster.com/website-
                            templates.php">
                            <span>Website Templates</span></a>
                    </td>
                    <td>
                        <a title="Flash Templates" href="http://www.
                            templatemonster.com/flash-templates.
                            php">
                            <span>Flash Templates</span></a>
                    </td>
                    <td>
                        <a title="Flash CMS Templates" href="http://
                            www.templatemonster.com/flash-cms-
                            templates.php">
                            <span>Flash CMS Templates</span></a>
                    </td>
                    <td>
                        <a title="Flash Intro Templates"
                            href="http://www.templatemonster.com/
                            flash-intro.php">
                            <span>Flash Intro Templates</span></a>
                    </td>
                    <td>
                        <a title="Flash Photo Gallery Templates"
                            href="http://www.templatemonster.com/
                            dynamic-flash-photo-galleries.php">
                            <span>Flash Photo Gallery Templates</
                                span></a>
                    </td>
                    <td class="last">
                        <a title="SWiSH Templates" href="http://www.
                            templatemonster.com/swish-templates.php">
                            <span>SWiSH Templates</span></a>
                    </td>
                </tr>
            </table>
```

```
                              <!-- subNav Table End -->
                      </td>
                  </tr>
              </table>
              <!-- Nav Table End -->
          </td>
      </tr>
      <tr>
          <td class="welcome">
              <table>
                  <tr>
                      <td class="left">
                          Welcome to the world's #1 website templates provider!
                      </td>
                      <td class="right">
                          Featured Templates
                      </td>
                  </tr>
              </table>
          </td>
      </tr>
      <tr>
          <td class="container">
              <table class="content">
                  <tr>
                      <td class="left">
                      <!-- Template Monster Introduce Start -->
                      <table>
                          <tr>
                              <td class="title">
                                  Web Templates, Flash Templates - Template
                                  Monster
                              </td>
                          </tr>
                          <tr>
                              <td>
                                  Template Monster website templates, flash
                                  templates and other products are ready-
                                  made web designs, that can be used as a
                                  basis for fast and high-quality website.
                                  Our website templates, flash templates
                                  and all other products are completely
                                  customizable and ready for immediate
                                  download. We at TemplateMonster.com
                                  do our best to provide you with web
                                  templates design of premium quality.
                              </td>
                          </tr>
                          <tr>
                              <td>
                                  <img src="images/zeroix.gif" />
                              </td>
                          </tr>
                      </table>
                      <!-- Template Monster Introduce End -->
                      <!-- Template Monster Blog Start -->
                      <table>
                          <tr>
                              <td class="title">
                                  Template Monster Blog
                              </td>
```

```
            </tr>
            <tr>
                <td class="blogInfo">
                    <dl>
                        <dt><span><a href="http://blog.
                        templatemonster.com/2009/09/15/
                        template-monster-appreciates-
                        feedbacks/" target="_blank">The
                        Importance of Character in Web
                        Design</a>   - Sep 15th, 2009
                        </span></dt>
                        <dd>
                            Supersonic Redesign, Part II. An
                            Improved Version of Actual Hotel
                            Website - Alternative Vision.
                        </dd>
                        <dt><span><a href="http://blog.
                        templatemonster.com/2009/09/10/let-
                        us-know-what-you-think-rss-survey/"
                        target="_blank">Let Us Know What You
                        Think - RSS Survey</a>   - Sep
                        10th, 2009
                        </span></dt>
                        <dd>
                            Please complete a short survey to
                            let us know what kind of RSS
                            feed reading software you use.
                        </dd>
                        <dt><span><a href="http://blog.
                        templatemonster.com/2009/09/09/
                        zeroix-premium-flash-template-
                        launched/" target="_blank">Zeroix
                        Premium Flash Template Launched!</
                        a>   - Sep 9th, 2009
                        </span></dt>
                        <dd>
                            TemplateMonster launches the most
                            sophisticated and the most
                            exclusive Premium Flash template
                            in its history - based on custom
                            3D models, animations and
                            sounds.
                        </dd>
                    </dl>
                </td>
            </tr>
        </table>
        <!-- Template Monster Blog Start -->
        <table>
            <tr>
                <td>
                    <img src="images/fotolia.jpg" />
                </td>
                <td>
                    <img src="images/JustHost.gif" />
                </td>
                <td>
                    <img src="images/ttmainsmallbanner.gif" />
                </td>
            </tr>
        </table>
```

```
                </td>
                <td class="right">
                    <!-- Template Table Start -->
                    <table>
                        <tr>
                            <td>
                                <img src="images/25470-m.jpg" />
                            </td>
                            <td>
                                <img src="images/25731-m.jpg" />
                            </td>
                        </tr>
                        <tr>
                            <td>
                                Type: Wordpress<br />
                                Item: #25470<br />
                                Author: Astra<br />
                                Downloads: 0
                            </td>
                            <td>
                                Type: Css static full site<br />
                                Item: #25731<br />
                                Author: Glenn<br />
                                Downloads: 0
                            </td>
                        </tr>
                        <tr>
                            <td>
                                <img src="images/25733-m.jpg" />
                            </td>
                            <td>
                                <img src="images/25814-m.jpg" />
                            </td>
                        </tr>
                        <tr>
                            <td>
                                Type: Css static full site<br />
                                Item: #25733<br />
                                Author: Hugo<br />
                                Downloads: 1
                            </td>
                            <td>
                                Type: Xml flash site<br />
                                Item: #25814<br />
                                Author: Hugo<br />
                                Downloads: 0
                            </td>
                        </tr>
                    </table>
                    <!-- Template Table End -->
                </td>
            </tr>
        </table>
    </td>
</tr>
<tr>
    <td class="links">
        <!-- Products Table Start -->
        <table>
            <tr>
                <td>
```

```
                Main Products: <a href="/website-templates.php">Website
                    Templates</a>  | 
                <a href="/flash-templates.php">Flash Templates</
                    a>  |  <a href="/flash-intro.php">
                    Flash Intro Templates</a>  |  <a
                        href="/dynamic-flash-photo-galleries.php">
                        Flash Photo Gallery Templates</a>  
                            |  <a href="/swish-templates.php">
                            SWiSH Templates</a>
                <br />
                Products: <a href="/zencart-templates.php">Zen cart
                    Templates</a>  | 
                <a href="/web-design-templates.php">Web Design
                    Templates</a>  |  <a href="/dreamweaver-
                        templates.php">
                    Dreamweaver Templates</a>  |  <a href="/
                        psd-templates.php">PSD Templates</a>
                  |  <a href="/photoshop-templates.
                    php">Photoshop Templates</a>  | 
                <a href="/frontpage-templates.php">Frontpage Templates</
                    a>  | 
                <br />
                <a href="/html-templates.php">HTML Templates</a>
                     |  <a href="/expression-templates.php">
                    Expression Templates</a>  |  <a href="/
                        category/magento-templates/">Magento
                        Templates</a>  |  <a href="/stock-
                            music.php">Music</a>
            </td>
            <td class="pic">
                <img src="images/55.gif" />
            </td>
        </tr>
    </table>
    <!-- Products Table End -->
    </td>
</tr>
<tr>
    <td class="memo">
        Copyright &copy; 2003-2009 Templatemonster.com. All Rights
            Reserved. Payments are carried out by Jetimpex, Inc. <a
            href="/intellectual-property.php" rel="nofollow">Intellectual
            Property Rights Policy</a> | <a href="/report-spam.php"
            rel="nofollow">Report spam</a><br />
        Template Monster - Website Templates  |  Flash Templates
              | 
        Web Templates Design
    </td>
</tr>
</table>
<!-- Page Table End -->
</body>
</html>
```

　　表格布局方式是最简单、直接的布局方式，较容易理解和应用。但需要注意的是，表格布局并不意味着所有的页面信息都通过 <table> 标签来实现，必要时也需要和其他语义标签配合使用。如在示例 6-4 中，大部分布局都是通过 <table> 标签实现的，但是在表现 "Template Monster Blog" 内容时，采用了释义列表 <dl></dl> 标签来实现。如果仔细研究一下 Template Monster.com 网站的首页布局就会发现，它的整体结构划分采用的是表格布局，具体内容细节则更多的是使用了相应的 HTML

标签共同实现。

6.2.3 表格布局的优势和不足

1. 表格布局的优势

通过以上示例可以发现，采用表格布局技术，与日常的办公表格、工作报表等操作相似，更容易理解。可见，表格布局方式具有简单易用、定位准确、兼容性好等优点。

- 简单易用：表格布局的理念更符合人们通常对页面结构的理解。只要准确把握页面的结构，通过表格的行和列实现区域划分，并通过表格嵌套技术即可实现页面细节的布局，实现起来简单方便。
- 定位准确：<table> 标签由行和列组成，页面内容都置于单元格中，而单元格 <td> 的宽度、高度、对齐方式等设置起来比较简单。因此，使得内容区域的定位更加精准，页面结构更加明确。
- 兼容性好：由于表格布局采用的是标签 <table>，因此，各浏览器都会支持并可以准确解析该标签。即使在 Windows 操作系统中使用不同版本的 IE 浏览器，表格布局也能正常运行。

2. 表格布局的不足

虽然表格布局技术实现起来简单，但也存在诸多缺点。首先，它违背了前面所讲的"良好的 HTML 文档结构"的最基本的要求。因为从标签的语义角度来讲，<table> 标签是用来存放数据的，如果用来实现页面布局，这就违背了 <table> 标签本身的语义。另外，采用 <table> 标签布局还会带来其他负面效果，具体表现如下：

- 代码冗余复杂：由于 <table> 标签同时需要与多个 <tr> 和 <td> 标签联合使用，在表格嵌套时这些代码更加复杂，从而使得页面代码成指数级增长，不利于程序员阅读和理解文档，这一点在前面的代码示例中已经初现端倪。过多的代码还会导致网络浏览速度的降低，加大网络开销，这必然会导致用户的流失。
- 跨浏览器支持困难：对于表格布局来讲，精确的定位功能使得整个网页具有固定的表现效果，如高度、宽度等具有固定的格式，而页面内容也会被固定编排在相应的位置。这就意味着只有通过典型的桌面浏览器（如 IE、Firefox 等）才能够顺利阅读该网页。当用户采用其他仪器设备的浏览器访问时，如屏幕阅读软件、文本浏览器，或其他更小的阅读器（如手机）等，就可能遇到困难。
- 不利于 SEO（搜索引擎优化）：表格布局的网站在浏览器中显示起来再正常不过，但搜索引擎读的是代码，也就是说，某些搜索引擎看到的网页内容顺序是这样的：

```
<table>
<tr>  ----------> 第一行
         <td> 第一行第一列数据 </td>
         <td> 第一行第二列数据 </td>
   </tr>
<tr>  ----------> 第二行
         <td> 第二行第一列数据 </td>
         <td> 第二行第二列数据 </td>
   </tr>
</table>
```

第二行中的"第二行第一列数据"有可能是个二级标题，但却在"第一行第二列数据"之后被阅读，这样就破坏了逻辑，导致搜索引擎无法清楚地获取网页的结构和逻辑，自然就不利于 SEO。

- 不利于网站排名：如前面的代码所示，通常会将导航栏放到页面文档的前面。如果采用表格布局，会导致 HTML 文档前面许多行代码都是用来定义表格和内部链接的代码，并无太多文字内容。了解搜索引擎排名原理的人肯定知道，搜索引擎重视网页开头的内容，如果把没用的代码放在前面，网页上真正有价值的内容就容易被搜索引擎忽视，从而严重影响网站的排名。

因此，建设网站的一个很重要的原则就是：把代码和内容的比例降到最低，也就是说，首先把所有的样式信息全部放到一个单独的 CSS 样式表中定义，然后建设结构良好的 HTML 文档，以便搜索引擎集中搜索富含关键字的内容。

- 难以实现网站重构：网站改版在 Web 设计领域中司空见惯，而新网站往往在页面架构方面与当前的版本有很大出入，即便只有很小的不同，如果使用表格布局的话，也需要重新设计页面格局。这个工作量无异于重新建设一个网站。在前面的章节中曾经提到的"CSS 禅意花园"网站则采用了与表格布局完全不同的方法（即 DIV+CSS 布局技术），才会使得页面的重构实现起来变得容易。

当然，这并不是说表格完全不能在网页中使用，而是说它不再适合布局整个网站，展现数据或者价格的时候还是适宜使用表格的。对于某些需要格式化的数据，通过 <table> 标签来显示，会使页面表现更加规范和专业，如学生成绩表、公司业绩统计报表等。如图 6-5 所示。

71	080602	自动化	四年
72	080603	电子信息工程	四年
73	080401	测控技术与仪器	四年
74	080601	电气工程及其自动化	四年
75	071201	电子信息科学与技术	四年

图 6-5　表格的使用

6.3　Web 标准概述

6.3.1　无标准时代的 Web 开发

在 20 世纪 90 年代后期，当互联网和 Web 逐渐成为主流时，Web 浏览器的开发商还没有完全地支持 CSS。

由于浏览器缺乏对 CSS 的支持，加上一些网页设计师需要以设计印刷品的方式来控制页面的外观，导致他们为了控制网页的视觉表现而滥用 HTML。其中最典型的例子就是采用 <table> 标签来布局。当然，那时候的表格布局与前面所讲的表格布局有很大的差异，因为 CSS 样式表只能实现简单的样式表现，不足以完成整个页面所要的丰富的效果。为此，很多浏览器开发了基于页面表现样式的标签和属性等。如果查看当时的页面源文件，就会发现很多如下的代码：

```
<table border=1 bgcolor=white width=100% height=100% cellspacing=1 cellpadding=5>
    <tr>
            <td align=right width=100> 标题：</td>
            <td align=left><input type=text width=90% /></td>
    </tr>
    <tr>
            <td align=right width=100> 内容：</td>
            <td align=left><input type=text width=90% height=300 /></td>
    </tr>
     <tr>
            <td align=right width=100> 提交：</td>
            <td align=left><input type=submit value= 提交 /></td>
    </tr>
</table>
```

以上代码中的很多属性都是过时的，其编写初衷原本是控制页面的表现效果，现在这些代码已经逐渐被取消了，代替它们来完成布局的是 CSS 样式表。即便是使用 <table> 标签来布局，也需要同时配合 CSS 样式表的使用。

6.3.2　Web 标准的概念

Web 标准不是某一个标准，而是一些规范的集合，是由 W3C 和其他的标准化组织共同制定的，用来创建和解释基于 Web 的内容。这些规范是专门为了那些在网上发布的可向后兼容的文档而设计的，使其能够被大多数人所访问。

前面曾经提到，网页布局技术主要涉及三个方面：结构（Structure）、表现（Presentation）和行为（Behavior）。其对应的标准也分三方面：结构化标准语言、表现标准语言和行为标准语言（主要包括对象模型（如 W3C DOM）、ECMAScript 等）。三者的内容简述如下：

• 结构化标准语言

HTML、XHTML、XML 等标记语言都是结构化标准语言，它们的结构包括：标题、副标题、段落、列表等。良好的结构主要包括两方面：严谨的文档代码和正确的语义表示。

其中，严谨的文档代码要求 HTML 代码是没有错误的（如一定要有结束标签），没有不合法的标签和属性（如表格的宽度属性 "width"，在 XHTML 中是不合法的）。可以通过 W3C 专门的校验页面来验证是否是良好的 HTML 文档结构。验证网址为 http://validator.w3.org 。

正确的语义表示要求标签和它们所要表达的含义是相近或一致的。例如，通过 <h1> 标签来表示标题信息，而并非单纯加大字体显示；通过 <table> 标签来显示格式化的数据，而并非用来实现页面布局。

然而，一个通过校验的网页不一定就具备正确的语义表示。例如，一个采用表格布局的网页，只要代码没有错误、没有不合法的标签和属性，这个网页就能够通过校验，但它却没有根据正确的语义来使用 <table> 标签。因此，通常我们所说的符合标准的 HTML 文档结构，是指既能通过校验又具有正确语义的网页。

• 表现标准语言

表现标准语言用来格式化网页显示效果，包括控制字体样式、页面布局、背景颜色等。在 Web 设计中，CSS 是最合理有效的表现标准语言。以前在页面中控制信息样式的代码，既不符合标准又增加了网页的代码量，现在都可以通过 CSS 代码来替换。如示例 6-5 所示。

示例 6-5

陈旧的 HTML 代码：

```
<td bgcolor="#f00" align="left" valign="top">
    <br><br>
    表格内容
</td>
```

符合标准的 HTML 代码：

```
<td > 表格内容 </td>
```

实现相同表现样式的 CSS 代码：

```
td
{
    background:#f00;
    text-align:left;
    vertical-align:top;
    padding-top:2em;
}
```

表现标准语言的作用就在于，通过表现和结构的分离，在不改变结构的情况下使得改变页面的显示效果更加容易。

• 行为标准语言

DOM 是 Document Object Model（文档对象模型）的缩写，它是一个标准的对象模型，工作在 CSS、XHTML 和 EMCAScript262、JavaScript 编写的标准版本上，解决了 Netscape 的 JavaScript 和 Microsoft 的 JScript 之间的冲突，给予 Web 设计师和开发者一个标准的方法，让他们访问站点中的数据、脚本和表现层对象，从而创建出可以运行在多平台和浏览器上的交互行为和效果。

6.3.3　符合 Web 标准的网页的构建

符合 Web 标准的网页主要是针对 X HTML 文档结构的，需要注意以下几点：

• 为页面设置文档类型 DOCTYPE 和命名空间（Namespace）

HTML 文档最开始部分的声明 DOCTYPE 可以让浏览器或其他用户代理知道你要使用的 HTML 语言的类型，它主要是用来定义文档中标签和 CSS 使用的规则，不同的文档类型有不同的规则。当前通用的 HTML 文档类型为 XHTML 过渡型：

```
<!DOCTYPE html PUBLIC "-//W3C//DTD XHTML 1.0 Transitional//EN" "http://www.w3.org/
    TR/xhtml1/DTD/xhtml1-transitional.dtd">
```

紧跟着 DOCTYPE 的是命名空间声明，放在增强的 <html> 标签中，如下所示：

```
<html xmlns="http://www.w3.org/1999/xhtml">
```

命名空间是收集标签类型和属性名字的一个特定的 DTD，它的声明允许你通过一个在线地址指向来识别你的命名空间，如上面的 www.w3.org/1999/xhtml。

• 所有标签的元素和属性的名字都必须使用小写

与 HTML 不一样，XHTML 对大小写是敏感的，<title> 和 <TITLE> 是不同的标签。

• 所有的属性值必须用引号 "" 括起来

在 HTML 中，可以不给属性值加引号，但是在 XHTML 中，它们必须被加引号（如 class= "title"）。但有时，属性值中必须要包含引号，如 ttile 属性值必须写成 " 'CSDN 写作俱乐部' 活动启动"，实现代码为：

```
<a href="http://www.csdn.net" title="' CSDN 写作俱乐部 ' 活动启动 "> 'CSDN 写作俱乐部 ' 活动
    启动 </a>
```

如果需要在属性值中使用双引号，可以通过特殊符号 " 或者 &#quot;。单引号可以使用 &#39 或 &#apos; 来表示。如下所示：

```
<a href="default.htm" title="&#34;HelloWorld&#34;">Default</a>
<a href="default.htm" title="&#39;HelloWorld&#39;">Default</a>
```

• 关闭所有标签，包括空标签

XHTML 要求有严谨的结构，所有标签必须关闭。空标签也要在标签最后加一个 "/" 来关闭它。例如：

```
<br /> <img alt="logo" src="images/logo.png"  />
```

• 所有的 XHTML 标签都必须合理嵌套

XHTML 要求有严谨的结构，因此所有的嵌套都必须按顺序完成。如表 6-1 所示的代码。

表 6-1　两种代码的比较

错误的代码	正确的代码
<p><b></p></b>	<p><b></b></p>

• 不要在注释中使用 "--"

"--" 只能出现在 XHTML 注释的开头和结尾，在内容中它们不再有效。

• 所有 < 和 & 等特殊符号都需要用编码表示

任何小于号（<），如果不是标签的一部分，都必须被编码为 &lt。

任何大于号（>），如果不是标签的一部分，都必须被编码为 & g t 。

任何与号（&），如果不是实体的一部分的，都必须被编码为 & a m p 。

注意 以上字符之间无空格。

· 适当地使用属性 class 和 id

通过 id 和 calss 属性都可以来控制页面的表现样式，而 id 还可以被脚本语言（如 JavaScirpt）获取并对其进行行为操作。id 的属性值在页面中具有唯一性；一个标签可以同时应用多个 class，一个 class 也可以应用在多个标签中。在页面中，可以根据需要对一个标签同时设置 id 和 class，也可以只设置其中的一个。

6.3.4 使用 Web 标准的优势

对于网站设计和开发人员来说，遵循网站标准就是设计标准；对于网站用户来说，网站标准就是最佳体验。整体来讲，使用 Web 标准有以下优势：

· 更简易的开发与维护：使用更具有语义和结构化的 HTML，将更加容易、快速地理解他人编写的代码。

· 与未来浏览器的兼容：使用标准和规范的代码，可以消除不能被未来的浏览器识别的隐患。

· 更快的网页下载、读取速度：HTML 代码将使文件更小和下载速度更快。如今的浏览器处于标准模式下时将比它在向下兼容模式下拥有更快的网页读取速度。

· 更好的可访问性：语义化的 HTML（结构和表现相分离）将让使用读屏器以及不同的浏览设备的读者都能很容易地看到内容。

· 更高的搜索引擎排名：内容和表现的分离使内容成为一个文本的主体。与语义化的标记结合会提高在搜索引擎中的排名。

· 更好的适应性：一个用语义化标记的文档可以很好地适应于打印和其他的显示设备（像掌上电脑和智能电话），这一切通过链接不同的 CSS 文件就可以完成。同样可以仅仅通过编辑单独的一个文件就完成跨站点般的表现上的转换。

与表格布局相比，DIV+CSS 布局更加符合 Web 设计标准，即具有良好的文档结构和更合理的页面表现逻辑。因此，下面将着重讲解 DIV+CSS 布局技术。

6.4 DIV+CSS 布局

6.4.1 DIV+CSS 布局概述

DIV 标签是一个容器，用来存放其他 HTML 标签或数据信息。与 <table> 不同，它本身无法实现对页面进行布局，主要用来定义结构，如示例 6-6 所示。

示例 6-6

```
<div id="header"></div>
<div id="navigator"></div>
<div id="content"></div>
<div id="sider"></div>
<div id="footer"></div>
```

从示例 6-6 的代码可以看出，DIV 标签不是用来布局，只是负责定义页面的内容结构（也称"语义"），指明该内容块的功能，如包含网站标志和名称的抬头内容（header）、页面导航栏（navigator）、页面主要内容（Content）、副导航栏（sider）、包含版权和有关法律声明的页脚信息（footer）等。因此，在建立页面时，外观并不重要，首先需要考虑的就是页面内容的语义和结构。

一个具有良好结构的 HTML 文档可以通过相应的表现代码（即 CSS 样式表代码）以任何外观表现出来。如 CSS 禅意花园（http://www.csszengarden.com）网站中，针对同一篇 HTML 文档，通过引入不同的 CSS 代码就呈现出完全不同的显示效果。图 6-6 给出了其中的两个示例。

a）默认页面 CSS Zen Garden　　　　b）Kyoto Forest John Politowski，United States

图 6-6　CSS 禅意花园页面

Web 标准要求适当地为 HTML 标签设置 id 属性，从示例 6-6 的代码可以看出，每个 DIV 都设置了相应的 id，既可以用来表示该内容块的语义，也可以通过在 CSS 中定义相应的选择器来控制该内容块的显示样式，还可以在脚本程序中来控制它的行为，可谓一举三得。DIV 容器中可以包含任何内容块，也可以嵌套另一个 DIV。内容块可以包含任意 HTML 元素——标题、段落、图片、表格、列表等。

由此可见，通过 DIV 标签可以方便地定义页面结构。一个结构化的 HTML 文档非常简单，每一个元素都被用于实现结构化。当要缩进一个段落，不需要使用 <blockquote> 标签，只要使用 <p> 标签，并对 <p> 加一个 CSS 的 margin 规则就可以实现缩进目的。<p> 是结构化标签，margin 是表现属性，前者属于 HTML，后者属于 CSS，这就是 Web 标准中所讲的"结构与表现相分离"。

良好结构的 HTML 文档内几乎没有表现属性的标签。代码非常干净。例如，对于代码 <table width="80%" cellpadding="5" border="1" align="left">，现在可以只在 HTML 中写 <table>，所有控制表现的内容都写到 CSS 中去。在结构化的 HTML 中，table 就是表格，而并非用来实现其他功能的工具（如布局和定位）。

总之，DIV+CSS 布局的原理就是通过 DIV 标签来定义文档结构，然后通过 CSS 来控制文档的外观表现，如字体、颜色、背景、内容块的大小、位置等。

6.4.2　浮动的使用

浏览网页时，经常会看到图文并茂的表现方式，其中图片会居左或居右，然后被文字包围起来，从而使文本信息的表现更加完整。如图 6-7 所示。

浮动技术是 DIV+CSS 布局中最常用的一种布局手段，其概念是将内容块从父标签中浮动出来，它的顶部会与父标签的顶部对齐。被浮动标签的定位还是基于正常的文档流，标签浮动后将自动转为块级标签，并可以被移动至当前行的左侧或右侧，文字内容会围绕在浮动标签周围。当一个标签从正常文档流中浮动出来之后，仍然在文档流中的其他标签信息将忽略该标签并填补其原先的空间。

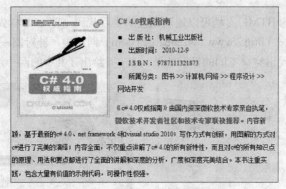

图 6-7　图片浮动后的页面显示

实现浮动的样式属性为 float，其值由 3 个关键字组成：none、left 和 right，分别用来实现无浮动、居左浮动和居右浮动。图 6-7 中实现图片浮动的 CSS 样式代码如示例 6-7 所示。

示例 6-7

```
img
{
    float: left;
    margin: 5px;
    padding: 1px;
    border: solid 1px #ccc;
}
```

页面标签通过设置浮动来实现布局，是 DIV+CSS 布局中关键的技术。其中，有几点需要注意：
- 浮动标签只能浮动至左侧或者右侧，不能浮动至中间。
- 让一个标签浮动，它会往左或者往右浮动直至遇到容器的边缘。如果向同一方向再浮动一个标签，它会浮动直至碰到前一个浮动标签的边缘。如果浮动更多的标签，它们将一个挨一个排列，但不久就会空间不足。当该行已经无法容纳更多的浮动标签，则下一个浮动标签会换行继续排列。
- 浮动标签垂直位置由它原先在文档流中的位置决定，顶端与当前行顶端对齐。在水平方向上，它尽可能远地向容器边缘移动，但仍遵循容器标签的填充距离 (padding)。同行的行内标签则围绕浮动标签排列。
- 通常标签设置浮动的同时，会伴有宽度的设置。因此，有必要遵循盒模型的计算标准，以免影响最终的显示效果。
- 浮动标签会从父标签中浮动出来，如果父标签没有设置浮动，那么，当浮动子标签的高度超过父标签的高度时，在页面中的表现就好像脱离了父标签一样（如图 6-8 所示）。如果需要将子标签包含到父标签内（如图 6-9 所示），则需要同时浮动父标签。

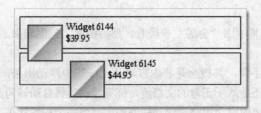

图 6-8　子标签浮动出父标签的范围

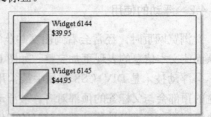

图 6-9　子标签和父标签同时浮动的效果

6.4.3　清除浮动

　　DIV+CSS 布局通过浮动内容块来达到布局效果，内容浮动出去之后，HTML 文档中后面的内容就会自动填补浮动标签的位置。这样，对于那些需要在新一行显示的信息就会位置错乱。图 6-10 是未设置浮动时浏览器中的显示情况，其 CSS 样式代码如下所示：

```
#header{background:#369;}
#sider{background:#9c3;}
#footer{background:#cc9;}
```

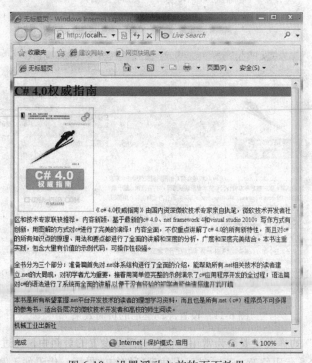

图 6-10　设置浮动之前的页面效果

　　下面通过示例 6-8 的 CSS 代码，将其中的"内容介绍"和"作者介绍"两部分进行浮动定位。

示例 6-8

```
#header{background:#369;}
#content{width:70%;float:left;}
#sider{background:#9c3;width:30%;float:right;}
#footer{background:#cc9;}
```

　　通过浮动定位之后，就形成了左右分布的内容栏和侧边栏，但是页脚部分的信息却与前面的两个浮动块混在一起了。因为在 HTML 文档中，页脚的代码紧跟侧边栏的代码，所以它就被放置在这里了。另外，页脚没有设定宽度，因此，它的背景颜色占据了整个容器的宽度。如图 6-11 所示。

　　浮动本来是为了控制页面布局，结果图 6-11 中的效果却完全没有达到最终的要求。其原因在前面也曾经提过，标签浮动之后，文档流中位于该标签后面的内容就会占据它的位置，这就导致了图 6-11 所示的效果。

　　因此，在 DIV+CSS 布局过程中设置浮动的同时，通常还需要配合使用"清除浮动"的操作。"清除浮动"的作用是使当前标签的左、右或者左右同时都不存在浮动的标签，从而达到预期的表现效果。清除浮动的样式属性为 clear，其值关键字包括：

- None：不清除任何浮动。
- Left：标签左侧不允许存在浮动标签。
- Right：标签右侧不允许存在浮动标签。
- Both：标签左右两侧都不允许存在浮动标签。

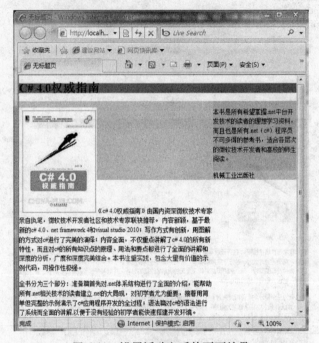

图 6-11　设置浮动之后的页面效果

其中，"clear:both" 的样式设置最为常用。在含有浮动设置的页面中，通过清除浮动来开启新的一行。把示例 6-8 的 CSS 代码修改一下，就可以达到预期的效果了，代码如示例 6-9 所示。

示例 6-9

```
#header{background:#369;}
#content{width:70%;float:left;}
#sider{background:#9c3;width:30%;float:right;}
#footer{background:#cc9; clear:both;}
```

对页脚设置清除浮动操作之后，最后页面的显示效果如图 6-12 所示。

当然，图 6-12 仍然存在页面表现方面的瑕疵，但基本的页面架构已经成形，有利于进一步通过 CSS 代码来完善页面的外观。

6.4.4　DIV+CSS 布局的优势

DIV+CSS 布局技术不仅可以极大缩减页面的 HTML 代码量，同时还大大提高了网站整合的可行性，这都是表格布局所无法比拟的。具体来讲，其优势主要表现在以下几个方面：

- 大大缩减页面代码，提高页面浏览速度，缩减带宽成本。在表格布局时所使用的代码量要比 DIV+CSS 的代码量多至少 1/2。
- 结构清晰，容易被搜索引擎搜索到。这主要是使用 Web 标准所带来的好处。

- 缩短改版时间。只要简单地修改几个 CSS 文件就可以重新设计一个有成百上千页面的站点，而这正是 "CSS 禅意花园" 建站的意图之一。
- 提高易用性。使用 CSS 可以结构化 HTML，例如，<p> 标签只用来控制段落，<heading> 标签只用来控制标题，<table> 标签只用来表现格式化的数据等。你可以增加更多的用户而不需要建立独立的版本。
- 表现和内容相分离。将设计部分剥离出来放在一个独立样式文件中，可以减少未来网页无效的可能。
- 内容能被更多的用户所访问（包括失明、视弱、色盲等人士）。
- 内容能被更广泛的设备所访问（包括屏幕阅读机、手持设备、搜索机器人、打印机、电冰箱等）。

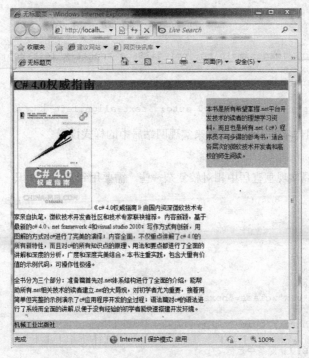

图 6-12　为页脚清除浮动之后的效果

6.4.5　常用 DIV+CSS 布局功能

习惯使用表格布局的人，如果突然转到 DIV+CSS 布局，会非常不适应，他会感觉页面的布局突然变得松散起来。因为与原来的样式控制相比，层（DIV）就像浮云一样，突然变得毫无规矩可言，这也是为什么有人称 DIV+CSS 布局为流动布局的原因。

下面就针对表格布局中的一些常用样式，看一下如何通过 DIV+CSS 布局来实现。

1. 页面整体水平居中

由于浮动的层只能有居左和居右两种选择，这就使得页面居中设置比表格布局复杂一些。要实现该效果，首先需要在 <body></body> 标签中间添加一个层（DIV），然后通过 CSS 样式来实现。

示例 6-6 的 HTML 代码可以更新，如示例 6-10 所示。

示例 6-10

```
<div id="wrap">
```

```
<div id="header" class="format"></div>
<div id="nav" class="format"></div>
<div id="subNav" class="format"></div>
<div id="mainer" class="format">
                <div id="content"></div>
                <div id="sider"></div>
</div>
<div id="footer" class="format"></div>
</div>
```

然后修改 CSS 代码如下所示：

```
body
{
    font-family: "Arial";
    color: #000;
    padding-top: 24px;
    background: url(images/main_bg.jpg) #4396ca repeat-x left top;
    font-size:12px;
    text-align:center;
}
#wrap{width: 995px;        margin:0 auto;  text-align:left;}
```

上述 CSS 代码中粗体字的部分就是用来实现网站居中的样式设置。

2. 垂直居中

通过 DIV+CSS 布局实现垂直居中相对较复杂一些，需要用到定位的知识。下面通过示例 6-11 来说明如何实现。

示例 6-11

HTML 代码：

```
<div id="wrapper">
    <div id="mid">
        <div id="box" class="boxstyle">
            <p>
                http://bolm.cn</p>
            <p>
                DIV 绝对居中示例 </p>
        </div>
    </div>
</div>
```

CSS 代码：

```
html,body{height:100%;}
#wrapper{ height: 100%; width: 100%; position: relative;}
#mid{position: absolute; top: 50%;left: 50%;}
#box{position: relative; top: -50%; left: -50%; z-index: 9999; width: 300px;}
div.boxstyle{ border: 2px solid #000; text-align: center; padding: 5px;}
```

3. 分栏背景平铺

图 6-12 中通过清除浮动完成了基本的页面架构，但还有不完美的地方，那就是右边的侧边栏的背景颜色没有扩展到所要求的高度。这是因为侧边栏没有足够的内容将层撑到足够的高度。对此，可以通过创建一个背景图片填充，达到分栏的效果，如图 6-13 所示。

然后将最外层（id="wrap"）的背景设置为垂直平铺该背景图片，如示例 6-12 所示。

图 6-13　背景图片设计

示例 6-12

```
#wrap
{
    max-width: 1000px;
    background: url(images/bg.png) repeat-y 70% 0;
}
```

这样，通过垂直平铺背景图片，侧边栏的颜色就好像一直延伸到页脚，并跟随窗口的伸展和收缩一同变化。如图 6-14 所示。

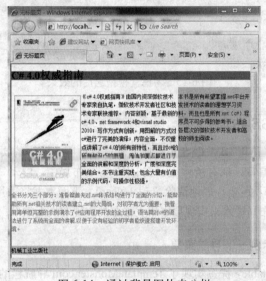

图 6-14　通过背景图片来分栏

4. 百分比与盒模型

在图 6-14 中，页面的基本布局已经完成，但是其中的细节部分还有待进一步优化。如文本与容器边缘的间距等，都影响了页面的显示效果，而在使用了百分比来布局的页面中，盒模型的使用需要更加小心。通常，标签之间的间距可以通过 margin 来实现，标签边框与内部文本之间的距离可以通过 padding 来实现，但在使用百分比来布局的时候，由于宽度的限制，有可能破坏原本的布局方案。这时就需要通过使用附加的标签来完成。

由于每个层中都有其他的标签（如 <h1>、<p> 等）包含文本内容，因此，可以通过设置这些标签的 margin 或 padding 属性来完成最终效果。部分 CSS 代码如示例 6-13 所示。

示例 6-13

```
h1 {margin:5px 10px;font-size:14px;}
p{margin:5px 10px; text-indent:2em;}
#footer p{padding:10px;}
```

图 6-15 就是考虑盒模型之后的页面效果。

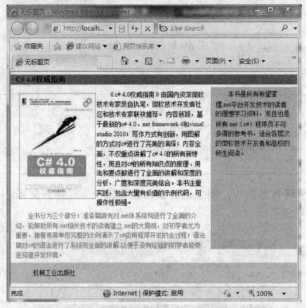

图 6-15 考虑盒模型之后的效果

6.5 实例：DIV+CSS 布局

本书从一开始就主张使用 DIV+CSS 布局技术，这在前面章节中的实例部分（包括 HTML 文档的建立和 CSS 样式表的编写）都有所体现。在 DIV+CSS 布局中，浮动（float）技术的应用尤为重要，为了更好地完成浮动，还要合理地清除浮动（clear）。下面本书将采用与 6.2.1 节和 6.2.2 节相同的示例，通过 DIV+CSS 布局技术来实现原本用表格布局实现的页面效果。

6.5.1 DIV+CSS 布局示例一：导航菜单

在表格布局中，用 <table> 标签实现了 TemplateMonster.com 导航栏的设计。现在，通过 DIV 标签 +CSS 样式表来重新布局。

图 6-1 中父导航栏和子导航栏可以分别通过两个不同的层（div）来划分，每个层中都是一个无序列表（<ul>），而前面的单元格（<td>）则通过列表项（<li>）来代替，这就完成了导航栏的结构分析。具体实现代码如示例 6-14 所示。

示例 6-14

```
<div id="nav" class="format">
    <ul>
        <li class="active"><a href="http://www.templatemonster.com/"><span>Web
            Templates</span></a></li>
        <li><a href="http://www.templatemonster.com/ecommerce-templates.
            php"><span>E-commerce
            Templates</span></a></li>
        <li><a href="http://www.templatemonster.com/cms-blog-templates.
            php"><span>CMS &amp;
            Blog Templates</span></a></li>
        <li><a href="http://www.templatemonster.com/corporate-design.
            php"><span>Corporate Design</span></a></li>
```

```
        <li><a href="http://www.templatemonster.com/turnkey-websites-presentation.
            php"><span>
            Turnkey Websites</span></a></li>
        <li class="last"><a href="http://www.templatemonster.com/silverlight.
            php"><span>Silverlight</span></a></li>
    </ul>
</div>
<div id="subNav" class="format">
    <ul>
        <li class="active"></li>
        <li><a title="Website Templates" href="http://www.templatemonster.com/
            website-templates.php">
            <span>Website Templates</span></a></li>
        <li><a title="Flash Templates" href="http://www.templatemonster.com/flash-
            templates.php">
            <span>Flash Templates</span></a></li>
        <li><a title="Flash CMS Templates" href="http://www.templatemonster.com/
            flash-cms-templates.php">
            <span>Flash CMS Templates</span></a></li>
        <li><a title="Flash Intro Templates" href="http://www.templatemonster.com/
            flash-intro.php">
            <span>Flash Intro Templates</span></a></li>
        <li><a title="Flash Photo Gallery Templates" href="http://www.
            templatemonster.com/dynamic-flash-photo-galleries.php">
            <span>Flash Photo Gallery Templates</span></a></li>
        <li class="last"><a title="SWiSH Templates" href="http://www.
            templatemonster.com/swish-templates.php">
            <span>SWiSH Templates</span></a></li>
    </ul>
</div>
```

与表格布局相比，DIV+CSS 布局的代码无论在代码语义的理解方面，还是代码量方面都有显著的提高，然后再通过设计的 CSS 样式代码，就可以完成与表格布局效果一样的外观。

实现导航栏效果的 CSS 代码如示例 6-15 所示。

示例 6-15

```
#nav{background:url(images/tab_bg_tal.jpg) left bottom repeat-x;height:34px;}
#subNav{background:#d90f0f url(images/subtab_act_lbg_first.jpg) left bottom no-
repeat;height:46px;}
#nav ul,
#subNav ul{float:left;margin:0;padding:0;width:100%;clear:both; list-style:none;}
#nav ul{height:100%;}
#nav ul li,
#subNav ul li{float:left;margin:0;padding:0;height:100%; text-align:center;}
#nav ul li a,
#subNav ul li a{display:block;color:#fff;}
#nav ul li a span,
#subNav ul li a span{margin:10px; display:block;}
#nav ul li{background:url(images/tab_rbg.jpg) right center no-repeat; font-weight:bold;}
#nav ul li.active{background:#d90f0f url(images/tab_act_lbg_first.jpg) left top no-
repeat;width:165px;}
#subNav ul li{background:url(images/subtab_leftbord.jpg) right center no-
repeat;font-weight:bold;}
#subNav ul li.active{}
#nav ul li.last,
#subNav ul li.last{background:none;}
```

在该示例中，需要注意的是列表项 <li> 标签的样式设置。因为在应用列表标签 <ul> 时，默认情况下，它具有一定的 margin 属性和 padding 属性。同时，每个列表项 <li> 都使用点来作为前导符号，并且是纵向依次排列。而 TemplateMonster 导航栏的显示要求与列表标签默认的外观大相径庭。要达到 TemplateMonster 的要求，可以通过控制 <li> 标签的两种 CSS 属性来实现：

- float：在上面 CSS 代码中，设置 float:left 就可以让列表项按顺序横向依次显示在一起。
- inline：通过设置 display:inline，将列表项转换为内联标签，使之显示在同一行中。

6.5.2 DIV+CSS 布局示例二：包括导航条的网站页面

在 DIV+CSS 布局中，对网站整体架构的分析（包括局部细节的架构）与图 6-4 没有区别，唯一需要考虑的是：如何通过层（DIV）来建立文档结构。现在对图 6-4 进行改进，通过 DIV+CSS 布局技术来设计文档架构，如图 6-16 所示。

图 6-16 通过 header、nav、subNav、mainer、footer 几个层分析了页面的主要结构，整个页面按照这个布局来创建 HTML 文档。具体实现代码如示例 6-16 所示。

图 6-16 DIV+CSS 网页架构布局分析

示例 6-16

```
<div id="header" class="format"></div>
<div id="nav" class="format">
    <ul><li class="active"></li><li></li><li></li>...</ul>
</div>
<div id="subNav" class="format">
    <ul><li class="active"></li><li></li><li></li>...</ul>
</div>
<div id="mainer" class="format">
    <div id="content"></div>
    <div id="sider"></div>
</div>
<div id="footer" class="format">
    <div class="links"></div>
    <div class="pic"></div>
    <div class="format memo"></div>
</div>
```

代码中不仅给出了页面文档的主要层（DIV）结构，还实现了大致的代码结构。从中可以看出，大部分用来表示 HTML 文档结构的标签都是 DIV 标签，这也是 DIV+CSS 布局的由来。与 <table> 标签相似，DIV 标签同样可以嵌套使用，只是 DIV 的嵌套使用会使结构更加明确。当然，DIV 标签的使用也必须有度，否则，DIV+CSS 布局在理论上来讲就与表格布局没什么区别了，如示例 6-16 中用来描述导航栏的标签使用了列表标签 <ul>。

6.5.3 浮动技术的应用

在采用 DIV+CSS 技术布局时，必须通过浮动技术来完成整个网页的布局，因此，浮动使用的好坏将直接影响整个网页的最终显示效果。例如，在本示例中，可以通过"居左浮动"的设置将侧边栏浮动到页面的左方，同时需要为子标签设置浮动，达到最终的表现效果。具体 CSS 样式代码如下所示：

```
#sider
{
    width: 270px;
    float: left;
```

```
    margin-top: 10px;
    color: #8f8f8f;
}
#sider .block
{
    margin-bottom: 10px;
    float: left; /* 在父标签的范围内浮动 */
    clear: both;
    width: 100%;
}
```

同样，在 "CSDN 圈子" 栏目中也需要使用浮动：

```
#csdnGroups
{
    float: left;
    width: 100%;
    clear: both;
    border: solid 0px gray;
    padding: 0px;
    margin: 0px;
    font-size: 12px;
}
#csdnGroups h1
{
    background-image: url(Images/icon_warn.png);
    background-position: center left;
    border: solid 0px gray;
    float: left;
    background-repeat: no-repeat;
    padding: 6px;
    padding-left: 30px;
}
#csdnGroups ul
{
    background-color: #24323b;
    padding: 0px;
    margin: 0px;
    float: left;
    clear: both;
    width: 100%;
}
#csdnGroups ul li
{
    padding: 5px 0 5px 5px;
    margin: 1px 0px 0px 1px;
    background-color: #eeeeee;
    float: left;
    display:inline-block;
    list-style: none;
    width: 94px;
}
```

　　浮动技术是根据实际需要来应用的，并非必须使用的，这需要长期的网页设计实践经验才能做出判断。读者还可以对网页其他部分使用浮动技术完成最终的页面布局。

6.5.4　清除浮动

　　设置浮动之后，还需要适时清除浮动。如果层 header、navigater、quickSummary、mainer、footer 都使用了浮动，那么根据浮动的使用效果，有必要为这些标签同时设置清除浮动（即 clear:both）。代码如下所示：

```
#header{
    background-image: url(Images/logo.png) no-repeat center 5px;
    clear:both;
    height:107px;
    width:100%;
    text-align:center;
}
#mainer
{
    margin: 10px auto;
    clear: both;
}
#footer
{
    background-image: url(Images/footer_bg.png) no-repeat center top;
    clear: both;
    margin: 10px auto;
    text-align: center;
    margin-top: 20px;
    padding: 20px;
    height: 40px;
}
```

6.5.5　IE 浏览器的兼容问题

由于不同的浏览器内核对 Web 设计标准的解析不同，因此不同的浏览器对相同的 CSS 样式代码就会呈现出不同的表现效果，如样式表中的盒模型，这一点在低版本的 IE 浏览器中（IE6、IE7）表现尤为明显。因此，有必要对这些浏览器编写专门的 CSS 代码，以提高网页对浏览器的兼容性。

```
#navigater li
{
    /*float: left;*/
    text-align: center;
    list-style: none;
    width: 102px;
    display:inline-block;
    height: 44px;
    _height: 31px; /* 兼容 IE6 浏览器 */
    *height: 33px; /* 兼容 IE7 浏览器 */
    _margin-top: 7px;
    padding-top: 13px;
    _padding-top: 13px;
    margin-left: 5px;
}
```

从示例代码中可以得到：

• 直接使用属性：应用于 IE8 浏览器，以及 Firefox 浏览器。

• "_" + 属性：兼容 IE6 浏览器。

• "*" + 属性：兼容 IE7 浏览器。

由于最常用的是 IE 浏览器，因此在编写网页的 CSS 样式时，有必要专门对不同版本的浏览器编写兼容性代码。

6.6　本章小结

本章主要介绍了两种布局技术（表格布局和 DIV+CSS 布局），并从局部和整体两方面，结合网页设计中的实际情况，分别通过实例详细阐述了两种技术在布局方面的技巧。然后通过分析各自的优势和不足，以及当代 Web 设计标准的规范要求，系统分析了在当前网页设计中的布局需求，并给出了最终的解决方案。最后，在前面章节中对本书实例编辑的基础上，在 6.5 节中完成了网站的最终布局设计，并解决了 IE 浏览器的兼容问题。

习题

1. 简述网页布局中有哪些要素。
2. 分别说明表格布局和 DIV+CSS 布局各自的优缺点。
3. 参考本章的布局技术，进一步完成第 5 章中习题 4 的页面布局。

第三部分　Visual Studio 篇

第7章　主　　题

【学习目标】

通过本章的学习，了解 VS.NET 中主题的基本概念，加深对主题的理解，以及掌握所涉及的主题文件、外观文件、样式表等内容及其应用，深入理解主题对网页设计和布局的重要意义。

【本章要点】

- 主题的基本概念
- 主题文件
- 外观文件及样式表
- 主题的应用

7.1　主题概述

7.1.1　为何引入主题

现在，越来越多的用户希望根据个人需求定制网站"外观"的应用，而且这种要术越来越强烈。以前，要满足这种要求，需要花费很多时间和精力，通过设置用户所需的外观，然后在每个页面中分别加以实现，并且要对每个控件的可视化特性分别设置，这无疑进一步加大了设计人员的工作量。如今，利用 ASP.NET 2005/2008 所具备的一个新特性就能将你从繁琐的工作中解脱出来，这就是——主题，这是一种提供定制网站外观样式、灵活改变网站外观的简便方法。

为了方便应用程序访问，我们一般会将某些文件分类后放置到不同的文件夹中，比如 Images、UploadFiles 等。ASP.NET 默认保留了一些特定的文件夹来放置特定的文件，App_Themes 就是其中一个，它用来保存用于定义 ASP.NET 网页和控件外观的文件集合（.skin 外观文件和 .css 样式文件以及图像文件和一般资源）。

一旦该文件夹创建成功，ASP.NET 会了解到当前应用程序中有一个主题文件夹，同时还会自动识别其中的主题信息。只要将页面的相关属性（如 Theme、StyleSheetTheme）设置为该文件夹中定义的任意一个主题，那么该页的信息显示方式就会脱胎换骨，这也就等同于当前网页中的换肤功能。

7.1.2　主题的建立

与主题紧密相关的是各种页面表现对应的控制文件，如外观文件（.skin，也称为"皮肤"）、样式表文件（.css，本书第 4 章已详细讲解）、图像文件等，每个主题都有这样一套文件集合与其对应。

在了解"主题"之前，我们先来了解与主题紧密相关的文件夹——App_Themes 文件夹。

1. App_Themes 文件夹

在 ASP.NET 中，主题的外观文件默认放置在 App_Themes 文件夹中。因此，当我们添加一个新的外观文件时，系统会自动提示你是否要将该文件放在 App_Themes 文件夹中。对于 App_Themes 文件夹，可以通过新建文件夹的方式直接建立，也可以在建立外观文件时让系统自动建立，同时还需要为该主题命名，如图 7-1 所示。

图 7-1　添加外观文件

当点击"添加"按钮时，系统会自动弹出一个对话框，询问你是否要将该外观文件放在"App_Themes"文件夹中，如图 7-2 所示。

图 7-2　添加外观文件时的提示信息

图 7-2 中的提示信息只有在以下情况下才会出现：
- 初次在应用程序中添加外观文件。这时，系统会自动创建 App_Themes 文件夹，并在该文件夹中创建与新外观文件同名的文件夹（这个文件夹的名称就是一个主题名称），然后再把该外观文件放到该同名的主题文件夹中。
- 在非直接主题文件夹中添加外观文件。如果应用程序中已经存在主题文件夹，那么当我们直接在该主题文件夹添加外观文件时，新的外观文件会自动添加到该文件夹中，并不会有上述提示信息。只有在主题文件夹以外的其他位置添加外观文件时，系统才会给出上述提示。

只有在添加外观文件时，系统才会给出以上提示，在添加其他文件的时候（如样式表文件），系统就不会给出此类提示。图 7-3 所示为一个已经创建好的主题文件夹。

在页面中设置主题属性的时候，需要指定该文件夹中的一个主题名称，一旦指定成功，该主题下的所有文件都会自动关联。在图 7-3 中，App_Themes 文件夹中有两个主题：SkinFile 和 SkinFile2，SkinFile 主题中含有一个样式表文件（main.css）和两

图 7-3　外观文件添加成功后的文件夹组成

个外观文件（SkinFile.skin、SkinFile2.skin）；SkinFile2 主题中含有一个外观文件（SkinFile2.skin）。需要注意的是，这两个主题文件夹中的文件都是独立的，并不会因为名称相同而产生冲突，这与一般的程序编写有所不同。

总之，App_Themes 文件夹就是一个主题文件夹的集合，其下的各个主题文件夹也是各种主题文件的集合，它们被规范地集合在一起。这样，在设置页面外观的时候，只要指定一个主题就可以引用该集合中的所有文件。

2. 主题的相关文件

当然，并非每个主题都要把所有相关文件都包含进去，这要根据实际情况而定。在这里主要介绍几种直接影响界面外观的文件，如外观文件（.skin）、样式表（.css 文件）、图像文件等，简述如下：

- 外观文件：外观文件的扩展名是 .skin，一个主题至少要有一个外观文件，它描述了页面中的控件如何显示，通常包括图像、颜色、样式表属性等。当应用程序还没有添加任何主题文件的时候，外观文件起着承前启后的作用。承前就是引导你一步一步按照 ASP.NET 的规范添加 App_Themes 文件夹，并在其中定义一个与它同名的主题（当然，也可以重命名）；启后就是可以通过代码来控制页面中控件的显示样式。注意，这些页面一定是使用了该主题的页面，具体的使用方法将在 7.2 节详细讲解。
- 样式表：本书第 4 章已对样式表进行了详细介绍，此处不再赘述。
- 图像文件：很多程序员都习惯将应用系统的图像文件专门放置在 Images 文件夹中，这是个很好的习惯，有了主题文件夹之后，最好再把 Images 文件夹放置到主题文件夹中。
- 脚本文件：脚本文件定义比较广泛，JavaScript 脚本是重要且常用的一种。JavaScript 语言将在本书第 9 章作详细讲解。
- 其他资源：如声音文件、视频文件等。

下面我们将对外观文件的概念及定义方式进行详细描述，脚本文件的相关内容将在第 9 章介绍，其他各类文件不再赘述。

7.2 外观文件

7.2.1 外观控制的实现

一个主题至少要包含一个外观文件，通过设置各个控件的属性来统一定义控件的显示方式。在外观文件中对控件的属性设置与在页面中的设置几乎完全相同，我们可以通过下面这段代码来了解外观文件中对控件的定义：

示例 7-1

```
<asp:Button runat="server" BackColor="lightblue" ForeColor="black" />
```

上例中的代码对服务器端控件 Button 的背景色和前景色做了设置，那么，对于使用了该主题的所有页面的服务器端按钮控件而言，无需再做任何属性设置，它们都会按照代码中所设置的样式显示出来。

注意，外观文件只能控制它已经设置了的控件属性（如示例 7-1 中的 BackColor 和 ForeColor），而对于该控件的其他属性则没有任何限制，可以在页面中自行设定。例如，示例 7-1 中只是对 Button 控件的背景色和前景色做了设置，该控件的其他属性（如 Width、Height、CssClass）都可以在各自页面重新设置。

ASP.NET 对外观文件并没有限制，可以在一个文件中对所有的控件进行集中设置，也可以根据实际情况分成多个外观文件来设置。示例 7-2 所示的控件设置是在一个文件中实现的：

示例 7-2

```
<asp:TextBox runat="server" CssClass="textBox"></asp:TextBox>
<asp:Button runat="server" BackColor="lightblue" ForeColor="black" />
<asp:GridView runat="server" CssClass="gridList" Width="100%" BorderStyle="None"
    BorderWidth="0px" CellPadding="0" GridLines="Horizontal">
    <RowStyle CssClass="row" />
    <HeaderStyle CssClass="header" HorizontalAlign="Left" />
</asp:GridView>
```

7.2.2　控件外观的定义方式

ASP.NET 提供两种外观定义方式，一种是默认外观，另一种是命名外观。定义方法如示例 7-3 和示例 7-4 所示。

示例 7-3　默认外观定义

```
<asp:Button runat="server" BackColor="lightblue" ForeColor="black" />
```

示例 7-4　命名外观定义

```
<asp:Button runat="server" SkinId="BtnReturn" BackColor="lightblue"
    ForeColor="black" />
```

通过比较以上两段代码，可以看出两种定义方式的区别，即命名外观在定义的时候需要设定一个名为 "SkinId" 的属性值。二者的具体差异包括：

- 默认外观：对控件的属性设置与在页面中的操作无异。当在页面中应用主题之后，默认外观会应用于同一类型的所有控件。例如，在示例 7-3 中，定义按钮控件的前景色为 Black、背景色为 Lightblue，这就相当于为该主题中的所有按钮控件创建了一个默认外观，也就是说，页面中的按钮控件默认的显示方式为：字体颜色为 Black，背景色为 Lightblue。
- 命名外观：设置了 SkinId 属性的控件外观。命名外观不会自动地按类型应用于控件，而是需要在页面中通过设置控件的 SkinID 属性，才能将已命名的外观样式应用于控件上。例如，在示例 7-4 中，在定义按钮控件外观的同时，将属性 SkinId 的值设置为 "BtnReturn"，因此，只有 SkinID 值为 BtnReturn 的按钮才按该外观样式显示。

但有两点需要说明：

- 在同一主题中每个控件类型只允许有一个默认的控件外观。
- SkinId 的定义必须是唯一的，在同一主题中不允许一个控件类型有重复的 SkinId，但允许不同的控件类型使用相同的 SkinId。如示例 7-5 所示，对于不同的控件 Button 和 TextBox，但由于应用了同一个外观文件 test，因此它们呈现出来的外观是一样的。

示例 7-5

```
<asp:Button SkinId="test" runat="server" ForeColor="Red" />
<asp:TextBox SkinId="test" runat="server" BorderColor="#0000CC"
    BorderStyle="Dashed" />
```

对于外观文件的定义，还应注意以下几点：

- 不能在定义控件类型外观的时候设置其 ID 属性。
- 在外观文件中只能对服务器端控件进行定义，即在设置控件外观时必须含有 runat="server" 的属性设置，否则，ASP.NET 会将设置代码误认为是纯文本信息，因为在外观文件中除了注释之外不能含有其他任何纯文本信息。

- 默认外观严格按控件类型来匹配,因此 Button 控件外观适用于所有 Button 控件,但不适用于 LinkButton 控件或从 Button 对象派生的控件。
- 默认外观和命名外观的定义方式并不存在继承的原理。同样是按钮控件,命名外观没有定义的 地方并不能从默认外观那里继承过来,因此,它们是兄弟关系,而非父子关系。

总之,这两种定义方式各有优点,如果配合使用得当,则对网页设计是锦上添花。

小技巧 创建控件外观文件的简单方法

先将控件添加到 .aspx 页面中,利用属性窗口对控件进行配置,再将控件代码复制到外观文件中 并做适当的修改,最后移除外观文件中该控件的 ID 属性即可。

7.2.3 特殊控件外观的定义

目前基于 ASP.NET 控件研发的自主控件的使用愈发广泛,其特点是专业而实用,使程序员的开 发工作变得更加轻松和便捷,因此,如 ComponentArt 系列、Telerick 系列等研发控件都一一被引入 到应用程序中来。但带来便利的同时也伴随着一些问题,由于这些控件并非 ASP.NET 控件库自带, 所以无法直接在外观文件中定义。因此,接下来将介绍对上述特殊控件的外观如何定义。

通常,需要通过 <%@ Register%> 注册语句创建标记前缀和自定义控件之间的关联,常见的创建 方法如示例 7-6 所示。

示例 7-6

```
<%@ Register tagprefix="tagprefix" namespace="namespace" assembly="assembly" %>
<%@ Register tagprefix="tagprefix" namespace="namespace" %>
<%@ Register tagprefix="tagprefix" tagname="tagname"   src="pathname" %>
```

至于其中各属性的具体含义,暂且不做过多的讨论,但读者需要了解在使用自定义控件之前, 必须先进行注册,注册语句为示例 7-6 中的任意一种。在外观文件中添加注册语句的简单方法为:在 aspx 页面文件中放入一个控件,这时该页对应的源代码中就会自动将注册语句添加进去,这时,只 需将该语句复制、粘贴到相应的外观文件中即可。

下面通过示例 7-7 和示例 7-8 来进一步说明。

示例 7-7 定义 ComponentArt 中的 TreeView 控件

```
<%@ Register Assembly="ComponentArt.Web.UI" Namespace="ComponentArt.Web.UI"
  TagPrefix="ComponentArt" %>
<ComponentArt:TreeView runat="server" CollapseDuration="0"  CssClass="TreeView"
  ExpandDuration="0" ExpandedParentNodeImageUrl="~/Images/TreeView/folder_open.gif"
  HoverNodeCssClass="HoverTreeNode" ImagesBaseUrl="~/Images/TreeView"
  ItemSpacing="0" LeafNodeImageUrl="~/module.gif"
  LineImagesFolderUrl="~/Images/TreeView" NodeCssClass="TreeNode"
  NodeEditCssClass="NodeEdit"    ParentNodeImageUrl="~/Images/TreeView/
  shareddocuments.gif"
  SelectedNodeCssClass="SelectedTreeNode" ShowLines="true">
</ComponentArt:TreeView>
```

示例 7-8 定义 Telerick 中的 RadGrid 控件

```
<%@ Register Assembly="RadGrid.Net2" Namespace="Telerik.WebControls" TagPrefix="radG" %>
<radG:RadGrid runat="server"  Skin="Default">
</radG:RadGrid>
```

```
<%@ Register Assembly="RadTreeView.Net2" Namespace="Telerik.WebControls" TagPrefix="radT" %>
<radT:RadTreeView  runat="server" Skin="Classic" >
</radT:RadTreeView>
```

注意，每种控件开发的理念不尽相同。对于前面提及的 ComponentArt 和 Telerick 的两种系列，ComponentArt 只要注册一次就可以使用和定义其下的任何一个控件，而 Telerick 的各个控件是分开的，需要分开注册，如示例 7-8 中的 RadGrid 和 RadTreeView。

至此，读者已了解了外观文件、CSS 样式表、图像文件，包括其他与界面显示相关的所有资源（如脚本文件等）都是主题所涵盖的范围。熟悉将这些资源分门别类进行规划的方法也是至关重要的，虽然此项任务并非应用程序开发成败的关键，但却是开发过程中一项不可或缺的规范。

7.3　主题文件规划

7.3.1　整体规划

根据资源在页面中的不同贡献，将其存放在不同的文件夹中是非常有必要的，所有脚本放在 Script 文件夹中，所有图片资源放在 Images 文件夹中。但需注意，外观文件不能单独放置到一个文件夹中，应直接放置在主题文件夹的根目录下，如图 7-4 所示的设置就是无效规划。

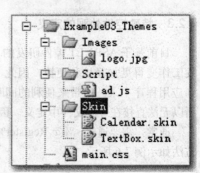

图 7-4　无效的外观文件规划

除了外观文件，其他资源（包括 .css 样式表文件）都可以单独放置在不同的文件夹中，只要这些文件存在于该主题中就能对页面表现发挥作用。

7.3.2　外观文件规划

每个应用程序都可以同时包含多个主题，而每个主题文件夹下面又都可以包含一个或多个外观文件。当应用程序主题较多、页面内容较复杂时，势必要考虑外观文件的规划问题。

如图 7-4 所示，在主题文件夹中创建了两个外观文件：Calendar.skin 和 TextBox.skin。从文件的名称不难看出，它们分别控制页面中 Calendar 控件和 TextBox 控件的外观，即外观文件名通常与所定义的控件类型相关，这也是主题中外观文件的规划方法之一。

下面来了解一下其他几种外观文件的规划方法，并对其在实际应用中的使用进行分析和比较。

1. 根据控件类型来规划

如图 7-4 所示，分别为应用系统中用到的每个服务器控件都单独建立一个外观文件，并以该控件名称命名（如图中的 TextBox.skin），每个外观文件中都包含该控件的一组外观定义。这种方式适用于站点页面中包含的控件较少的情况。如示例 7-9 所示。

示例 7-9

```
<asp:TextBox runat="server" BackColor="#FFFF99" BorderColor="#003399"
    BorderStyle="Solid" BorderWidth="1" ForeColor="#000066" Width="200px" />
<asp:TextBox SkinId="Red" runat="server" BackColor="Yellow" BorderColor="#003399"
    BorderStyle="Solid" BorderWidth="1" ForeColor="Red" Width="200px" />
<asp:TextBox SkinId="Blue" runat="server" BackColor="White" BorderColor="#003399"
    BorderStyle="Solid" BorderWidth="1" ForeColor="Blue" Width="200px" />
```

2. 根据 SkinID 来规划

前面曾经提及，不同的服务器控件在外观文件中可以设置相同的 SkinID，因此，我们完全可以通过 SkinID 来统一规划页面中服务器控件的显示, 如图 7-5 所示。

当不同的服务器控件使用了同一个 skin 文件时, 则这些控件就具有了相同的外观特征, 如示例 7-10 中的 TextBox 控件和 Calendar 控件均应用了 SkinID 为 Red 的皮肤文件, 则它们都具有 Red.skin 所定义的所有属性特征。这种方式适用于页面较多, 设置内容复杂的情况。

示例 7-10

```
<asp:TextBox SkinId="Red" runat="server" BackColor="Yellow" BorderColor="#003399"
    BorderStyle="Solid" BorderWidth="1" ForeColor="Red" Width="200px" />
<asp:Calendar SkinId="Red" runat="server" BackColor="Yellow" BorderColor="#505A47"
    BorderWidth="1px" ForeColor="Red" CellPadding="5">
<SelectedDayStyle BackColor="#FF3300" ForeColor="Yellow" />
<TodayDayStyle BackColor="#FFCC00" />
<TitleStyle BackColor="#505A47" ForeColor="White" />
</asp:Calendar>
```

3. 根据功能组规划

通常, 应用系统中会根据功能将页面分为多个组, 如主页面、信息显示页面、留言页面、注册页面等, 每组页面都需要相同的控件样式, 这样就可以通过功能来进行规划。这种方式适用于页面较少或者页面功能分组明确的应用系统。如图 7-6 所示。

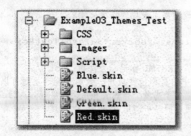

图 7-5 根据 SkinID 组织外观文件

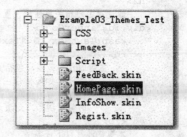

图 7-6 根据页面功能组规划

4. 总结

SkinID 规划和功能组规划这两种方案虽然各有所长, 但需要逻辑上非常明确, 因此并不实用。例如, 采用功能组规划外观文件时, 如果需要设计一个新的功能页面, 就势必要建立一个与之相对应的外观文件, 这往往是不切实际的。再者, 如果应用系统中一个页面集合了信息显示和信息反馈两种功能, 那又该如何分组? 两个分组中的某些控件显示样式相同, 是否需要重新定义并指定不同的 SkinID ?

实际上, 通常应用系统中只会重复用到为数不多的几个控件, 因此, 大多数情况下, 根据控件类型来规划是最常用的规划方式, 即为每个用到的控件建立单独的外观文件, 如需要新的外观, 只需要在该文件中添加新的外观样式即可。

7.4 主题的应用

7.4.1 页面主题的设置

前面曾经提到, 要为应用程序中的页面设置主题, 只需要对相关的属性进行设置即可。在这里, 首先建立一个新页面, 其中包含一些文本信息以及列表标记、TextBox 服务器控件和日历控件等, 如示例 7-11 所示。

示例 7-11

```
<%@ Page Language="C#" AutoEventWireup="true" CodeFile="Default.aspx.cs" Inherits="Example03_
    Themes_Default" %>
<!DOCTYPE html PUBLIC "-//W3C//DTD XHTML 1.0 Transitional//EN" "http://www.w3.org/
    TR/xhtml1/DTD/xhtml1-transitional.dtd">
<html xmlns="http://www.w3.org/1999/xhtml">
<head runat="server">
    <title> 主题应用实例 </title>
</head>
<body>
    <form id="form1" runat="server">
    <div id="wrap">
        <h1>
            在 Visual Studio 中使用主题 </h1>
        <ul id="nav">
            <li> 主题简介 </li>
            <li> 皮肤文件 </li>
            <li>CSS 超级样式表 </li>
            <li class="current"> 主题应用 </li>
            <li> 注意事项 </li>
            <li> 实例分析 </li>
        </ul>
        <div id="container">
            <h2>
                通过对主题相关属性的设置来观察主题对界面表现的作用 </h2>
            <div id="innerCon">
                <asp:TextBox ID="TextBox1" runat="server"></asp:TextBox>
                <p>
                    主题的作用范围，包括页面的文字、XHTML 标记、控件等。<br />
                    此演练演示如何使用主题为网站中的页和控件应用一致的外观。主题可以包括定义单个
                        控件的常用外观的外观文件、一个或多个样式表和用于控件（如 TreeView 控件）
                        的常用图形。此演练演示如何在网站中使用 ASP.NET 主题。
                </p>
                本演练涉及以下任务：
                <ul>
                    <li> 将预定义的 ASP.NET 主题应用于单个页和整个站点。</li>
                    <li> 创建您自己的包括外观的主题，这些外观用于定义单个控件的外观。</li>
                </ul>
            </div>
            <div id="calendar">
                <asp:Calendar ID="Calendar1" runat="server"></asp:Calendar>
            </div>
        </div>
    </div>
    </form>
</body>
</html>
```

　　示例 7-11 中虽然为某些控件和标记设置了 id 或 class 属性，但是并没有应用主题的痕迹，也没有调用 CSS 样式表的代码，在浏览器中的显示就是最原始的显示样式，如图 7-7 所示。

　　众所周知，使用主题的意义就在于不需要对页面做任何的样式设置，就可以瞬间让页面改头换面。因此，下面不对页面内容做任何的改动，只在页面的 <%@Page %> 指令中做示例 7-12 所示的设置。

示例 7-12

```
<%@ Page Language="C#" AutoEventWireup="true" CodeFile="Default.aspx.cs"
Inherits="Example03_Themes_Default"  Theme="Example03_Themes" %>
```

　　示例 7-12 中设置 Theme="Example03_Themes" 就意味着给当前页面使用了名称为 "Example03_

Themes"的主题。当然，该主题一定是在该应用系统中提前创建好的，如图 7-8 所示。

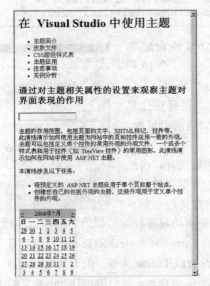

图 7-7 未使用主题的页面显示

图 7-8 主题 Example03_Themes 构成

应用了该主题之后的页面显示情况如图 7-9 所示。

图 7-9 设置主题之后的页面显示

显而易见，上述实例页面在应用了主题之后，其显示样式彻底地改变了，且立竿见影，这就是应用主题的目的之所在。如果需要使用其他主题设置，只需要修改页面的 Theme 属性即可。

7.4.2 样式表主题的设置

我们先来观察示例 7-13 的代码。

示例 7-13

```
<%@ Page Language="C#" AutoEventWireup="true" CodeFile="Default.aspx.cs"
```

```
Inherits="Example03_Themes_Default" Theme="Example03_Themes" %>
<%@ Page Language="C#" AutoEventWireup="true" CodeFile="Default.aspx.cs"
Inherits="Example03_Themes_Default" StylesheetTheme="Example03_Themes" %>
```

上述代码的两个 <%@Page%> 指令中，大部分属性设定都是相同的，不同的是一个使用了 Theme 属性，另一个使用的是 StylesheetTheme 属性，Theme 属性命名为"页主题"，Stylesheet- Theme 属性命名为"页的样式表主题"。在可视化界面设置页面属性时会在"属性"编辑器中清楚地看到这两个属性，如图 7-10 所示。

在示例 7-13 中，将两个主题属性设置了相同的主题文件，当然对显示效果没有任何影响，但如果分别只设置其中一个，显示效果也几乎没有任何改变，那么这两个属性同时存在到底有何意义？

实际上，在这两个属性中，主题（Theme）具有最高的领导权，

图 7-10　两种页面主题设置

样式表主题（StylesheetTheme）次之，即当为某页面的 Theme 和 StylesheetTheme 分别设置了不同的值，就势必有可能发生对统一页面标记的显示冲突，此时以 Theme 为准，因为其级别最高。在示例 7-14 中，同样为 Default.aspx 页面设置了 Theme 和 StylesheetTheme 两个值，Theme 定义的主题文件是默认主题文件，StylesheetTheme 定义的主题文件是 Example03_Themes。

示例 7-14

```
<%@ Page Language="C#" AutoEventWireup="true" CodeFile="Default.aspx.cs"
Inherits="Example03_Themes_Default" Theme="Default" StylesheetTheme="Example03_Themes" %>
```

这时页面的显示就与原来不尽相同了：默认字体大小、字体颜色、控件 TextBox、内容部分的列表元素（ul）、页面的宽度、内容的摆放位置都有了变化，与图 7-9 有所不同，图 7-11 所示的页面发生了部分变化。

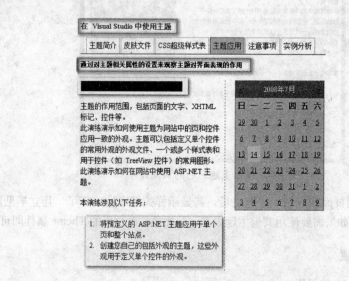

图 7-11　两种主题设置不同时的显示情况

但是其中的某些元素的显示仍没有改变，如图 7-11 中的两个标题信息（h1 & h2），这说明在页面显示发生冲突的时候，以 Theme 中的设定为准。

上述区别只是优先级的考虑问题，而两者最关键的区别在于：如果在页面中使用 StylesheetTheme 属性，那么一旦在页面中对某个控件设置了与主题相冲突的显示样式，这时就以页面中的设置为准；而如果页面中设置的是 Theme 属性，这时无论在页面中做过什么其他设置，只要与主题文件中的设置发生了冲突，都以主题中的设置为准。

在页面中对 TextBox 做如下设置，代码如示例 7-15 所示。

示例 7-15

```
<asp:TextBox ID="TextBox1"  runat="server"  ForeColor="White"  BackColor="Black">
</asp:TextBox>
```

在主题 Example03_Themes 中，其皮肤文件 TextBox.skin 对 TextBox 做过设置，代码如示例 7-16 所示。

示例 7-16

```
<asp:TextBox runat="server"  ForeColor="#000066"  BackColor="#FFFF99"
BorderColor="#003399" BorderStyle="Solid"  BorderWidth="1"  Width="200px" />
```

通过比较我们会发现，二者均对 TextBox 的前景色和背景色进行了设置，此时发生了冲突，若对页面的 Theme 属性加以设置，代码如示例 7-17 所示。

示例 7-17

```
<%@ Page Language="C#" AutoEventWireup="true" CodeFile="Default.aspx.cs"
Inherits="Example03_Themes_Default"  Theme="Example03_Themes" %>
```

对页面的 StylesheetTheme 属性加以设置，代码如示例 7-18 所示。

示例 7-18

```
<%@ Page Language="C#" AutoEventWireup="true" CodeFile="Default.aspx.cs"
Inherits="Example03_Themes_Default" StylesheetTheme="Example03_Themes" %>
```

结果显示，二者的页面呈现有所不同。当使用 Theme 属性的时候，页面显示没有变化，而当使用 StylesheetTheme 属性的时候，页面中的 TextBox 显示背景色就变成了黑色。因此，如果页面中设置了显示样式，使用 StyleSheetTheme 属性不会改变当前页面中的设置，使用 Theme 属性会用主题中的属性覆盖当前页面中的设置。

7.4.3 配置文件的设置

一般而言，为了页面显示的风格统一，通常整个应用程序中的所有页面使用的是同一个主题。如果需要为该应用程序设置其他主题，往往会将该应用中的所有页面全部改变，就像我们常见的 Blog 模板一样。

根据前两节所述，如果要实现页面主题的设置就需要给每个页面设置 Theme 或 StylesheetTheme 属性，那么是否有一种处理方式，只需要设置一个地方就可以应用到整个应用程序下所有页面的方法呢？有，那就是 Web 配置文件——web.config。

每个 ASP.NET 应用的根目录下都会有一个 web.config 配置文件，其中有一项 `<pages></pages>` 选项配置，点击空格之后就会出现与 `<pages></pages>` 选项相匹配的相关属性选项，其中就包括 Theme 和 StylesheetTheme，如图 7-12 所示。

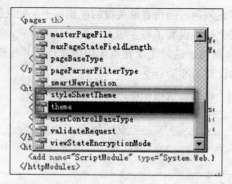

图 7-12   Web.config 文件中的页面主题设置

选择需要的主题设置属性，并对其赋值，即可对该应用程序下所有的页面实施该主题。设置了主题的 web.config 文件的主要代码如示例 7-19 所示。

示例 7-19

```
<?xml version="1.0" encoding="utf-8"?>
<configuration>
    <configSections> </configSections>
    <appSettings/>
    <connectionStrings/>
    <system.web>
      <!--
          设置 compilation debug="true" 可将调试符号插入已编译的页面中。但由于这会影响性能，
              因此只在开发过程中将此值设置为 true。
      -->
      <compilation debug="false"></compilation>
      <authentication mode="Windows" />
    <pages theme="Example03_Themes">
<!- 或者 <pages styleSheetTheme="Example03_Themes">
      <controls> -->
        <add tagPrefix="asp" namespace="System.Web.UI"
        assembly="System.Web.Extensions, Version=3.5.0.0, Culture=neutral,
        PublicKeyToken=31BF3856AD364E35"/>
        <add tagPrefix="asp" namespace="System.Web.UI.WebControls"
        assembly="System.Web.Extensions, Version=3.5.0.0, Culture=neutral,
        PublicKeyToken=31BF3856AD364E35"/>
      </controls>
    </pages>
    <httpHandlers> </httpHandlers>
    <httpModules></httpModules>
  </system.web>
  <system.codedom></system.codedom>
  <system.webServer></system.webServer>
  <runtime></runtime>
</configuration>
```

7.4.4   在指定文件夹下设置主题

在网页的设计过程中，需要给某个文件夹下面的文件设置其他主题，例如，一个项目主要分为 Admin、Manage、Default 三个部分，分别负责系统管理、内容管理、前台显示三方面，其中 Admin 与 Manage 部分显示风格相同，Default 部分则相对来说显示更丰富，更具个性。此时，主题文件夹中已经设计了相关主题，怎样才能把这些主题以批处理方式应用到不同的文件夹下呢？

如上节所述,此时只需要在主题文件夹下面另外添加一个 web.config 文件,然后在其中的 <pages></pages> 选项中设置相应的属性即可。如图 7-13 所示,虽然根目录已经拥有了一个 Web. config 文件,但在 Example03_Themes 下面可以添加另外一个 web.config 文件,称其为二级配置文件 (或者地方配置文件)。

图 7-13　二级配置文件设置

具体代码如示例 7-20 所示。

示例 7-20

```xml
<?xml version="1.0" encoding="utf-8"?>
<!--
    注意:除了手动编辑此文件以外,您还可以使用 Web 管理工具来配置应用程序的设置。
    可以使用 Visual Studio 中的"网站"->"Asp.Net 配置"选项。
    设置和注释的完整列表在        machine.config.comments 中,该文件通常位于
    \Windows\Microsoft.Net\Framework\v2.x\Config 中
-->
<configuration>
    <appSettings/>
    <connectionStrings/>
    <system.web>
     <pages theme="Example03_Themes"></pages>
    </system.web>
</configuration>
```

提示:若根目录的配置文件(Web.config)可以与二级配置文件(Web.config)所指定的主题 (theme)不同,如根目录主题设置代码如示例 7-21 所示。

示例 7-21

```
<pages theme="Default"></pages>
```

二级配置文件主题设置代码如示例 7-22 所示。

示例 7-22

```
<pages theme="Example03_Themes"></pages>
```

如果主题 Default 中所设定的某些 CSS 样式类（如 .warning）在主题 Example03_Themes 中并不存在，那么在页面代码编写过程中为某个元素的 class 赋值时，虽然提示列表中会出现 .warning 的选项（如图 7-14 所示），但最终页面显示时并不会产生效果，即仅仅应用主题 Example03_Themes 的相应设置。

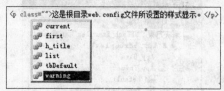

图 7-14　主题设置冲突时仍会提示根目录所设置主题的相关信息

但是由于 Theme 的优先权高于 StylesheetTheme，如果根目录用 Theme 而子目录用 StylesheetTheme，则根目录设置的效果就会呈现在最终的页面显示中。

7.4.5　EnableTheming 属性

在程序设计过程中，我们会发现母版文件、页面文件、服务器控件等都包含一个属性：EnableTheming。从其字面意义上很容易误认为如将该属性设置为 EnableTheming="false"，那么该对象将不会采用任何主题设置。但是当真正实施后才发现，从母版页到内容页（第 8 章将详细讲述母版页的应用），到页面内的各个控件都没有什么变化。那该属性的意义何在？

认真查阅微软的帮助文档后会发现如下一段描述：

指示在应用主题时是否可以修改母版页的外观和母版页上控件的外观。如果可以应用主题，则为 true；否则为 false。默认值为 true。设置 EnableTheming 属性主要用于以下情况：默认情况下在 Web.config 文件中定义了页主题，并且将该页主题应用于所有页。

虽然在 .NET 中很多地方都可以用 EnableTheming 这个属性，但是它所针对的对象却是页面中的控件。比如，页面（Page）设置 EnableTheming="false" 之后，意味着该页下的所有已经自定义了外观的控件，不管在当前使用的主题中是否已经做了外观设计，都只以该页下的设置为准，而不会采用主题中的设置。示例代码如示例 7-23 所示。

示例 7-23

@Page 指令设置：

```
<%@ Page Language="C#" Theme="Example03_Themes" EnableTheming="false" %>
```

页面中的控件设置：

```
<asp:TextBox ID="TextBox1" BackColor="#000000" ForeColor="#ffffff" runat="server">
</asp:TextBox>
<asp:TextBox ID="TextBox2" runat="server">
</asp:TextBox>
```

而在主题 Example03_Themes 中，已经通过 TextBox.skin 对 TextBox 控件做了外观设置，其具体设置代码如示例 7-24 所示。

示例 7-24

```
<asp:TextBox runat="server" BackColor="#FFFF99" BorderColor="#003399"
BorderStyle="Solid" BorderWidth="1" ForeColor="#000066" Width="200px" />
```

此时 @Page 指令中已经指定 EnableTheming="false"，同时指定了 Theme="Example03_Themes"，这并不意味着该页不会应用主题 Example03_Themes。实际上，页面中的 HTML 标记仍然会根据主题中相关文件的设置来显示，但是对于页面中的控件，不管它是否做过外观设置，都不会采用主题中的外观样式，正如上例中的两个 TextBox 控件就不会应用外观文件中的格式而是按照在页面中的设置进行显示。

当然，也不是所有的服务器控件都无法使用主题中的外观，这也是为什么在服务器控件中也有 EnableTheming 这个属性的原因。如果我们需要哪个控件采用主题中的外观样式，那么只需要将该控件的 EnableTheming 属性设置为 true 即可。如示例 7-25 所示。

示例 7-25

```
<asp:TextBox ID="TextBox1" BackColor="#000000" ForeColor="#ffffff" runat="server">
</asp:TextBox>
<asp:TextBox ID="TextBox2" EnableTheming="true" runat="server">
</asp:TextBox>
```

按照上述代码的设置，TextBox1 仍然采用当前的显示不变，即"背景色为黑色；前景色为白色"，而 TextBox2 就会按照主题中的设置显示，如示例 7-26 所示。

示例 7-26

```
<asp:TextBox runat="server" BackColor="#FFFF99" BorderColor="#003399"
BorderStyle="Solid" BorderWidth="1" ForeColor="#000066" Width="200px" />
```

在母版页、普通页和服务器控件中都有 EnableTheming 的属性设置，那么当这些对象都设置该属性时，它们之间的优先关系如何呢？这三者之间优先级从高到低的顺序是：控件、母版、页面。

下面通过实例来说明，如图 7-15 所示。

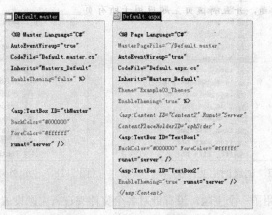

a）母版页　　　　b）内容页

图 7-15　母版页与内容页的 EnableTheming 设置

在图 7-15 中的代码中，母版页（Default.master）的 @Master 指令中设置了 EnableTheming="false"，但使用了该母版页的内容页的 @Page 指令中设置了与之相反的 EnableTheming 属性。同时，除了内容页中的 TextBox2 之外其余的 TextBox 控件都没有设置 EnableTheming 属性。我们可以根据前面所讲的规则来分析一下最终的页面呈现效果。

根据优先关系，母版页中的 EnableTheming 属性的优先权要高于内容页，因此，虽然在内容页的 @Page 指令中设置了 EnableTheming="true"，但是因为母版页中的设置为 EnableTheming="false"，那么内容页中的设置无效，或者称为覆盖了内容页中的设置。最终是以母版页中的设置为准。这样，母版页中 ID 为 tbMaster 的 TextBox 控件和内容页中 ID 为 TextBox1 的控件都将按照当前设置为准，而不去考虑主题中的外观设置。但对于内容页中 ID 为 TextBox2 的控件，因为其 EnableTheming 属性为 true，而控件的优先权又高于母版页，因此就会按照主题 Example03_Themes 中的外观设置为准。

7.5　实例：主题的创建

本节以课程网站为例，在前述各章节知识点的基础之上，展示在 VS 2008 中主题创建和应用，将系统中创建的外观文件、CSS 文件和图像文件等综合为不同的主题供网页设计者使用。

图 7-16　创建两个主题

课程网站计划创建两个主题，一个主题以浅色为主，风格清新、简洁，另一个以深色为主，风格稳重、华丽，读者可以从中感受到主题应用的高效与便捷。

首先，在 App_Themes 主题文件夹中创建两个主题：B-A-W 和 Default 主题，B-A-W 主题代表浅色风格，Default 主题代表深色风格，如图 7-16 所示。

以 B-A-W 主题为例，首先，在该主题文件夹下创建 Images 文件夹，将本主题中课程网站所要用到的图片放入该文件夹中，如图 7-17 所示。

然后，根据控件类型来规划主题和 CSS 文件，创建了 DataList、gridview 和 TextBox 等控件的相应主题及 CSS 样式表，以及首页和学生作业页面的样式表 main.css 和 homework.css，将它们部署到 B-A-W 主题中，如图 7-18 所示。

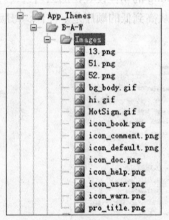

图 7-17　创建图片文件夹

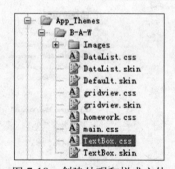

图 7-18　创建外观和样式文件

由于整个网站只应用了一个主题，没有针对各个文件夹进行主题设置，因此，最后在 Web.config 文件中设置所定义的主题即可，代码如示例 7-27 所示。

示例 7-27

```
<pages theme="B-A-W">
    <controls>
    <add tagPrefix="asp" namespace="System.Web.UI" assembly="System.Web.Extensions,
        Version=3.5.0.0, Culture=neutral, PublicKeyToken=31BF3856AD364E35"/>
    <add tagPrefix="asp" namespace="System.Web.UI.WebControls" assembly="System.Web.
        Extensions, Version=3.5.0.0, Culture=neutral, PublicKeyToken=31BF3856AD364
        E35"/>
    </controls>
</pages>
```

应用该主题后的页面效果如图 3-17 所示。同理创建另一个 Default 主题，在 Web.config 文件中去掉 theme="B-A-W" 即可应用 Default 主题，其显示效果如图 7-19 所示。

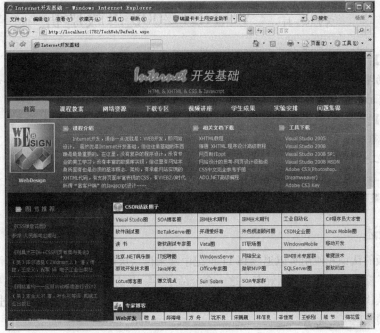

图 7-19 应用 Default 主题的页面

7.6 本章小结

在界面表现的方面，人人都有发言权，但每个人的观点都不尽相同。同样，在主题的设计和管理方面，不同的程序员也将会有不同的看法，但无论如何，我们都有必要尊重"主题"这一概念的价值存在。

主题的存在价值就在于让程序员更进一步理解了"结构与表现相分离"的 Web 设计标准，它从整体上把握了界面设计的方向，让设计者在设计应用程序的时候目标更加明确，更加有的放矢。因此，必须牢牢抓住这件利器，熟练掌握，让界面设计更加得心应手。

习题

1. 为何引入主题，其优势体现在什么地方？
2. 如何建立外观文件？试着在网站中建立一个外观文件，观察它会放置在什么文件夹下。
3. 一般外观文件有几种规划方式？选择其中一种来规划所建的多个外观文件。
4. 试着在网站中创建多个主题，并将它们分别应用到页面中。

第 8 章　VS.NET 2008 母版解析

【学习目标】

通过本章的学习，熟悉 ASP.NET 母版页的基本概念和工作原理，掌握母版页的母版的创建和应用，了解母版页的嵌套方法。

【本章要点】

- 母版页的基本概念
- 母版页的工作原理
- 母版页的母版的创建和应用
- 母版页的嵌套

8.1　母版概述

人类对母版的认识和使用可以追溯到 11 世纪中叶宋仁宗庆历年间，毕昇发明的活字印刷术将一个个汉字做成了模型，提高了印刷效率。这一个个活字实际上就是母版，母版现在已经应用到生活中的各个领域，从饮水瓶的制造到工业现代化中各种电器元件的生产，都是通过母版进行批量制作的。当然程序设计领域也不乏此举。

长期从事页面设计工作的人员都曾经为重复相同的页面架构而烦恼无比，渴望从枯燥、重复的劳动中解脱出来。于是母版应运而生。母版使设计者摆脱重复设计的苦恼，为页面设计注入了新的活力和思路，并毫不费力地将重构进行到底。

通俗地讲，母版犹如网页设计的模板，将网站中公用的元素（如 Logo、导航条、版权声明等）整合到母版页中，而这些元素只需在母版中设置一次即可在所有套用该母版的网页中显示出来，但对母版的编辑不能在套用母版的网页（称为"内容页"）编辑状态下进行，只能在母版页的编辑状态下进行。

Visual Studio 的母版页严格意义上应称为"灵活页面模板系统"，其核心功能是为 ASP.NET 应用程序创建统一的用户界面和样式。单独的母版页是不能被用户访问的，它必须要有内容页（即应用母版页的 .aspx 页面）的支撑。只有正确地创建、使用母版页和内容页，才能更好地发挥它们的强大功能。当创建母版页时，会生成一个后缀名为 .master 的文件，用于封装页面中的公共元素；当创建内容页时，会生成一个后缀名为 .aspx 的文件，它就是一个普通的页面文件，包含了除公共元素以外的其他内容。在运行过程中，ASP.NET 引擎将两种页面内容合并执行，最后将结果发送给客户端浏览器。

母版页的诞生使开发人员摆脱了原始的劳作状态，不再重复复制代码、文本和控件元素，不再包含同一个文件，不再频繁地在不同的页面中使用同一个 ASP.NET 用户控件，其主要优点如下：

- 使用母版页可以集中处理页的通用功能，以便可以只在一个位置上进行更新。
- 使用母版页可以方便地创建一组控件和代码，并将结果应用于一组页。例如，可以在母版页上使用控件来创建一个应用于所有页的导航栏。
- 母版页通过控制占位符控件的呈现方式来控制最终页的布局，并且操作完全可视化，无需编写任何代码。
- 母版页还提供了一个对象模型，使用该对象模型可以从各个内容页自定义母版页。

8.2　母版页的工作原理

8.2.1　母版页

母版页是扩展名为 .master（如 MySite.master）的 ASP.NET 文件，它实现了对静态文本、HTML 元素和服务器控件的预定义布局，为在一组内容页之间共享结构和内容提供了一条方便的途径。母版页由特殊的 @Master 指令识别，该指令替换了用于普通 .aspx 页的 @Page 指令，代码如示例 8-1 所示。

示例 8-1

```
<%@ Master Language="C#" %>
```

@Master 指令与 @Control 指令可以包含的属性信息大多数是相同的。例如，示例 8-2 展示了一个较完整的母版页指令，包括一个代码隐藏文件的名称，并将一个类名称分配给该母版页。

示例 8-2

```
<%@ Master Language="C#" CodeFile="MasterPage.master.cs" Inherits="MasterPage" %>
```

除了 @Master 指令外，还可以在母版页中使用所有的 HTML 元素，如 html、head 和 form。例如，在母版页上可以将一个 HTML 的 Table 控件用于布局（虽然此种布局方式已经渐行渐远）、将一个 img 元素用于公司 Logo、将静态文本用于版权声明，以及使用服务器控件创建站点的标准导航等。总之，可以在母版页中使用任何的 HTML 元素和 ASP.NET 元素。

8.2.2　占位符

母版页除了可以定义所有或一组页面需要固定显示的信息之外，还可以添加一个或多个"占位符"控件用于放置内容页的不同内容。所谓占位符控件 ContentPlaceHolder，就是用来告诉所有使用该母版页的内容页，这些区域是可以自主开发和定义的"自治区"。这样，在内容页中通过对母版页分配的一个或多个"自治区"的开发设计，在运行时加以合并就可形成一个完整的页面。

一个普通母版页的基本代码如示例 8-3 所示。

示例 8-3

```
<%@ Master Language="C#" AutoEventWireup="true" CodeFile="MasterPage.master.cs"
    Inherits="Masters_MasterPage" %>
<!DOCTYPE html PUBLIC "-//W3C//DTD XHTML 1.0 Transitional//EN"
"http://www.w3.org/TR/xhtml1/DTD/xhtml1-transitional.dtd">
<html xmlns="http://www.w3.org/1999/xhtml">
<head runat="server">
    <title> 无标题页 </title>
    <asp:ContentPlaceHolder id="head" runat="server">
    </asp:ContentPlaceHolder>
</head>
<body>
    <form id="form1" runat="server">
    <div>
        <asp:ContentPlaceHolder id="ContentPlaceHolder1" runat="server">
        </asp:ContentPlaceHolder>
    </div>
    </form>
</body>
</html>
```

通常，在 Visual Studio 2008 中创建母版页时，系统会在页面中默认生成两个占位符控件，这与 Visual Studio 2005 中默认值为 1 有所区别。

8.2.3   内容页

母版页实际上由两部分组成，即母版页本身与一个或多个内容页。母版页通过占位符控件定义了一个或多个"自治区"，而内容页的主要功能就是定义这些"自治区"中的内容。

建立内容页

在建立内容页之前应创建所需的母版页（如 MasterPage.master.master），而建立内容页与建立普通 .aspx 页面无异，即在"添加新项"对话框中选择"Web 窗体"，不同之处是必须选中对话框下方的"选择母版页"复选框，如图 8-1 所示。

图 8-1   创建内容页

在弹出的"选择的母版页"对话框中选中所需母版页，内容页即创建成功。如图 8-2 所示。

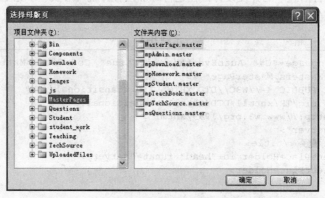

图 8-2   选择母版页

创建成功后，该内容页就通过 @Page 指令定义了 MasterPageFile 属性（当然，还有其他的属性设置，如用来定义页面标题的 Title），通过设置该属性，就实现了内容页与母版页之间的绑定。例如，一个内容页可能包含下面的 @Page 指令，将该内容页绑定到 MasterPage.master 母版页，代码如示例 8-4 所示。

示例 8-4

```
<%@ Page Language="C#" MasterPageFile="~/MasterPages/MasterPage.master"
    Title="Content Page"%>
```

同时，在内容页中的相应内容还需要通过 Content 控件映射到母版页上相应的 ContentPlaceHolder 控件上。创建 Content 控件后，通过向这些控件中添加文本、标记和控件等信息，来定义替换占位符的内容，以此实现该内容页对"自治区"的管理。例如，母版页包含名为 Header 和 Main 的内容占位符（即 ContentPlaceHolder 控件），在内容页中，就需要创建两个 Content 控件，一个映射到 Header 内容占位符，另一个映射到 Main 内容占位符，如图 8-3 所示。

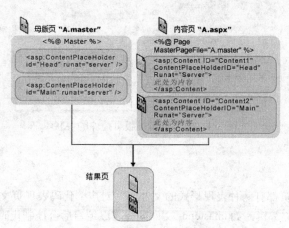

图 8-3　母版页与内容页的结合

图 8-3 中的信息表现到内容页中，如示例 8-5 所示。

示例 8-5

```
<%@ Page Language="C#" MasterPageFile="~/MasterPages/A.master"
    AutoEventWireup="true" CodeFile="Default.aspx.cs" Inherits="Default" Title="无标
    题页 " %>
<asp:Content ID="Content1" ContentPlaceHolderID="Head" Runat="Server">
</asp:Content>
<asp:Content ID="Content2" ContentPlaceHolderID="Main" Runat="Server">
</asp:Content>
```

因为该内容页仍然是一个 Page 对象的实例，所以在普通的 ASP.NET 页中可以执行的任务同样都可以在内容页中执行。例如，可以使用服务器控件和数据库查询或其他动态机制来生成 Content 控件的内容。当然，还可以根据实际需要创建多个母版页来为站点的不同部分定义不同的布局，并为每个母版页创建一组不同的内容页。

在使用母版页和内容页时需要注意以下几点：

- 内容页中自行创建的所有标记都必须包含在 Content 控件中，在 Content 控件外的任何地方添加内容（除服务器代码的脚本块外）都将导致错误。
- 母版页必须包含一个具有属性 runat="server" 的 <head> 标签，以便可以在运行时合并标题设置。
- 内容页中的 Content 控件必须通过 ContentPlaceHolderID 属性与母版页的 ContentPlaceHolder 控件关联，如图 8-4 所示。

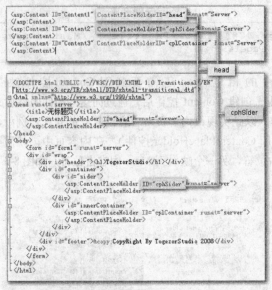

图 8-4 内容页与母版页控件的关联

8.2.4 母版页的运行

一个母版页和内容页都有两种表现形式的文件与其对应：代码表现页文件和代码隐藏文件，而且这两个文件都可以独立编辑，如 .master.cs 文件同样可以编写后台控制代码。但是，这二者最终还是要合并在一起来显示，那么它们是怎样编译运行，最后实现双剑合璧的呢？

首先，MasterPage 类与扩展名为 .master 的文件相关联，这些文件在运行时被编译为 MasterPage 对象，并被缓存在服务器内存中。然后，当我们对一个页面发出 HTTP 请求时，母版页和内容页将被合并成为与该内容页同名的单个类，而最终经过编译和合并的类从 Page 类派生，如图 8-5 所示。

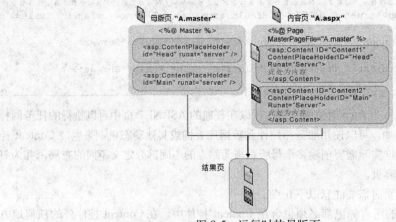

图 8-5 运行时的母版页

综上所述，母版页在运行时的处理步骤如下：

1）用户通过输入内容页的 URL 来请求某网页。

2）编译器获取该页后，读取 @Page 指令。如果该指令引用一个母版页，则也读取该母版页。如果是第一次请求这两个页，则两个页都要进行编译。

3）将包含更新内容的母版页合并到内容页的控件树中。

4）将各个 Content 控件的内容合并到母版页中相应的 ContentPlaceHolder 控件中。

5）在浏览器中呈现最终得到的合并页。

从用户的角度来看，访问一个页面的 URL 就是访问内容页的 URL，母版页和内容页合并后正是通过该内容页的 URL 呈现在浏览器中，因此，母版页对用户而言是透明的。

从编程的角度来看，这两个页是独立的，对于其中的数据控制都可以在各自对应的文件中操作。只是在设计原理上，内容页应用了母版页的预定义信息，但这对编程根本没有丝毫影响。但是，在内容页中可以从代码中引用公共母版页成员。

在理解母版页和内容页的逻辑关系时，很多读者会陷入一个误区，那就是认为内容页是继承自母版页，是母版页的一个扩展，而母版页才是最终所形成的文件。其实内容页才是合并后最终呈现在浏览器中的页面，而母版页是内容页的一部分。

实际上，母版页与用户控件的作用方式大致相同——它是内容的一个子集并作为该页中的一个容器。但是，在这种情况下，母版页是所有呈现到浏览器中的服务器控件的容器。母版页和内容页合并后的页面的控件架构如图 8-6 所示。

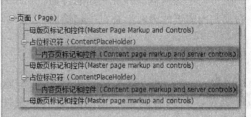

图 8-6 合并页的控件树架构

一般说来，此结构对如何构造或编写页的程序没有任何影响，但是在某些情况下，如果在母版页上设置一个页范围的属性，则该属性可能会影响内容页的行为，这是因为母版页是内容页上控件的父级，即母版页控件优先级更高。例如，如果在内容页上将 EnableViewState 属性设置为 true，而在母版页中将相同的属性设置为 false，实际上会禁用视图状态，因为母版页上的设置具有更高的优先级。

注意 在母版页的占位符控件中输入内容无效！

8.2.5 资源的路径设置

1. 请求路径分析

由于用户访问的是母版页和内容页最终的合并页，访问路径也就是内容页的位置，而且，无论是在内容页还是母版页的代码中，如果要获取 HttpRequest 对象的当前路径 CurrentExecutionFilePath 属性，其值同样是指向内容页的地址。

根据需要，有时母版页和内容页不一定放置在同一文件夹中（应该说，很少放在同一文件夹中），因为只需要将内容页的 @Page 指令中的 MasterPageFile 属性解析为一个 .master 页，ASP.NET 就可以将内容页和母版页合并为一个单独的页面呈现在浏览器中。

2. 服务器控件路径设置

毋庸置疑，开发人员势必会在母版页中添加一些服务器控件，并为这些服务器控件赋值。当我们遇到需要给某些控件设置 URL 属性的时候，相对路径该怎么设置呢？是相对于该母版页呢？还是相当于引用它的内容页？

由于母版页和一般用户控件的作用大致相同，当为各自创建的用户控件中的 Image 控件设置 ImageUrl 属性的时候，是相对于该控件而非使用它的页面。引用该母版页的内容页可能有很多，每个页面不一定在同一级的文件夹中，因此 Visual Studio 也不可能将路径设置成内容页的相对路径，而应该是相对于母版页的相对路径。同时，在运行的时候，ASP.NET 会将其修改成正确的 URL。

3. 其他元素路径设置

很多程序员都使用过 <img /> 元素，它有一个 src 属性用来指定该元素所引用的图片路径。如果在母版页中使用了这个元素，并为其 src 属性设置了一个 URL，则这个 URL 自然是相对于该母版页的。这时问题就出现了，由于它不是服务器控件，所以在运行时 ASP.NET 不会修改该 URL，而最终的合并页就无法正确获取该 URL 的信息。

一般说来，在母版页上使用元素时，建议使用服务器控件，即使是对不需要服务器代码的元素也是如此。例如，不使用 img 元素，而使用 Image 服务器控件。这样，ASP.NET 就可以正确解析 URL，而且也避免了移动母版页或内容页时可能引发的难维护问题。

8.3 母版页的创建和应用

前面说过，ASP.NET 母版页可以为应用程序中的页创建一致的布局，为应用程序中的所有页（或一组页）定义所需的外观和标准行为。当用户请求内容页时，这些内容页与母版页合并以将母版页的布局与内容页的内容组合在一起输出。

8.3.1 母版页的创建

鉴于一个网站的大部分页面都有相似的结构，因此在建立该网站项目后，首先应该创建母版页。如果有需要，可以建立一个文件夹（如 MasterPages）专门放置该项目中的各种母版页。

要使用母版页，一般需要按照如下步骤进行：

1）创建或打开一个网站。

2）新建一个母版页到该网站中。

3）添加一个应用该母版页的内容页（参见 8.2.3 节）。

下面介绍具体操作。首先添加母版页新项，在新创建或打开的网站中右击项目，选择"添加新项"，打开"添加新项"对话框。在该对话框中选中"母版页"后，在下面的"名称"一栏会自动生成一个默认的文件名"MasterPage.master"，示例中使用默认名称，建议在创建时最好更改为易于识别的文件名称，因为一个 Web 应用程序可能不止一个母版页，更改名称有利于内容识别和选择。如图 8-7 所示。

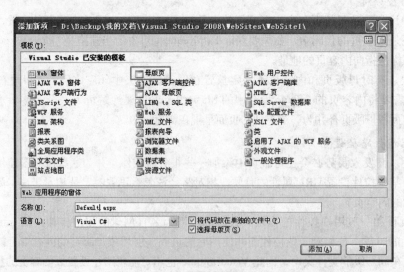

图 8-7　添加母版页

母版页添加完毕后，会在所指定的目录位置添加扩展名分别为 .master 和 .cs 的两个文件，即 MasterPage.master 和 MasterPage.master.cs，如图 8-8 所示。

与普通 .aspx 页面构成类似，母版页的设计同样延续了表现和代码相分离的理念，因此，对于程序设计人员来讲，仅仅是一个母版概念的引入，可以执行的操作与普通的 .aspx 页面相差无几。

在新建的母版页中，自动生成了两个 <asp:ContentPlaceHolder> 占位符控件的声明：一个是 <asp:ContentPlaceHolder id="head" runat = "server"> </asp:ContentPlaceHolder>；另一个是 <asp: ContentPlaceHolder id = "ContentPlaceHolder1" runat="server"></asp:ContentPlaceHolder>。该控件将用于放置应用该母版页的内容页中的不同内容（当然，也可以在 <asp:ContentPlaceHolder> 控件中直接输入文本，但在使用母版页的内容页中这些文本将被替换掉），而母版页中共用的内容放置于该控件之外。如图 8-9 所示，在母版页中添加了一个图片作为网站 Logo，那么应用该母版页的所有页面均会出现该网站的 Logo，如图 8-10 所示。

图 8-8　母版页添加后的界面

图 8-9　在母版页中添加一个图片

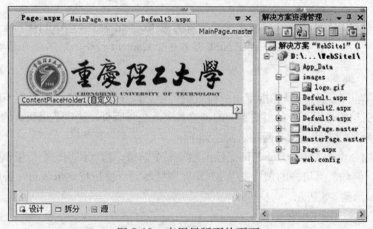

图 8-10　应用母版页的页面

在图 8-10 中，母版页中的内容在页面中呈现灰色部分，是无法对其编辑修改的，内容页 Page.

aspx 的内容则放置于页面中白色方框内,即 ContentPlaceHolder1 控件之内,这样即可实现网站整体风格统一、各页面呈现不同内容的效果。

8.3.2 母版页的应用

1. 母版页的属性

在 <%@page%> 指令中支持母版页的属性主要有两个:

• Master:该属性用于返回当前内容页(或母版页)的母版页引用。

• MasterPageFile:该属性用于设置或返回当前内容页(或母版页)的母版页文件名称。

2. 为页面指定母版页的方式

一般可以通过以下三种方式为页面指定母版页:

• 可视化界面指定。在新建内容页时,在"添加新项"对话框中选中位于右下角的"选择母版页"(如图 8-7 所示),然后将弹出"选择母版页"对话框(如图 8-11 所示),在该对话框右边的方框中选中事先创建好的所需的母版页即可。

图 8-11 选择母版页

• 页面代码指定。可以在每个内容页中使用页指令来将内容页绑定到一个母版页。如示例 8-6 所示。

示例 8-6

```
<%@ Page Language="C#" MasterPageFile="MySite.Master" %>
```

• 配置文件指定。通过在应用程序的配置文件 (Web.config) 的 pages 元素中进行设置,可以将应用程序中的所有 ASP.NET 页(.aspx 文件)都自动绑定到一个母版页。代码如示例 8-7 所示。

示例 8-7

```
<pages masterPageFile="MySite.Master" />
```

> **注意** 如果使用此策略,则应用程序中的所有具有 Content 控件的 ASP.NET 页都与指定的母版页合并。但是,如果某个 ASP.NET 页不包含 Content 控件,则不应用该母版页。

3. 动态设置母版页

虽然一个内容页在运行时只能指定一个母版页,但可以在运行的过程中根据不同的环境或需求来动态地指定所引用的母版页,如根据不同的浏览器来改变母版页,这也是母版页的一个特性。

动态设置母版页的方法通常有两种,简述如下:

• 在 @Page 指令中为 MasterPageFile 属性前增加一个前缀,指定使用这个母版页的浏览器类型的别名即可。例如,当用户的浏览器是 Mozilla 浏览器时,使用特定母版页,否则使用默认母版页。代码如示例 8-8 所示。

示例 8-8

```
<@Page MasterPageFile="MySite.Master"
Mozilla: MasterPageFile="Mozilla.Master" ... />
```

- 在 page 类的 PreInit 事件代码中设置页面的 MasterPageFile 属性（注意，不能在之后的事件中设置，如 Load 事件等），代码如示例 8-9 所示。

示例 8-9

```
protected void Page_PreInit(object  sender,  EventArgs e)
{
    Page.MasterPageFile="~/MyMasterPage.Master";
}
```

8.3.3　母版页与普通页面的区别

本节主要从程序设计角度说明母版页和普通页面之间的差异，而非功能上的区别。因为很多用户可能会因为二者概念上的不同，而主观性地认为它们在程序实现上也会有所区别。但实际上，母版页的实现架构与普通页面几乎相同。我们可以从"页面代码"和"代码隐藏文件"两个方面来对二者做出比较。

图 8-12　普通的 .aspx 页面代码

1. 从页面代码方面进行比较

如图 8-12 所示为普通 .aspx 页面的 HTML 代码，图 8-13 所示为母版页的 HTML 代码（请注意黄色背景所突出之处）。

通过比较，可以发现它们有以下三点不同：

- 扩展名不同。普通页面扩展名为 .aspx，母版页扩展名为 .master。
- 识别指令不同。阅读第一行代码会发现，母版页由特殊的 @Master 指令识别，该指令替换了普通 .aspx 页中的 @Page 指令。
- 占位符控件不同。母版页创建后，与在页面中自动加载了两个 ContentPlaceHolder 控件，一个是在 <head></head> 中，ID 初定义为 "head"，另一个是在 <body></body> 中，ID

图 8-13　母版页页面代码

初定义为 "ContentPlaceHolder1"，它们用于放置内容页中的各种不同元素；而普通 .aspx 页面没有任何自动生成的控件。

2. 从代码隐藏文件方面进行比较

图 8-14 所示为普通 .aspx 页面的代码隐藏文件，图 8-15 所示为母版页的代码隐藏文件。

图 8-14　普通 .aspx 页面的代码隐藏文件（.aspx.cs）代码

由图 8-14 和图 8-15 可以看到，图 8-14 所示的 Default 类继承自 Page 类，图 8-15 所示的 Masters MasterPage 类继承自 MasterPage 类。虽然二者分别是两个不同类的实例，但是其初始化顺序、事件、属性都几乎相同。因此，对于编程人员来讲，这些不同完全可以被屏蔽掉，我们的设计方式不会有任何变化。

8.4 母版页嵌套

8.4.1 母版页嵌套的意义

很多程序员都有一个习惯，那就是根据页面的功能不同而划分很多个文件夹，如用 Admin 文件夹放置系统管理员的操作页面，用 Manage 文件

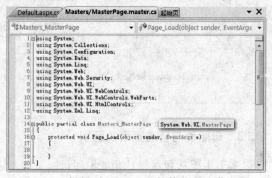

图 8-15　母版页 .master 文件的代码隐藏文件（.master.cs）代码

夹放置普通管理员所使用的页面等。同样，对于不同的界面布局，也可以相应分类。

让我们先来看一下图 8-16～ 图 8-18 中的各种不同布局风格。

图 8-16　布局结构（一）

图 8-17　布局结构（二）

图 8-16～ 图 8-18 是同一个网站中的三种不同布局，且这三种布局是同时存在的，每一种布局都可能对应很多页面。如果根据这三种布局结构单独设计三个独立的母版页，虽然比单独设计每一个页面的工作量减少了一个数量级，但在设计每个母版页时仍然存在重复的劳动，无法有效地实现页面设计控制。在 VS 2005/2008 中，可以用母版嵌套来进一步简化此项工作。

8.4.2 Visual Studio 2008 中的母版页嵌套

所谓嵌套，就是在已有的表格、图像或图层中再增加一个或多个表格、图像或图层。所谓母版嵌套，就是让一个母版页引用另外的母版页作

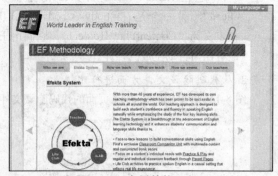

图 8-18　布局结构（三）

为其母版，通过嵌套的母版页可以创建组件化的母版页，犹如自己创建的用户控件一样。以 8.4.1 节提到的网站为例，可以先创建一个用于定义站点外观的总体母版页（可称作父母版页），然后根据实际需要创建一个或多个子母版页，这些子母版页都引用父母版页。

与普通母版页一样，子母版页的文件扩展名也是 .master。但子母版页通常包含一些内容控件，这些控件将映射到父母版页上的内容占位符。就这一点而言，子母版页的布局方式与所有内容页类似。不同的是，子母版页还有自己的内容占位符，用于显示其子页提供的内容。

下面三个页的代码清单演示了一个简单的嵌套母版页配置。父母版页 parents.master 文件的 HTML 代码如示例 8-10 所示。

示例 8-10

```
<%@ Master Language="C#" AutoEventWireup="true" CodeFile="parents.master.cs"
    Inherits="parents"  %>
<!DOCTYPE html PUBLIC "-//W3C//DTD XHTML 1.0 Transitional//EN"
"http://www.w3.org/TR/xhtml1/DTD/xhtml1-transitional.dtd">
<html xmlns="http://www.w3.org/1999/xhtml">
<head runat="server">
    <title>test</title>
    <asp:ContentPlaceHolder ID="head" runat="server">
    </asp:ContentPlaceHolder>
</head>
<body>
    <form id="form1" runat="server">
    <div id="wrap">
        <h1>
            当前信息为父母版页 </h1>
        <div>
            父母版页：用来定义整个网站的整体风格，实现整个网站页面的基本架构。<br />
            下面这部分信息就是定义子模块内容的 ContentPlaceHolder：</div>
        <div id="wrap_level2">
            <asp:ContentPlaceHolder ID="cphLevel2" runat="server">
            </asp:ContentPlaceHolder>
        </div>
    </div>
    </form>
</body>
</html>
```

其页面如图 8-19 所示。

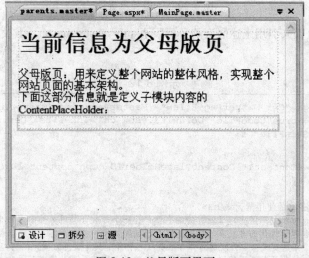

图 8-19 父母版页界面

子母版页 sub_master.master 文件的 HTML 代码如示例 8-11 所示。

示例 8-11

```
<%@ Master Language="C#" MasterPageFile="~/MasterPages/parents.master"
    AutoEventWireup="false"   CodeFile="sub_master.master.cs" Inherits="sub_master" %>
<asp:Content ID="Content1" ContentPlaceHolderID="head" runat="Server">
   <!-- 设置相应的信息（也可以不设置）-->
</asp:Content>
<asp:Content ID="Content2" ContentPlaceHolderID="cphLevel2" runat="Server">
    <h2>
          这是子母版中的设置 </h2>
    <div>
          子母版页：主要是用来定义使用该子母版的页面的格式。当然，前提是其他部分的显示都是继承自上一
               级母版。<br />
          在该模板中，您同样可以看到上一级母版所定义的内容。<br />
          下面部分就是在该母版中的定义区域，定义使用该母版的内容页需要完成的部分。</div>
    <div id="content_level2">
          <asp:ContentPlaceHolder ID="cph_content_level2" runat="server">
          </asp:ContentPlaceHolder>
    </div>
</asp:Content>
```

其页面如图 8-20 所示。

图 8-20　子母版页界面

创建一个 .aspx 页面来引用上述嵌套的子母版页 sub_master.master，其文件的 HTML 代码如示例 8-12 所示。

示例 8-12

```
<%@ Page Language="C#" MasterPageFile="~/MasterPages/sub_master.master"
AutoEventWireup="true"CodeFile="Default3.aspx.cs" Inherits="Default3" Title="无标题
页 " Theme="SkinFile" %>


<asp:Content ID="Content1" ContentPlaceHolderID="cph_content_level2" runat="Server">
    <p>
        <h3>
             母版嵌套的使用范例 </h3>
        嵌套的概念你我并不陌生，母版页的嵌套就是让一个母版页引用另外的页作为其母版页，通过嵌套的母
        版页可以创建组件化的母版页，就真是跟自己创建的用户控件一样了。以上面的网站做例子，我们可以
        先创建一个用于定义站点外观的总体母版页（可称作：父母版），然后根据实际需要创建一个或多个的
        子母版页，这些子母版页都引用父母版页。当然，我们甚至可以建立若干个孙母版页，每个孙母版页可
        以引用子母版页，等等等等。真可谓：子子孙孙无穷尽也，那是何其壮观！
    </p>
```

```
</asp:Content>
```

最终呈现在浏览器中的效果如图 8-21 所示。

8.5　实例：母版页的设计

本章依然以课程网站为例，通过其中部分母版页的设计来进一步展示母版的使用方法。

由于实例网站中应用了较多的母版页，因此在网站中可专门建立一个文件夹来存放所创建的所有母版页，其中包括 MasterPage.master、mpAdmin.master、mpDownload.master 等八个母版页，如图 8-22 所示。

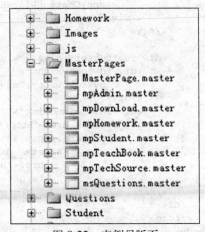

图 8-21　母版嵌套运行实例　　　　　　图 8-22　实例母版页

本节以 MasterPage.master 和 mpDownload.master 母版页为例进行讲解，其中 MasterPage.master 为仅包括页眉、页脚信息的基本母版页，而 mpDownload.master 为嵌套了 MasterPage.master 母版页的"下载专区"页面的母版。

首先，如 8.3.1 节所述创建母版页 MasterPage.master，增加课程标题信息和版权信息，代码如下：

```
<%@ Master Language="C#" AutoEventWireup="true" CodeFile="MasterPage.master.cs"
    Inherits="MasterPage" %>

<!DOCTYPE html PUBLIC "-//W3C//DTD XHTML 1.0 Transitional//EN"
"http://www.w3.org/TR/xhtml1/DTD/xhtml1-transitional.dtd">
<html xmlns="http://www.w3.org/1999/xhtml">
<head runat="server">
    <title> 无标题页 </title>
    <asp:ContentPlaceHolder ID="head" runat="server">
    </asp:ContentPlaceHolder>
</head>
<body>
    <form id="form1" runat="server">
    <div id="wrap">
        <div id="intro">
            <div id="header">
                <h1>
                    Internet 开发基础 </h1>
```

```
        <h2>
            HTML & XHTML & CSS & JavaScript</h2>
    </div>
    <div id="navigater">
        <asp:ContentPlaceHolder ID="cphNav" runat="server">
        </asp:ContentPlaceHolder>
    </div>

</div>
<div id="container" class="widthFormart">
    <div id="content" class="detail">
        <asp:ContentPlaceHolder ID="cphContent" runat="server">
        </asp:ContentPlaceHolder>
    </div>
    <div id="sider">
        <asp:ContentPlaceHolder ID="cphSider" runat="server">
        </asp:ContentPlaceHolder>
    </div>
</div>

<div id="footer" class="widthFormart">
    <div id="copyRight">
        CopyRight&copy;TogezorStudio 2009
    </div>
    <div id="friendLink">
        5077:<a href="http://dcc.blog.z.cqit.edu.cn" target="_blank">冬虫草 </a>
             |  CSDN:<a href="http://blog.csdn.net/togezor"
                target="_blank">Togezor</a>   |  <a
                href="http://fy.blog.z.cqit.edu.cn"
                target="_blank">蟑螂：一个人的东方不败 </a></div>
    </div>
    </div>
    </form>
</body>
</html>
```

该母版页未应用任何样式之前的页面效果如图 8-23 所示。

图 8-23 MasterPage.master 母版页效果图

然后，创建 mpDownload.master 母版页（方法同上）。需注意的是，在 "添加新项" 对话框中必须选中 "选择母版页" 一项，即该母版页要嵌套使用已经创建好的 MasterPage.master 母版页，如图 8-24 所示。

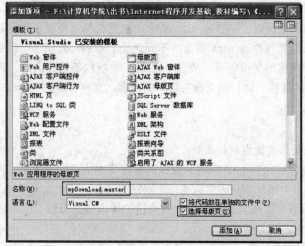

图 8-24　创建嵌套的 mpDownload.master 母版页

选择了 MasterPage.master 母版页后，创建成功的 mpDownload.master 母版页代码如图 8-25 所示，其中 MasterPageFile="~/MasterPages/MasterPage.master" 表示嵌套使用了 MasterPage.master 母版页。

图 8-25　嵌套的 mpDownload.master 母版页代码

对该页进行了相应的设置后，该母版页在设计视图中呈现的效果如图 8-26 所示，其中灰色标识的部分即为 MasterPage.master 母版页中的内容，它在当前母版页中是无法进行修改的。

8.6　本章小结

本章讨论了利用 Visual Studio 2008 构建网页和网站时通常要运用的一个特性——母版页，它包括网站的样板内容。母版页可作为其他页面的容器，除了统一的内容外还可容纳其他个性内容。一个网站可以有多个母版页，但一个内容页只能引用一个母版页。

本章先对母版页的基本概念加以简要介绍，然后讲解了母版页的工作原理。母版页是通过 @Master 指

图 8-26　mpDownload.master 母版页

令来识别的，在母版页中可以包括一个或多个 ContentPlaceHolder 占位符控件，用于放置内容页的不同内容，该内容页即为引用母版页的普通 .aspx 页面；然后介绍了母版页的创建方法和指定母版页的三种方式，并描述了母版页与普通 .aspx 页面的不同之处；最后，介绍了母版页的嵌套。对于一个网站而言，可以定义一个顶层的父母版页，放置一些 Logo、版权等通用内容，再定义一个子母版页用于各二级目录下各页面的风格，这样网页既有统一的内容，又有各自的风格。

习题

1. 为什么要使用母版，其优点是什么？

2. 试着创建一个包含网站 Logo、标题、版权内容等基本信息的母版页，再创建一个内容页来使用该母版页，并在内容页中添加相应内容构成一个网站的首页。

3. 创建一个新的母版页，嵌套使用习题 2 所构建的基本信息母版页，形成一个既具有网站统一风格，又具备各自特征的二级母版页。

第 9 章　JavaScript 程序设计

【学习目标】

通过本章的学习，熟悉 JavaScript 语言的基本用法，并能够熟练掌握 JavaScript 的基本语法；能够编写一些基本的 JavaScript 代码并修改 JavaScript 脚本；了解 JavaScript 对象的概念；不仅要理解 JavaScript 中的重要对象，还要学会在 Web 开发中进行应用。

【本章要点】

- JavaScript 基本语法
- JavaScript 对象
- JavaScript 对象的应用

9.1　JavaScript 概述

9.1.1　JavaScript 简介

JavaScript 是一种基于对象（Object）和事件驱动（Event Driven）并具有安全性能的脚本语言，它能够与 HTML 超文本标记语言、Java 脚本语言一起在 Web 页面中与 Web 客户交互，它无须经过先将数据传给服务器端（Server）、再传回来的过程，而直接可以由客户端（Client）的应用程序处理，从而可以开发客户端的应用程序等。JavaScript 是通过嵌入或调入在标准的 HTML 语言中实现的，它弥补了 HTML 语言的缺陷，是 Java 与 HTML 折衷的选择。它具有以下特点：

- 简单性。JavaScript 是一种脚本语言，它采用小程序段的方式实现编程。和其他脚本语言一样，JavaScript 是一种解释性语言，它提供了一个简易的开发过程。
- 动态性。JavaScript 是动态的，它可以直接对用户或客户的输入做出响应，无须经过 Web 服务程序，它通过事件驱动来响应用户的请求。
- 跨平台性。JavaScript 依赖于浏览器本身，与操作环境无关，只要能运行浏览器的计算机、支持 JavaScript 的浏览器就可以正确执行。
- 安全性。JavaScript 是一种安全性语言，它不允许访问本地的硬盘，并不能将数据存入到服务器上，不允许对网络文档进行修改和删除，只能通过浏览器实现信息浏览或动态交互，可有效地防止数据丢失。
- 基于对象的语言。JavaScript 是一种基于对象的语言，同时可以看做是一种面向对象的语言。这意味着它能将特定功能封装在对象中。

在目前使用的浏览器中，Netscape 公司的 Navigator 2.0 以上版本的浏览器都具有处理 JavaScript 源代码的能力。JavaScript 在其中实现了它的 1.0 版本，并在后来的 Navigator 3.0 实现了它的 1.1 版本，在现在推出的 Navigator 4.0（Communicator）中，JavaScript 实现了它的 1.2 版本。

Netscape 浏览器公司在被美国在线（AOL）收购之后，停止了对 Netscape 的一切技术支持，Netscape 也逐渐开始销声匿迹，而微软公司从它的 Internet Explorer 3.0 版开始支持 JavaScript。Microsoft 把自己实现的 JavaScript 规范叫做 JScript。这个规范与 Netscape Navigator 浏览器中的 JavaScript 规范在基本功能和语法上是一致的，同时目前的主流的浏览器如 Firefox、Safari、Opera 等都对 JavaScript 提供运行环境的支持。

9.1.2　JavaScript 入门案例

JavaScript 使用标记 <script>...</script>，可以在 HTML 文档的任意地方插入，包括在 <HTML> 之前。JavaScript 的基本格式如下：

```
<script type="text/javascript">
//(JavaScript 代码)
</script>
```

通过上述 JavaScript 运行环境的介绍可知，JavaScript 的编辑环境可以选择任意文本编辑器，建议读者采用 VS 2008，因为 VS 2008 有一定的智能感应功能，可以方便程序员高效准确地编程。同时在 VS 2008 中新增了对 JavaScript 的调试功能，当面对大量 JavaScript 代码时，调试功能非常有用。

示例 9-1 是一个学习所有语言时都会提到的入门案例。

示例 9-1

```
<html>
<head>
<title>JavaScript--Hello World
</title>
    <script type="text/javascript">
        document.write('Hello World！');
    </script>
</head>
<body>
</body>
</html>
```

对上述 JavaScript 代码解释如下：

• <script type="text/javascript"> 表示 JavaScript 开始。

• </script> 代表 JavaScript 的结束。

• document.write() 是文档对象的输出函数，其功能是将括号中的字符或变量值输出到窗口。

运行结果如图 9-1 所示。

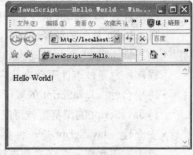

图 9-1　示例 9-1 的运行效果

9.2　JavaScript 语法

9.2.1　语法基础

任何语言的语法学习都是比较枯燥单调的，JavaScript 语法也一样，但学好语法是更好地使用 JavaScript 编写程序的前提。

在运用 JavaScript 语言编写程序时应注意以下几点：

1）区分大小写：在 JavaScript 语言中，对大小写是敏感的，现在很多开发语言都是如此，所以读者要养成一种良好的习惯，这样就可以避免调试程序时出现低级错误。

2）变量不区分类型：JavaScript 中的变量在使用前无需进行变量数据类型声明，而由解释器在运行时检查其数据类型，如：

```
x = 1234;
y = '1234';
```

根据 JavaScript 变量的声明方式，可知前者说明 x 为数值型变量，而后者说明 y 为字符型变量。

3）每条语句结尾可以省略分号：在 JavaScript 里面每句语句结尾的分号 ";" 不是必要的，如果多个语句写在一行上，那么必须在语句之间添加分号 ";"。建议养成良好的编程习惯，应该在每一段代码后面加上分号。

4）注释与 C、C++、Java 等语言相同：注释就是对代码的解释和说明，目的是为了让别人和自己容易看懂，这是编程人员的良好习惯。编程语言的注释是任何一个程序员学习语言时就必须要了解的内容，JavaScript 的注释形式与 C、C++、Java 等语言相同，格式如下：

```
//   注释一行
/*
注释多行
*/
```

9.2.2 常用变量

1. 变量声明

在 JavaScript 语言环境中，变量是用于存储信息的容器，关键字 var 可应用于 JavaScript 中任何类型的变量声明。JavaScript 采用隐式变量声明，但要注意在 JavaScript 语言的任何位置进行隐式变量声明会将变量声明为全局变量，而函数内的局部变量则必须使用 var 来声明变量，因此，在声明变量时，需要根据变量的作用范围来声明变量。

var 声明变量的语法如下：

```
var count;   // 单个声明。
var count, amount, level;   // 用单个 var 关键字声明的多个声明。
var count = 0, amount = 100;   // 一条语句中的变量声明和初始化。
```

在对变量命名时，名称最好具有描述性含义，这样可以增加代码的可读性。例如，变量 length 用来表示长度；变量 max 用来表示最大值等。当然，有些计数变量或循环变量可以用习惯的 i、j、x、y 等来命名。

另外，变量名称的长度是任意的，但必须遵循以下规则：
- 第一个字符必须是一个字母（大小写均可）或下划线 "_"。
- 后续的字符可以是字母、数字、下划线。
- 变量名称不能是关键字（或称保留字）。

2. 变量类型

JavaScript 有六种数据类型。主要的类型有 number、string、object 以及 Boolean，其他两种类型为 null 和 undefined。

变量声明格式如下：

```
var string = "string", int = 100;   // 一条语句中的变量声明和初始化。
```

- String 字符串类型：这是最常用也是最实用的一种变量类型，在 JavaScript 中用单引号或者双引号来赋值。如 s = "this is string"；。
- Number 数值数据类型：JavaScript 支持整数和浮点数。整数可以为正数、0 或者负数；浮点数可以包含小数点，也可以包含一个 "e"（大小写均可，在科学记数法中表示 "10 的幂"），或者同时包含这两项。
- Boolean 布尔值类型：Boolean 的属性值有 true 和 false，这是两个特殊值，不能用做 1 和 0。声明方式如下：

```
var b = new Boolean();     /*  布尔变量声明方式  */
```

- Undefined 数据类型：JavaScript 会对未赋值变量赋值为 undefined。
- Null 数据类型：这是一个对象，但是为空。因为是对象，所以 typeof null 返回 "Object"。注意 null 是 JavaScript 保留的关键字。
- Object 类型：除了上面提到的各种常用类型外，对象类型也是 JavaScript 中的重要组成部分。

9.2.3 表达式与运算符

1. 表达式

定义变量后，就可以对它们进行赋值、改变、计算等一系列操作，这一过程通常使用表达式来完成。表达式里面元素通常就是变量、常量、布尔及运算符的集合，因此表达式可以分为算术表达式、字符表达式、赋值表达式以及布尔表达式等。

2. 运算符

运算符是完成操作的一系列符号，这也是表达式中的重要组成部分。和许多其他语言一样，JavaScript 中也有三类重要的运算符。

- 算术运算符（参见表 9-1）

表 9-1 算术运算符表

运算符	运算符说明	示例	示例说明
+	加法	x+y	如果 x 为整数 2，y 为整数 5，x+y 等于 7
−	减法	x-y	
*	乘法	x*y	
/	除法	x/y	
%	两者相除求余数	x%y	如果 x 等于 4，y 等于 3，x%y 结果等于 1
++	递增	x++	如果 x 等于 4，x++ 等于 5
——	递减	y--	如果 y 等于 4，y-- 等于 3

- 比较运算符（参见表 9-2）

表 9-2 比较运算符

运算符	运算符说明	示例	示例说明
==	等于	x==y	如果 x 等于 2，y 等于 2，则 x==y
===	全等于	x===y	值相等，数据类型也相同
>	大于	x>y	
>=	大于等于	x>=y	
<	小于	x<y	
<=	小于等于	x<=y	
!=	不等于	x!=y	
!==	不全等于	x!==y	
&&	与 (and)	x < 10 && y > 1	
!	非 (not)	!(x==y)	

- 赋值运算符（参见表 9-3）

表 9-3 赋值运算符

运算符	运算符说明	示例	示例说明
=	赋值	x=10，y=5	
+=	加法赋值	x=x+y	x=15
-=	减法赋值	x=x-y	x=5
*=	乘法赋值	x=x*y	x=50
/=	除法赋值	x=x/y	x=2
%=	取余赋值	x=x%y	x=0

和很多其他编程语句一样，JavaScript 也有三目运算操作符：

逻辑表达式？语句 1：语句 2；若逻辑表达的结果为真，则执行语句 1，否则执行语句 2。

9.2.4 程序设计

在 JavaScript 脚本语言中，主要由控制语句、函数、对象等来实现编程，其中控制语句主要有条件分支语句和循环语句。

1. 条件分支语句

if...else 语句实现了程序流程块中分支功能，即如果其中的条件成立，则程序执行条件后的语句或语句块；否则程序执行 else 中的语句或语句块。语法如下：

```
if(条件)
        {
                /* 条件为真执行的语句 */
        }
        else
        {
                /* 条件为假执行的语句 */
        }
```

switch 分支语句可以根据一个变量或表达式的不同取值采取不同的处理方法。其语法如下：

```
switch(表达式)
        {
                case case1: //   执行语句 1
                case case2: //   执行语句 2
                case case3: //   执行语句 3
                ...
                default:       //   默认执行语句
        }
```

如果表达式取的值同程序中提供的任何一条语句都不匹配，将执行 default 中的语句。

2. 循环语句

JavaScript 中的循环用来控制同一段代码执行的次数。For 语句是最基本的循环语句，语法如下：

```
for （变量 = 开始值；变量 <= 结束值；变量 = 变量 + 步进值）
{
                /* 循环语句 */
}
```

只要循环的条件成立，循环体就被反复执行。

for...in 语句与 C# 中 foreach() 语句相似，它循环的范围是一个对象所有的属性或是一个数组的所有元素。for...in 语句的语法如下：

```
for （变量 in 对象或数组）
{
                    /* 循环语句 */
}
```

while 语句所控制的循环不断地测试条件，如果条件始终成立，则一直循环，直到条件不再成立。语法如下：

```
while （条件）
{
                    /* 循环语句 */
}
```

break 语句用于结束当前的各种循环，并执行循环的下一条语句。

```
var i=0
for (i=0;i<=10;i++){
   if (i==3)   { break }  /* 终止 for 循环 */
   document.write("The number is " + i)
 }
```

continue 语句用于结束当前的循环，并开始下一个循环。

```
var i=0
for (i=0;i<=10;i++){
   if (i==3)   {  continue }  /* 跳过 i=3 的这次循环 */
   document.write("The number is " + i)
 }
```

9.2.5　函数

由事件驱动的或者当它被调用时执行的可重复使用的代码块称为函数，将脚本编写为函数可以实现按需调用相应的代码函数。

函数在页面起始位置定义，即在 <head> 部分定义或者定义在外部 js 文件里面，然后进行外部调用。

1. 定义函数

定义函数的格式如下：

```
function 函数名 （var1，var2, var3)
{
                    /*  函数代码 */
}
```

var1、var2 等指的是传入函数的变量或值。{ 和 } 定义了函数的开始和结束。

2. 函数返回值

return 语句用来规定从函数返回的值，因此，需要返回某个值的函数必须使用 return 语句。

示例 9-2 为一个求和的例子。

示例 9-2

```
function sum(a，b)
{
        x = a + b;
        return x;
}
```

JavaScript 中的函数无需对函数的返回值进行声明，直接使用 return，返回值的类型可以是本节提到的六种类型中的任意一种。

9.3 对象的概念

9.3.1 对象

1. 概述

JavaScript 编程使用了"面向对象"的概念。在 JavaScript 中，把 JavaScript 能涉及的事物划分成大大小小的对象，对象下面还可以继续划分对象。小到一个变量，大到网页文档、窗口甚至屏幕，都是对象，所有的编程都以对象为出发点。

在 JavaScript 里，用户可以创建自己的对象。但在学习创建用户自定义对象前，要先学习内建的 JavaScript 对象，以及如何使用它们。

示例 9-3 是在 JavaScript 里创建一个新的空对象。

示例 9-3

```
var o= new Object ();
```

2. 对象类别

JavaScript 的对象可分为本地对象或内置对象、Browser 对象、HTML DOM 对象。

• 本地对象

本地对象就是 ECMA-262 标准内定义的类，如表 9-4 所示。

表 9-4 本地对象列表

对象名称	说明
Array	Array 对象用于在单个的变量中存储多个值
Boolean	Boolean 对象表示两个值：true 和 false
Date	Date 对象用于处理日期和时间
Math	Math 对象用于执行数学任务
Number	Number 对象是原始数值的封装对象
String	String 对象用于处理文本（字符串）
RegExp	RegExp 对象表示正则表达式，它是对字符串执行模式匹配的强大工具
Global	全局属性和函数可用于所有内建的 JavaScript 对象

全局对象是预定义的对象，作为 JavaScript 的全局函数和全局属性的占位符。通过使用全局对象，可以访问所有预定义的对象、函数和属性。全局对象不是任何对象的属性，所以它没有名称。

全局对象只是一个对象，而不是类。既没有构造函数，也无法实例化一个新的全局对象。

• Browser 对象

Browser Objects 也可被称作 BOM，它是用来与浏览器窗体网页产生互动的对象。如表 9-5 所示。

表 9-5 Browser 对象列表

对象名称	说明
Window	Window 对象表示浏览器中打开的窗口
Navigator	Navigator 对象包含有关浏览器的信息
Screen	Screen 对象包含有关客户端显示屏幕的信息
History	History 对象包含用户（在浏览器窗口中）访问过的 URL
Location	Location 对象包含有关当前 URL 的信息

• HTML DOM 对象

HTML DOM 定义了用于 HTML 的一系列标准的对象，以及访问和处理 HTML 文档的标准方法。其中最重要的一个对象就是 Document 对象，Document 代表整个 HTML 文档，用来访问页面中的所有元素。

9.3.2　属性

属性是对象的特性值的表述，如示例 9-4 所示。

示例 9-4

```
<script type="text/javascript">
          var str='Hello World!';
          document.writeln(str.length);
</script>
```

示例 9-4 定义了一个字符串变量，字符串也是一个对象，length 作为 str 对象的属性用于取得字符串的长度。JavaScript 内建对象的属性可以参阅相关的技术文档，在 Visual Studio 2008 中，由于有智能感应功能，就可以很方便地访问对象的属性。如图 9-2 所示。

创建对象设置属性值：

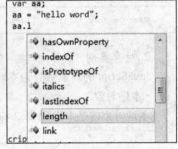

图 9-2　JavaScript 的智能感应

```
var person =
    {
          name: 'name',
          age : 22,
          sex : 'boy'
    }
```

访问用户自定义对象的属性的方式和访问 JavaScript 内建对象的属性方式是一样的。

```
var person= new Object();
person.birthday = '1982-09-09'
```

属性是通过对一个已有对象的新属性进行赋值的方式来创建它，前面提到声明变量时通常用关键字 var，但是创建对象属性和赋值时不需要使用 var。

9.3.3　方法

方法指对象可以执行的行为（或者可以完成的功能），与属性相同，JavaScript 内建对象本身就自带了很多功能强大的方法，可以直接调用来完成某些特定的功能。

在示例 9-5 中，使用字符串对象的 toUpperCase() 方法来显示大写字母文本。

示例 9-5

```
var str='Hello World!';
document.writeln(str.toUpperCase());
```

示例 9-5 的代码输出为：HELLO WORLD！。

9.4　JavaScript 对象

9.4.1　Window 对象

Window 对象表示一个浏览器窗口或一个框架。在客户端 JavaScript 中，Window 对象是全局对象，所有的表达式都在当前的环境中计算。

1．窗口操作

Window 对象是 JavaScript 中最大的对象，主要用于操作浏览器窗口。一般要引用它的属性和方法时不需要用"window.xxx"的形式，直接使用方法名称即可。

通过 Window 对象移动或调整浏览器窗口的大小，有四种方法：

- moveBy(x, y)：从当前位置将窗体水平移动 x 个像素，垂直移动窗体 y 个像素。x 为负数，将向左移动窗体；y 为负数，将向上移动窗体。
- moveTo(x, y)：移动窗体左上角到相对于屏幕左上角的 (x, y) 点。当使用负数作为参数时，窗体会移出屏幕的可视区域。
- resizeBy(w, h)：相对窗体当前的大小、宽度调整 w 个像素，高度调整 h 个像素。如果参数为负值，将缩小窗体，反之将扩大窗体。
- resizeTo(w, h)：把窗体宽度调整为 w 个像素，高度调整为 h 个像素。

使用 Window 对象移动浏览器窗口的代码如示例 9-6 所示。

示例 9-6

```html
<html>
<head>
<script type="text/javascript">
  function moveWin() {  myWindow.moveTo(50,50)}
</script>
</head><body>
<script type="text/javascript">
  myWindow=window.open('','','width=200,height=100')
  myWindow.document.write("This is 'myWindow'")
</script>
<input type="button" value="Move 'myWindow'" onclick="moveWin()" />
</body></html>
```

要获取该窗口在屏幕上的位置以及尺寸，可采用以下几种方法：

- 对于 IE 浏览器：可以用 window.screenLeft 和 window.screenTop 来获得当前窗口的位置，用 document.body.offsetWidth 和 document.body.offsetHeight 来获得当前窗口的大小，这些属性是 window 非标准属性。
- 对于 Mozilla 浏览器：可以用 window.screenX 和 window.screenY 来获取位置；用 window. innerWidth 和 window.innerHeight 来获取视窗浏览区域的大小；用 window.outerWidth 和 window.outerHeight 来判断浏览器窗口自身的大小。

尽管我们可以通过上述的方法移动浏览器窗口和调整它的大小，但应该尽量少使用它们。移动浏览器窗口和调整它的大小会对用户产生影响，因此，专业的 Web 站点和 Web 应用程序都应尽量避免使用它们。

2．导航和打开新窗口

打开新窗口的方法是 open()，格式如下：

```
window.open(url, name, features, replace);
```

参数说明：

- url：要载入窗体的 URL。
- name：新建窗体的名称。
- features：代表窗体特性的字符串，字符串中每个特性使用逗号分隔。

- replace：一个布尔值，说明新载入的页面是否替换当前载入的页面，此参数通常不用指定。
- 关闭窗口应使用 close()，格式如下：

```
window.close();
```

关闭一个新建的窗口可使用如下方法：

```
var NewWin = window.open(...);
NewWin.close();
```

某些情况下，打开新窗口对用户有帮助，但一般说来，最好尽量少弹出窗口。许多用户都安装了弹出式窗口的拦截程序，除非用户允许打开某些弹出窗口，否则它将拦截所有的弹出窗口。

3. 系统对话框

window 对象有三种常用的对话框输入函数：

- alert()：只是提醒，不能使脚本产生任何改变。常见于提醒用户信息不完整、有误等情况。
- confirm()：一般用于确认，返回 true 或者 false，主要用于 if...else... 判断。常见于用户对信息更改前的确认。
- prompt()：一个带输入的对话框，可以返回用户填入的字符串，常见于往某些留言板或论坛输入内容处插入 UBB 格式图片。

4. History 历史对象

Window 对象中的 History（历史）对象包含了用户已浏览的 URL 的信息，是指浏览器的浏览历史。出于安全性的需要，该对象有很多限制，现在有下列属性和方法。History 对象由 length 这个属性来列出历史的项数。JavaScript 所能管到的历史被限制在用浏览器的"前进"和"后退"键可以去到的范围。

History 历史对象有以下几种方法：

- back()：后退，与按下"后退"键是等效的。
- forward()：前进，与按下"前进"键是等效的。
- go()：用法：history.go(x)。在历史的范围内指向指定的 URL 访问地址。如果 x < 0，则后退 x 个地址；如果 x > 0，则前进 x 个地址；如果 x == 0，则刷新现在打开的网页。

9.4.2　Document 对象

Document 本身是一个对象，但又是 JavaScript 中 window 对象和 frames 对象的一个属性，其描述当前窗口或指定窗口对象的文档。它包含了文档从 <head> 标签到 </body> 标签的全部内容。用法如下：

```
document 或 < 窗口对象 >.document
```

其中 document 表示当前窗口的文档，< 窗口对象 >.document 表示指定窗口的文档。

1. Document 对象属性

表 9-6 所列属性是 Document 对象的常用属性，更多的属性请查阅 JavaScript 的相关技术文档。

表 9-6　Document 对象属性

属性	描述
document.title	设置文档标题，等价于 HTML 的 <title> 标签
document.bgColor	设置页面背景色
document.fgColor	设置前景色（文本颜色）
document.linkColor	未点击过的链接颜色

（续）

属性	描述
document.alinkColor	激活链接（焦点在此链接上）的颜色
document.vlinkColor	已点击过的链接颜色
document.URL	设置 URL 属性，从而在同一窗口中打开另一个网页
document.fileCreatedDate	文件建立日期，只读属性
document.fileModifiedDate	文件修改日期，只读属性
document.fileSize	文件大小，只读属性
cookie	设置或返回与当前文档有关的所有 cookie
document.charset	设置字符集，简体中文为 gb2312

示例 9-7 是查看 Document 对象属性的示例。

示例 9-7

```html
<html>
 <head>
  <title> Document 属性 </title>
 </head>
 <body>
 <br/>
 <img SRC="1.bmp" BORDER="0" ALT="">
 <br/>
  <script LANGUAGE="JavaScript">
          document.write(" 文件地址 :"+document.location+"<br/>")
          document.write(" 文件标题 :"+document.title+"<br/>");
          document.write(" 图片路径 :"+document.images[0].src+"<br/>");
          document.write(" 文本颜色 :"+document.fgColor+"<br/>");
          document.write(" 背景颜色 :"+document.bgColor+"<br/>");
  </script>
 </body>
</html>
```

示例 9-7 运行后在浏览器中的效果如图 9-3 所示。

图 9-3　Document 对象属性应用

2. Document 对象方法

Document 对象方法如表 9-7 所示。

表 9-7　Document 对象方法

方法	描述
open()	打开已经载入的文档
getElementById()	返回对拥有指定 id 的第一个对象的引用
getElementsByName()	返回带有指定名称的对象集合
getElementsByTagName()	返回带有指定标签名的对象集合
write()	向文档写 HTML 表达式或 JavaScript 代码
writeln()	等同于 write() 方法，不同的是在每个表达式之后写一个换行符
close()	关闭用 document.open() 方法打开的输出流，并显示选定的数据
clear()	清空当前文档

Document 对象的方法在 JavaScript 程序中使用的频率非常高。示例 9-8 是一个应用 getElementById() 方法的示例。

示例 9-8

```
<html>
 <head>
  <title>Document 方法 </title>
 </head>
 <body>
 <br/>
 <div id="book">网页设计基础 </div>

 <br/>
  <script LANGUAGE="JavaScript">
         var book=document.getElementById('book')
         alert(book.innerText);
  </script>
 </body>
</html>
```

通过调用 getElementById() 方法可以得到 <div> 内的内容，并通过消息窗口显示出来。示例 9-8 的浏览效果如图 9-4 所示。

图 9-4　Document 对象方法应用

9.4.3　Location 对象

Location 对象用于获取或设置窗体的 URL，并且可以用于解析 URL，是 JavaScript 中最重要的对象之一。Location 既是 Window 对象的属性又是 Document 对象的属性，即 window. location == document. location;。

1. Location 对象属性

Location 对象包含 8 个属性，最重要的一个是 href 属性，代表当前窗体的 URL，其余 7 个都是当前窗体的 URL 的一部分。具体描述如表 9-8 所示。

表 9-8　Location 对象属性

属性	描述
hash	设置或返回从井号（#）开始的 URL
host	设置或返回主机名和当前 URL 的端口号
hostname	设置或返回当前 URL 的主机名
href	设置或返回完整的 URL
pathname	设置或返回当前 URL 的路径部分
port	设置或返回当前 URL 的端口号
protocol	设置或返回当前 URL 的协议
search	设置或返回从问号（？）开始的 URL（查询部分）

Location 的 8 个属性都是可读写的，但通常只对 href 与 hash 属性进行写操作。图 9-5 是对 Location 对象中属性的图解。

Location 对象的使用示例如示例 9-9 所示。

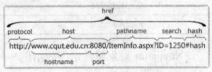

图 9-5　Location 对象的属性图解

示例 9-9

```
<html>
<head>
<script type="text/javascript">
  function currLocation(){      alert(window.location)     }
  function newLocation(){      window.location="/index.html"      }
</script>
</head>
<body>
  <input type="button" onclick="currLocation()" value=" 显示当前的 URL">
  <input type="button" onclick="newLocation()" value=" 改变 URL">
</body>
</html>
```

2. Location 对象方法

Location 对象的方法如表 9-9 所示。

表 9-9　Location 对象方法

方法	描述
assign()	设置当前文档的 URL
replace()	设置当前文档的 URL，并在 history 对象的地址列表中删除这个 URL
reload()	重新载入当前文档（从 server 服务器端）
toString()	返回 Location 对象 href 属性当前的值

9.4.4　Navigator 对象

Navigator 对象通常用于检测浏览器与操作系统的版本，也是 Window 对象的属性。

由于 Navigator 没有统一的标准，因此各个浏览器都有自己的 Navigator 版本，Navigator 的属性和方法也有所不同。本节只介绍最普遍且最常用的属性和方法。

1. Navigator 对象属性

Navigator 对象中最重要的是 userAgent 属性，它返回包含浏览器版本等信息的字符串。cookieEnabled 属性也很重要，使用它可以判断用户浏览器是否开启 cookie。Navigator 对象属性参见表 9-10。

表 9-10   Navigator 对象属性

属性	描述
appCodeName	浏览器代码名的字符串表示
appName	官方浏览器名的字符串表示
appVersion	浏览器版本信息的字符串表示
cookieEnabled	如果启用 cookie 返回 true，否则返回 false
platform	浏览器所在计算机平台的字符串表示
plugins	安装在浏览器中的插件数组
taintEnabled	如果启用了数据污点返回 true，否则返回 false
userAgent	用户代理头的字符串表示

Navigator 对象属性示例如示例 9-10 所示。

示例 9-10

```
<html>
<body>
<script type="text/javascript">
    document.write("<p> 浏览器：")
    document.write(navigator.appName + "</p>")
    document.write("<p> 浏览器版本：")
    document.write(navigator.appVersion + "</p>")
    document.write("<p> 代码：")
    document.write(navigator.appCodeName + "</p>")
    document.write("<p> 平台：")
    document.write(navigator.platform + "</p>")
    document.write("<p>Cookies 启用：")
    document.write(navigator.cookieEnabled + "</p>")
    document.write("<p> 浏览器的用户代理报头：")
    document.write(navigator.userAgent + "</p>")
</script>
</body>
</html>
```

示例 9-10 的浏览结果如图 9-6 所示。

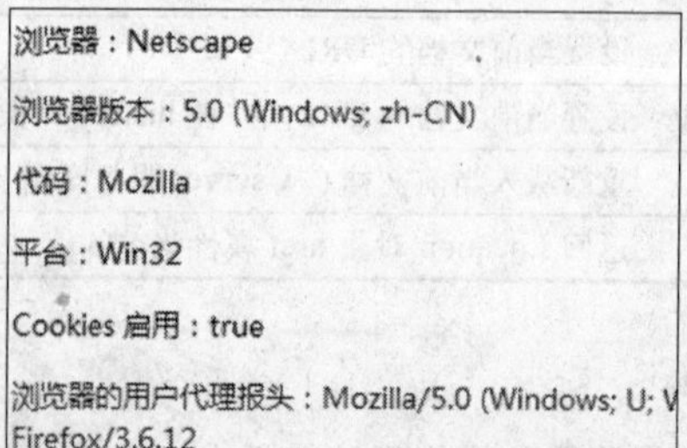

浏览器：Netscape

浏览器版本：5.0 (Windows; zh-CN)

代码：Mozilla

平台：Win32

Cookies 启用：true

浏览器的用户代理报头：Mozilla/5.0 (Windows; U; V
Firefox/3.6.12

图 9-6   Location 对象的属性图解

2. Navigator 对象方法

Navigator 对象方法如表 9-11 所示。

表 9-11 Navigator 对象方法

方法	描述
javaEnabled()	规定浏览器是否启用了 Java
taintEnabled()	规定浏览器是否启用数据污点 (data tainting)

9.4.5 Screen 对象

Screen 对象用于获取用户的屏幕信息，它同样是 Window 对象的属性。每个 Window 对象的 Screen 属性都引用一个 Screen 对象。可以通过 Screen 对象来获取用户屏幕的信息，比如宽度、高度、像素等，而这些信息对于设置图片和页面在浏览器中显示的大小都是非常有用的。Screen 对象的属性使用和浏览器的关系比较密切，所以在使用这些属性时，一定要注意浏览器之间的兼容性。Screen 对象属性的具体描述如表 9-12 所示。

表 9-12 Screen 对象属性

属性	描述
availHeight	返回显示屏幕的高度 (除 Windows 任务栏之外)
availWidth	返回显示屏幕的宽度 (除 Windows 任务栏之外)
bufferDepth	设置或返回调色板的比特深度
colorDepth	返回目标设备或缓冲器上的调色板的比特深度
deviceXDPI	返回显示屏幕的每英寸水平点数
deviceYDPI	返回显示屏幕的每英寸垂直点数
fontSmoothingEnabled	返回用户是否在显示控制面板中启用了字体平滑
height	返回显示屏幕的高度
logicalXDPI	返回显示屏幕每英寸的水平方向的常规点数
logicalYDPI	返回显示屏幕每英寸的垂直方向的常规点数
pixelDepth	返回显示屏幕的颜色分辨率（比特每像素）
updateInterval	设置或返回屏幕的刷新率
width	返回显示器屏幕的宽度

availWidth 与 availHeight 属性比较常用，它们可以使窗口填满用户显示器的屏幕，如示例 9-11 所示。

示例 9-11

```
window.moveTo(0,0);
window.resizeTo(screen.availWidth, screen.availHeight);
```

9.5 实例：JavaScript 的使用

本节将综合前面的 JavaScript 基础知识点进行案例剖析，其中将使用到本章前面所涉及的重要知识点。以下实例功能为交替展示图片内容，该功能在很多大型门户网站都很常见。图 9-7 所示为新华网首页的新闻图片。

这幅图片有 Flash 效果，但其实是通过 CSS 结合 JavaScript 实现的。图 9-8 是类似图 9-7 的图书信息展示切换图片，也是本书实例网站中用 JavaScript 实现的一个功能。

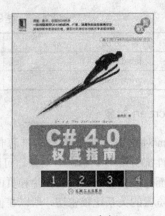

图 9-7　新闻图片　　　　　　　　　　　　图 9-8　案例

下面重点分析图 9-8 所示案例的实现。首先要通过 DIV+CSS 技术相结合来设计界面，以下是HTML 文档部分的代码。

```
<div class="focusPic">
    <div id="focusPic1" style="display: block;">
        <div class="pic">
            <a href="#">
                <img src="Images/Books/01_b.jpg"  alt=" 别具光芒 Div+CSS 网页布局与美化 "
                    width="240" height="180" border="0" /></a>
        <h2>
            <a href="#"> 别具光芒 Div+CSS 网页布局与美化 </a></h2>
        </div>
    </div>
    <div id="focusPic2" style="display: none;">
        <div class="pic">
            <a href="#">
                <img src="Images/Books/02_b.jpg"  alt=" 精通 CSS 高级 Web 标准解决方案 "
                    width="240" height="180" border="0" /></a>
        </div>
        <h2>
            <a href="#"> 精通 CSS 高级 Web 标准解决方案 </a></h2>
    </div>
    <div id="focusPic3" style="display: none;">
        <div class="pic">
            <a href="#">
                <img src="Images/Books/03_b.jpg" alt="CSS 禅意花园 " width="240" height="180"
                    border="0" /></a>
        </div>
        <h2>
            <a href="#">CSS 禅意花园 </a></h2>
    </div>
    <div id="focusPic4" style="display: none;">
        <div class="pic">
            <a href="#">
                <img src="Images/Books/04_b.jpg"  alt=" 网站重构 -- 应用 Web 标准进行设计 "
                    width="240" height="180" border="0" /></a>
        </div>
        <h2>
```

```
                <a href="#"> 网站重构 -- 应用 Web 标准进行设计 </a></h2>
    </div>
    <div class="more">
        <div class="textNum">
            <div class="text">
                &gt; 更多图书信息 </div>
            <div class="num bg1" id="focusPic1nav" style="display: block;">
                <ul>
                    <li>1</li>
                    <li><a href="javascript:setFocus1(2);" target="_self">2</a></li>
                    <li><a href="javascript:setFocus1(3);" target="_self">3</a></li>
                    <li><a href="javascript:setFocus1(4);" target="_self">4</a></li>
                </ul>
            </div>
            <div class="num bg2" id="focusPic2nav" style="display: none;">
                <ul>
                    <li><a href="javascript:setFocus1(1);" target="_self">1</a></li>
                    <li>2</li>
                    <li><a href="javascript:setFocus1(3);" target="_self">3</a></li>
                    <li><a href="javascript:setFocus1(4);" target="_self">4</a></li>
                </ul>
            </div>
            <div class="num bg3" id="focusPic3nav" style="display: none;">
                <ul>
                    <li><a href="javascript:setFocus1(1);" target="_self">1</a></li>
                    <li><a href="javascript:setFocus1(2);" target="_self">2</a></li>
                    <li>3</li>
                    <li><a href="javascript:setFocus1(4);" target="_self">4</a></li>
                </ul>
            </div>
            <div class="num bg4" id="focusPic4nav" style="display: none;">
                <ul>
                    <li><a href="javascript:setFocus1(1);" target="_self">1</a></li>
                    <li><a href="javascript:setFocus1(2);" target="_self">2</a></li>
                    <li><a href="javascript:setFocus1(3);" target="_self">3</a></li>
                    <li>4</li>
                </ul>
            </div>
        </div>
    </div>
</div>
```

对于上述代码，注意避免 DIV 的重复命名，因为在 JavaScript 中就是要通过 HTML 控件的 ID 来访问相关 HMTL 控件，并通过修改控件属性来实现网页效果的变化。

同时要能实现图 9-8 的网页效果，还要结合对 CSS 的使用，对 DIV 进行样式控制，CSS 代码如下所示。

```
<style type="text/css">
    body
    {
        text-align: center;
        margin: 0;
        padding: 0;
        background: #FFF;
        font-size: 12px;
        color: #000;
    }
    div, form, img, ul, ol, li, dl, dt, dd
    {
```

```
        margin: 0;
        padding: 0;
        border: 0;
}
h1, h2, h3, h4, h5, h6
{
        margin: 0;
        padding: 0;
}
table, td, tr, th
{
        font-size: 12px;
}
a:link
{
        color: #000;
        text-decoration: none;
}
a:visited
{
        color: #83006f;
        text-decoration: none;
}
a:hover
{
        color: #c00;
        text-decoration: underline;
}
a:active
{
        color: #000;
}
.focusPic
{
        margin: 0 auto;
        width: 244px;
}
.focusPic .pic
{
        margin: 0 auto;
        width: 240px;
        height: 180px;
        padding: 2px 0 0;
}
.focusPic .adPic
{
        margin: 0 auto 5px;
        width: 240px;
        height: 29px;
        overflow: hidden;
        background-color: Red;
}
.focusPic .adPic .text
{
        float: right;
        padding: 9px 4px 0 0;
        width: 140px;
}
.focusPic .adPic .text a
{
        color: #1f3a87;
```

```
}
.focusPic .adPic .text a:hover
{
    color: #bc2931;
}
.focusPic h2
{
    float: left;
    width: 232px;
    padding: 4px 0 3px 12px;
    font-size: 14px;
    text-align: left;
}
.focusPic p
{
    float: left;
    width: 226px;
    line-height: 160%;
    margin: 0;
    text-align: left;
    padding: 0 0 10px 12px;
}
.focusPic p img
{
    margin: 0px 0 2px;
}
.focusPic .more
{
    margin: 0 auto;
    width: 240px;
}
.focusPic .more .textNum
{
    float: right;
    margin: 0 8px 0 0;
    padding: 0 0 4px;
}
.focusPic .more .textNum .text
{
    float: left;
    font-weight: bold;
    padding: 7px 6px 0 0;
    color: #666;
}
.focusPic .more .textNum .num
{
    float: left;
    width: 113px;
    height: 19px;
}
.focusPic .more .textNum .bg1
{
    background: url(Image/num1.gif);
}
.focusPic .more .textNum .bg2
{
    background: url(Image/num2.gif);
}
.focusPic .more .textNum .bg3
{
    background: url(Image/num3.gif);
}
```

```
    .focusPic .more .textNum .bg4
    {
        background: url(Image/num4.gif);
    }
    .focusPic .more .textNum .num ul
    {
        float: left;
        width: 113px;
    }
    .focusPic .more .textNum .num li
    {
        float: left;
        width: 28px;
        font-weight: bold;
        display: block;
        color: #fff;
        list-style-type: none;
        padding: 6px 0 0;
    }
    .focusPic .more .textNum .num li a
    {
        color: #fff;
        padding: 0 5px;
    }
    .focusPic .more .textNum .num li a:visited
    {
        color: #fff;
    }
    .focusPic .more .textNum .num li a:hover
    {
        color: #ff0;
    }
</style>
```

下面就通过 JavaScript 来实现图片新闻的切换效果。我们先介绍几个重要的函数。

1）setTimeout

```
setTimeout(code,millisec);
```

参数描述：

• code：在调用函数后要执行的 JavaScript 代码串，必需。

• millisec：在执行代码前需等待的毫秒数，必需。

2）getElementById

```
document.getElementById(id);
```

说明：

在 JavaScript 中定义了多种查找元素的方法，除了使用 getElementById() 之外，还可以使用 getElementsByName() 和 getElementsByTagName()，使用方式类似。但是，如果需要查找文档中的一个特定元素，最有效的方法是使用 getElementById()。在操作文档的一个特定的元素时，最好设置该元素一个 id 属性，为它指定一个在文档中唯一的名称，以便通过该 ID 查找想要的元素。

下面是使用 getElementById 的一个小实例：

```
<html>
<head>
<script type="text/javascript">
    function getValue()
```

```
        {
                var x=document.getElementById("myHeader")
                alert(x.innerHTML)
        }
    </script>
    </head>
    <body>
        <h1 id="myHeader" onclick="getValue()">
                This is a header
        </h1>
        <p>
                Click on the header to alert its value
        </p>
    </body>
</html>
```

鼠标点击 "This is a header" 时，网页弹出图 9-9 所示的对话框。

接下来对案例中的 JavaScript 进行分析，基本的实现程序思想如下：通过鼠标点击数字来控制显示哪张图片，同时数字的背景图片也要一起变化，所以点击的 JavaScript 事件应该是在数字上，然后通过传递点击的数字参数来控制新闻图片和数字背景图片的显示，控制图片显示是通过对样式控制来实现的。

具体的 JavaScript 代码如下，最终实现图 9-8 所示的网页效果，并根据用户需要切换图书封面图片。

图 9-9　弹出对话框

```
<script language="JavaScript" type="text/javascript">
var nn;
nn=1;
setTimeout('change_img()',6000);
function change_img()
{
    if(nn>4) nn=1
    setTimeout('setFocus1('+nn+')',6000);      // 前文有说明
    nn++;
    tt=setTimeout('change_img()',6000);
}
function setFocus1(i)
{
    selectLayer1(i);
}
function selectLayer1(i)
{
    switch(i)
    {
    case 1:
        document.getElementById("focusPic1").style.display="block";
        document.getElementById("focusPic2").style.display="none";
        document.getElementById("focusPic3").style.display="none";
        document.getElementById("focusPic4").style.display="none";
        document.getElementById("focusPic1nav").style.display="block";
        document.getElementById("focusPic2nav").style.display="none";
        document.getElementById("focusPic3nav").style.display="none";
        document.getElementById("focusPic4nav").style.display="none";
      break;
    case 2:
        document.getElementById("focusPic1").style.display="none";
        document.getElementById("focusPic2").style.display="block";
```

```
             document.getElementById("focusPic3").style.display="none";
             document.getElementById("focusPic4").style.display="none";
             document.getElementById("focusPic1nav").style.display="none";
             document.getElementById("focusPic2nav").style.display="block";
             document.getElementById("focusPic3nav").style.display="none";
             document.getElementById("focusPic4nav").style.display="none";
             break;
         case 3:
             document.getElementById("focusPic1").style.display="none";
             document.getElementById("focusPic2").style.display="none";
             document.getElementById("focusPic3").style.display="block";
             document.getElementById("focusPic4").style.display="none";
             document.getElementById("focusPic1nav").style.display="none";
             document.getElementById("focusPic2nav").style.display="none";
             document.getElementById("focusPic3nav").style.display="block";
             document.getElementById("focusPic4nav").style.display="none";
             break;
         case 4:
             document.getElementById("focusPic1").style.display="none";
             document.getElementById("focusPic2").style.display="none";
             document.getElementById("focusPic3").style.display="none";
             document.getElementById("focusPic4").style.display="block";
             document.getElementById("focusPic1nav").style.display="none";
             document.getElementById("focusPic2nav").style.display="none";
             document.getElementById("focusPic3nav").style.display="none";
             document.getElementById("focusPic4nav").style.display="block";
             break;
         }
    }
</script>
```

9.6　本章小结

本章简单介绍了 JavaScript 程序设计的基本概念、语法及常用对象，使读者理解了对象及 JavaScript 基本语法之后能根据具体的要求利用 JavaScript 对象实现常用的辅助功能，如图片滚动、多级菜单等，使网站界面及功能更加丰富，为网站锦上添花。

习题

1. 根据 9.1.2 节的入门案例试着编写一个简单的 JavaScript 程序，熟悉其基本语法和编写方法。
2. 什么是对象？其特点有哪些？
3. 编写程序，实现用 Windows 对象在页面中打开一个临时对话框。
4. 编写程序，实现用 Document 对象在页面中显示指定文件的相关信息。
5. 编写程序，根据 9.5 节实例试着实现在页面中多个图片交替出现的功能。

第四部分 案 例 篇

第10章 等级考试网上报名系统

本章将综合利用前面章节介绍的知识点，以"等级考试网上报名系统"为例，完成整个网站的设计、规划和呈现，详细阐述网页设计的整个流程，包括图纸分析、网页架构分析、HTML文档分析、表现样式分析等，最终建成一个完整的网站。

本章要构建的"等级考试网上报名系统"是一个以网页为载体的网上在线报名系统，它主要包括英语四六级考试报名、计算机等级考试报名等功能。除此之外，该网站还提供报名信息查询、历史考试成绩查询、报名单打印等功能。

网页的页面架构如图10-1所示。

图10-1 网页设计图

10.1 网站设计分析

10.1.1 网站设计需求

"等级考试网上报名系统"主要为全校学生每学期的英语四六级考试和计算机等级考试服务。由于报名时间相对集中，因此需要服务器具备足够的并发处理能力，同时网站运行程序尽可能优化以保证报名工作的顺利进行。

从用户应用的角度来讲，网站在界面呈现上应该尽可能做到功能明确、区域划分合理、功能导航快捷方便，从而使用户打开该网站就能够明确其所需完成的操作流程。因此，网站在界面设计方面需要以简约风格为主，重点突出基本功能导向，明确操作流程。基于此，以设计图10-1为例，其中主要包含了网站Logo、用户报名照片、用户基本信息、网站功能导航、站内通知等功能区域，同时采用对比度强的黑白色配合暗红色，完成了整个页面设计。

设计图 10-1 从整体来看，信息显示清晰、区域划分合理、功能导航明确，符合该系统在界面设计方面的各种要求。因此，与之匹配的其他页面也应该具有统一的显示风格，如图 10-2 中的"英语四六级报名"页面。

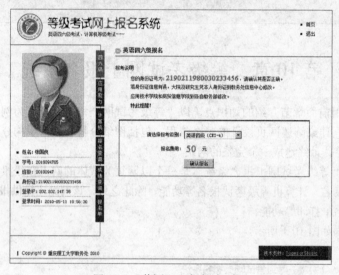

图 10-2　英语四六级报名页面

10.1.2　图纸分析

由于网站中各个模块功能明确、布局统一，因此本节将以图 10-1（以下简称"设计图"）为例来进行图纸分析。

通过观察设计图可以看出，页面从上到下包括：页面标题（正标题和副标题）、用户信息（报名照片、基本信息）、导航栏、站内通知，以及页脚的版权信息和技术支持信息。如图 10-3 所示。

图 10-3　功能区域分析

其中，有以下几点需要注意。

1）网页标题的显示情况

图 10-3 中的正标题（即"等级考试网上报名系统"）经过了特效处理，其所使用的文字非系统通用字库中的字体。因此，凡是类似经过特效处理的文字，都需要将其存储为图片文件，然后通过在网页中添加图片标签或为指定标签设置背景图片来完成布局。在编写 HTML 文档和 CSS 样式表的时候，需要特别注意这一点。

2）导航栏的定位问题

该设计图中的导航栏与传统的导航栏定位有所不同，其文字和栏目都采用纵向布局方式，而且从显示效果来看，它与用户信息显示区域有所重叠。这就需要通过样式表中特别的定位技术来实现，同时还需要考虑到浏览器版本不同（如 IE6、IE7、IE8、IE9）时的显示效果。

3）导航栏的交替效果

导航栏中通过为指定栏目设置高亮背景色来表示该栏目处于"激活"状态。设计图 10-1 所示的"四六级"，其背景色为暗红色，其他栏目的背景色为深灰色。从图中可以分析得出，默认状态下，栏目采用的是统一的深灰色背景颜色填充，文字颜色为白色。而处于激活状态的栏目背景则是暗红色背景，文字颜色为白色。

4）列表和表格的使用

从设计图的显示效果来看，某些区域采用了普遍应用的列表或表格效果，因此正确理解并合理运用列表标签（<ul>、<ol>、<dl>）和表格标签（<table>）是衡量网页 HTML 代码优劣的关键。

5）页面整体居中要求

虽然在设计图中无法真实呈现网页在浏览器窗口中的最终效果，但根据网站功能的实际需求，页面整体内容具有固定的宽度，而且当浏览器窗口超出该宽度时，页面内容整体居中。由于 DIV+CSS 布局的特殊性，它无法像 table 标签那样能够通过单元格将内容固定到指定位置，所以，需要通过特殊的 CSS 布局技巧来实现。

10.1.3　页面表现分析

与房屋装修相似，页面表现主要是指通过层叠样式表（CSS）代码来完成网页的显示效果设置。在编写网页的 HTML 文档和层叠样式表代码之前，首先需要对设计图进行必要的图片切割和数据提取。其中，图片切割是指对于设计图中某些特效区域，如图 10-3 中的正标题部分和用户报名照片部分，需要专门将其切割出来并以图片形式存储到网站相应目录中；数据提取包括各种颜色的提取（如文字颜色、导航栏背景颜色）、边框（线条）的宽度和颜色等。下面将分别从这几方面对设计图进行分析。

• 页面背景

根据设计图的要求，页面的整体背景为白色，但这只是局限于网页整体内容部分。根据网页设计具体情况，超出该区域的部分最好能用其他颜色进行填充，以突出网页的内容部分。在此，可以设置背景颜色值为灰色 #444444。

• 页面宽度

整体来说，页面宽度有很好的灵活性，因为设计图中没有为整个页面或者局部设置无法分割的整张的图片，这就使得在实际的网页编辑中，可以根据内容需要来调整整体和区域的宽度和高度。

• 文本样式

文本样式是网页中最重要的部分，在分析页面表现时，需要对设计图中的文本信息统一分类，并提取其颜色，有时，部分文本信息还需要用图像文件来代替。例如，在图 10-1 中，网页的文字大小统一设置为 12 像素（即 12px）；而页面中的文字颜色包括：白色（#ffffff）、黑色（#000000）、灰色（#bbbbbb）等；页面的标题"等级考试网上报名系统"使用图像文件来代替显示等。

•图片元素的使用

网页中的图片元素通常是指在设计图中经过特效处理的部分，而这些无法在网页中通过系统自带的字体、图片等实现的信息，就需要截取相应的部分单独作为图像文件加载到页面中。网页设计中图片使用的方法一般有两种，一种是在网页中添加图像标签（即 <img />），并为其指定图像路径，最终实现图像在网页中的显示；一种是将图像文件作为某标签的背景图像来设置。

正常情况下，在网页中加入图像标签（<img />）之后，该标签会在页面布局中单独占据一定的空间，如果将图像文件作为某个标签（如 <div></div>）的背景使用时，则该标签中仍然可以加载其他标签或数据信息。因此，在进行网页 HTML 文档编排时，需要慎重考虑采用哪种方法。

图 10-4　用户报名照片

在网页设计过程中，这两种用法需要配合使用。对于本章案例来讲，如图 10-3 所示，其中用户报名照片部分通常是通过程序查询得到的，因此是需要动态赋值的，所以需要引入图像标签来加载该照片。在这种情况下，需要把该照片切割并单独建立一个图像文件（如 userImage.png），并保存到指定目录的文件夹中（如 App_Themes/Default/Images/），如图 10-4所示。

如果需要将图像作为背景图像使用，则有两种填充方式：重复填充和非重复填充，二者各有优缺点，需要根据网页的实际需要来设置。

其中，重复填充即可以将图像在指定区域中无限填充，直到填满整个区域为止。重复填充又分为横向填充（repeat-x）、纵向填充（repeat-y）和双向填充三种。在使用背景重复填充方法时，请注意务必保证图像与图像之间是无缝连接的，即尽可能经过填充后使背景成为一个完整的整体，而不应该存在明显的连接痕迹。在本章案例中，有两个部分可以采用背景重复填充实现。如图 10-5 和图 10-6 所示。

图 10-5　页脚部分的下划线（上）

图 10-6　导航栏部分的背景线（左）

图 10-5 中的下划线为高度 3 像素（3px）的灰线，可以截取一个 1×3 的图像文件横向填充整个页脚标签；对于图 10-6 中的黑色背景竖线，则可以截取一个 1×1 的图像文件纵向填充相应标签达到图中的显示效果。

非重复填充的背景一般都具有完整的图像结构，如图 10-7 所示。此类图片是一个完整的图片，不适合重复填充，而默认情况下背景图片是双向重复填充的，因此需要设置 background-repeat:none 来实现。

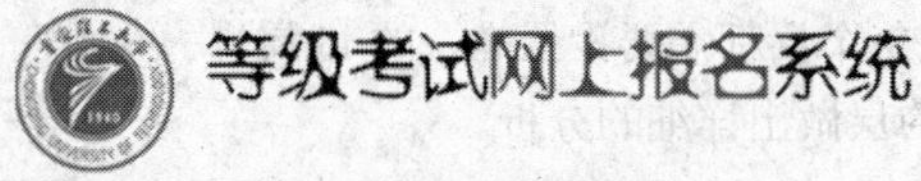

图 10-7 网站 Logo

在使用非重复填充背景时需要注意，背景区域的内容有时可能不足以支撑起整个图片，这就需要通过设置标签的宽和高来实现背景图片的完整显示。

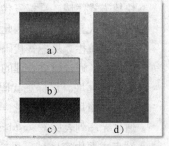

图 10-8 列出了其中的部分背景图像。其中，a）为导航栏背景图像；b）为激活的导航列表项的背景图像；c）为侧边栏标题背景图像；d）为网站相关信息背景图像。

图 10-8 教学网站部分背景图片

• 引导图标的应用

引导图标是网页中最常用的图像元素，它经常出现在列表项前面或标题文字前面，在本章中，用到了如图 10-9 所示的引导图标。

图 10-9 引导图标

10.2 HTML 文档结构分析

10.2.1 设计图分层剖析

在进行 HTML 文档和样式代码编辑之前，首先需要根据 DIV+CSS 布局的设计思路，从文档架构的角度对设计图进行分层解析，并对不同的层指定相应的 id 属性和 class 属性。分析结果如图 10-10 所示。

图 10-10 设计图分层剖析

从图 10-10 中可以看出，整个页面大致分为六部分，即抬头区域（id=header）、快捷方式区域（id=shortNav）、侧边栏区域（id=sider）、功能导航栏（id=navigater）、站点主要内容区域（id=mainer）和页脚区域（id=footer）。从页面布局的角度来讲，这些区域需要分别通过一个层标签

（<div></div>）来包含，而且每个层都需要设置唯一的 id 属性。

下面就对上面六个主要的层做出详细的分析。

- 抬头区域。层标签代码：<div id="header"></div>。该区域主要用来显示网站的 Logo 和标题信息，其中，可以结合标题标签（<h1></h1> 和 <h2></h2>）来分别定义网站的主标题和副标题。
- 快捷方式区域。层标签代码：<ul id="shortNav"></ul>。由于该部分显示方式较为单一，仅以列表的形式显示信息，因此可以利用无序列表标签（<ul></ul>）结合列表项来布局。
- 功能导航栏。层标签代码：<div id="navigater"></div>。该部分的主要功能是实现网站页面之间的切换，通过建立合理的 HTML 代码来实现不同栏目在不同状态下的显示样式。
- 侧边栏区域。层标签代码：<div id="sider"></div>。该部分主要用来显示用户的个人信息，包括报名照片和基本信息。其中，报名照片可以通过图像标签（<img />）来实现。用户基本信息通过无序列表标签（<ul></ul>）来实现。
- 站点主要内容区域。层标签代码：<div id="mainer"></div>。根据不同的页面显示信息，该部分的 HTML 代码设计将有所区别，但大体仍是由标题和主体内容两部分组成，二者分别可以通过三级标题标签（<h3></h3>）和层标签（<div></div>）来实现。
- 页脚区域。层标签代码：<div id="footer"></div>。页脚区域主要包括版权信息和技术支持两部分，根据设计图要求的效果，这两部分可以通过相应的层标签（<div></div>）或段落标签（<p></p>）来分别标识。

10.2.2　整体文档结构分析

综合分析网页的整体显示情况，同时结合 10.2.1 节中对图 10-10 的详细分析，图 10-3 的 HTML 文档结构可以利用图 10-11 中的文档树来展示。图 10-11 主要是通过基本的标签以及必要的属性（如 id、class）设置来初步完成对整个 HTML 文档的结构分析。

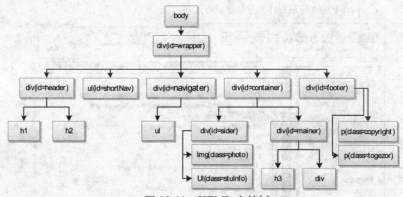

图 10-11　HTML 文档树

对于同一设计图，不同的人可能给出不同的 HTML 文档树，这就意味着 HTML 文档结构的建立不是唯一的，更没有绝对的标准模式可言，关键是尽可能创建结构良好的 HTML 文档，为下一步的网站表现以及日后的网站重构打好基础。

10.3　网站文件规划与设计

10.3.1　网站文件规划

网站文件包括页面文件、图像文件、样式表文件等，以及各种文件夹。在使用 Visual Studio 2008

工具创建网站时，还需要创建主题文件夹和母版文件等。

　　网站的文件规划与日常事务规划相似，同样需要分门别类进行管理和设计。如图 10-12 所示，通过 App_Themes 和 MasterPages 两个文件夹创建了 Visual Studio 中特有的主题文件夹和母版文件夹，分别用来存放主题数据和母版文件等。

图 10-12　网站文件规划图

　　根据"等级考试网上报名系统"的功能分析，文件规划如下所示：

	存放网站的各个主题	
文件夹 App_Themes	Default 主题	定义名称为"Default"的主题
		• 图像文件夹：用来存放该主题（即 Default）所用到的图像文件 • 样式表文件（.css）：编写该主题的样式代码 • 外观文件（.skin）：设置该主题中的服务器控件（如 <asp:Label runat="server"></asp:Label>）样式
文件夹 MasterPages	母版文件夹，用于存放网站需要用到的母版文件	
多个页面文件（.aspx）	用于在浏览器中运行的内容页。该文件可以独立创建，也可以从某个母版文件继承	
Web.Config	网站的配置文件，用来储存 ASP.NET Web 应用程序的配置信息（如最常用的设置 ASP. NET Web 应用程序的身份验证方式）	

　　下面将具体分析该网站的文件结构。

10.3.2　母版文件

　　母版文件（扩展名 .master）的 HTML 文档编写与普通的网页文件相同，其主要作用是为网站中的各个页面搭建整体 HTML 文档框架，使引用同一母版文件的页面具备统一的 HTML 文档结构和显示风格。对于页面框架风格统一的网站来讲，母版文件是整个网站的基础，创建合理的母版文件对整个网站的编辑具有事半功倍的效果。

　　母版文件是 Visual Studio 2008 或更高版本所特有的文件格式，它通过占位符控件（<asp:ContentPlaceHolder runat="server" />）来为引用它的内容页（普通的页面文件，扩展名为 .aspx）指定可编辑区域，即内容页只能编辑占位符所指定的区域，而无法编辑占位符以外的页面内容。

　　从设计图 10-1 和图 10-2 可以看出，整个"等级考试网上报名系统"的各个页面结构相似，只有图 10-10 中所示的"站点主要内容区域"（即 div id=mainer）部分的内容是会根据页面不同而变化的。因此，设计母版时，该部分可以通过占位符控件来代替。结合图 10-11 中的文档树可以创建本系统的母版文件（Default.master），具体代码如下所示：

```
<%@ Master Language="C#" AutoEventWireup="true" CodeFile="Default.master.cs"
    Inherits="MasterPages_Default" %>

<!DOCTYPE html PUBLIC "-//W3C//DTD XHTML 1.0 Transitional//EN"
```

```
"http://www.w3.org/TR/xhtml1/DTD/xhtml1-transitional.dtd">
<html xmlns="http://www.w3.org/1999/xhtml">
<head runat="server">
    <title></title>
    <asp:ContentPlaceHolder ID="cphHeader" runat="server">
    </asp:ContentPlaceHolder>
</head>
<body>
    <form id="form1" runat="server">
    <div id="wrapper">
        <div id="header" class="match">
            <h1> </h1>
            <h2></h2>
        </div>
        <div id="navigater">
            <ul id="ulNav">
                <li id="liCET">
                    <a href="CET.aspx"> 四六级 </a ></li>
                <li id="liCAT">
                    <a href="CAT.aspx"> 应用能力 </a ></li>
                <li id="liCCT">
                    <a href="CCT.aspx"> 计算机 </a ></li>
                <li id="liSignupRecord">
                    <a href="SignupRecord.aspx"> 报名查询 </a ></li>
                <li id="liScoreRecord">
                    <a href="ScoreRecord.aspx"> 成绩查询 </a ></li>
                <li id="liPrint">
                    <a href="Print.aspx"> 报名单 </a ></li>
            </ul>
        </div>
        <ul id="shortNav">
            <li>
                <a href="Default.aspx"> 首页 </a ></li>
            <li>
                <a> 退出 </a ></li>
        </ul>
        <div id="container" class="match">
            <div id="sider">
                <asp:Image ID="imgPhoto" runat="server" CssClass="photo"
                    ImageUrl="~/App_Themes/Default/Images/userImage.png" />
                <ul class="StuInfo">
                    <li> 姓名：张国良 </li>
                    <li> 学号：2010094705</li>
                    <li> 班级：20100947</li>
                    <li> 身份证：2190211980030233456</li>
                    <li> 登录 IP：202.202.147.38</li>
                    <li> 登录时间：2010-05-11 18:56:30</li>
                </ul>
            </div>
            <div id="mainer">
                <asp:ContentPlaceHolder ID="cphMainer" runat="server">
                </asp:ContentPlaceHolder>
            </div>
        </div>
        <div id="footer" class="match">
            <p class="copyright"></p>
            <p class="togezor"></p>
        </div>
    </div>
    </form>
</body>
</html>
```

提示：由于有些功能涉及后台代码程序，页面中使用了一些服务器控件（如 asp:HyperLink、asp:Image 等）以便通过程序来控制页面的显示内容，但这并不影响对 HTML 文档的编辑和层叠样式表的编写。

10.3.3 页面文件

页面文件可以独立创建也可以通过母版文件创建，由于本章系统的所有页面都具有统一的架构和风格，因此，所有页面都选择继承自母版文件 Default.master。本章以图 10-1 为例来建立内容页（Default.aspx）。

创建成功之后，页面的 HTML 代码部分如下所示：

```
<%@ Page Title="" Language="C#" MasterPageFile="~/MasterPages/Default.master"
    AutoEventWireup="true"   CodeFile="Default.aspx.cs" Inherits="_Default" %>

<asp:Content ID="Content1" ContentPlaceHolderID="cphHeader" runat="Server">
</asp:Content>
<asp:Content ID="Content2" ContentPlaceHolderID="cphMainer" runat="Server">
</asp:Content>
```

其中，<asp:Content></asp:Content> 是占位符内容控件，通过属性"ContentPlaceHolderID"与母版页中的占位符相关联。例如，以上代码中 ID="Content2" 的控件，其"ContentPlaceHolderID"属性值为"cphMainer"，这就表示该控件中所填写的内容最终会被放置到母版页中 ID="cphMainer"的占位符控件所在的位置，从而与母版页共同完成整个页面的 HTML 文档结构。页面的显示效果如图 10-13 所示。

图 10-13 页面未引入主题时的显示效果

根据设计图将 Default.aspx 页面内容完善之后，其 HTML 文档如下所示：

```
<%@ Page Title="" Language="C#" MasterPageFile="~/MasterPages/Default.master"
    AutoEventWireup="true"   CodeFile="Default.aspx.cs" Inherits="_Default" %>

<asp:Content ID="Content1" ContentPlaceHolderID="cphHeader" runat="Server">
</asp:Content>
```

```
<asp:Content ID="Content2" ContentPlaceHolderID="cphMainer" runat="Server">
    <h3>
        <span>2010 年下半年全国大学英语四六级、应用能力及重庆市计算等级考试补报名通知 </span></h3>
    <div class="content">
        <p class="title">
            1、网上报名 </p>
        <p>
            登录教务处网站（http://jwc.cqut.edu.cn），通过点击"等级考试报名"进行等级考试报名。
                具体报名方法可通过教务处网站左侧的"等级考试报名介绍"查询。</p>
        <p>
            网上报名时间：9 月 29 日 9：00 点——10：30 点 </p>
        <p>
            网上报名时请认真核对个人信息，如照片、身份证号等，报名后个人信息将无法修改。</p>
        <p class="title">
            2、打印报名单 </p>
        <p>
            网上报名后，自行打印报名单 </p>
        <p>
            打印方法：登录等级考试报名系统后，点击"报名单"选择打印。</p>
        <p class="title">
            3、缴费 </p>
        <p>
            网上报名后，凭本人报名单到花溪校区 2 教 203 缴费 </p>
        <p>
            时间：9 月 29 日 上午 9：00 点 ~11：30 点 下午 14：00 点 ~15：30 点 </p>
        <p class="title highlight">
            特别提示 </p>
        <ol>
            <li> 补报名后本人自行打印报名表。</li>
            <li> 缴费时必须凭报名表缴费。</li>
            <li> 报名信息确认后补报名才算完成，本人可在"等级考试报名"系统中查询报名是否成功。</li>
        </ol>
    </div>
</asp:Content>
```

10.3.4　主题文件夹

与母版文件相同，"主题"的概念也是 Visual Studio 2008 中所特有的，程序员可以根据需要为网站创建多个风格迥异的主题。网站"CSS 禅意花园"（网址：http://www.csszengarden.com/）中对于同一个 HTML 文档，展示了几百种不同的设计效果，这在 VS 中就相当于为网站创建了几百个不同的主题。

本案例中创建了主题"Default"，并在 Web.Config 文件中为整个网站设置了该主题。具体设置代码如下所示：

```
<pages theme="Default"></pages>
```

在 Web.Config 文件中设置主题之后，整个网站所有的文件都将采用该主题。当然还可以直接在页面中设置主题，代码如下所示：

```
<%@ Page Title="" Language="C#" MasterPageFile="~/
MasterPages/Default.master" AutoEventWireup="true"
CodeFile="Default.aspx.cs" Theme="Default"
Inherits="_Default" %>
```

目前，该主题中主要包括了 Images 文件夹和层叠样式表文件 base.css。如图 10-14 所示。

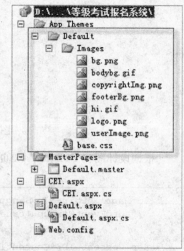

图 10-14　主题文件

10.3.5　全局 CSS 样式设计

　　主题中的 base.css 文件主要用来编写整个网站的样式代码。根据设计图 10-1 可以首先实现网站基本的样式设置，即通过网站样式设置三部曲来具体实现：整体文字的颜色、大小、行高，以及超级链接的显示样式和网页背景等。详细代码如下所示：

```css
body {
    font-size: 12px;          /* 文字大小 */
    line-height:200%;         /* 行  高 */
    text-align: center;       /* 整体居中 */
    color:#000;               /* 文字颜色 */
    margin:0;                 /* 盒模型设置 */
    padding:0;                /* 盒模型设置 */
    font-family: Arial, Helvetica, sans-serif, verdana;    /* 字体族 */
    background:#444;          /* 背景颜色 */
}
a
{
     color:#666;              /* 字体颜色 */
      text-decoration:none;   /* 下划线设置 */
}
a:hover
{
     color:red;                    /* 字体颜色 */
     text-decoration:underline;     /* 下划线设置 */
}
#header
{
    background-color:#fff;
    background-image:url(Images/logo.png);
    background-position:left top;
    background-repeat:no-repeat;
    height:100px;
}
h1,h2,h3
{
    font-size:14px;
}
h3
{
    background-position: left top;
    background: url('./Images/hi.gif') no-repeat left center;
}
h3 span
{
    display:block;
}
h3 span span
{
    display:inline;
    margin:0;
}
#wrapper
{
    width: 850px;            /* 网站宽度 */
    text-align:left;          /* 文字水平居左 */
    margin:0 auto;           /* 盒模型设置，实现整体居中效果 */
    padding:0;              /* 盒模型设置 */
    position:relative;        /* 相对定位 */
}
```

```
.match
{
    width:100%;
    clear:both;
    float:left;
    background:#fff;
}
```

10.4   网站标题布局

10.4.1   HTML 文档设计

无论网站最终在浏览器中如何显示，HTML 文档都必须具备良好的结构。因此，网站标题区域（div id="header"）的 HTML 代码如下所示：

```
<div id="header" class="match">
        <h1>
            <span>等级考试网上报名系统 </span></h1>
        <h2>
            <span>英语四六级考试，计算机等级考试……</span></h2>
</div>
```

上面的代码分别定义了一个主标题和副标题。主标题用来表示网站的名称，副标题用来表示网站包含内容的关键字。

10.4.2   CSS 样式设计

在设计图中，页面中的主标题是经过了艺术加工的文字，如图 10-15 所示。

图 10-15   网站标题

对于一级标题"等级考试网上报名系统"来说，这些字体属于特殊字体，并非操作系统中所能解析的常规字体，因此，有必要将其设计成图片来代替（在此，该图片被切割并保存成名为 logo.png 的文件）。这可以通过改善 #header 选择器的样式来完成：

```
#header
{
    background-image: url(Images/logo.png);     /* 设置背景图像 */
    background-repeat: no-repeat;        /* 设置背景图像不重复填充 */
    background-position: left top;     /* 设置背景图像位置水平居左，上下居顶 */
    background-color:#fff;
    height:100px;
}
```

同时结合类选择器 .match 的样式设置，共同完成该部分的显示效果设计：

```
.match
{
    width:100%;
    clear:both;
    float:left;
    background:#fff;
}
```

至此，通过为 #header 设置背景图像的方式完成了网站主标题的显示。那么原本 HTML 文档中的一级标题文字就必须隐藏起来。同时需要设置其副标题的颜色和位置，如以下代码所示：

```
#header h1
{
    display:none;
}
#header h2
{
    color:#333;
    padding:0px;
    font-weight:normal;
    font-size:12px;
    margin:50px 0 0 100px;
    float:left;
    clear:both;
}
```

10.5　导航栏布局

10.5.1　HTML 文档设计

网站导航栏通过 id 为 navigater 的层（DIV）包括起来，其栏目列表可以通过列表标签 <ul> 来完成，如以下代码所示：

```
<div id="navigater">
    <ul id="ulNav">
        <li id="liCET">
            <a href="CET.aspx"> 四六级 </a ></li>
        <li id="liCAT">
            <a href="CAT.aspx"> 应用能力 </a ></li>
        <li id="liCCT">
            <a href="CCT.aspx"> 计算机 </a ></li>
        <li id="liSignupRecord">
            <a href="SignupRecord.aspx"> 报名查询 </a ></li>
        <li id="liScoreRecord">
            <a href="ScoreRecord.aspx"> 成绩查询 </a ></li>
        <li id="liPrint">
            <a href="Print.aspx"> 报名单 </a ></li>
    </ul>
</div>
```

其中，部分标签的 class 属性设置主要是用来实现特殊效果，具体样式设置请参看 10.5.2 节。

10.5.2　CSS 样式设计

网站的导航栏如图 10-16 所示，其显示效果需要考虑以下几个方面：

· 导航栏的定位问题。从整个页面来看，导航栏位于左侧，纵向延伸，并会覆盖到其他标签的内容。这种定位效果在修改 HTML 文档后比较容易实现，但违背了"结构与表现相分离"的设计原则。因此，在进行导航栏的定位时，不能修改 HTML 文档，而只能通过样式表代码来实现。

· 导航栏的文字排版。导航栏中的文字采用纵向排列方式，这有别于常规的排版方式，因此需要特别设置。

图 10-16　导航栏效果

- 栏目背景色块的切换问题。导航栏中栏目背景的切换效果是各大网站常用的一种显示效果，即当鼠标移动到某栏目名称上方时，该列表项背景需要切换显示成为指定背景（此处是将背景设为暗红色）；同时当前栏目的背景色也使用该背景，如图 10-16 中当前栏目为"四六级"。
- 列表项中的超级链接文本需要填充整个列表项，即将其转换为块级标签。
- 列表项之间具有固定的间距。

以下为实现上述效果而设置的 CSS 样式表。

```css
#navigater
{
    float:left;              /* 居左浮动 */
    margin:0px;
    padding:0px;
    width:30px;              /* 宽度设置 */
    position:absolute;       /* 绝对定位 */
    top:130px;               /* 顶部定位 */
    left:225px;              /* 左侧定位 */
    _left:220px;             /* 针对 IE6 的左侧定位 */
    z-index:5;               /* z 轴值 */
}
#navigater ul
{
    margin:0;
    padding:0px;
}
#navigater ul li
{
    float:left;              /* 居左浮动 */
    list-style:none;         /* 取消引导符设置 */
    writing-mode:tb-rl;      /* 文字纵向排列 */
    letter-spacing:0.3em;    /* 文字间隙 */
    text-align:center;       /* 水平居中 */
    display:block;           /* 转换为块级 */
    height:70px;
    width:23px;
    margin:2px 5px;
    padding:0px;
    background:#242424;      /* 默认背景颜色 */
}
#navigater ul li a
{
    color:#fff;
    display:block;           /* 转换为块级 */
}
#navigater ul li a:hover
{
    color:#fff;
    text-decoration:none;
}
#navigater ul li:hover       /* 当鼠标移动到栏目上方时的显示效果，即 Hover 状态 */
{
    background:#a50808;      /* 背景颜色重置 */
    color:#fff;
}
#navigater ul li.on          /* 当前激活的栏目 */
{
    background:#a50808;
}
#navigater ul li.on a,
```

```
#navigater ul li:hover a
{
    color:#fff;
    text-decoration:none;
}
```

10.6　快捷方式

10.6.1　HTML 文档设计

从设计图 10-1 中可以看出，快捷方式主要是两个并排的文字链接"首页"和"退出"。其中"退出"需要程序支持来完成用户推出系统的操作，但这并不是本章所考虑的范围，本章将主要关注该区域的 HTML 文档设计。快捷方式部分的 HTML 文档设计相对简单，如下所示：

```
<ul id="shortNav">
    <li>
            <a href="Default.aspx">首页 </a ></li>
    <li>
            <a>退出 </a ></li>
</ul>
```

10.6.2　CSS 样式设计

虽然该部分的 HTML 文档较为简单，但是其 CSS 样式设计并不可轻视。本部分重点需要实现的样式就是如何将其定位在文档的右上角，这与 10.4 节中的导航栏相似，需要特别设计。具体样式代码如下所示：

```
#shortNav
{
    position:absolute;   /* 绝对定位设置 */
    top:10px;
    right:40px;
    width:100px;
}
#shortNav li
{
    list-style-type:square;
    list-style-position:inside;
    width:100px;
}
#shortNav li a
{
    color:#000;
    width:100px;
}
```

10.7　网页主体内容区域

10.7.1　HTML 文档设计

网页主体内容区域包括用户信息和页面内容两部分，如图 10-17 所示。

由于导航栏部分的 HTML 文档已经在前面定义，所以，本节将根据图 10-11 中的整体文档树仅分析该区域的文档树设计。如图 10-18 所示。

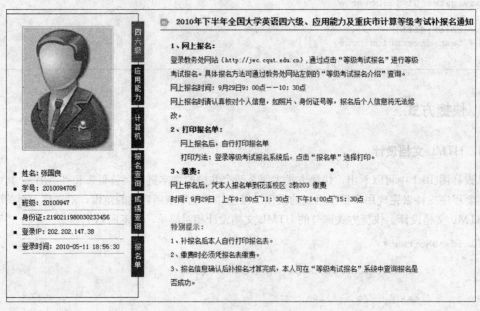

图 10-17   网页主体内容区域

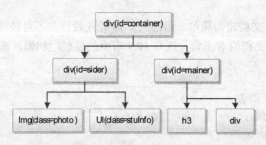

图 10-18   网页主体内容区域 HTML 文档树

根据图 10-18，首先创建该区域的整体 HTML 文档，具体代码如下所示：

```
<div id="container" class="match">
    <div id="sider">
    </div>
    <div id="mainer">
    </div>
</div>
```

10.7.2   CSS 样式设计

网页主体内容的 HTML 文档通过一个层（id=container）配合两个子层（id=sider 和 id=mainer）来实现，对此，CSS 样式将通过背景图片和边框设置来完成设计图中的线条样式。具体样式代码如下所示：

```
#container
{
    Background-color:#fff;
    Background-image: url(Images/bg.png);     /* 背景图片 */
    Background-position: 240px top;           /* 背景图片位置：居左 240 像素，居顶 */
    Background-repeat: repeat-y;              /* 背景图片纵向填充 */
    min-height:550px;                         /* 最小高度设置，用来配合导航栏的高度 */
}
```

```
#sider
{
    float:left;                          /* 居左浮动 */
    width:240px;
    margin:0px;
    border-top:solid 1px #242424;          /* 设置顶部边框 */
    _width:210px;                        /* 兼容 IE6 浏览器 */
}
#mainer
{
    float:left;                          /* 居左浮动 */
    width:560px;
    margin-left:40px;
    _width:520px;                        /* 兼容 IE6 浏览器 */
}
```

10.8　用户信息区域

10.8.1　HTML 文档设计

用户信息区域主要包括用户头像和基本信息（如姓名、学号、身份证等），分别通过图像标签（<img />）和无序列表标签（<ul></ul>）来完成。具体代码如下所示：

```
<div id="sider">
    <img class="photo" src="./App_Themes/Default/Images/userImage.png" alt="用户头像 " />
    <ul class="StuInfo">
        <li> 姓名：张国良 </li>
        <li> 学号：2010094705</li>
        <li> 班级：20100947</li>
        <li> 身份证：2190211980030233456</li>
        <li> 登录 IP：202.202.147.38</li>
        <li> 登录时间：2010-05-11 18:56:30</li>
    </ul>
</div>
```

10.8.2　CSS 样式设计

分析图 10-19 中的用户基本信息显示可以发现，有以下几个细节需要注意：

1）用户头像需要添加浅灰色边框，并且边框与图片之间有 1 个像素的间隙。

2）用户信息项（如姓名：张国良）的下边框为浅灰色的点线。

3）用户信息项的引导符为正方形标识，且引导符位于下划线的内部。

针对这几点，CSS 样式代码如下所示：

图 10-19　用户基本信息显示样式

```
#sider img    /* 用户头像样式编辑 */
{
    border:solid 1px #a6a6a6;  /* 图像边框 */
    padding:1px;                /* 图像与边框之间间隙设置 */
}
#sider .photo    /* 用户头像的高度和宽度设置 */
{
    width:160px;
    height:210px;
    margin-top:20px;
    margin-left:20px;
}
```

```
#sider ul /* 用户基本信息样式编辑 */
{
    margin:0px;
    padding:0px;
    clear:both;
    margin:10px 10px;
    float:left;
    width:200px;
    _margin:0;
}
#sider ul li
{
    list-style-type:square;                    /* 引导符样式 */
    list-style-position:inside;                /* 引导符位置 */
    clear:both;
    border-bottom:dotted 1px gray;             /* 列表项下边框 */
    width:100%;
}
```

10.9   内容区域布局

10.9.1   首页通知 HTML 文档设计

通知部分主要包括通知标题和内容两部分。根据需要该部分可以通过标签来共同完成，如标题标签（<h3></h3>）、层标签（<div></div>）、段落标签（<p></p>）、排序列表标签（<ol></ol>）等。其中还需要使用内联标签 <span></span> 来实现某些高亮文字效果。

具体代码如下所示：

```
<div id="mainer">
    <h3>
        <span>2010 年下半年全国大学英语四六级、应用能力及重庆市计算机等级考试补报名通知 </span></h3>
    <div class="content">
        <p class="title"> 1、网上报名 </p>
        <p>
            登录教务处网站（http://jwc.cqut.edu.cn），通过点击"等级考试报名"进行等级考试报名。
            具体报名方法可通过教务处网站左侧的"等级考试报名介绍"查询。</p>
        <p>
            网上报名时间：9 月 29 日 9：00 点～ 10：30 点 </p>
        <p>
            网上报名时请认真核对个人信息，如照片、身份证号等，报名后个人信息将无法修改。</p>
        <p class="title"> 2、打印报名单 </p>
        <p>
            网上报名后，自行打印报名单 </p>
        <p>
            打印方法：登录等级考试报名系统后，点击"报名单"选择打印。</p>
        <p class="title"> 3、缴费 </p>
        <p>
            网上报名后，凭本人报名单到花溪校区 2 教 203 缴费 </p>
        <p>
            时间：9 月 29 日 上午 9：00 点 ~11：30 点 下午 14:00 点 ~15：30 点 </p>
        <p class="title highlight"> 特别提示 </p>
        <ol>
            <li> 补报名后本人自行打印报名单。</li>
            <li> 缴费时必须凭报名单缴费。</li>
            <li> 报名信息确认后补报名才算完成，本人可在"等级考试报名"系统中查询报名是否成功。</li>
        </ol>
    </div>
</div>
```

注意：此处的 HTML 代码只是一种结构定义方式，并没有唯一的标准。

10.9.2　首页通知 CSS 样式设计

图 10-20 给出了一个首页通知的样式图。

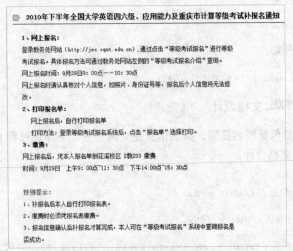

图 10-20　通知显示图

从设计图中可以看出，针对该区域，有以下三点需要注意：

1）标题部分需要有引导符和下划线。

2）内容部分每一项的标题需要加粗显示。

3）"特别提示"部分崑亮显示。

CSS 代码如下所示：

```
h1,h2,h3
{
    font-size:14px;
}
h3
{
    Background-image: url('./Images/hi.gif');    /* 通过背景图像来设置标题引导符 */
    background-position: left center;            /* 背景图像的位置 */
    background-repeat : no-repeat;               /* 背景图像是否重复填充 */
}
h3 span
{
    display:block;
}
#mainer h3
{
    border-bottom:solid 1px #242424; /* 下划线设置 */
    margin-top:0;
    color:#980000;
    margin:0 0 10px 0;
    padding:0;
}
#mainer h3 span
{
    margin: 2px 0 2px 20px;
}
```

```
#mainer .content
{
    clear:both;
}
#mainer .content p
{
    margin:1em 20px;
}
#mainer .content p.title
{
    font-weight:bold;
}
.highlight{ color:Red;}   /* 高亮设置 */
```

10.9.3 四六级报名 HTML 文档设计

四六级报名页面主要包括报名提醒、报名信息提交两部分，下面通过释义列表标签（<dl></dl>）来完成该部分的 HTML 文档设计。

```
<h3>
    <span> 英语四六级报名 </span></h3>
<dl>
    <dt><span> 报考说明 </span></dt>
    <dd>
        您的身份证号为：<span class="highlightBig">2190210980030233456</span>，请确认其
            是否正确。</dd>
    <dd>
        若身份证信息有误，大院及研究生凭本人身份证到教务处信息中心修改。</dd>
    <dd>
        应用技术学院和商贸信息学院到各自教务部修改。</dd>
    <dd>
        特此提醒！</dd>
</dl>
<div class="block">
    <dl>
        <dt><span> 请选择报考级别 </span></dt>
        <dd>
            <select>
                <option>-- 请选择报考级别 --</option>
                <option> 英语四级（CET-4）</option>
                <option> 英语六级（CET-6）</option>
            </select>
        </dd>
        <dd>
            <span class="highlightBig"> 报名费：50 元 </span></dd>
    </dl>
            <input class="btnSubmit" type="button" value=" 确认报名 " />
</div>
```

10.9.4 四六级报名 CSS 样式设计

四六级报名部分的界面如图 10-21 所示。

该部分的样式需要注意以下几点：

1）高亮信息显示。主要包括身份证号和报名费用。

2）报名区域的边框设计。

3）报名区域标签的位置设计。

具体的 CSS 样式实现代码如下所示：

图 10-21　四六级报名设计图

```
h1,h2,h3
{
    font-size:14px;
}
h3
{
    Background-image: url('./Images/hi.gif'); /* 通过背景图像来设置标题引导符 */
    background-position: left center;          /* 背景图像的位置 */
    background-repeat : no-repeat;             /* 背景图像是否重复填充 */
}
h3 span
{
    display:block;
}
#mainer h3
{
    border-bottom:solid 1px #242424; /* 下划线设置 */
    margin-top:0;
    color:#980000;
    margin:0 0 10px 0;
    padding:0;
}
#mainer h3 span
{
    margin: 2px 0 2px 20px;
}
#mainer .block
{
    margin:5px 0px;
    padding:10px 0;
    border:solid 1px #242424;
    border-top-width:3px;
    float:left;
    width:100%;
}
#mainer .block dl
{
    float:left;
    width:100%;
}
#mainer .block dl dt
{
    width:20%;
    text-align:right;
```

```
        float:left;
        clear:left;
        margin:0 3px;
    }
    #mainer .block dl dd
    {
        width:75%;
        float:left;
        clear:right;
        margin:0 3px;
        *clear:none;
        _clear:none;
    }
    #mainer .btnSubmit
    {
        clear:both;
        float:left;
        margin:10px 120px;
    }
    .highlightBig    /* 高亮显示 */
    {
    color:Red;
    font-weight:bold;
    font-size:16px;
    }
```

10.10   页脚布局

10.10.1   HTML 文档设计

页脚信息布局较为简单，主要包括版权信息和技术支持信息，HTML 文档代码如下所示：

```html
<div id="footer" class="match">
    <p class="copyright">
        <span>Copyright&copy; 重庆理工大学教务处 2010</span></p>
    <p class="togezor">
        <span> 技术支持：</span>
    <a href="http://www.togezor.com" target="_blank" >TogezorStudio</a>
    </p>
</div>
```

注意：© 表示版权符号©。

10.10.2   CSS 样式设计

根据图 10-22 分析可知，页脚显示样式主要需要注意以下几点：

1）版权信息和技术支持信息的定位设计。

2）版权信息的引导符设置。

3）技术支持信息的背景和边框设置。

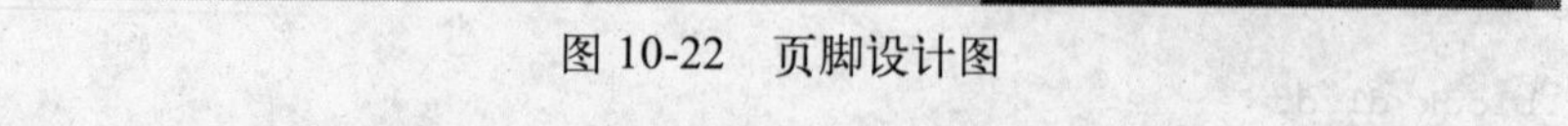

图 10-22   页脚设计图

根据设计图，可以将版权信息的引导符和背景分别通过单独的图像文件来实现，如图 10-23 所示。

　　　　　　　　　a）版权所有引导符　　　　　b）背景图片

图 10-23　页脚使用的图像文件

具体的 CSS 样式实现代码如下所示：

```css
#footer
{
    color:#000;
    padding:0;
    background-color: #fff;
    background-image: url(Images/footerBg.png);  /* 背景图像设置 */
    background-position: left bottom;             /* 背景图像位置：居左居底 */
    background-repeat: repeat-x;                  /* 背景图像水平填充 */
    border-bottom : solid  5px  #fff ;
}
#footer a
{
    color:Red;
}
#footer a:hover
{
    color:#ffea00;
}
#footer p
{
    margin:0;
    padding:5px 0 ;
}
#footer .copyright
{
    Background-image:url(Images/copyrightImg.png) ; /* 版权信息引导符设置 */
    Background-position:20px 26px;                   /* 引导符位置 */
    Background-repeat: no-repeat;
    float:left;
    width:240px;
    border-top:solid 1px #242424;
    padding: 20px  0  5px  0;
}
#footer .copyright span
{
    margin-left:30px;
}
#footer .togezor              /* 技术支持信息样式 */
{
    float:right;
    background:#242424;
    border-right:solid 5px #a50808;
    padding:5px 10px;
    margin-top:15px;
}

#footer .togezor span
{
    color:#fff;
}
```

10.11　系统完善

10.11.1　HTML 文档完善

由于目前市场上所使用的浏览器内核并不统一，而同一内核的浏览器也因版本的不同而对 CSS

代码有不同的解析结果，本章案例将主要针对 IE 浏览器不同的版本来分析。在前面内容中，完成了对整个"等级考试网上报名系统"的编辑，但当系统在 IE6 浏览器中运行时，导航栏将会无法显示，这是由于在 CSS 样式代码中同时存在定位（position）设置和浮动（float）设置而导致的问题。

解决方法就是在 HTML 文档中添加注释标签，具体实现代码如下所示：

```
<!--[if IE 6]><div></div><![endif]-->
<div id="navigater">
    <ul id="ulNav" runat="server">
        <li id="liCET" runat="server">
            <asp:HyperLink ID="HyperLink2" runat="server" NavigateUrl="~/CET.aspx">
                四六级 </asp:HyperLink></li>
        <li id="liCAT" runat="server">
            <asp:HyperLink ID="HyperLink3" runat="server" NavigateUrl="~/CAT.aspx">
                应用能力 </asp:HyperLink></li>
        <li id="liCCT" runat="server">
            <asp:HyperLink ID="HyperLink4" runat="server" NavigateUrl="~/CCT.aspx">
                计算机 </asp:HyperLink></li>
        <li id="liSignupRecord" runat="server">
            <asp:HyperLink ID="HyperLink5" runat="server" NavigateUrl="~/
                SignupRecord.aspx"> 报名查询 </asp:HyperLink></li>
        <li id="liScoreRecord" runat="server">
            <asp:HyperLink ID="HyperLink6" runat="server" NavigateUrl="~/
                ScoreRecord.aspx"> 成绩查询 </asp:HyperLink></li>
        <li id="liPrint" runat="server">
            <asp:HyperLink ID="HyperLink7" runat="server" NavigateUrl="~/Print.
                aspx"> 报名单 </asp:HyperLink></li>
    </ul>
</div>
<!--[if IE 6]><div></div><![endif]-->
<ul id="shortNav">
    <li>
        <asp:HyperLink ID="hlHomepage" runat="server" NavigateUrl="~/Default.aspx">
            首页 </asp:HyperLink></li>
    <li>
        <asp:LinkButton ID="lbtnQuit" runat="server" OnClick="lbtnQuit_Click"> 退 出
            </asp:LinkButton></li>
</ul>
<!--[if IE 6]><div></div><![endif]-->
```

10.11.2　精简 CSS 样式代码

在讲解 CSS 样式表时曾经提到，客户端用户在浏览网页时，首先会将其样式表（.css 文件）从服务器端下载到客户端，然后再发生作用。因此，如何给样式表文件有效"减肥"，成为编写样式表过程中需要特别注意的问题。

• 精简样式属性值：

```
#footer
{
    color:#000;
    padding:0;
    background-color: #ffffff;  --> background-color: #fff ;
    background-image: url(Images/footerBg.png); /* 背景图像设置 */
    background-position: left bottom;           /* 背景图像位置：居左居底 */
    background-repeat: repeat-x;                /* 背景图像水平填充 */
    border-bottom : solid  5px  #fff ;
}
```

・精简属性名称:

```
#footer
{
    color:#000;
    padding:0;
    background-color: #fff;
    background-image: url(Images/footerBg.png);
    background-position: left bottom;
    background-repeat: repeat-x;
    --> background: #fff url(Images/footerBg.png) left bottom repeat-x;
    border-bottom : solid  5px  #fff ;
}
```

・合并显示样式相同的选择器:

```
#navigater ul li:hover ,
#navigater ul li.on
{
    background:#a50808;
    color:#fff;
}

#navigater ul li.on a,
#navigater ul li:hover a
{
    color:#fff;
    text-decoration:none;
}
```

10.11.3 适当使用上下文选择器

使用上下文选择器能够更清晰地表达选择器所定义的范围,也许会觉得通过设置上下文信息,会使得样式表文件体积变大,但这就像为程序添加必要的注释信息一样,是一种良好的习惯,也是有必要的。

前面的讲解中,并没有指定相应的上下文关系,因此如果把上面的 CSS 代码一模一样复制到页面的样式表文件中,必然会产生冲突。例如,讲解“网站相关信息布局”时,就定义了无序列表标签 <ul> 的样式,如果直接复制到样式表中,就会与其他部分的无序列表标签样式冲突。因此,有必要为其设置上下文关系。如以下代码所示:

```
#mainer .block dl
{
    float:left;
    width:100%;
}
#mainer .block dl dt
{
    width:20%;
    text-align:right;
    float:left;
    clear:left;
    margin:0 3px;
}
#mainer .block dl dd
{
    width:75%;
    float:left;
    clear:right;
    margin:0 3px;
```

```
    *clear:none;
    _clear:none;
}
```

10.11.4 浏览器版本兼容

现在，网页设计人员在编写样式表时，通常会根据当前的浏览器设置几种不同的样式。其中，最容易引起偏差的就是盒模型的定义，如 width、height；margin、padding 等。至少，我们有必要为常用的几种版本的 IE 浏览器设置不同的样式。这在前面的章节中曾经有过详细讲解，读者可以根据页面的显示效果试着调试一下网页在不同浏览器中的样式。

10.12 本章小结

本章的主要工作是基于前面各章所讲述的知识点内容，通过具体实例来详细描述网页设计的整个流程，归纳整合，并最终完成整个网页的设计。本章以构建"等级考试网上报名系统"为主线，先从整体上分析网页的 HTML 文档和相应的 CSS 样式表代码设计；然后分别完成网站标题区域、导航栏、内容区域，以及页脚部分的 HTML 文档和 CSS 样式表；最后通过对 CSS 样式表代码的进一步完善，完成最终的网页设计，也是对全书知识点的梳理和总结。

参考文献

[1] 莫里 . CSS 禅意花园 [M]. 陈黎夫，等译 . 北京：人民邮电出版社，2007.

[2] Wium Lie H，Bos B. CSS 权威教程 [M]. 祁玉芹，王海涛，译 .3 版 . 北京：清华大学出版社，2009.

[3] Zeldman J. 网站重构——应用 Web 标准进行设计 [M]. 傅捷，王宗义，祝军，译 . 2 版 . 北京：电子工业出版社，2008.

[4] 何东隆，等 . 精通 XML 与网页设计高级教程 [M]. 北京：中国青年出版社，2008.

[5] Zeldman J. 别具光芒 Div+CSS 网页布局与美化 [M]. 傅捷，王宗义，祝军，译 . 北京：电子工业出版社，2006.

[6] 雷宁 . 零基础学 HTML+CSS[M]. 北京：机械工业出版社，2009.

[7] 叶青 . HTML+CSS+JavaScript 实用详解 [M]. 北京：电子工业出版社，2007.

[8] 李超 . CSS 网站布局实录——基于 Web 标准的网站设计指南 [M]. 北京：科学出版社，2009.

[9] Jason Cranford Teague. CSS、DHTML 和 Ajax 快速上手 [M]. 李静，译 .4 版 . 北京：机械工业出版社，2008.

[10] 曾顺 . 精通 CSS+DIV 网页样式与布局 [M]. 北京：人民邮电出版社，2009.

[11] Elizabeth Castro. HTML XHTML CSS 基础教程 [M]. 陈剑瓯，张扬，译 . 6 版 . 北京：人民邮电出版社，2008.

[12] Dan Cederholm. 无懈可击的 Web 设计——利用 XHTML 和 CSS 提高网站的灵活性与适应性 [M]. 常可，译 . 北京：清华大学出版社，2009.

[13] Dick Oliver，Micheal Morrison. HTML 与 CSS 入门经典 [M]. 陈秋萍，译 . 北京：人民邮电出版社，2007.

[14] 吴伟敏 . 网站设计与 Web 应用开发技术 [M]. 北京：清华大学出版社，2009.

[15] 梁景红 . 网站设计与网页配色实例精讲 [M]. 北京：人民邮电出版社，2004.

[16] 胡捷，等 . 网页设计师之路 [M]. 北京：电子工业出版社，2005.

[17] 袁磊，陈伟卫 . 网页设计与制作实例教程 [M]. 北京：清华大学出版社，2008.

[18] Eric A. Meyer. CSS Web 站点设计手册 [M]. 李松峰，译 . 北京：机械工业出版社，2008.

[19] Andy Budd, Cameron Moll，等 . 精通 CSS 高级 Web 标准解决方案 [M]. 陈建瓯，译 .2 版 . 北京：人民邮电出版社，2010.

[20] 郑阿奇 . ASP. NET2. 0 实用教程 [M]. 北京：电子工业出版社，2009.

[21] 明日科技 . ASP. NET 数据库系统开发完全手册 [M]. 北京：人民邮电出版社，2007.

[22] 王祖俪 . ASP. NET Web 程序设计 [M]. 北京：中国水利水电出版社，2008.

[23] 黄永晔，刘晖 . Ajax 应用开发典型实例 [M]. 北京：电子工业出版社，2008.

[24] 冯曼菲 . 精通 Ajax：基础概念、核心技术与典型案例 [M]. 北京：人民邮电出版社，2008.

[25] 夏慧军，魏雪辉 . 深入浅出 Ajax[M]. 北京：电子工业出版社，2007.

[26] 李峰，晁阳 . JavaScript 开发技术详解 [M]. 北京：清华大学出版社，2009.

[27] 何俊斌 . JavaScript 实例精通 [M]. 北京：机械工业出版社，2009.

[28] MSDN 技术资源库 . http://msdn. microsoft. com/zh-cn/library/default. aspx.

华章高等院校计算机教材系列

书　名	书号（ISBN）	作　者	出版年	定价
数据库原理与应用 第2版	7-111-32501-7	何玉洁 梁琦 等	2011	35.00
16/32位微机原理、汇编语言及接口技术（第3版）	7-111-32632-8	钱晓捷	2011	36.00
数据结构及应用：C语言描述	7-111-32155-2	沈华 等	2011	30.00
C++程序设计教程：基于案例与实验驱动	7-111-30794-5	邬延辉 王小权 等	2010	29.00
计算机网络	7-111-31137-9	张杰 甘勇 等	2010	29.00
大学计算机网络基础 第2版	7-111-31383-0	陈庆章 王子仁	2010	28.00
ASP.NET基础及应用教程	7-111-31057-0	明安龙 宋桂岭 等	2010	29.00
计算机网络技术与应用	7-111-30519-4	张建忠 徐敬东	2010	29.00
离散数学 张清华	7-111-30238-4	张清华 蒲兴成 等	2010	25.00
ARM嵌入式Linux系统设计与开发	7-111-30004-5	俞辉 李永 等	2010	30.00
计算机网络技术教程例题解析与同步练习	7-111-27675-3	吴英	2010	25.00
计算机网络考研习题解析	7-111-28309-6	朱晓玲	2010	26.00
多媒体技术实验与习题指导	7-111-27676-0	赵淑芬 康宇光	2010	25.00
多媒体技术教程	7-111-27678-4	赵淑芬 周斌 等	2010	28.00
软件工程-基于项目的面向对象研究方法	7-111-26683-9	贾可荣、何智勇	2009	32.00
操作系统原理与设计	7-111-25795-0	张红光 李福才	2009	35.00
C语言程序设计习题解析与上机指导	7-111-12132-9	罗晓芳 李慧 等	2009	17.00
汇编语言程序设计	7-111-25841-4	程学先 林姗 等	2009	36.00
计算机网络安全原理与实现	7-111-24531-5	刘海燕	2009	34.00
并行计算应用及实战	7-111-24022-8	王鹏 吕爽 等	2009	32.00
计算机科学与技术导论	7-111-24893-4	陈庆章 叶蕾	2008	30.00
多媒体技术基础与实验教程	7-111-24724-1	陈永强 张聪	2008	36.00
大学计算机网络基础	7-111-24476-9	陈庆章 王子仁	2008	22.00
算法与数据结构（C语言版）第2版	7-111-14620-9	陈守孔 孟佳娜 等	2008	28.00
面向对象程序设计C++语言编程	7-111-22664-2	张冰	2008	32.00
JSP 2.0大学教程	7-111-22887-5	覃华 韦兆文 等	2008	32.00
C++面向对象编程基础	7-111-22474-7	刁成嘉 刁奕	2008	30.00
编译原理	7-111-22278-1	苏运霖	2008	33.00
微型计算机原理及其接口技术	7-111-22277-4	原菊梅	2007	36.00
计算机网络	7-111-22191-3	肖明	2007	30.00
微机系统与汇编语言	7-111-22279-8	颜志英	2007	30.00
C#程序设计大学教程	7-111-21721-3	罗兵 刘艺 等	2007	30.00
算法与数据结构考研试题精析 第2版	7-111-15159-3	陈守孔 胡潇琨 等	2007	42.00
面向对象程序设计C++版	7-111-21296-6	钱丽萍 郝壹 等	2007	25.00
C++语言程序设计	7-111-21211-9	管建和	2007	29.00
面向对象技术与UML	7-111-20912-6	刘振安 董兰芳 等	2007	22.00
C/C++ 程序设计实验教程	7-111-20610-1	秦维佳 侯春光 等	2007	18.00
C/C++ 程序设计教程	7-111-20609-5	秦维佳 伞宏力 等	2007	29.00
C语言程序设计	7-111-20078-0	刘振安	2007	29.00
面向对象程序设计 C++版	7-111-19714-3	刘振安	2007	28.00
Windows 可视化程序设计	7-111-19715-1	刘振安	2007	26.00
Java 程序设计教程 第2版	7-111-19971-5	施霞萍 张欢欢 等	2006	30.00
计算机文化基础	7-111-19745-3	刘景春 刁树民	2006	29.00
计算机网络技术与应用	7-111-19427-6	李向丽 李磊 等	2006	33.00
多媒体技术教程	7-111-18221-9	朱洁	2006	28.00

数字媒体专业规划教材

书号: 978-7-111-30035-9
定价: 36.00元

书号: 978-7-111-27734-7
定价: 39.00元

书号: 978-7-111-31311-3
定价: 33.00元

书号: 978-7-111-27462-9
定价: 39.00元

书号: 978-7-111-27014-0
定价: 35.00元

书号: 978-7-111-31561-2
定价: 35.00元

书号: 978-7-111-27808-5
定价: 25.00元

教师服务登记表

尊敬的老师：

您好！感谢您购买我们出版的 _____ 教材。

机械工业出版社华章公司为了进一步加强与高校教师的联系与沟通，更好地为高校教师服务，特制此表，请您填妥后发回给我们，我们将定期向您寄送华章公司最新的图书出版信息！感谢合作！

个人资料（请用正楷完整填写）

教师姓名		□先生 □女士	出生年月		职务			职称：□教授 □副教授 □讲师 □助教 □其他		
学校				学院				系别		
联系电话	办公： 宅电： 移动：			联系地址及邮编						
				E-mail						
学历		毕业院校		国外进修及讲学经历						
研究领域										

主讲课程	现用教材名	作者及出版社	共同授课教师	教材满意度
课程： □专 □本 □研 人数： 学期：□春□秋				□满意 □一般 □不满意 □希望更换
课程： □专 □本 □研 人数： 学期：□春□秋				□满意 □一般 □不满意 □希望更换

样书申请			
已出版著作		已出版译作	
是否愿意从事翻译/著作工作 □是 □否	方向		
意见和建议			

填妥后请选择以下任何一种方式将此表返回：（如方便请赐名片）

地　址：北京市西城区百万庄南街1号　华章公司营销中心　　邮编：100037

电　话：(010) 68353079 88378995　传真：(010)68995260

E-mail:hzedu@hzbook.com　markerting@hzbook.com　　图书详情可登录http://www.hzbook.com网站查询

全国应用型人才培养工程
指定教材编委会